ALIDA LEIMBACH
Strandmörder

ALIDA LEIMBACH
Strandmörder
KRIMINALROMAN

Immer informiert

Spannung pur – mit unserem Newsletter informieren wir Sie
regelmäßig über Wissenswertes aus unserer Bücherwelt.

Gefällt mir!

Facebook: @Gmeiner.Verlag
Instagram: @gmeinerverlag
Twitter: @GmeinerVerlag

Besuchen Sie uns im Internet:
www.gmeiner-verlag.de

© 2023 – Gmeiner-Verlag GmbH
Im Ehnried 5, 88605 Meßkirch
Telefon 0 75 75 / 20 95 - 0
info@gmeiner-verlag.de
Alle Rechte vorbehalten
1. Auflage 2023

Herstellung: Julia Franze
Umschlaggestaltung: U.O.R.G. Lutz Eberle, Stuttgart
unter Verwendung eines Fotos von: © Dirk assent/EyeEm / stock.adobe.com
Seite 6-7 und Absatzmarker: Hans-Michael Kirstein (HMK)
Druck: GGP Media GmbH, Pößneck
Printed in Germany
ISBN 978-3-8392-0417-7

Personen und Handlung sind frei erfunden. Ähnlichkeiten mit lebenden oder toten Personen sind rein zufällig und nicht beabsichtigt.

Den Shanty-Chor Klaasohm gibt es nicht in Wirklichkeit.

Das Gefährlichste am Meer ist die Nähe zum Land.
Alte Seemannsweisheit, Verfasser unbekannt.

PROLOG

Bis vor einer halben Stunde war Michael davon ausgegangen, dass noch Ebbe wäre. Doch da glitzerte es bereits im Watt. Derk meinte, es sei besser, nun langsam umzukehren. Die anderen hörten nicht auf ihn, glaubten, es sei nur noch ein kurzes Stück bis zur Sandbank mit den Seehunden. Erst als sich die Priele wieder füllten und die Flut das Meerwasser in Richtung Strand drückte, hatte es die Gruppe plötzlich sehr eilig, den Rückweg anzutreten – bis auf fünf Mitschüler, die sich von ihrem Plan nicht abbringen lassen wollten.

Klaas stieß Michael in die Seite. »Ey, Micha, du wolltest doch immer einer von uns sein! Hast du Mumm in den Knochen oder bist du ein Bangebüx? Du wirst dich doch von so ein paar Pfützen nicht abschrecken lassen.«

Michaels Ehrgeiz war geweckt. Endlich eine Chance, zu beweisen, was in ihm steckte! Vielleicht würden seine Klassenkameraden ihn dann mal zu Hause besuchen und mit ihm auf seinen Bodenkissen Bier mit Cola trinken und die neueste Scheibe von Bobby McFerrin hören: »Don't Worry, Be Happy«.

Der Weg wurde nun richtig beschwerlich. Schweigend kämpfte er sich durchs Schlickwatt, darauf bedacht, nicht auf einen Krebs oder eine Qualle zu treten.

Das auflaufende Wasser gewann zunehmend an Kraft. Wenn Michael einen Fuß aus dem Schlick zog, sank er mit dem anderen umso tiefer ein. Der glitschige Wattboden verursachte schmatzende Geräusche beim Gehen. Bis zur Kniekehle reichte ihm das Wasser. Er hatte das Gefühl zu versinken und kaum noch vorwärtszukommen. Trotzdem führte er die Gruppe nun an. Klaas war wohl doch nicht so kräftig, wie er aussah. Die gruseligen Erzählungen seines Vaters fielen Michael ein. Erst vor wenigen

Wochen hatte sich das Meer zwei Urlauber geholt, die gemeint hatten, ohne Wattführer zur Vogelinsel Memmert laufen zu können. Oder der Kegelclub, der im letzten Jahr die Hälfte seiner Mitglieder bei einer Wattwanderung verloren hatte.

In der ausgebaggerten Fahrrinne zog ein Kreuzfahrtschiff gen Skandinavien. Michael sah sich um und realisierte, dass er völlig allein war. Der Rest der Gruppe hatte sich in seinem Rücken unbemerkt davongestohlen.

In Panik schrie er um Hilfe. Er winkte wie wild und verlor dabei fast das Gleichgewicht. Die Einzigen, die antworteten, waren Möwen, die über seinen Kopf hinwegflatterten. Um die Wette schnatternd flogen sie zum Schiff, in der Hoffnung, ein paar Brocken zu ergattern.

Inzwischen reichte ihm das Wasser bis zu den Oberschenkeln. An einigen Stellen war die Binnenströmung so stark, dass er sich kaum noch auf den Beinen halten konnte.

Durch die Schiffsbewegungen kamen Wellen auf. Michael hatte Angst, dass sie über ihn hinwegschwappen und ihn mitreißen würden. Um die drohende Gefahr nicht mehr sehen zu müssen, schloss er kurz die Augen und hörte das Rauschen, das ihn benommen machte und schwindelig. Er spürte, wie er an Kraft verlor. Das Meer drohte ihn zu verschlingen.

Einer Welle konnte er gerade noch standhalten, schluckte dabei allerdings eine Menge Salzwasser. Verzweifelt blickte er zwischen Sandbank und Strand hin und her. Die weißen Villen am Nordbad schienen für ihn unerreichbar.

Er schrie um sein Leben, doch niemand hörte ihn.

Da war etwas an seinem Bein. Panisch schlug er um sich, dachte an einen kleinen Hai, der ihn attackierte. Auch wenn er wusste, dass es hier keine Haie gab.

Ein bekanntes Gesicht tauchte vor ihm auf. Große Erleichterung. Jemand aus seiner Klasse war zurückgeschwommen, um ihn zu retten. Seltsam, dass er das erst jetzt bemerkte.

»Ich helfe dir«, sagte die Stimme. Und in dem Moment, als er einen Arm zu fassen bekam und sich daran festhalten wollte, schnitt ein schneidender Schmerz in seinen Hals. Binnen Sekunden färbte sich das Meerwasser um ihn herum rot.

KAPITEL 1

30 Jahre später

Als Sabine am Abend die Spülmaschine einräumte, wusste sie nicht, dass sie nur noch zehn Stunden leben würde.

Gerade ärgerte sie sich über den Wetterbericht im Radio. Keine guten Aussichten. Der Sprecher sagte auch für die nächsten Tage unbeständiges Wetter voraus. Für die Jahreszeit war es zu kühl und zu feucht. Dabei standen die Rhododendren im Vorgarten schon in voller Blüte.

Ihre Einbauküche war mit allen Raffinessen ausgestattet und roch noch nach Möbelhaus. Steffen hatte recht; sie kochte einfach zu wenig. Mittags trafen sie sich oft in einem der gemütlichen Lokale in der Bismarckstraße und abends genügte ihnen eine Scheibe Brot, ein Salat und etwas Fisch vom Hafen.

Lange wohnten sie noch nicht in der ruhigen Neubausiedlung hinter dem Deich. Kurz vor Weihnachten hatten sie ihr neues Heim unweit des Borkumer Südstrandes bezogen. Steffen war Bauunternehmer und hatte zusammen mit seinem Freund, dem Architekten Hagen Köhler, gute Arbeit geleistet. Sie waren ein super Team und könnten auf Borkum in den nächsten Jahren sehr viel Geld verdienen.

Während sie die Gläser mit der Hand spülte, plante sie den nächsten Tag. Früh am Morgen würde sie joggen, da war die Luft klar und kühl und es war wenig los in der Greunen Stee hinter dem Deich. Sie liebte das Wäldchen mit den vielen windschiefen Birken und Kiefern, den duftenden Heckenrosen und den sumpfigen Stellen mit Schilf und Rohrkolben und war froh, dass ihr Mann das gemeinsame Haus nicht nur in Strand-, sondern auch in Waldnähe gebaut hatte.

Sabine Hinrichs schob das Raffrollo hoch, weil sie sehen wollte, ob es nach wie vor regnete. In den Häusern auf der gegenüberliegenden Straßenseite waren seit Ostern die Rollläden geschlossen. Seit Ende der Urlaubssaison wirkten sie wie tot.

Plötzlich schob sich ein Schatten in ihr Sichtfeld. Instinktiv wich sie zurück. Sie löschte das Licht und öffnete die Tür zum Flur einen Spaltbreit.

Er war wieder da! Tagelang hatte sie nicht an ihn gedacht, aber unterschwellig hatte sie das Gefühl einer Bedrohung nicht losgelassen. Breitbeinig und wie in Stein gemeißelt stand er unter der Straßenlaterne und starrte zu ihrem Haus herüber.

Ihr Körper reagierte augenblicklich. Sie begann zu zittern und hatte das Gefühl, nicht mehr atmen zu können, als würde ein riesiger kalter Stein auf ihrer Brust liegen. Binnen Sekunden fühlte sie sich matt und kraftlos. Wie in Zeitlupe glitt sie auf den Küchenboden und saß minutenlang regungslos da, mit dem Rücken zur Wand. Sie versuchte, sich auf ihre Atmung zu konzentrieren, was ihr schwerfiel.

Als sie gedämpft den Fernseher im Wohnzimmer laufen hörte, löste sich etwas in ihr. Sie war nicht allein. Steffen war da und konnte Hilfe holen.

KAPITEL 2

Am liebsten lief sie im Takt der Musik. Für diesen frühen Morgen hatte sie »Eye of the Tiger« von Survivor gewählt, das sie gerade zum dritten Mal hörte. Kaum ein anderes Lied motivierte sie dermaßen zum Joggen wie der Song der amerikanischen Rockband. Es ging ihr gut heute. Sabine hatte trotz des Vorfalls am Abend gut geschlafen und fühlte sich ausgeruht und stark. Sie brauchte nicht einmal das Medikament, das ihr Hausarzt ihr gegen die Angststörung verschrieben hatte. Sie war guter Dinge und hatte einen Entschluss gefasst. Denn eins hatte der Fremde vor ihrem Küchenfenster bewirkt: Sie würde endlich mit ihrer Vergangenheit aufräumen. Den ersten Schritt hatte sie schon gemacht. Morgen würde sie den zweiten gehen und dann noch einen.

Auf dem Weg zur Greunen Stee kam sie an einem Feld mit zutraulichen wilden Kaninchen vorbei. Einen Moment lang blieb sie stehen und schaute einer Kaninchenfamilie mit ihrem Nachwuchs beim Grasen zu. Zwei Fasane stolzierten gemächlich an ihnen vorbei. Dieser Anblick der intakten Tier- und Pflanzenwelt auf Borkum ließ ihr Herz jedes Mal aufs Neue aufgehen. Es war beglückend, auf diesem herrlichen Fleckchen Erde leben zu dürfen.

Doch wenige Minuten später kehrte das Unwohlsein zurück. Instinktiv stellte sie die Musik aus. Hinter sich hörte sie Schritte, die schnell näher kamen. Es waren schwere Schritte, die zu einem schweren Körper gehörten. Ein schneller Blick zurück sagte ihr, dass der Läufer sich ihrem Tempo angepasst hatte. Mittelgroße Statur, auf jeden Fall größer als sie selbst, breit gebaut, dunkle Sportkleidung, dunkle Mütze. Sie nahm sich vor, sich nicht mehr umzudrehen, sondern sich auf ihren Lauf zu konzentrieren. Sein hechelnder, rasselnder Atem verriet ihr, dass er nicht sehr trainiert war. Offensichtlich war er darauf bedacht, den Abstand weder zu verringern noch zu vergrößern. Kein gutes Gefühl. Kurz schaute sie zu den Bahngleisen auf der linken Seite. Für die Inselbahn war es zu früh, erst in ein bis zwei Stunden würde sie wieder Heimreisende zur Anlegestelle am Hafen bringen.

Konzentriert hielt Sabine auf dem sich schlängelnden Waldweg die Spur, auch wenn es ihr mittlerweile schwerfiel. Der Typ hinter ihr brachte sie aus dem Gleichgewicht. Ein leichter Schwindel kündigte sich an. Sie lauschte, witterte die Gefahr. Jedes Rascheln im Gebüsch verursachte eine Gänsehaut, jeder Schrei einer Möwe ließ sie zusammenschrecken. Es prickelte auf ihrer Haut, als ein Ast knackte. Sabine atmete tief durch, schüttelte sich, rief sich energisch zur Ordnung, um die aufkommende Panik abzuschütteln, und wusste gleichzeitig, dass sie es nicht schaffen würde.

Die nächste Sitzgelegenheit war schon in Sichtweite, höchstens 20 Meter entfernt. Auf der Aussichtsdüne würde sie eine Pause machen, den Jogger vorbeiziehen lassen und bald, wenn sie wieder genug Luft hätte, umkehren. Ihr reichte es für heute. Diese immer wiederkehrende Angst – Steffen hatte recht, das war nicht normal! Ständig überfielen sie Panikattacken. Sabine zwang sich, an etwas anderes zu denken. Sie war mit Steffen zum Mittagessen verabredet. Sie würde sich Mühe geben mit ihrem Aussehen, vielleicht sogar ihr neues Kleid anziehen und hochhackige Schuhe dazu. Außerdem würde sie sich schminken. Vielleicht schaute Steffen sie dann mal wieder an.

Der Mann näherte sich. Sie hörte ein Schnaufen in ihrem Rücken, stampfende, gleichmäßige Schritte auf dem Waldboden. Der Typ musste nun direkt hinter ihr sein. Wenn er wollte, könnte er sie überholen, auch wenn der Weg schmal war. Er schien nicht zu wollen. Was hatte er vor? Der Mann unter der Straßenlaterne fiel ihr ein. War es möglich, dass ...? Von der Statur her könnte es passen. Sie verbot sich den Gedanken, aber es half nichts. Das mulmige Gefühl schnürte ihr die Kehle zu.

Die schweren, dunklen Wolken hatten sich verzogen. Der Himmel war knallblau mit hauchzarten Schäfchenwolken. Annerose Heilmann und Walter Torlage hatten Glück gehabt, kurzfristig beim beneidenswert braun gebrannten Strandkorbvermieter eine

Tageskarte für einen Korb in der ersten Reihe zu ergattern, denn bei dem herrlichen Wetter herrschte am Borkumer Nordstrand bereits am Vormittag reges Treiben. Vom Meer wehte der Geruch von salzhaltiger Seeluft, Seegras, Seetang und ein wenig Fisch herüber. Walter klappte das Seitentischchen des weißen Korbes mit der blau-weiß gestreiften Stoffbespannung auf. Kaffee und den Kuchen hatten sie bei einer Milchbude an der Strandpromenade geholt. Annerose breitete das mitgebrachte Strandtuch auf dem Sitz aus und zog das Fußteil heraus. Eine Weile kämpfte sie mit dem Aufbau des Holz-Liegestuhls, den sie zusätzlich gemietet hatte, um in der Mittagszeit darin zu dösen. Sie wollte sich die Arbeit nicht von ihrem Begleiter abnehmen lassen, der sofort aufgesprungen war. Schließlich hatte sie es geschafft und lächelte zufrieden.

Der Mann aus dem Nachbarstrandzelt winkte, machte einen Scherz auf Kölsch, über den sie höflich lachte, obwohl sie ihn nicht verstanden hatte. Annerose Heilmann war beruhigt. Sie wusste, dass sie und Walter für einen kurzen Spaziergang am Wasser ihren Korb verlassen konnten, ohne ihre Sachen mitnehmen zu müssen. Ihr Blick wanderte zum Meeressaum.

Ein Vater hielt seinen kleinen Sohn an der einen Hand, mit der anderen telefonierte er. Helle Bermudas und ein weißes Polohemd, die Sonnenbrille lässig auf den Kopf gesteckt, stand er barfuß im Wasser. Vermutlich war er gerade erst angekommen, denn seine Beine waren schneeweiß und er schien recht angespannt zu sein. Annerose beobachtete ihn durch ihre Sonnenbrille. Den kleinen Jungen hatte er in den paar Minuten, in denen sie ihnen zusah, kein einziges Mal beachtet. Der Mann erinnerte sie an ihren Schwiegersohn – immer auf Achse, immer das Gefühl, einen Auftrag oder ein Geschäft zu verpassen.

Ein paar Strandkörbe weiter brüllte ein Kleinkind, weil eine Möwe ihm ein Brötchen oder einen Keks aus der Hand geraubt hatte. Entsetzt starrte es dem weißen Vogel hinterher, der einen hellen Brocken im Schnabel davontrug. Annerose schmunzelte. Am liebsten hätte sie der Kleinen einen neuen Keks gebracht.

Leben, pralles Leben um sie herum. Munteres Stimmengewirr, Möwengesang und das Lachen fröhlich gestimmter Menschen. Über alldem hing der Duft nach Sonnencreme, Bräunungsöl und Kaffee. Ein wenig Wehmut überkam Annerose, als sie daran dachte, dass sie bald heimfahren und in ihren Alltag zurückkehren müssten. Sie konnte sich vorstellen, den ganzen Sommer über hierzubleiben und jeden Tag die gute Meeresluft auf der Hochseeinsel zu genießen, die ihren Bronchien so guttat.

Gedankenverloren blätterte sie im Inselblättchen, einem Magazin für Insulaner und Urlaubsgäste.

Anneroses Blick blieb an einem Foto hängen, das ein älteres Paar vor einer Bäckerei zeigte. Dort hatte sie schon einmal Krintstuuten für den Nachmittagstee gekauft, sodass sie, neugierig geworden, den darunter abgedruckten Bericht las.

Annerose stieß Walter an, der gerade die Augen geschlossen hatte und erschrocken zusammenfuhr. »Da, bitte lies das mal!«, forderte sie ihn auf. »Vor langer Zeit ist hier auf Borkum ein Junge im Watt verschwunden.«

Er räusperte sich, friemelte seine Lesebrille aus dem Etui, nahm ihr die Zeitung ab und überflog den Text.

»Oje«, seufzte er und packte die Lesebrille wieder ein.

»Ist das nicht furchtbar? Die armen Leute! 30 Jahre leben sie schon in Ungewissheit. Man vermutet, dass er umgebracht wurde.« Ihre Stimme zitterte.

Walter Torlage nickte. »Nicht schön, aber reg dich nicht auf! Lass uns unsere letzten Urlaubstage genießen! Das ist lange her.« Er faltete das Blatt zusammen, legte es weg und reichte ihr ein Stück von dem Kuchen, den sie vorhin von dem Büdchen am Strand geholt hatten.

KAPITEL 3

Am späten Nachmittag meldete sich Steffen Hinrichs auf der Borkumer Polizeiwache in der belebten Strandstraße, in der es viele Geschäfte und Lokale gab. Seine Frau sei weg, spurlos verschwunden. Sie seien um 12 Uhr in der Firma verabredet gewesen, um zusammen zu Mittag zu essen. Sie sei immer sehr zuverlässig, das passe nicht zu ihr.

»Um 12 Uhr mittags?«, fragte der diensthabende Beamte hinter dem Schalter mit einem Blick auf die Uhr. »Es ist gerade halb fünf durch. Finden Sie nicht, dass das etwas früh ist, um eine Anzeige aufzugeben?«

»Nein, das finde ich nicht«, erklärte Hinrichs mit Nachdruck. »Ich mache mir große Sorgen!«

»Warten Sie hier«, sagte der Beamte hinter dem Schalter. »Es kommt gleich jemand.«

Wenig später erschien Sebastian Jonker, um ihn abzuholen. Der schlaksige Polizist führte Steffen Hinrichs in ein Büro im Obergeschoss und wies ihm einen Platz an einem kleinen runden Tisch zu. Sebastian Jonker hatte eine kurze Nacht hinter sich, denn er war vor wenigen Wochen Vater geworden. Seine Frau bestand darauf, dass er zweimal in der Woche die Nachtschicht übernahm, was er zwar nur widerstrebend tat, doch er wollte ein moderner Vater sein, so wie er es sich während Noras Schwangerschaft vorgenommen hatte. Wickeln und füttern und ein bisschen in den Schlaf wiegen, damit Nora nicht aufstehen musste, konnte schließlich nicht so schwer sein, vor allem, wenn man sich so auf den Keks gefreut hatte. Aber es war eine Tortur, wenn man am nächsten Morgen früh raus musste. So hatte er sich das nicht vorgestellt.

»Ihre Frau ist ein freier Mensch«, sagte er müde, nachdem er die Personalien des Mannes aufgenommen und erfahren hatte, dass dieser Bauunternehmer mit eigenem Betrieb auf Borkum war. »Es besteht das Recht der Freizügigkeit, Artikel 13 der Allgemeinen Menschenrechte. Jeder Erwachsene hat das Recht, sich innerhalb eines Staates frei zu bewegen und seinen Aufenthaltsort frei zu wählen«, leierte er die Belehrung herunter.

»Sie hat ihren Aufenthaltsort gewählt«, beharrte der Mann. »Bei mir in meinem Haus, an meiner Seite. Und jetzt ist sie fort, ohne ein Wort zu sagen, ohne mir eine Nachricht auf meinem Mobiltelefon zu hinterlassen.«

»Und das finden Sie ungewöhnlich?«

»Das ist äußerst ungewöhnlich, passt nicht zu ihr!«

Der junge Beamte lief bei dem lauten und dominanten Ton von Steffen Hinrichs rot an. Bei ihm sah man die Röte besonders, da er ein heller Typ mit lockigen roten Haaren und Sommersprossen war. »Okay« sagte er und räusperte sich. »Hatten Sie Streit?«

Steffen Hinrichs antwortete nicht sofort. »Nein, vielleicht eine kleine Meinungsverschiedenheit«, gab er schließlich zu, »mehr nicht. Aber meine Frau hält sich immer an Absprachen. Ich kann mich in jeder Situation hundertprozentig auf sie verlassen. Dieses Verhalten, einfach nichts zu sagen und einer Verabredung fernzubleiben, das passt nicht zu ihr. Das habe ich noch nie bei ihr erlebt.«

»Vielleicht hat sie ihr Handy verloren oder es ist ihr gestohlen worden?«

»Nein, dann würde sie eine andere Lösung suchen. Sie hätte auf jeden Fall einen Weg gefunden, mich zu kontaktieren.«

»Haben Sie mal im Krankenhaus nachgefragt?«

»Tatsächlich habe ich das, ja. Dort ist sie nicht.«

Jonker verschränkte die Arme und betrachtete den Mann, der ihm nun schon eine Viertelstunde seiner Zeit gestohlen hatte,

etwas genauer. Er trug ein gestreiftes Hemd zum hellen Anzug, war mittelgroß, kräftig gebaut. Er hatte wenige grau melierte Haare, ein ausgeprägtes Doppelkinn und offenbar eine Vorliebe für animalisch duftendes Rasierwasser.
»Worum ging es in dem Streit?«, fragte der Polizist gelangweilt und rieb sich die juckenden Augen. Diese verdammten Nächte. Es war so anstrengend, eine eigene Familie zu haben.
»Ich habe nichts von einem Streit gesagt. Worum es in unserer Diskussion ging, weiß ich nicht mehr. Wenn es wichtig gewesen wäre, hätte ich es mir gemerkt.«
Sebastian Jonker unterdrückte ein Gähnen. Eine Stunde noch, dann hatte er Feierabend. Die musste er durchhalten, das würde er gerade noch schaffen, wenn er diesen Quälgeist bloß endlich los wäre. Dann würde er sich sofort aufs Ohr hauen. Und schlafen. Bis zum nächsten Morgen durchschlafen ...
Der Unternehmer sprang auf. Seine Gesichtsfarbe hatte von Rot zu Grau gewechselt. »Guter Mann, jetzt hören Sie mir mal zu. Meine Frau hat sich nicht verspätet. Ihr ist etwas zugestoßen! Ich verlange von Ihnen, dass Sie ermitteln!«
»Setzen Sie sich bitte wieder, Herr Hinrichs. Ich verstehe, dass Sie aufgebracht sind. Aber glauben Sie mir, ich erlebe eine solche Situation nicht zum ersten Mal. Vielleicht braucht Ihre Frau gerade ein bisschen Abstand von Ihnen.«
Der Geschäftsmann deutete mit dem Zeigefinger auf ihn. »Hören Sie auf zu labern, Kommissar. Der Staat bezahlt Sie dafür, zu handeln und nicht untätig herumzusitzen. Ich bin sicher, meiner Frau ist etwas zugestoßen.«
Sebastian Jonker hatte genug. Die Müdigkeit übermannte ihn nun vollends. Schnell wandte er sich auf seinem drehbaren Schreibtischstuhl dem Computer zu, um seinen Zustand zu verbergen. »Ich kann leider nichts für Sie tun, Herr Hinrichs«, murmelte er. »Wie gesagt, das Recht auf Aufenthaltsbestimmung. Warten Sie ab, Ihre Frau wird sich schon melden.«

»Wissen Sie überhaupt, mit wem Sie es zu tun haben?«, fragte der Unternehmer.

Der junge Kommissar drehte sich zu ihm zurück. »Setzen Sie sich«, sagte er nun bestimmt.

»Ich kandidiere«, sagte Hinrichs und ließ sich auf einen Stuhl sinken, »für das Amt des Bürgermeisters. Ich bin Bauunternehmer, habe eine eigene Firma in Düsseldorf und hier auf Borkum. Ich werde mir Ihren Namen merken.« Er öffnete den obersten Knopf seines Hemdes und lockerte seine Krawatte. »Sollte ich gewählt werden, und danach sieht es aus, brauchen Sie mit nichts mehr anzukommen. Jeder Antrag bei der Gemeinde wird sofort abgeschmettert werden, dafür werde ich mich höchstpersönlich einsetzen! Ich könnte allerdings auch das Gegenteil bewirken«, fügte er mit einem schmalen Lächeln hinzu.

Jonker verschränkte die Arme. Mit finsterer Miene musterte er den Mann, der aufrecht vor ihm saß und ihm zu verstehen gab, dass er es nicht gewohnt war, zu verlieren. Wenn es stimmte, was Hinrichs sagte, musste er vorsichtig sein, denn er wollte im nächsten Jahr entweder bauen oder ein Häuschen kaufen. »Also gut«, lenkte Jonker seufzend ein, »wann und wo haben Sie Ihre Frau zuletzt gesehen?«

»Gestern Abend haben wir zusammen ferngesehen, dabei eine Kleinigkeit zu uns genommen. Gegen 22 Uhr ist Sabine zu Bett gegangen. Ich bin länger aufgeblieben, um eine weitere Sendung zu sehen. Als ich nach oben ging, fiel mir auf, dass sie für den nächsten Tag ihre Sportsachen herausgelegt hatte. Sie hat es sich zur Gewohnheit gemacht, bei gutem Wetter frühmorgens am Strand zu joggen, manchmal auch auf der Promenade. Als ich mich auf den Weg ins Büro gemacht habe, war sie schon fort. Die Sportsachen lagen nicht mehr auf ihrem Stuhl, also bin ich davon ausgegangen, dass sie schon das Haus verlassen hat. Ihr Fahrrad war auch nicht in der Garage. Meistens fährt sie mit dem Rad bis zur Promenade. Alles zu Fuß ist ihr dann doch zu weit.«

»Am Strand«, sagte der junge Mann und kaute auf seinem Bleistift. »Könnte es sein, dass sie schwimmen gegangen ist?«

»Ausgeschlossen.«

»Wie sehen die Sportsachen aus?«

»Dunkles Zeug. Dunkelrote Sportschuhe der Marke Asos. Brandneu. Die alten trägt sie nicht mehr zum Laufen.«

»Welche Schuhgröße hat Ihre Frau?«

»39.«

Der Polizist nickte und rieb sich die Nase. »Hat Ihre Frau gesundheitliche Probleme, eine Erkrankung des Herzens vielleicht? Ist da etwas bekannt?«

Steffen Hinrichs schüttelte den Kopf.

»Depressionen? Hat sie Suizidgedanken geäußert?«

»Nicht direkt. Aber sie war immer schon sehr ängstlich.«

Mit gerunzelter Stirn betrachtete der junge Beamte ihn. »Sie *war* ängstlich? Warum sprechen Sie in der Vergangenheitsform über Ihre Frau?«

»Entschuldigung, ein Versehen. Sie *ist* ängstlich, wollte ich sagen.«

Der Polizist musterte den Bauunternehmer misstrauisch. »Also gut«, sagte er endlich. »Habe ich Sie richtig verstanden, dass Ihre Frau gesundheitlich vorbelastet ist?«, versuchte Jonker dem Mann unter die Arme zu greifen. »Physisch und psychisch?«

»Wenn Sie das meinen ...«

»Es stimmt doch«, wagte sich Sebastian Jonker noch einmal vor, »Ihre Frau ist auf medizinische Hilfe angewiesen, richtig? Ich kann sonst nicht für Sie tätig werden.« Eindringlich suchte er den Blick des Mannes.

Steffen Hinrichs atmete auf. »Ganz genau, auf medizinische Hilfe«, sagte er, während sich ein Lächeln auf sein Gesicht stahl.

»Ihre Frau braucht dringend wichtige Medikamente wegen ihres Herzens?«

Hinrichs Lächeln wurde breiter. »Ich sehe, wir verstehen uns.

Schön, dass Sie mir helfen wollen. Wann beginnen Sie zu ermitteln?«

Sebastian Jonker griff zum Telefon.

KAPITEL 4

Der Anfang war gemacht. Als Nächstes musste er seinen Sohn Frank in Düsseldorf und anschließend die Nachbarn informieren. Egal, wie die Geschichte mit seiner Frau ausging, es war enorm wichtig, dass er als Unternehmer und Bürgermeisterkandidat nicht ins Gerede kam. Es durfte ihm kein Fehler passieren, denn so nah war er seinem Ziel noch nie gewesen. In der nächsten Woche stand ein Termin für ein Interview mit einem wichtigen Redakteur der Borkumer Zeitung an. Schon einige Male hatte er vor dem Badezimmerspiegel geübt und war sich nun sicher, sein Anliegen überzeugend vortragen zu können.

Nachdenklich begab er sich zur Bar, schenkte sich einen Whiskey Soda mit viel Eis ein und setzte sich damit vor den kalten Kamin.

Er wählte die Nummer seines Sohnes und war erleichtert, dass Frank sofort dranging.

»Frank, gut, dass ich dich erreiche, Mama ist verschwunden«, sprach er atemlos ins Mobiltelefon, »kannst du kommen?«

Sein Sohn, der als Bauunternehmer in Steffens Düsseldorfer Firma tätig war, versuchte, ihn zu beruhigen. Er solle sich nicht aufregen, sondern in Ruhe einen Whiskey trinken und abwarten. Falls seine Mutter am nächsten Tag immer noch nicht zurück wäre, solle er sich melden.

»Du hast Nerven«, sagte Steffen. »Sie ist deine Mutter! Und den Whiskey trinke ich bereits. Nützt aber nichts.«

»Lass sie bitte in Ruhe. Mama möchte hin und wieder ihr eigenes Leben führen, denke ich. Dazu hat sie jedes Recht. Du engst sie viel zu sehr ein.«

»Hat sie das gesagt?« Steffen wunderte sich. Frank hatte sich von der Familie distanziert. Fremd waren sie sich geworden in den letzten Jahren. Zu unregelmäßig standen sie miteinander in Kontakt, zu verschieden waren mittlerweile ihre Lebensstile.

»Lass ihr ihren Freiraum, Papa, dann kommt sie bestimmt bald zurück zu dir. Ich muss jetzt weitermachen. Ich hab gleich einen Termin mit einem Kunden. Wir müssen ein Projekt durchgehen. Ich melde mich morgen bei dir. In der Zwischenzeit versuche ich es mal auf Mamas Handy, falls dir das weiterhilft.«

»Ich bin nicht blöd, Frank, da habe ich natürlich schon mehrmals angerufen. Das Handy ist ausgeschaltet.«

»Ich werde es trotzdem versuchen. Mach's gut, Papa, bis morgen!« Frank legte auf und ließ seinen Vater ratlos zurück, allerdings nur für wenige Sekunden. Dann hatte Steffen sich wieder im Griff und war bereit, den nächsten Schritt zu gehen.

Auswendig tippte er eine Telefonnummer in sein Handy.

»Nicola Köhler«, sagte die Frau am anderen Ende der Leitung. Er schmolz dahin. Er liebte diese Frau abgöttisch, bekam sofort ein Kribbeln am ganzen Körper. Vor allem meldete sich ein gewisses Körperteil, das bei Sabine oft versagte. Anfangs hatte er es als sehr belastend empfunden, er hatte sogar deswegen Hilfe bei einem Arzt gesucht. Später war es ihnen jedoch nicht mehr so wichtig gewesen. Aber seltsamerweise hatte es bei Nicola von Anfang an wunderbar funktioniert. Und auch jetzt wäre er wieder bereit für sie, so was von bereit!

»Engelchen«, sagte er und brach in Tränen aus.

Sie war erschüttert, wollte wissen, was los war. Er konnte nicht reden, er schaffte es nicht. So sehr hatte er sich inzwischen mit der Rolle des verlassenen Ehemannes identifiziert.

»Sie kommt sicher bald zurück«, versuchte Nicola ihn zu trösten.

»Nein«, brachte er mit tränenerstickter Stimme hervor. »Ich habe das im Gefühl, wirklich, Nicola, sonst würde ich dir das nicht sagen. Ihr ist etwas passiert. Sie wollte mich verlassen, das weiß ich schon länger, aber nun ist etwas geschehen, das nicht hätte geschehen dürfen! So haben wir es nicht gewollt, so nicht, nicht wahr?« Er schluchzte ins Telefon.

»Wie meinst du das?«, wollte sie wissen.

»Kannst du vorbeikommen?« Er schniefte laut.

»Das geht nicht, mein Mann ist zu Hause ...«

»Lass dir etwas einfallen, Engelchen. Ich gehe mal eben zu den Nachbarn rüber. Sieh zu, dass du bald hier bist. Ich warte auf dich!«

»Was willst du denn bei den Nachbarn?«

»Ich liebe dich«, sagte er. »Sei bitte in zwei Stunden bei mir. Spätestens, ja?« Dann legte er auf. Er musste sich beeilen, die Nachbarin aufzusuchen, solange er in dieser Verfassung war. Das war wichtig. Später wäre er vielleicht nicht mehr imstande zu weinen.

Steffen Hinrichs bemühte sich um einen besorgten Gesichtsausdruck, bevor er die Klingel betätigte. Drinnen bellte Uwe, der Familienhund, der ihn nervte, weil die Nachbarin ihn manchmal in den Garten ließ und ihn lange Zeit nicht mehr hereinholte. Susanne Scholz, genannt Susan, öffnete und blieb erschrocken auf der Schwelle stehen, als sie seine Augen sah.

»Susan«, sagte er mit erstickter Stimme, »es ist etwas Schreckliches passiert, etwas ganz Furchtbares. Sabine ist verschwunden!«

Seit dem nachbarschaftlichen Angrillen vor zwei Wochen duzten sie sich. Susan und Jan-Peter waren einige Jahre jünger als Steffen und Sabine und hatten keine Kinder. In finanzieller Hinsicht führten sie ein sorgloses Leben, weil Jan-Peter Geschäftsführer einer gut gehenden Reederei in Emden war.

Die Nachbarin runzelte die Stirn. Sie hielt den jungen Berner Sennenhund am Halsband fest, damit er nicht ausbüxen konnte. Sein Bellen ging allmählich in ein Keuchen über. »Was heißt das?«, wollte sie wissen.

»Sie ist wie vom Erdboden verschluckt. Ich kann sie nicht erreichen.«

»Es verschwindet keiner einfach so auf der Insel. Hast du es auf ihrem Handy versucht?«

»Natürlich.« Er begann zu weinen. Ihr Gesichtsausdruck zeigte überdeutlich, wie erschüttert sie war. Alles lief nach Plan.

»Und?«

Er machte eine hilflose Geste. »Kein Empfang. Nichts.« Er warf sich in ihre Arme. Ihr schien das unangenehm zu sein, sie hielt ihn ein wenig auf Distanz. Der Hund bellte und ließ sich nicht beruhigen.

»Komm rein«, rief sie, um das Gebell zu übertönen. Darauf hatte er gewartet.

Wenig später saßen sie nebeneinander auf der Couch im Wohnzimmer. Vor ihm stand ein Glas Sprudelwasser. Immer wieder seufzte er, gab vor, kaum sprechen zu können. »Ich war bei der Polizei«, stieß er schließlich hervor.

»Bei der Polizei? Wie lange ist Sabine denn schon weg?«

»Seit ein paar Stunden.«

»Ist das nicht ein bisschen früh?«, fragte seine Nachbarin zaghaft und murmelte eine Entschuldigung, als sie sein betroffenes Gesicht sah. Sie tätschelte den großen Kopf ihres Hundes und schien erleichtert zu sein, dass er sich entspannt hinlegte.

»Susan, ich mache mir wirklich Sorgen um meine Frau. Ich

habe sie oft gewarnt, dass es gefährlich ist, allein in den Wald zu gehen, um zu joggen, noch dazu so früh am Morgen, wenn kaum jemand unterwegs ist. Aber sie wollte nicht auf mich hören.«

»Woher weißt du, dass sie im Wald war?«

Er antwortete nicht gleich. »Susan, sie hatte seit Längerem das Gefühl, verfolgt zu werden«, sagte er schließlich. »Da war ein Mann vor unserem Haus und der …«

»Den habe ich auch gesehen. Du meinst den Mann mit der Lederjacke, oder?«

Er nickte.

»Der wartete dort nur. Einmal hab ich beobachtet, wie der Sohn des Nachbarn von gegenüber aus der Haustür kam und die beiden zusammen weggegangen sind.«

»Bist du sicher?«

»Absolut. Darüber brauchst du dir keine Gedanken zu machen.«

Es entstand eine kurze Gesprächspause, in der Steffen zum Wasserglas griff.

»Hast du der Polizei von dem Mann erzählt?«

»Nein, extra nicht. Ich habe mir schon gedacht, dass das nicht wichtig ist. Nur Sabine … du kennst sie ja, sie wird immer gleich panisch.«

»Du doch gerade auch. Sie ist erst seit ein paar Stunden weg, Steffen. Da hätte ich noch abgewartet.«

Er holte tief Luft. »Der Unterschied ist, wenn ich mir Sorgen mache, dann sind sie berechtigt. Ich habe keine Phobien wie meine Frau.« Er bemerkte Susans verständnislosen Blick und schickte hinterher: »Ich möchte sie suchen und fände es schön, wenn du mitkämst. Vielleicht kannst du Uwe mitnehmen, er könnte Sabine erschnuppern, falls sie …«

Susan verzog das Gesicht. »Du glaubst nicht im Ernst, dass ihr etwas zugestoßen ist? Sabine ist fit, sie läuft regelmäßig und fährt Fahrrad.«

»Vielleicht hat ihr jemand was angetan.«

»Steffen ... ich bitte dich! Wir sind hier auf Borkum und nicht in Frankfurt oder Berlin. Was soll bei uns schon passieren?«

Steffen Hinrichs legte seinen Kopf auf ihre Schulter. Weinend flehte er sie an: »Hilf mir, bitte! Lass uns zusammen mit Uwe in der Greunen Stee nach ihr suchen. Ich habe so ein ungutes Gefühl. Die Polizei unternimmt nichts. Der Beamte hat mich nicht einmal ernst genommen.«

»Ich wollte eigentlich gleich einen Kuchen backen«, sagte sie zaghaft. »Jan-Peters Mutter hat morgen Geburtstag. Und deine Frau wird sicher gleich wiederkommen. Jetzt guck nicht so. Ihr wird schon nichts zugestoßen sein.«

»Ich habe eine Idee«, sagte er. »Ich hole ein Kleidungsstück von Sabine und lasse Uwe daran schnuppern. Danach gehen wir in den Wald und suchen sie.«

»Uwe ist kein Spürhund«, sagte Susan seufzend. »Dazu ist er viel zu träge und faul. Das wird nicht funktionieren.«

»Eine Stunde«, drängte er, »wenn wir sie dann nicht gefunden haben, gebe ich auf und überlasse es der Polizei, sie zu suchen. Ich gehe jetzt rüber und hole einen Pulli von meiner Frau. Du machst doch mit?«

Die Nachbarin schien sich in die Enge getrieben zu fühlen und nickte wenig begeistert. »Wir treffen uns gleich draußen«, sagte sie matt. »Aber sei mir bitte nicht böse, wirklich nur eine Stunde!«

Nach anderthalb Stunden meinte Susan, es habe keinen Sinn, sie würden Sabine nicht finden und vermutlich sei sie in der Zwischenzeit ohnehin längst zu Hause.

»Du weißt, dass das nicht so ist«, fuhr er sie an.

Sichtlich unschlüssig stand er vor einem Heckenrosengebüsch, dessen intensiver Duft ihm unangenehm in der Nase brannte.

Wie ein süßliches Parfüm, mit dem sich jemand zu intensiv eingesprüht hatte.

»Steffen, lass es gut sein. Wir finden sie nicht. Ich komme mir auch merkwürdig vor, mit dir durch den Wald zu spazieren. Wenn uns jemand sieht! Du weißt doch, wie die Leute reden, das muss nicht sein. Ich bin hundertprozentig sicher, dass Sabine inzwischen wieder zu Hause ist und sich alles aufklären wird.«

Steffen Hinrichs ließ nicht locker. Er schlug vor, sich noch einmal ein benachbartes Waldstück hinter den Dünen vorzunehmen, er habe das Gefühl, dass sie dort sein könne, denn Sabine gehe oft dort spazieren.

Mit dem Berner Sennenhund an der langen Leine zogen sie weiter durch den Birkenwald. In der Nähe tuckerte die Inselbahn vorbei, die die Urlauber zurück zum Fähranleger brachte. Unzählige Male rief Steffen Hinrichs den Namen seiner Frau. Seine Stimme wurde immer höher, heiserer, verzweifelter. Uwe interessierte sich vor allem für andere Hunde, deren Geruch er von Weitem witterte.

Noch einmal zog der Bauunternehmer Sabines Pullover aus dem Rucksack, hielt ihn vor die Schnauze des stattlichen Hundes, um ihn daran schnüffeln zu lassen. Doch Uwe hatte andere Pläne. Aufgeregt hechelnd wedelte er mit der buschigen Rute, legte sich dann auf den sandigen Waldboden, um auf einen Labrador zu warten, der freudig auf ihn zusprang.

Plötzlich kam Steffen Hinrichs eine Idee. Als Susan nun vehement zur Eile drängte, hielt er sie nicht zurück, sondern ging mit strammem Schritt neben ihr her zum Ausgang des Wäldchens.

Wieder zu Hause setzte er sich mit seinem Handy an den Esstisch. Er wählte die Nummer der Polizeistation und war erleichtert, sofort Sebastian Jonker am Apparat zu haben.

»Ich weiß jetzt, wo sie ist«, sagte er atemlos. »In der Greunen Stee. Ich habe den Pullover meiner Frau unter einer Birke gefunden. Er war voller Laub und Ästchen. Ich hatte einen Hund dabei.

Der hat die Spur von meiner Frau aufgenommen. Leider hat er sie irgendwann verloren. Ich bin mir nun ganz sicher: Meine Frau liegt irgendwo bewusstlos im Wald und braucht Hilfe. Wenn sie nicht sogar tot ist.«

KAPITEL 5

Die polizeiliche Suche nach Sabine Hinrichs begann unmittelbar nach dem Anruf. Der junge diensthabende Beamte hatte seinen Vorgesetzten Lutz Dabelstein informiert. Der kam extra aus dem Urlaub zurück und beorderte eine Mannschaftsstärke mit Diensthunden zum Strand und in den Wald, um nach der Vermissten zu suchen. Als es dämmerte, schickte Dabelstein einen Hubschrauber mit einer Wärmebildkamera los. An sämtliche Radiostationen im norddeutschen Küstenraum gab er eine Personenbeschreibung durch: »Vermisst wird Sabine Hinrichs, geborene Knoke, 47 Jahre alt, 164 Zentimeter groß, leicht untersetzt, schulterlange dunkelblonde Haare, wahrscheinlich zum Pferdeschwanz gebunden. Sie trägt vermutlich dunkle Sportkleidung und dunkelrote Sportschuhe der Marke Asos. Die Frau benötigt dringend Medikamente. Wer die Frau gesehen hat oder etwas über ihren Aufenthaltsort weiß, soll sich bitte an die örtliche Polizeidienststelle wenden.«

Sanfte Sonnenstrahlen fielen zwischen den Birken des Borkumer Inselwäldchens Greune Stee hindurch und ließen das Moos darunter lichtgrün leuchten. Stundenlang hatte es geregnet, sodass die Pflanzen vor Nässe glänzten und der Waldboden weich und aufgelockert war. Eichen, Kiefern und Birken waren hier im Laufe der Jahre zu einem Wald angewachsen. Das ältere Paar war schon seit einer Stunde unterwegs, um zwischen knorrigen Kieferstämmen nach brütenden Vögeln Ausschau zu halten. Angenehm kühl war es hier, und es duftete nach Holz, Blüten und frischem Grün.

»Was für ein idyllisches Fleckchen Erde«, sagte Annerose Heilmann und ließ ihren kleinen Hund an einem Baum schnuppern. Ihre Fahrräder hatten sie am Rand der Greunen Stee abgestellt. Annerose hatte ein Fahrrad mit Hundekorb gemietet, damit sie den Zwergdackel auf ihren Touren mitnehmen konnte. »So viel Grün findet man auf keiner anderen Insel. Ein richtiger Wald zum Wandern und Erholen. Hättest du so etwas auf Borkum erwartet? Also ich nicht!« Sie warf ihren Kopf in den Nacken und schnupperte. »Ich mag den Geruch der Nadelbäume und ich finde die Heckenrosen mit ihren pinkfarbenen Blüten so schön, auch die sumpfigen Stellen mit Heide, Schilf und Rohrkolben, es ist so lauschig und malerisch. Wenn ein Maler versuchen würde, das auf seiner Leinwand einzufangen, würde man seine Bilder vermutlich kitschig finden.«

»Du sprichst mir aus der Seele«, sagte ihr Begleiter und sah sie lächelnd von der Seite an.

Plötzlich kreiste ein Hubschrauber über ihnen und blieb lange an einer Stelle in der Luft stehen, ehe er abdrehte.

»Die suchen jemanden«, meinte Walter Torlage, schirmte mit der Hand seine Augen ab und blickte Richtung Meer, wohin der Hubschrauber verschwunden war.

»Vielleicht wird jemand vermisst und ist am Ende im Meer ertrunken«, sagte Annerose mit besorgter Miene. »Das soll öfter vorkommen, habe ich gehört.«

»Wollen wir es mal nicht hoffen. Vielleicht ist auch nur ein Kind ausgebüxt. Nicht immer vom Schlimmsten ausgehen!«

Eine Weile vernahmen sie noch den rotierenden Motor des Hubschraubers, dann wurde das Geräusch leiser und war schließlich kaum mehr zu hören. Sie gingen weiter.

»Noch drei Tage«, sagte Walter bedrückt, »dann muss ich dich wieder loslassen.« Er seufzte und griff nach der Hand seiner Begleiterin. In ihrer anderen Hand hielt sie eine Schleppleine, mit der sie ihrem Rauhaardackel Emil Auslauf gönnte und ihn trotzdem unter Kontrolle hatte, denn als Jagdhund war er ihr schon mehrmals entwischt.

»Wie war das mit dem halb leeren und dem halb vollen Glas?«, fragte Annerose zwinkernd. »Freu dich doch, dass wir noch drei komplette Tage vor uns haben. Für andere Leute ist das der ganze Urlaub.«

Er wiegte den Kopf. »So gesehen ist das richtig, Schatz. Aber wie viel Zeit bleibt uns noch? Wie viele Sommer liegen vor uns, wie viele Winter? In meinem Glück schwingt auch eine Spur Wehmut mit, dass ich dir jetzt erst im hohen Alter begegnet bin und nicht schon in jüngeren Jahren. Was hätten wir alles miteinander erleben können, auf wie viel Gemeinsames könnten wir zurückblicken. Vielleicht wären wir Großeltern, wer weiß.«

Sie blieben stehen und küssten sich, während der Rauhaardackel plötzlich wie wild an der Leine zerrte.

Annerose Heilmann ließ die Hand ihres Begleiters los und wickelte die Leine auf, von der jegliche Spannung gewichen war. Das Halsband baumelte lose an deren Ende. Emil hatte sich losgerissen und war inmitten des Heckenrosendickichts verschwunden. Seine graue Fellfarbe machte es unmöglich, ihn darin zu sehen.

»Emil!«, rief sie aufgebracht. »Kommst du wohl zurück, du Frechdachs! Frauchen wird böse. Hierher, du Schlingel, aber schnell!«

Ein Rascheln war zu vernehmen, dann ein Winseln. Kurz erschien Emils Kopf, um gleich wieder abzutauchen. Wieder und wieder rief sie seinen Namen, immer lauter, immer energischer. Der Dackel hörte nicht. Er hörte sowieso fast nie.

Zu zweit machten sie sich auf die Suche. Walter half Annerose, indem er Zweige niederdrückte, damit sie leichter darübersteigen konnte. Ein ganzes Stück hatten sie sich ins Gestrüpp vorgearbeitet. Er ächzte und schnaufte. So viel Anstrengung war er auf seine alten Tage nicht mehr gewohnt. Plötzlich prallten sie schaudernd zurück. Sie hatten den Dackel gefunden. Hechelnd und aufgeregt mit der dünnen Rute wedelnd fixierte er auf einer sandigen Anhöhe mit Sanddorngestrüpp und Dünengräsern einen Reisighaufen, aus dem eine weiße Hand ragte.

KAPITEL 6

Kriminalkommissarin Swantje Brandt blickte von ihrem Schreibtisch in der Polizeidirektion Osnabrück auf, als es klopfte. Ihr Chef wehte mit seinem aufdringlichen Rasierwasserduft herein, an dem die Kollegen schon beim Verlassen des Fahrstuhls erkannten, ob er im Haus war oder nicht.

»Frau Brandt, ich möchte Sie um einen Gefallen bitten«, sagte er ungewohnt kleinlaut. Keine Spur von dem dynamischen Auftreten, das er normalerweise an den Tag legte.

»Ich muss auch mit Ihnen reden«, wagte sich Swantje vor. Sie wollte ihm ihren Versetzungsantrag so schonend wie möglich beibringen und suchte nach den passenden Worten. Sie erhob sich, um ihn zu den Besucherstühlen zu bitten.

»Frau Brandt, ich habe einen Anschlag auf Sie vor.« Oleg Bödecke fuhr mit seiner Hand über die toupierten Haare. »Sie haben mir gegenüber einmal erwähnt, dass Sie Ihre Kindheit und Jugend auf Borkum verbracht haben. Richtig?«

Swantje fuhr der Schreck in die Glieder. Worauf wollte er hinaus? Sie sollte doch nicht etwa dorthin versetzt werden? Das war nicht der Plan. In eine andere Großstadt würde sie gerne ziehen, aber nicht auf eine Insel. Die Zeiten waren vorbei.

»Wunderbar. Um es kurz zu machen, Frau Brandt, genau dahin möchte ich Sie schicken. Wir haben soeben einen Anruf aus Borkum bekommen, einen Hilferuf, wenn Sie so wollen. Die dortige Polizeistation hat uns um Unterstützung gebeten, weil das Revier krankheitsbedingt unterbesetzt ist. Es geht um ein Tötungsdelikt. Eine Frau mittleren Alters. Gefunden wurde sie in der Greunen Stee, einem Waldgebiet auf der Insel. Als Alt-Borkumerin kennen Sie sich da sicher aus. Die Kollegen gehen von einem Sexualdelikt aus, weil die Leiche halb nackt im Gestrüpp gelegen hat. Ihr Slip wurde ihr ausgezogen, er ist noch nicht wieder aufgetaucht – falls sie überhaupt einen getragen hat. Eine Hose hatte sie ebenfalls nicht an. Auch ihre Schuhe und Strümpfe muss jemand mitgenommen haben, denn der Ehemann hat ausgesagt, sie habe mit dunkelroten Laufschuhen der Marke Asos das Haus verlassen und diese nie barfuß getragen. Die Schuhe seien neu, sie habe sie erst im letzten Monat gekauft. Ich möchte Sie bitten, sich umgehend auf die Insel zu begeben.«

»Das ist unmöglich«, platzte Swantje heraus.

»Pardon?« Oleg Bödecke schien ehrlich verblüfft zu sein. »Was ist daran unmöglich? Soweit ich weiß, haben Sie keine Kinder zu versorgen, keine pflegebedürftigen Familienangehörigen in Ihrem Haushalt, nicht einmal einen Hund oder eine Katze. Borkum ist schön, besonders jetzt im Mai. Wo liegt das Problem?«

»Ich kann nicht so schnell weg«, sagte die Kommissarin unbestimmt. Ein wenig hatte sie gestottert, was sie ärgerte.

»Frau Brandt, ich bitte Sie ...«
»Ich wollte Ihnen sowieso heute sagen, dass ich weggehe aus Osnabrück«, fiel sie ihm ins Wort.
Er wich zurück und sah sie mit einem Ausdruck des Entsetzens an. »Nanu? Wo wollen Sie denn hin?«
»Nach Berlin!« Eigentlich hatte sie nicht so mit der Tür ins Haus fallen wollen. »Hier ist der Versetzungsantrag.« Sie streckte ihm einen großen braunen Umschlag entgegen. Wenn überhaupt, dann würde sie in eine Stadt gehen, die groß genug war, um ihr Schutz in der Anonymität zu geben und um sie vergessen zu lassen. Und für einen Neustart war die Hauptstadt wunderbar geeignet.
»Berlin«, schnaubte er, »alle Welt will nach Berlin. Warum? Die Mieten sind gigantisch und das unruhige Leben ist nichts für Sie, Frau Brandt. In Berlin kann ich Sie mir nicht vorstellen. Die Kriminalitätsrate ist hoch, viel höher als im beschaulichen Osnabrück. Und Sie, Frau Brandt, seien wir mal ehrlich, sind nicht mehr die Jüngste.«
Einer seiner Lieblingssätze. Swantje zog unwillkürlich ihren rechten Mundwinkel nach oben. Bödecke war einige Jahre älter als sie, was er jedoch nicht wahrhaben wollte. Im Moment schien es so, als wäre das Alter sein größter Feind, mehr noch als alle Straftäter Osnabrücks zusammengenommen. Dabei könnte ihr Chef jünger aussehen, wenn er sich nicht die Haare dunkel tönen und versuchen würde, ihnen mit Haarspray mehr Fülle zu geben. Seine Augenbrauen könnten auch gefärbt sein, denn sie passten farblich nicht zu seinem Kinnbart. Neuerdings schien er sich sogar Botox spritzen zu lassen, sein Gesicht sah partienweise viel zu glatt und gleichzeitig weniger interessant aus. Sie hatte ihn wohl einige Sekunden zu lange betrachtet, denn er räusperte sich und blickte auf den Tisch, auf dem nichts lag.
»Genau, nach Berlin. Mein Mann hat etwas Interessantes an der Charité in Aussicht«, log sie, »mit hervorragenden Karriere-

aussichten, trotz seines vorgerückten Alters. Aber er fühlt sich fit. Ebenso wie ich. Mit dem Älterwerden lassen wir uns noch Zeit. Er ist Arzt und ... ähm ...« Der letzte Satz stimmte. Arzt war er tatsächlich. Holger praktizierte zusammen mit einer Kollegin in einer Hals-Nasen-Ohren-Praxis am Schölerberg. Genau in diese Kollegin hatte er sich verliebt. Sie war zehn Jahre jünger als Swantje, zehn Kilo leichter und um einige Nuancen blonder. Das übliche Klischee eben.

Außerdem kleidete sie sich modisch feminin und nicht so unauffällig wie Swantje, die sich am wohlsten in den Farben Blau und Weiß fühlte. Praktisch war es obendrein, denn so konnte sie nach Belieben kombinieren und fand auf Anhieb passende Kleidungsstücke in ihrem Schrank.

»Tun Sie Ihren Job, Frau Brandt, bleiben Sie schön hier. Das heißt, erst einmal tuckern Sie ganz gemütlich nach Borkum!«

Swantje wandte aus einer Übersprungshandlung heraus ihren Kopf ruckartig nach rechts zum Fenster hin. Die regennassen Dächer und den verblühten Kastanienbaum nahm sie kaum wahr. Sie wusste nicht, was sie ihrem Chef entgegensetzen sollte.

»Liebe Kollegin, Sie sind die perfekte Person für diesen Job. Ich wüsste niemand Geeigneteren, den ich dort hinschicken könnte. Sie kennen die Insel wie Ihre Westentasche, Sie kennen die Borkumer, ihre Mentalität und Gewohnheiten und wissen mit ihnen umzugehen.«

Sie versuchte ihm mit einem Blick zu vermitteln, wie penetrant und grenzüberschreitend sie ihn fand.

»Wenn Ihr Ehegatte unbedingt nach Berlin will, Frau Brandt, dann lassen Sie ihn ziehen. Eine Fernbeziehung schadet nicht, wenn man schon so lange verheiratet ist, im Gegenteil, oft bereichert die Entfernung die Ehe.« Er grinste schmallippig. »Und zwischen Osnabrück und Berlin gibt es eine ausgezeichnete Zugverbindung. Nur drei Stunden im Intercity, ohne Umsteigen, was will man mehr!«

»Das meine ich nicht. Darum geht es nicht.« Erst vor Kurzem war sie auf Borkum gewesen. Die Auszeit hatte sie dringend gebraucht nach der völlig unerwarteten Trennung von ihrem Mann. Wenige Tage vor Weihnachten hatte Holger ihr beim Morgenkaffee mitgeteilt, dass er sich in eine andere Frau verliebt habe und mit ihr zusammenleben wolle. Holger hatte nie besonders viel Feingefühl besessen, aber diese Eröffnung hatte ihr den Boden unter den Füßen weggezogen. Es war ein Schock gewesen, von dem Swantje sich längst noch nicht erholt hatte. Hätte es diesen Bruch in ihrem Leben nicht gegeben, der zu ihrer spontanen Reise über Ostern nach Borkum geführt hatte, wäre die Sache mit Arne nicht passiert. Vieles wäre ihr erspart geblieben. Sie wusste nicht, wie es dazu hatte kommen können, dass sie – eine rational denkende, vernünftige, planende, eher ruhige Frau in den mittleren Jahren – sich zu einer unüberlegten heißen Affäre mit einem ostfriesischen Strandkorbvermieter hinreißen lassen hatte.

»Ein paar Stunden Zeit«, sagte Bödecke, »lasse ich Ihnen zum Packen. Ich verstehe ja, dass man in Ihrem Alter nicht mehr ganz so flexibel ist. Deshalb können Sie morgen früh in aller Ruhe fahren.«

»Nein, Herr Bödecke! Wirklich nicht. Fragen Sie jemand anders, ich habe im Moment anderes zu erledigen.«

Oleg Bödecke atmete tief durch. Auf seiner Stirn bildeten sich Schweißtropfen, die er mit einem Stofftaschentuch wegwischte. »Dies ist eine offizielle Dienstanweisung: Stellen Sie bitte unverzüglich einen Reiseantrag bei Frau Ehrlich. Selbstverständlich ersetzen wir Ihnen alle Kosten für Fähre, Frühstückspension, Mahlzeiten, Kurtaxe und so weiter. Sie müssen sich um nichts weiter kümmern, nur Ihren Koffer packen. Sie haben nichts anderes zu tun, als sich morgen früh in Ihr Auto zu setzen, das Navi zu programmieren und rechtzeitig die Fähre in Emden zu erwischen.«

»Was weiß man über die Tote?«, gab sich Swantje ermattet geschlagen.

Bödecke entspannte sich sichtlich. Er zog ein gefaltetes Papier aus seiner Brusttasche. »Es handelt sich um Sabine Hinrichs, die Frau des Bauunternehmers Steffen Hinrichs. Womit sie getötet wurde, weiß man noch nicht. Leider hat das Paar, das die Leiche entdeckt hat, dies erst heute Morgen zur Anzeige gebracht, obwohl es sie gestern Abend bereits gefunden hat. Sehr bedauerlich, wenn man bedenkt, wie viele Spuren in der Zwischenzeit verwischt worden sind, aber es sind ältere Leute, da muss man etwas Nachsicht walten lassen. Die sind wohl geistig nicht mehr so fit. Sie werden mit den Herrschaften schon umgehen können, feinfühlig, wie Sie sind.«

Swantje betrachtete den schlechten Ausdruck eines Fotos. Das Erste, was ihr auffiel, waren die roten Früchte eines Sanddornbusches. Dann wanderte ihr Blick zu der Frau, die barfuß daneben lag. Schmutzspuren im Gesicht, auf dem Körper und auf der Kleidung zeugten davon, dass der Täter sie mit Gestrüpp zugedeckt hatte. Ein rot-weißes Absperrband der Polizei und kleine Plastikschildchen, die in der Erde steckten, kennzeichneten den Bereich.

»Todeszeitpunkt gestern zwischen 8 und 11 Uhr«, teilte Bödecke sachlich mit. »Genauer lässt sich das noch nicht sagen. Äußerlich wurde keine Verletzung festgestellt. Eine Tatwaffe wurde nicht sichergestellt, obwohl die Kollegen den Tatort in einem Umkreis von etwa 1.500 Metern abgesucht haben.«

»Die Namen der Zeugen sind bekannt?«

»Selbstverständlich. Nähere Einzelheiten erfahren Sie vor Ort.«

»Vor Ort«, murmelte Swantje, »natürlich.«

»Sie nehmen«, sagte Bödecke schwer ausatmend, »die AG Ems um 11 Uhr. Sobald Sie sich in Ihrer Pension eingerichtet haben, finden Sie sich auf der Borkumer Polizeistation ein. Die Adresse ist Strandstraße 11. Man erwartet Sie dort bereits mit Ungeduld.«

»Werde ich dort allein sein?«

»Was meinen Sie mit ›allein‹?«

»Ob es noch jemanden gibt, der an dem Fall arbeitet.«

»Natürlich. Die Kollegen vor Ort werden Sie so weit wie möglich unterstützen. Die wenigen, die noch fit sind«, fügte er hinzu.

»Für wie lange soll das etwa sein?«, wollte sie wissen und hätte jetzt gerne einen Schnaps gehabt.

»So lange, wie es dauert. Vielleicht ein paar Tage, vielleicht auch Wochen. Bis zu Ihrem nächsten Urlaub sollten Sie den Fall gelöst haben, Frau Brandt, ich bin fest davon überzeugt, Sie schaffen das! Und wenn nicht, dürfen Sie sich trotzdem auf Ihren wohlverdienten Jahresurlaub freuen. Bis dahin ist die Borkumer Mannschaft sicher wieder komplett.«

Der Mann hatte einen guten Humor. Sie würde unweigerlich dem Strandkorbvermieter über den Weg laufen. Darauf könnte sie gut und gerne verzichten.

Sie war so tief in Gedanken versunken, dass sie nicht mitbekam, wie Bödecke aufstand und ihr Büro ohne Gruß verließ. Zurück blieb der Geruch seines moschusartigen Aftershaves.

KAPITEL 7

Die Inselfähre legte gerade ab. Es nieselte und war zu kühl, um die fast zwei Stunden Schifffahrt von Emden bis Borkum auf einem der Außendecks zu verbringen. Swantje saß auf einer gepolsterten Sitzbank mit einem roten Streifenmuster und starrte durch die schmutzige Fensterscheibe auf die graue See. Der Dieselmotor dröhnte, das Vibrieren spürte Swantje in jeder Faser ihres Körpers. Der kalte Wind schob das Wasser vor sich her, auf dem

Möwen schaukelten. Einige flatterten aufgeregt neben dem Schiff her, in der Hoffnung, Brotkrumen oder Reste eines Fischbrötchens zu erwischen, die ein Passagier über die Reling ins Meer geworfen hatte. Ein paar Minuten später wurde die Sicht aus dem Fenster noch trüber, noch grauer. Die See wirkte wie schlammiges Waschwasser von undefinierbarer Farbe. Seit ihrer Kindheit liebte Swantje die Gerüche des Meers, die so ganz anders waren als an Land. Es war, als befände sie sich in einer ruhigen Oase inmitten einer rasch vorbeiziehenden Welt.

Das Mikrofon knarzte, der Kapitän begrüßte die Fahrgäste, wünschte eine angenehme Überfahrt und wies auf die Annehmlichkeiten des Bordrestaurants hin.

Swantje nahm ein blondes Haar von ihrem dunkelblauen Pullover und versuchte sich ein wenig zu entspannen. Leider gelang es ihr nicht, denn das Gespräch mit Holger vom Vorabend hatte sie verstört. Als sie ihm mitgeteilt hatte, dass sie wieder nach Borkum fahren würde, diesmal beruflich und für unbestimmte Zeit, hatte er ihr klargemacht, dass sein Haus danach nicht mehr ihr Haus sein würde. Es war sein Elternhaus, in dem er aufgewachsen war. Seine Mutter hatte es ihm vor etwa zehn Jahren geschenkt, damit er Erbschaftssteuern sparen konnte. ›Lieber mit warmen Händen geben als mit kalten‹ war ihr Credo. Dafür erwartete sie Wohnrecht auf Lebenszeit in der oberen Etage, die zu einer abgeschlossenen Wohnung mit Küchenzeile ausgebaut worden war. Er würde die Schlösser austauschen lassen, Swantje eine Wohnung in Osnabrück suchen und ihre Sachen von einer Spedition dorthin bringen lassen. Er würde sogar den Aufbau der Möbel bezahlen. Wie großzügig, dachte sie bitter und nahm sich vor, stark zu bleiben. Sie hatte ihm verboten, ohne sie tätig zu werden, und mit einem Anwalt gedroht, den sie ohnehin würde beauftragen müssen, ohne würde es nicht gehen. Vielleicht war es gut, dass sie jetzt erst einmal abgelenkt war und eine neue Aufgabe hatte. Mit viel Glück würde sie dem Strandkorbvermieter

Arne auf der Insel nicht über den Weg laufen. Sie würde einfach keinen Korb mieten, und wenn doch, dann an einem anderen Strandabschnitt. Den Kaffee und die frischen Waffeln würde sie sich von einer anderen Milchbude holen. So klein war Borkum auch wieder nicht!

Das gleichmäßige Vibrieren der Motoren beruhigte sie nun. Statt einer großen schwarzen Rußwolke wie zu ihrer Kinder- und Jugendzeit spuckte die neue Technik der Fähre nur noch ein leises Zischen aus. Vielleicht könnte sie später sogar ein wenig Schlaf finden, denn sie war früh aufgestanden.

Als Kind hatte sie die Überfahrt mit ihren Eltern geliebt. Die meiste Zeit hatte sie im Kino im Unterdeck verbracht, Chips gegessen und Cola getrunken. Sie wusste nicht, ob es das Vergnügen im Bauch des Schiffes heute noch gab, es interessierte sie auch nicht. Aber einem Kännchen Ostfriesentee wäre sie jetzt nicht abgeneigt. Dazu vielleicht ein Stück Kuchen oder ein Schokoladenriegel, damit könnte sie die Zeit auf der Fähre etwas angenehmer gestalten und vielleicht zudem die leichte Übelkeit in den Griff bekommen.

Swantje begab sich zum Bistro und bestellte Borkumer Krintstuuten mit Butter und Ostfriesentee.

Kurz bevor sie mit ihrem Tablett Platz nahm, ertönte hinter ihr eine männliche Stimme. »Frau Brandt? Sind Sie zufällig Swantje Brandt aus Osnabrück?«

Sie drehte sich um und bemerkte einen sympathisch aussehenden Mann mittleren Alters. Das Erste, was ihr auffiel, war sein freundliches Gesicht, die großen blauen Augen und seine Grübchen. Auf den zweiten Blick erfasste sie seine kräftigen tätowierten Arme und das schwarze Shirt von Udo Lindenberg mit dem knallgrünen Aufdruck »Ich mach mein Ding«, das er trug. Darüber baumelte eine derbe Kette mit Kreuzanhänger an einem Lederband. Seine Jeans war verwaschen, hatte Löcher, aber saß gut. Auf den dritten Blick fielen ihr zwei Kinder auf, die rechts und links an seiner Seite waren. Jedes hatte eine Brezel in der Hand.

»Ja, Sie müssen es sein«, sagte er augenzwinkernd. »Ich habe ein Foto von Ihnen gesehen. Darf ich mich vorstellen? Ich bin Henry Olsen, ein Kollege aus Hannover. Wir kennen uns noch nicht, werden uns aber sicher bald kennenlernen, da wir beruflich nun eine Weile miteinander zu tun haben werden.«

Ein wenig überrumpelt streckte sie ihm die Hand zur Begrüßung hin und murmelte eine Entschuldigungsfloskel. »Tut mir leid, dass ich so unvorbereitet bin, man hat mir nichts von Ihnen gesagt. Ich bin davon ausgegangen, dass ich mit den Borkumer Kollegen allein die Ermittlungen führe.«

»Ich habe es selbst erst gestern Abend erfahren. Da wusste ich nicht, wohin so schnell mit den Kindern, also habe ich sie mitgenommen. Das sind Theo und Mats. Theo kommt bald in die Schule, Mats geht seit fast einem Jahr in den Kindergarten. Hey, Jungs, sagt mal Hallo zu der Dame!«, forderte er die Kleinen auf.

»Hallo, ihr zwei«, sagte Swantje und lächelte etwas bemüht, weil die Jungen offenbar keine Lust hatten, zu tun, was ihr Vater von ihnen verlangte. Sie wunderte sich – nicht nur, dass sie einen Hannoveraner Kollegen an die Seite gestellt bekommen hatte, sondern vor allem, dass er Kinder dabeihatte.

»Und die Jungs sind unsere Assistenten, oder wie darf ich das verstehen?« Swantje wollte nicht unfreundlich klingen, merkte jedoch, dass sie nicht gerade sympathisch rüberkam.

»Ich habe die beiden lediglich bis morgen im Schlepptau«, antwortete Olsen gelassen. »Dann reist eine Tante von mir auf die Insel und nimmt Theo und Mats zu sich ins Hotel, wofür ich ihr unendlich dankbar bin.« Er legte eine Hand auf die Höhe seines Herzens, deutete eine Verbeugung an und zwinkerte.

Er musste ihr Schweigen und ihren zweifelnden Gesichtsausdruck als Frage interpretiert haben, denn er setzte zur Erklärung hinzu: »Ihre Mutter kümmert sich derzeit lieber um sich selbst und erfindet sich neu. Machen Sie sich um mich keine Gedanken, Frau Brandt. Wir müssen nur den morgigen Tag irgendwie überstehen. Eine Lösung wird sich finden. Wo sind Sie untergebracht?«

Sie nannte ihm den Namen der Pension.

»Wir auch«, sagte er erfreut, »das passt ja. Wir können von der Inselbahn aus gemütlich zu Fuß gehen.«

Zu viert setzten sie sich an einen großen Tisch am Fenster. Die Kinder drückten ihre Nasen an die schmutzigen Scheiben und versuchten etwas zu sehen. Es war jedoch alles grau in grau, weit und breit kein Land in Sicht. Sie wollten nach draußen, aufs Oberdeck, Henry vertröstete sie auf später. »Esst erst einmal eure Brezeln«, sagte er und reichte ihnen dazu zwei Wasserflaschen.

»Was wissen Sie über den Fall?«, wollte Swantje wissen.

»Wir können Du sagen. Ich bin Henry!« Er reichte ihr die Hand.

»Swantje.«

»Gut. Also, Swantje, die Tote in der Greunen Stee wird zur Stunde obduziert. Wie die Frau zu Tode gekommen ist, weiß man bislang nicht. Man kann sicher davon ausgehen, dass sie nach ihrem Tod bewegt wurde, denn Tatort und Fundort stimmen nicht überein. Davon zeugen Schleifspuren auf dem Waldboden.«

»Mir wurde gesagt, ich soll mich heute noch auf die Wache begeben.«

»Da haben wir etwas gemeinsam. Ich nämlich auch. Wir werden den Fall als Team angehen und hoffentlich bald lösen. Anschließend geht es für mich bei mir zu Hause weiter. Auch da gibt es etwas zu lösen.« Er verzog sein Gesicht zu einer Grimasse.

»Bei mir auch.«

Er lächelte sie an. »Das wäre also unsere zweite Gemeinsamkeit.«

Wieder meldete sich der Kapitän. »So, die Hälfte ist geschafft«, sagte er mit sonorer Stimme. Die meisten Fahrgäste freuten sich.

Swantje jagte der Spruch Angst ein. Sie hatte kein Zuhause mehr, vor ihr lag eine ungewisse Zukunft, und mit hoher Wahrscheinlichkeit würde sie Arne über den Weg laufen. Sie widerstand dem Verlangen, die nächste Fähre nach Emden zurück zu nehmen, um ihre Angelegenheiten zu Hause zu regeln. Nie hatte sie darüber nachgedacht, wie es sich anfühlte, wirklich heimatlos zu sein. Kurz vor ihrer Abreise war Swantje noch einmal auf die Terrasse ihres Reihenhauses gegangen und hatte in den kleinen Garten geschaut, den sie so sehr liebte. Nun musste sie ihn Holgers Neuen überlassen – ein Gedanke, der ihr immer wieder einen kalten Schauer über den Rücken jagte.

Die Kinder lenkten sie zum Glück ab. Sie zeigten auf die kleinen und größeren Pötte, die zwischen Borkum und den niederländischen Orten Eemshaven und Delfzijl oder den deutschen Häfen Emden und Leer unterwegs waren. Als die Kleinen unruhig wurden, gingen sie zu viert ins Untergeschoss. Kein Kino mehr wie zu Swantjes Kinder- und Jugendzeiten, stattdessen fanden sie einen Eltern-Kind-Bereich vor, einen Wattenmeer-Entdeckerraum, Spieltische, Bildschirme und Bilder zum Thema Wattenmeer. Begeistert liefen die Kinder von einer Station zur nächsten. Im Geiste sah Swantje ihre Tochter vor sich, die früher, als sie klein gewesen war, bestimmt gerne mitgespielt hätte. Es schien nicht lange her zu sein, obwohl Insa längst erwachsen war.

KAPITEL 8

Langsam tuckerte die Fähre auf den Borkumer Inselhafen zu, der wie alle ostfriesischen Inselhäfen an der Wattseite lag. Möwen umkreisten das Schiff und stießen dabei ihre typischen schrillen Laute aus. Manchmal hörte es sich an wie das Kreischen eines Kindes. Es roch nach Fisch, Tang und Öl. Swantje sog den Geruch tief in ihre Lungen.

Vor den Ausgängen hatten sich lange Schlangen gebildet, es wurde geschoben und gedrängelt, doch irgendwann befand auch Swantje sich auf der etwas wackeligen Gangway. Henry folgte ihr mit Mats an der Hand. Der sechsjährige Theo zog seinen kleinen Trolley allein hinter sich her.

Mit ihrem Gepäck begaben sie sich zur urigen Kleinbahn, die schon auf die Borkum-Gäste wartete, und nahmen ihre Plätze im hinteren Teil ein. Die Holzbänke waren noch genauso unbequem wie in ihren Kindertagen, dachte Swantje. Für Touristen war es trotzdem ein Erlebnis, in dieser nostalgischen Bahn aus dem Jahre 1888 zu sitzen, die ganz aus Holz war.

Die Jungs waren zappelig. Immer wieder zupften sie ihren Vater am T-Shirt, zeigten nach draußen und erzählten, was sie alles erleben wollten in den nächsten Tagen. »Drachen steigen lassen«, sagte Theo aufgeregt. »Aber nicht so einen kleinen, einen mit mehreren Seilen!«

Mats wollte mit seinen neuen Schwimmflügeln ins Wellenbad und Henry sagte mit einem Augenzwinkern, dass Tante Monika bestimmt Lust habe, mit ihm hinzugehen.

Mit einem Pfiff setzte sich der Zug rumpelnd in Bewegung. 17 Minuten dauerte die gemächliche Fahrt, die zunächst durch Salzwiesen führte. Rechts ging es an Deutschlands größter Jugendherberge vorbei, wie ein älterer Herr sie aufklärte, der in seiner

Jugend dort mehrere Male seine Ferien verbracht hatte. Weiter führte die Fahrt durch einen dichten Bewuchs aus Kartoffelrosen und Röhricht und führte schließlich über einen Damm durch das Wattenmeer. Als sie das Inselwäldchen Greune Stee passierten, musste Swantje an die tote Frau denken, die dort zwischen Birken, Kiefern und sumpfigen Flächen von ahnungslosen Spaziergängern gefunden worden war. »Morgen steht dort ein Ortstermin an«, sagte sie und sah, wie Henry Olsen nickte.

Als die Inselbahn die Greune Stee hinter sich gelassen hatte, tauschten sie sich über ihre Erfahrungen mit Kollegen und Vorgesetzten aus.

Schließlich erreichten sie die Vorstadt mit den kleinen dunkelroten Backsteinhäusern. Die Bürgersteige waren gefegt und der Rasen hinter niedrigen Zäunen saftgrün und kurz gehalten. Hier und da standen Gartenzwerge in den Vorgärten oder andere Plastikmitbewohner wie Gänse, Windmühlen, Leuchttürme und Schafe. An manchen Stellen fuhren Fahrradfahrer in etwa dem gleichen Tempo wie die Bahn neben ihr her.

Der Bahnhof lag direkt im Ortszentrum. Dort warteten Linienbusse, Taxis und auch einige Pferdekutschen.

Die Frühstückspension wirkte von außen heimelig, war wie viele Borkumer Häuser im Backsteinstil errichtet, mit vorgebautem Erker. Eine nette Pensionswirtin führte sie über eine knarrende, mit einem abgetretenen Läufer belegte Treppe ins Obergeschoss, wo ihre Zimmer lagen, klein und zweckmäßig, aber liebevoll eingerichtet. Es roch muffig, und Swantje unterdrückte den Impuls, das schmale Flügelfenster aufzureißen. Die Eckdusche war winzig und wohl nachträglich eingebaut worden, doch wenigstens gab es eine ausschließlich für sie. Früher hatte es in den Pensionen oft nur eine Gemeinschaftsdusche auf dem Flur oder im Keller gegeben.

»Wenn Sie sich eingerichtet haben«, sagte die Wirtin, kommen Sie bitte runter ins Frühstückszimmer, da erhalten Sie von mir einen Begrüßungssekt und die Kleinen einen Saft.«

»Sekt?« Swantje lachte. »Wir sind eigentlich im ...«

»Sehr freundlich von Ihnen, Frau Blom«, sagte Henry und knuffte sie kameradschaftlich in die Seite, »wir sind gleich da.«

Zu viert machten sie sich eine halbe Stunde später auf den Weg zur Polizeistation. Zur Strandstraße hatten sie es zum Glück nicht weit. In wenigen Gehminuten erreichten sie das große Backsteingebäude. Davor befand sich eine dreiteilige Bronzeskulptur, vor der die Kinder eine Weile stehen blieben, weil sie sie unbedingt berühren wollten.

»Sekt im Dienst«, schnaubte Swantje und schüttelte grinsend den Kopf. »Ist dir auch so schummrig?«

»Wir waren ja noch gar nicht im Dienst, oder?«, stellte Henry klar. »Vor einer Stunde waren wir noch normale Touristen. Und ihr zwei«, sagte er zu Theo und Mats, »benehmt euch gleich, hört ihr? Ich habe etwas zum Malen dabei. Ihr setzt euch in den Vorraum und wartet dort ganz ruhig, bis wir euch abholen.«

»Malen ist langweilig«, maulte Theo, »können wir nicht was anderes machen?«

»Was denn?«

»Mit einem Polizeifahrzeug fahren und Verbrecher jagen«, sagte er mit einem Grinsen voller Zahnlücken, nachdem er einen Blick in den Hinterhof der Polizeiwache geworfen hatte.

»Das hättest du wohl gerne.«

»Oder mit einem Polizeimotorrad!«

»Au ja«, schrie Mats begeistert.

»Der Drachen, Theo«, erinnerte ihn Henry. »Den gibt's nur, wenn ich keinen Grund zum Mosern finde.«

Theo zog eine Schnute.

»Nicht einen Grund, hörst du?«

Swantje fragte sich, wie er wohl als Vater war. Autoritär oder eher liberal? Sie wusste es nicht. Er wollte wohl streng wirken, aber so richtig ernst nahmen die Kinder ihn nicht.

Sie meldeten sich bei der diensthabenden Wache und saßen wenig später zwei Polizeibeamten gegenüber, Lutz Dabelstein und Sebastian Jonker.

»Endlich«, sagte Dabelstein, der in einem ähnlichen Alter wie sie und Henry war. »Ich habe Sie schon ungeduldig erwartet. Wie Sie vielleicht gehört haben, befinden wir uns gerade in einem Ausnahmezustand. Ein Kollege nach dem anderen meldet sich krank. Es ist zum Haareraufen, wenn ich noch welche hätte.« Er streichelte grinsend seine kurz rasierte Halbglatze.

»Trotzdem darf ich annehmen, dass Sie nicht untätig geblieben sind«, sagte Henry augenzwinkernd.

»Natürlich nicht. Die Kollegen von der Spurensicherung waren fast die ganze Nacht am Tatort.« Nachdenklich kraulte Dabelstein seinen weißen Ziegenbart.

»Was weiß man inzwischen?«

»Die Frau ist vermutlich Opfer eines Triebtäters geworden. Die Leiche lag in einem Gebüsch, etwa sechs Meter abseits des Weges. Spaziergänger mit einem Hund haben sie gefunden, da war sie bereits seit mehreren Stunden tot. Ihr Ehemann hat sie ungewöhnlich früh als vermisst gemeldet, schon am Donnerstagnachmittag, was uns verwundert hat. Er war mit ihr zum Essen verabredet und sie ist nicht erschienen.«

»Das ist tatsächlich sehr früh für eine Vermisstenanzeige. Hat er dafür eine Erklärung abgegeben?«

»Er hat gesagt, dass sie immer pünktlich und zuverlässig sei und dass sie wegen einer Herzgeschichte Medikamente brauche. Trotzdem merkwürdig, finden Sie nicht?«

»Hat er selbst nach ihr gesucht?«

»Er hat sie zunächst am Hauptstrand vermutet und ist ihn in beide Richtungen abgelaufen, ja. Dann hat er seine Suche in der Greunen Stee fortgesetzt, weil sie dort auch gerne lief. In einem Gestrüpp fand er tatsächlich einen Pullover, der seiner Frau gehörte. Doch erst am Abend spürte der Hund von Spaziergängern die Leiche auf. Leider haben sich die Zeugen sehr spät gemeldet, gestern Morgen war das. Da war die Frau schon seit rund 24 Stunden tot.«

»Hat der Ehemann seine Frau identifiziert?«

»Hat er. Kaffee?«

Swantje Brandt und Henry Olsen nickten dankbar. Der Sekt hatte Swantje zunächst erfrischt, dann aber eine bleierne Müdigkeit bewirkt. Vielleicht lag es auch daran, dass sie bereits seit fast zwölf Stunden auf den Beinen war. Ihr Kollege Henry Olsen wirkte fitter, trotz der Dauerbeanspruchung durch zwei lebhafte Jungen. Vielleicht tat er auch nur so.

Der jüngere Kollege Sebastian Jonker erhob sich lahm, um Kaffee zu organisieren.

»Sie wollten mir etwas über die Frau erzählen«, nahm Swantje den Faden wieder auf.

»Der Name der Toten ist Sabine Hinrichs«, sagte Dabelstein, »47 Jahre alt, zuletzt wohnhaft auf Borkum, verheiratet mit Steffen Hinrichs, 56, Unternehmer, ein erwachsener Sohn, der in Düsseldorf lebt. Sie sind erst vor Kurzem von Düsseldorf nach Borkum gezogen, nachdem sie fast zwei Jahre lang an ihrem Eigenheim gebaut haben. Ihr Wohnhaus wirkt sehr luxuriös, wenn Sie mich fragen, eher außergewöhnlich für Borkum. Ich war kurz da, um dem Ehemann die Nachricht zu überbringen. Die Vermisstenanzeige hat er bei meinem Kollegen aufgegeben.«

»Wo befindet sich die Tote derzeit?«

»Sie wurde mit einem Hubschrauber nach Emden in die Gerichtsmedizin geflogen.«

Der jüngere Kommissar kehrte zurück. »Im Vorraum bei der Schreibkraft sitzen Kinder«, meldete er und balancierte zwei Kaffeebecher auf einem kleinen Tablett. »Frau Henningsen beschäftigt sie gerade mit Cola und Gummibärchen.«

»Das sind Theo und Mats«, klärte Henry sie zerknirscht auf. »Morgen kommt eine Verwandte und nimmt sich ihrer an.«
»Dürfen sie Cola trinken?«
»Heute dürfen sie alles, Hauptsache, sie stören nicht.«
»Sie sagten, der Ehemann habe seine Frau schon früh als vermisst gemeldet«, stellte Swantje fest. »Was für einen Eindruck hat er auf Sie dabei gemacht?«
Sebastian Jonker setzte sich zu ihnen. »Einen sehr aufgelösten. Er bestand darauf, dass wir sofort mit der Suche beginnen, als handle es sich um ein Kind oder eine demente Person. Ich habe ihn darauf hingewiesen, dass sich seine Frau als erwachsene Person frei bewegen könne. Erst da rückte er mit der Krankheit seiner Frau heraus und meinte, dass sie dringend auf Medikamente angewiesen sei. Das Herz«, fügte er erklärend hinzu. »Wir haben daraufhin natürlich unverzüglich mit der Suche begonnen.«
»Dann hat das Gefühl des Ehemannes ihn ja doch nicht getrogen. Wie hat Steffen Hinrichs die Nachricht vom Tod seiner Frau aufgefasst?«, wollte Henry Olsen wissen.
»Er war natürlich geschockt«, antwortete Jonker auf Henrys Frage. »Konnte nicht viel sagen. Eine Befragung in dem Sinne hat bislang nicht stattgefunden.«
»Das wäre dann ebenfalls Ihre Sache«, sagte Dabelstein, nieste dreimal hintereinander und rieb seine gerötete Nase. »Entschuldigung. Gräserpollen. Unser Öko-Nachbar mäht seine Wiese nicht, wegen der Insekten. Und ich muss das ausbaden.«
Swantje Brandt dachte kurz an ihren idyllischen Garten in Osnabrück. Auch der war insektenfreundlich angelegt. Sie hatte sich nie gefragt, wie die Nachbarn das fanden.
»Am besten heute noch, also die Befragung«, holte Dabelstein sie in die Gegenwart zurück. »Wenn möglich, zu zweit und ohne Kinder.« Er machte eine vage Kopfbewegung in Richtung Flur.
»Ist inzwischen klar, wie die Frau zu Tode gekommen ist?«, wollte Swantje wissen.

»Bisher nicht. Eventuell vergiftet, weil wir keine äußeren Spuren gefunden haben. Aber das ist, wie gesagt, reine Spekulation.«

»Man sagte uns, der Fundort der Leiche sei nicht identisch mit dem Tatort.«

»Das wissen wir noch nicht genau. Die Frau wurde etwa sechs Meter weit ins Unterholz gezogen. Schleifspuren belegen das. Ob sie da schon tot war, lässt sich nicht mit Sicherheit sagen. Zumindest hat es anscheinend keinen Kampf gegeben, es liegen keine Kampf- oder Abwehrspuren vor.«

»Gibt es Reifenabdrücke in der Nähe des Tatorts? Eventuell von einem Fahrrad?«

Dabelstein wiegte den Kopf. »Am Fundort gab es keine Reifenabdrücke, aber etwa 200 Meter davon entfernt schon. Da haben wir frische Abdrücke von mindestens zwei Rädern gefunden. Auf der letzten Strecke müssen Täter und Opfer jedenfalls zu Fuß unterwegs gewesen sein. Möglicherweise war auch der Täter ein Jogger. Ob sie sich kannten, ist ungewiss. Ob er seinem Opfer zufällig begegnet ist oder es gezielt verfolgt hat, wissen wir ebenfalls noch nicht. Fest steht lediglich, dass der Täter in die Richtung zurückgelaufen ist, aus der er gekommen ist.«

»Also konnten Schuhabdrücke sichergestellt werden?«, hakte Swantje Brandt nach.

Dabelstein schien sie zum ersten Mal richtig wahrzunehmen. Sein Blick blieb etwas zu lange an ihrer recht fraulichen Figur hängen, die sich unter ihrem dunkelblauen Pullover abzeichnete.

»Herr Dabelstein? Haben Sie meine Frage gehört?«, fragte sie ihn scharf.

Er räusperte sich und wurde tatsächlich ein wenig rot. »Verzeihung, natürlich.« Er sah ihr nun direkt in die Augen. »Ja, sowohl die Schuhabdrücke des Opfers als auch des möglichen Täters. Laut Aussage des Ehemannes hatte die Frau Größe 39. Der andere Läufer hatte Schuhgröße 42/43. Beide Abdrücke wurden in unmittelbarer Nähe des Fundortes der Leiche gesichert und auch auf der Wegstrecke neben der Bahnlinie. Da es vorher lange und ausgiebig geregnet hatte, ließen sich diese Abdrücke gut von älteren und auch ganz frischen Fußabdrücken unterscheiden. Auf dem Hinweg fanden sich beide Abdrücke relativ kurz hintereinander, auf dem Rückweg nur noch seine. Das Lauftempo auf dem Rückweg muss er beschleunigt haben. Sabine Hinrichs' Schuhe sind ihr ausgezogen worden. Sie sind verschwunden, vermutlich hat der Täter sie mitgenommen, warum auch immer.«

»Vielleicht eine Trophäe?«, fiel Swantje ein. »Was ist mit den anderen Kleidungsstücken?«

»Auch die Hose und der Slip fehlen, was auf einen Sexualmord hindeutet. Ein zum Tatort hinzugerufener Notarzt hat äußerlich jedoch keine Verletzungen festgestellt. Wahrscheinlich ist sie vor dem Mord betäubt worden. Das Mittel muss augenblicklich gewirkt haben.«

»Was ist mit den Zeugen? Wo können wir sie finden?«

»Die Zeugen machen auf Borkum Urlaub. Spätestens morgen sollten Sie sie noch einmal befragen, denn am Montag reisen sie ab. Sie wohnen im Nordsee-Hotel. Ihre Kontaktdaten habe ich hier: Annerose Heilmann aus Hamm und Walter Torlage aus Hamburg.«

Swantje Brandt bedankte sich. »Was hat Sabine Hinrichs beruflich gemacht?«, wollte sie noch wissen.

»Sie war Hausfrau. Ihr Mann hat keinen weiteren Beruf angegeben.«

Die Kommissarin stand auf, um sich zur Fotowand zu begeben. Zunächst fiel ihr die entspannte Haltung des Opfers auf. Halb auf dem Rücken, halb auf der Seite lag es dort, als hätte es sich zum Mittagsschlaf ins Gebüsch gelegt. »So hat man sie gefunden?«, fragte sie. »Was bedeutet das?«, dachte sie laut nach.

»Das fragen wir uns auch«, antwortete der jüngere Ermittler, ein hoch aufgeschossener Mann mit lockigen roten Haaren und einem rötlichen Bartflaum. »Hat sie diese Haltung selbst eingenommen oder wurde sie vom Täter so hingelegt? Zumindest scheint es so, als hätte es der Täter nicht eilig gehabt.« Er kniff seine Augen zusammen.

»Ist das eine Muschel?«, fragte Henry und deutete auf einen kleinen Gegenstand am Rand des Fotos.

»Ganz richtig«, sagte Sebastian Jonker. »Seltsamerweise fanden sich unter der Toten eine Handvoll Muscheln.«

»Wirklich?« Swantje sah noch genauer hin.

»Herzmuscheln, ja. Vielleicht hat sie die vorher am Strand gesammelt.«

»Schon ungewöhnlich. Aber sie wohnte ja noch nicht so lange auf Borkum. Gut möglich, dass sie noch Gefallen daran fand, Muscheln zu suchen.«

»Mag sein, ja.«

»Möglicherweise eine Beziehungstat«, mutmaßte Henry. »Oft findet sich der Täter im näheren Umkreis des Opfers. Den frauenmordenden Sexualtäter gibt es glücklicherweise eher selten. Eventuell hatte Sabine Hinrichs einen Geliebten und sie hatte vor, die Affäre zu beenden, und er war nicht damit einverstanden und wollte sie sich mit Gewalt nehmen.«

Lutz Dabelstein griff nach seiner Kaffeetasse. »Denkbar ist alles«, meinte er. »Zum Beispiel auch, dass es Probleme mit dem Anwesen gab, das sich die Eheleute Hinrichs errichtet haben. Das Haus befindet sich in einem ehemaligen Naturschutzgebiet. Naturschützer sind auf die Barrikaden gegangen, als die Baugrube ausgehoben wurde. Elende Diskussionen folgten in den regionalen Zeitungen. Fragen Sie die Bürgermeisterin, die hat den ganzen Ärger abbekommen. Versuchen Sie am Montag mal, einen Termin mit ihr zu vereinbaren.«

Swantje Brandt nickte. »Gute Idee, danke. Wir kümmern uns darum.«

»Wie kommen wir von hier zur Greunen Stee?«, wollte Henry Olsen wissen.

»Das kann ich dir zeigen.« Die Kommissarin lächelte stolz.

Lutz Dabelstein betrachtete sie eingehend. »Sie kennen sich aus auf Borkum?«

Swantje ließ ihn schmoren.

»Frau Brandt ist Borkumerin«, sagte Olsen an ihrer Stelle.

Swantje hatte keine Lust zu erwähnen, dass sie das seit Langem nicht mehr war.

»Ach«, sagten Lutz Dabelstein und Sebastian Jonker wie aus einem Mund.

»Das sind wir beide ja nicht einmal«, sagte Jonker. »Ich stamme aus Bielefeld und mein Chef aus Oldenburg. Wir leben aber inzwischen auch schon ein paar Jährchen hier. Wenn Sie wollen, bringe ich Ihnen noch einen Kaffee.«

Swantje Brandt und ihr Kollege verabschiedeten sich lieber und holten die Kinder im Nachbarbüro ab, was gar nicht so einfach war, weil sie beide ein halb volles Glas Cola und eine Schüssel mit Keksen und Gummibärchen vor sich stehen hatten und sie fest umklammerten.

KAPITEL 9

Die Greune Stee zeigte sich an diesem Abend in einem besonders zauberhaften Licht. Sonnenstrahlen beleuchteten die Blätter der Birken, sodass sie strahlend grün wirkten. Doch die Wirklichkeit war alles andere als romantisch, und Henry Olsen rief sich in Erinnerung, dass sie sich an einem Ort befanden, an dem sich gerade ein Mord ereignet hatte. Das rot-weiße Flatterband mit dem Hinweis »Polizeiabsperrung« war schon von Weitem zu sehen. Die ersten Ermittlungen am gestrigen Tage hatte die Ortspolizei durchgeführt, gefolgt von einer Spurenanalyse.

Henry Olsen war froh, dass er Theo und Mats nicht mitnehmen musste. Sie konnten glücklicherweise bei der Pensionswirtin bleiben, die sie mit einer großen Schüssel Popcorn vor den Fernseher im Frühstücksraum gesetzt hatte. Die gute Frau Blom hatte nichts dagegen einzuwenden gehabt und war im Gegenteil wohl eine Person, die gerne Kinder um sich hatte.

Im Wald waren noch Touristen unterwegs, einige mit Wanderjacken und Rucksäcken ausgestattet, andere bereits abendfein in besserer Garderobe. Vor dem Flatterband der Polizei blieben sie kurz stehen, gingen aber weiter, da es nichts mehr zu sehen gab.

Die Schuhabdrücke des Mordopfers und seines Verfolgers waren nach wie vor hinter der Absperrung zu erkennen, obwohl es seitdem wieder leicht geregnet hatte. Sie waren mit Nummerntafeln markiert. Aufgrund der feuchten Witterung der vergangenen Tage hatten die Profile der Sportschuhe tiefe Abdrücke im Waldboden hinterlassen.

Henry Olsen beobachtete seine neue Kollegin Swantje Brandt, wie sie vor dem niedergedrückten Gebüsch kauerte, in dem die Tote gefunden worden war. Ihre Haare wirkten im Licht der Abendsonne golden. Er fand sie attraktiv, obwohl sie nicht seinem Typ entsprach. Sie machte nichts aus sich, trug unauffällige, langweilige Klamotten und war ein wenig zu burschikos für seinen Geschmack. Mit ihren Händen wischte sie am Boden unter den Zweigen entlang und schnitt sich an etwas Scharfem die Hand auf. Sie gab ein zischendes Geräusch von sich und hielt ihren Finger an den Mund.

»Oh shit, das war eine Muschel«, sagte sie und saugte an ihrem Zeigefinger. »Hast du zufällig ein Taschentuch? Sonst schau mal bitte in meiner Tasche. Da müsste eine Packung drin sein.«

Er öffnete den Reißverschluss und ertastete sie glücklicherweise auf Anhieb. Es wäre ihm unangenehm gewesen, in einer fremden Handtasche zu kramen. »Dann muss an dieser Stelle die Leiche gelegen haben«, stellte Henry fest. »Die Kollegen sprachen von Muscheln, die bei ihr gefunden wurden. Sie haben sie mitgenommen, zur Spurenanalyse.« Er hielt Swantje eine kleine Plastiktüte hin. Vorsichtig ließ sie die kaputte Muschel in die Tüte gleiten.

»Schau mal, dort wurden Zweige niedergedrückt und teilweise abgebrochen«, sagte sie. »Und hier findet sich ein größerer Schuhabdruck, der möglicherweise vom Täter stammt.« Sie deutete auf die entsprechende Stelle. »Und da sind noch Muscheln, siehst du?« Swantje Brandt drückte mit den Händen die Zweige beiseite und zeigte ihm zwei weitere Muscheln.

Auch Henry Olsen ging nun in die Hocke. »Tatsächlich«, sagte er, »die haben sie wohl übersehen.«

Sie rieb ihre Nase.

»Die Venusmuschel – ist das nicht ein sprechendes Symbol? Ich meine, mal gelesen zu haben, dass in der griechischen Mythologie damit der Göttin Aphrodite gehuldigt wurde. Es wird behauptet, die Form der Muschel sei der Vulva ähnlich.«

»Ach watt«, sagte sie, »das ist keine Venusmuschel, sondern eine Herzmuschel, und ich glaube auch nicht, dass der Täter da etwas Besonderes hineininterpretiert hat. Ich halte es für wahrscheinlicher, dass die Frau die Muscheln gesammelt hat. Anhand der Fingerabdrücke und DNA-Spuren lässt sich das doch sicher feststellen.«

Er hatte Lust, mit seiner neuen Kollegin gleich noch ein Bier trinken zu gehen. Ob er sie fragen sollte? Er wollte nichts von ihr, brauchte nur ein wenig Gesellschaft, jemanden zum Reden, zum Lachen vielleicht, einfach jemanden, der ihn auf andere Gedanken brachte. Aber in der Frühstückspension warteten Theo und Mats. Sie hatten sicher Hunger, freuten sich auf ein gemeinsames Abendbrot und danach auf eine Gutenachtgeschichte.

»Swantje«, begann er, »kann der Mann des Opfers vielleicht bis morgen warten? Die Kinder sind bestimmt müde und ich auch. Wir könnten Feierabend für heute machen und vielleicht noch irgendwo was trinken. Was meinst du?«

»Ich denke, deine Kinder sind bei der Pensionswirtin gut aufgehoben, oder? Wir wissen nicht, wann Hinrichs morgen zu sprechen ist. Besser, wir suchen ihn heute noch in seinem Wohnhaus auf. Ich möchte mir ein Bild von ihm machen, möchte herausfinden, wie er lebt. Wie Sabine Hinrichs gelebt hat.«

Als sie sich bereits vom Tatort entfernt hatten, kam eine Frau mit Hund auf sie zu. Sie war mittelgroß und hatte ihre rötlichen Haare zu einem Pferdeschwanz gebunden.

»Da drüben ist es gewesen, nicht wahr?«, rief die Spaziergängerin aus einigen Metern Entfernung. Für eine Frau hatte sie eine auffällig tiefe Stimme, als rauchte sie täglich eine Packung Zigaretten. »Sind Sie von der Polizei? Untersuchen Sie den Tatort? Sabine war meine Freundin. Ich kenne sie seit Urzeiten und kann nicht fassen, was passiert ist!« Sie hatte Mühe, ihren Hund zu halten. Er schnüffelte aufgeregt am Boden und zerrte mit aller Kraft an der Leine. Er wollte unbedingt unter dem Absperrband hindurch zu der Stelle gelangen, an der Sabine Hinrichs aufgefunden worden war. »Halt, Oscar, hiergeblieben!«, rief sie und zog den schwarzen Labrador an der Leine zurück. Dadurch hatte sie sich ein paar Schritte angenähert.

Henry Olsen trat auf sie zu und fragte sie nach ihrem Namen.

»Runa Brennecke. Ich kenne Sabine seit meiner Kindheit. Wir sind in eine Klasse gegangen und waren früher eng befreundet.«

»Ich dachte, sie wäre neu auf Borkum gewesen.«

»Nein, sie lebte früher mit ihren Eltern hier, ist dann weggezogen und erst vor Kurzem mit ihrem Mann zurückgekehrt.«

»Verstehe.«

»Ich muss den Ort mit eigenen Augen sehen, an dem sie gestorben ist. Ich kann es nicht begreifen. Wer hat ihr das nur angetan?«

»Woher wissen Sie, dass das der Tatort ist?«, wollte Henry wissen.

»Das hat sich herumgesprochen. Borkum ist ein Dorf. Beim Brötchenholen hat es die Runde gemacht. Jemand wusste, dass Sabine vermisst wird, und ein anderer hat die Absperrung im Wald gesehen.«, fügte sie mit einem angedeuteten Lächeln hinzu.

Swantje Brandt nahm die Spaziergängerin ins Visier. Sie hatte ein rundes, freundliches Gesicht und strahlend blaue Augen. Ihre sonore Stimme bildete einen interessanten Kontrast zu ihrer fraulichen Figur. »Vielleicht können Sie uns helfen, Frau Brennecke. Ist Ihnen in der letzten Zeit etwas aufgefallen, das wir wissen sollten? Hatte Frau Hinrichs Streit mit jemandem oder hatte Ihre Freundin vor etwas Angst?«

»Meine Freundin hatte vor vielen Dingen Angst. Sie fürchtete sich vor der Dunkelheit, vor Fremden, manchmal sogar vor ihrem eigenen Mann.«

»Sie hatte Angst vor ihrem Mann?«

»Ja, so erwähnte sie es neulich«, sagte die Frau geradeheraus. »Sabine wollte ihn verlassen. Das hat sie mir erst letzte Woche erzählt.«

»Wovor genau hatte Ihre Freundin Angst? Hat ihr Mann sie bedroht?«

»Steffen ist ein dominanter Mensch. Er kann schnell aus der Haut fahren. Die Beziehung fühlte sich für Sabine toxisch an. Sie hatte Angst, dass es eskalieren könnte.«

»Gab es bei den Hinrichs häusliche Gewalt?«

Runa Brennecke antwortete nicht gleich. Sie war mit ihrem Hund beschäftigt und verkürzte die Leine, damit er nicht in die Nähe des Tatorts gelangen konnte. »Davon hat sie nichts gesagt. Es könnte sein.«

Henry kniff die Augen zusammen. »Gab es konkrete Hinweise auf eine Misshandlung oder vermuten Sie das nur?«

»Ich vermute es nur«, sagte die Frau kleinlaut. »Aber ich habe vorgestern hier in der Nähe jemanden gesehen. Einen Mann. Er trug Sportklamotten und rannte panisch weg. Mein Hund wollte hinter ihm herjagen, darum erinnere ich mich so genau daran. Ich habe Oscar energisch zurückhalten müssen. Hätte ich ihn mal von der Leine gelassen, vielleicht hätten Sie den Täter dann schon.«

»Wann genau war das?«

»Am Donnerstag, gegen 7 Uhr morgens. Manchmal laufe ich mit Oscar diese Strecke, bevor ich zur Arbeit muss. So auch an dem Morgen. Und da habe ich beobachtet, wie ein Mann weggerannt ist.«

»Und Sie meinen, er kam von hier, vom Tatort?«

»Ja, aus diesem Gebüsch!«

»Wie sah er aus?«, wollte Swantje wissen.

Die Frau überlegte. »Groß war er, größer als ich auf jeden Fall.« Mit der freien Hand deutete sie die Körpergröße an. »Er wirkte sportlich durchtrainiert. Normale bis kräftige Figur. Und mittelalt. Zwischen 45 und 55, würde ich sagen.«

»Und er kam aus dieser Richtung?« Swantje Brandt zeigte noch einmal auf die Stelle.

Runa Brennecke nickte.

»Und welche Richtung hat er dann eingeschlagen?«

»Er lief in die Richtung, aus der Sie gekommen sind.«

»Könnte es Sabine Hinrichs' Mann gewesen sein?«, fragte Swantje Brandt nach.

»Das war mein erster Gedanke. Von der Statur her könnte es passen. Aber er trug dunkle Sachen und hatte eine dunkle Mütze auf dem Kopf, deshalb bin ich mir nicht sicher. Nur die Sportschuhe sind mir aufgefallen. Sie waren schwarz und neongrün. So ein leuchtendes Grün, wissen Sie? Diese Schuhe habe ich neulich bei einem Mann auf der Fähre gesehen, als ich von einem Termin aus Emden kam. Ich meine, es waren dieselben. Er trug auch dunkle Klamotten.«

»Frau Brennecke, würden Sie Ihre Aussage schriftlich auf dem Revier wiederholen?«

Die Zeugin zögerte. »Wenn es sein muss, ja. Allerdings ich habe ja nichts Genaues gesehen. Nur einen Mann, der weggerannt ist.«

»Oder ist er einfach nur gejoggt?«

Schweigen. »Vielleicht haben Sie recht. Vielleicht ist er nur gejoggt und ich habe es mir im Nachhinein eingebildet.«

Swantje Brandt seufzte. »Schreiben Sie mir bitte Ihre Kontaktdaten auf. Wir melden uns zeitnah bei Ihnen.« Sie reichte der Zeugin ein Stück Papier und einen Stift. Die Frau nutzte den Stamm eines Baumes als Unterlage.

»Und falls Ihnen noch etwas in dem Zusammenhang einfallen sollte«, sagte Swantje, »zögern Sie bitte nicht, es uns mitzuteilen. Jedes scheinbar unbedeutende Detail kann von Bedeutung sein.«

»Selbstverständlich, ich denke noch einmal in Ruhe nach«, sagte die Zeugin und nahm die Visitenkarten der Kommissare entgegen.

KAPITEL 10

Der leichte Wind wehte den salzigen Meergeruch zu ihnen herüber. Ein besonderes Fleckchen Erde, das vor einigen Jahren sicher einen ganz anderen Charakter gehabt hatte. Swantje dachte an die Proteste der Umweltschützer, von denen die Kollegen auf der Wache gesprochen hatten, und musste ihnen innerlich ein wenig recht geben.

»Nobel«, meinte Henry Olsen mit kritischem Blick, als sie die ruhig gelegene Wohnstraße der Hinrichs erreichten. Sie befand sich in der Nähe des Kleinen Leuchtturms, nicht weit vom Eingang der Greunen Stee. »Jedes zweite Haus scheint für eine Ferienvermietung genutzt zu werden. Die Nachbarschaft wirkt auf mich wie ausgestorben. Hier sagen sich Hase und Igel gute Nacht.«

»Hase und Igel ist gut«, sagte Swantje lachend.

»Hasen habe ich hier schon einige gesehen, oder sind das wilde Kaninchen? Die grasen gemütlich direkt neben Fasanen. Eine ruhige und idyllische Gegend!«

»Mir wäre es zu idyllisch.«

In der mit Naturstein gepflasterten Einfahrt parkten ein silberner Mercedes und daneben ein knuffiger Fiat 500 in Apfelgrün. Ein vergittertes Fenster zur Straßenseite hin war hell erleuchtet.

Zu beiden Seiten der breiten Haustür standen anthrazitfarbene Kübel mit perfekt in Kugelform geschnittenen Buchsbäumen. Neben der Klingel gab es ein modernes Code-Zahlenschloss, daneben eine gut sichtbare Alarmanlage.

Henry Olsen atmete tief durch, wechselte mit zerknirschter Miene einen Blick mit Swantje und klingelte.

Lange tat sich nichts. Sie vermuteten dennoch, dass Steffen Hinrichs zu Hause war, es sei denn, er hätte das Licht aus Versehen brennen lassen. Der Kommissar klingelte erneut.

Endlich ein Knarzen in der Gegensprechanlage. »Ja?«, dröhnte ihnen eine genervte Stimme entgegen. »Treten Sie bitte einen Schritt zurück, damit ich Sie sehen kann.«

Swantje Brandt bemerkte eine Videoanlage mit einer kleinen beweglichen Kamera, die gerade auf sie schwenkte.

Sie kam der Aufforderung nach. »Kriminalpolizei«, sagte sie und hielt ihren Dienstausweis hoch, »wir haben ein paar Fragen an Sie, Herr Hinrichs.«

»Es ist spät«, lautete die unterkühlte Antwort. »Außerdem habe ich mit der Polizei schon alles geklärt. Meine Frau habe ich auch identifiziert. Es wäre mir lieb, wenn Sie sich am Montag bei mir im Büro melden würden. Hinrichs Industrie- und Verwaltungsbau GmbH. Die Anschrift finden Sie auf der Homepage. Ab 9 Uhr bin ich zu erreichen. Ich wünsche Ihnen einen guten Abend.«

»Warten Sie, zwei Fragen nur, Herr Hinrichs«, beeilte sich Swantje Brandt zu sagen. »Je schneller uns relevante Informationen vorliegen, desto eher besteht Aussicht auf Ermittlungserfolg. Helfen Sie bitte mit, den Täter zu finden!«

»Jetzt nicht!«

»Natürlich verstehen wir Sie, aber manchmal kommt es auf jede Minute an. Vielleicht können Sie uns einen wertvollen Hinweis geben.«

»Es geht mir nicht gut. Verstehen Sie das doch bitte. Ich möchte allein sein.«

»Nur zwei Fragen, Herr Hinrichs. Wir sind in wenigen Minuten wieder weg. Versprochen.«

Nach einer kurzen Pause ertönte ein Summen. Die Haustür sprang auf und sie traten ein. Steffen Hinrichs erwartete sie in der geräumigen Diele, die in den Wohnbereich überging.

Das Wohnzimmer, eher eine Halle mit verschiedenen Sitzzonen in Grau und Weiß, war teils antik, teils modern eingerichtet. Als Blickfang im hinteren Teil diente ein formschöner Billardtisch. Es roch nach frisch gebratenem Fleisch.

»Mir wäre nach einem Gin Tonic zumute. Darf es für Sie auch einer sein? Kommen Sie mit und suchen Sie sich einen aus. Ansonsten nehmen Sie gerne schon Platz.«

Swantje folgte ihm in die weiß lackierte Küche, die sich in einem separaten Raum befand, mit Blick zur kopfsteingepflasterten Straße hin. Sie wirkte blitzblank und war bis auf wenige Kochutensilien, die gerade benutzt worden waren, penibel aufgeräumt. »Danke, ich trinke nicht im Dienst«, sagte sie und bekam ein Glas Wasser. Sie bat um ein zweites Glas für ihren Kollegen.

Der Bauunternehmer mixte sich einen Drink und ging dann vor ins Wohnzimmer. Dort wartete Henry Olsen bereits auf der Couch.

»Mein Beileid, Herr Hinrichs. Sie sagten, es gehe Ihnen nicht gut. Das verstehe ich.« Er erhob sich kurz, setzte sich aber wieder, als sich auch der Hausherr auf seiner Sofaecke niederließ.

»Wann haben Sie Ihre Frau zum letzten Mal lebend gesehen?«, wollte Swantje wissen.

Steffen Hinrichs verzog das breite Gesicht zu einem bedauerlichen Ausdruck. »Das war am Abend vor ihrem Tod«, sagte er zerknirscht. »Sie ist morgens sehr früh aufgestanden, ohne dass ich es mitbekommen hätte. Sie wollte joggen. Gewöhnlich joggte sie am Strand. Das war ihre Laufroute. Später wurde klar, dass sie in der Greunen Stee gelaufen ist.«

»Wann ist Ihnen das klar geworden?«

»Als ich ihren Pullover gefunden habe.«

»Wo genau haben Sie ihn gefunden?«

»Etwa zehn Meter entfernt von dem Gebüsch, in dem sie lag. Aber das konnte ich natürlich nicht wissen. Ich bin mit dem Pullover umgekehrt, weil ich mit meiner Suche nicht weiterkam, und habe ihn dann sofort der Polizei ausgehändigt.«

Swantje nickte. »Sie haben sich bereits früh um Ihre Frau gesorgt.«

»So ist es. Am Tag ihres Verschwindens war ich schon nachmittags beunruhigt.«

»Wie kam das?«

Er umklammerte das Glas mit beiden Händen. Sekundenlang schwieg er. »Ich versuche, es Ihnen zu erklären«, sagte er nach einem kräftigen Räuspern. »Meine Frau und ich waren mittags in unserer Firma verabredet. Sie kam oft zum Essen zu mir in die Kantine oder wir sind essen gegangen. An dem Tag wollte ich hinterher etwas Geschäftliches mit ihr besprechen.«

»Worum ging es?«

Der Bauunternehmer öffnete die oberen Knöpfe seines hellblauen Oberhemdes. Er war nicht dick, hatte aber einen Bauch, der über die Gürtelschnalle ragte. »Sabine hat mir oft vorgeworfen, dass ich nur für die High Society bauen würde, wie sie es bezeichnete, aber das stimmt nicht. Aktuell plane ich zusammen mit meinem Partner Hagen Köhler ein soziales Projekt, von dem auch Bürger mit Niedrigeinkommen profitieren sollen. Die Pläne dafür wollte ich ihr zeigen. Meine Frau hat sich sehr für die Skizzen, Modelle und Entwürfe interessiert. Sie hat sich auf das Meeting gefreut. Darüber haben wir uns am Abend zuvor noch unterhalten.«

»Sie selbst gehören allerdings schon zur – wie sagt man – Oberschicht«, stellte Henry Olsen nüchtern fest.

Hinrichs wiegte den Kopf. »Finden Sie das verwerflich? Ich darf doch mein Geld ausgeben, wofür ich möchte, oder sind Sie anderer Meinung? Ich habe schwer dafür gearbeitet, jeden Euro selbst verdient. Meiner Frau war das tatsächlich oft peinlich. Sie hatte das Gefühl, dass uns andere unseren Erfolg neiden, und fühlte sich nicht wohl damit. Ich selbst bin niemand, der aus Angst vor dem Neid anderer etwas verbirgt. Dazu sehe ich keine Veranlassung. Neid ist mir fremd. Vielmehr bewundere ich Menschen, die erfolgreicher sind als ich, und schaue mir etwas von ihnen ab. Erfolgreiche Menschen begeistern mich. Mich interessiert, wie sie es geschafft haben. Wenn ich nicht so denken würde, müsste ich mich bis heute abstrampeln.«

»Verstehe«, sagte Henry und kraulte seinen Dreitagebart. »Nicht jeder hat allerdings die Möglichkeit dazu.« Er warf Swantje einen fragenden Blick zu. Sie verstand ihn sofort. Mit ihrem Beamtengehalt konnten sie keine großen Sprünge machen.

»Erfolgreiche Menschen haben es zu etwas gebracht und können stolz darauf sein«, betonte Steffen Hinrichs. »So wie ich stolz auf meine eigene Leistung bin.«

»Womit haben Sie sich den Wohlstand geschaffen?«, fragte Henry sachlich.

Der Bauunternehmer bedachte ihn mit einem langen Blick. »Wissen Sie, was den Unterschied zwischen der Ober- und der Mittelschicht ausmacht?«

Henry Olsen schüttelte desinteressiert den Kopf.

»Es ist vor allen Dingen ein Unterschied in der Denkweise. Die Menschen, die der sogenannten Mittelschicht angehören, konsumieren. Sie verbringen den Samstag in Geschäften und kaufen vor lauter Langeweile, was das Zeug hält. Der Konsum sorgt für eine kurzfristige Befriedigung. Danach sind sie so müde, dass sie ihr Geld in Cafés und Restaurants ausgeben, um wieder frisch genug für weitere unsinnige Einkäufe zu sein, die sie bald bereuen. Sie konsumieren, um sich zu beschäftigen. Sie kaufen Sachen, die sie nicht brauchen und nach kurzer Zeit wegwerfen, um Platz zu schaffen für Neues. Auch das ödet sie bald an und das Spiel beginnt wieder von vorne. Ein ewiger Kreislauf aus Langeweile und Konsum. Wir hingegen, die wir andere finanzielle Möglichkeiten haben, kaufen nicht sinnloses Zeug, wir kaufen überhaupt sehr wenig – wir investieren. Wir investieren in langlebige Dinge, von denen wir hoffen, dass sie an Wert gewinnen, wie zum Beispiel in Aktien und Wertpapiere, Immobilien, Gold, rahmengenähte Lederschuhe, Kunst und Antiquitäten. Wir investieren in Bildung, in Opern- und Konzertbesuche, in Ausstellungen, Bildungsreisen, die unseren Horizont und unser Netzwerk erweitern, in Sport wie Golf – auch hier legen wir vor allem Wert auf Kontakte, die uns weiterbringen, und wir investieren in unsere Unternehmen. Vor allen Dingen Letzteres.«

Swantje nutzte die kurze Redepause, um ihn zu stoppen. »Sie sagten vorhin, Sie hätten von Anfang an ein ungutes Gefühl gehabt«, knüpfte sie an seine anfängliche Aussage an.

Er wirkte irritiert, musste sich ein wenig sammeln, um ihr zu folgen. »Ganz genau – ein ungutes Gefühl. Als meine Frau nicht kam, war ich stark beunruhigt, denn ich kannte sie als außergewöhnlich pünktlich und zuverlässig. Wenn ich mit ihr um 12 Uhr verabredet war, erschien sie in der Regel um Viertel vor 12. Sie verachtete Menschen, die anderen die Zeit stehlen. Sie wusste genauso wie ich, dass Zeit ein wertvolles Gut ist, vielleicht das wertvollste überhaupt, mit dem wir umsichtig und verantwortungsvoll umgehen müssen. Wir haben nur das eine Leben.«

Swantje Brandt verkniff sich den Kommentar, der ihr auf der Zunge lag. »Womit genau verdienen Sie Ihr Geld?«, fragte sie direkt.

»Ich kümmere mich um die Herstellung, Instandhaltung und Änderung von Bauten. Ich stelle Baugeräte, Baumaschinen und sonstige Baubetriebsmittel zur Verfügung. Mein Unternehmen hat einen eigenen Baumaschinenverleih. Wir bieten auch Planung und andere baubezogene Leistungen an. Meine Stammfirma befindet sich in Düsseldorf. Dort arbeitet mein Sohn als Geschäftsführer. Auf Borkum habe ich vor drei Jahren eine Dependance errichtet. Wir schreiben auch hier längst schwarze Zahlen. Zahlungskräftige Kunden gibt es auf der Insel genug.«

»Vermutlich inzwischen auf jeder Nordseeinsel«, überlegte Henry Olsen. Er nahm einen Schluck Wasser, um dann zur nächsten Frage überzugehen. »Sie haben Ihre Frau gleich am Nachmittag ihres Verschwindens als vermisst gemeldet, weil sie herzkrank sei und Medikamente benötige. Ist das so richtig?«

»Ich habe mir Sorgen gemacht. Aus den eben genannten Gründen.«

»Welches Mittel nimmt sie?«

»Da fragen Sie mich was. Keine Ahnung, wirklich!«

»Ich nehme an, der Hausarzt Ihrer Frau kann uns weiterhelfen. Wie heißt er und wo wohnt er?«

Steffen Hinrichs bekam plötzlich eine fahle Gesichtsfarbe. Seine hochgezogenen Schultern verrieten seine Anspannung. »Entschuldigen Sie«, sagte er, »aber das geht zu weit. Wenn ich sage, dass meine Frau herzkrank war, muss das reichen.«

»Noch weiß man ja leider nicht, wie Ihre Frau ums Leben gekommen ist«, murmelte Henry Olsen mit rauer Stimme.

»Nein, leider.«

»Sie würden uns sehr helfen, wenn Sie uns keine Details vorenthalten würden, wie zum Beispiel den Namen des Hausarztes Ihrer Frau. Ich wüsste auch ehrlich gesagt keinen Grund, warum Sie ihn verschweigen sollten.«

Steffen Hinrichs schüttelte den Kopf. »Oh, da muss ich passen. Ich würde Ihnen gern helfen, aber mir fällt der Name nicht ein.«

»Wir werden das sicher herausfinden, verlieren dadurch allerdings unnötig Zeit.«

Eine sekundenlange Gesprächspause trat ein. Steffen Hinrichs betrachtete ausgiebig seine braunen Mokassins. Da stand Swantje Brandt auf, ging auf ihn zu und zeigte ihm das Foto einer der Muscheln auf ihrem Handy. »Die hat man bei Ihrer Frau gefunden.«

Lange fixierte der Bauunternehmer das Bild. »Was soll das? Bei meiner Frau? Verstehe ich nicht. Was hat das zu bedeuten mit den Muscheln?« Ratlosigkeit spiegelte sich auf seinem Gesicht.

»Sie können sich das nicht erklären?«

»Absolut nicht, nein.«

»Hatte Ihre Frau eine besondere Affinität zu Muscheln?«, fragte Swantje dennoch.

»Das war bei uns nie ein Thema. Ich habe zu keiner Zeit beobachtet, dass sie welche gesammelt hätte. Ehrlicherweise muss ich hinzufügen, dass es lange nicht mehr vorgekommen ist, dass wir gemeinsam am Strand spazieren gegangen sind. Keine Zeit.« Er machte eine entschuldigende Geste.

»Was für ein Typ Mensch war Ihre Frau, wie würden Sie sie beschreiben?«, fuhr Henry Olsen mit der Befragung fort.

»Ängstlich«, sagte Hinrichs, »um nicht zu sagen überängstlich. In der Dunkelheit traute sie sich kaum noch aus dem Haus, weil sie fürchtete, verfolgt und überfallen zu werden. Am besten ging es ihr morgens.«

»Hatte sie denn einen Grund dazu, sich im Dunkeln zu fürchten?«

»Absolut nicht, nein! Borkum ist eine sehr sichere Insel. Hier passiert nichts, das habe ich ihr immer wieder versichert.«

»Na, ganz so scheint das nicht zuzutreffen«, meinte Swantje.

Hinrichs schaute betreten zu Boden.

»Gibt es jemanden, den Sie spontan im Verdacht haben, Ihre Frau getötet zu haben?«, übernahm Henry das Wort.

»Tatsächlich gibt es den, ja«, sagte Steffen Hinrichs schwer ausatmend. »Sein Name ist Derk Wybrands, ein Sportlehrer. Er hat schon lange ein Auge auf meine Frau geworfen. Anfangs hat Sabine wohl ein bisschen mit ihm geflirtet, doch dann wurde er ihr lästig. Er redet ständig nur von Krankheiten, obwohl er kerngesund ist. Er treibt viel Sport, macht Yoga, joggt, betreibt am Strand Freestyle-Frisbee, Kitesurfen, Strandsegeln, Beachvolleyball und noch etwas, das mir jetzt nicht einfällt. Sabine hat ihn bewundert, er wurde ihr aber schnell zu viel. Sie hat mich sogar um Rat gefragt, wie sie ihn loswerden könnte. Ich habe ihr geraten, ihn in den sozialen Medien zu blockieren und im Chor am besten zu ignorieren.«

»Um welchen Chor handelt es sich?«, wollte Swantje wissen.

»Ich habe den Namen vergessen.« Er zuckte mit den Schultern. »Ich weiß nur, dass die Mitglieder dienstags um 20 Uhr proben.«

»Und wo?

Der Unternehmer machte eine hilflose Geste.

»Es tut mir leid, dass ich diese Frage stellen muss, aber hatten die beiden was miteinander?«

»Möglich wäre es. Aber auch Hagen Köhler ... Ach, vergessen Sie es.«

Henry Olsen lehnte sich vor. »Was sollen wir vergessen?«

»Hagen ... du lieber Himmel, ich merke gerade, dass ich zu weit gegangen bin. Ich sage nichts mehr!«

»Sie wirken auf mich sehr distanziert, Herr Hinrichs«, sagte Henry nach einer längeren Gesprächspause, »so als ginge sie das Ganze nichts an. Dabei ist gerade Ihre Frau gestorben!«

»Ich habe die Tatsache, dass sie tot ist, noch nicht verarbeitet, verdammt, das sagte ich soeben!« Hinrichs' Gesicht war zornesrot geworden.

»Sie haben Streit mit Hagen Köhler, ist es so? Warum? Womit hat er Sie geärgert?«

Steffen Hinrichs rang sichtlich mit sich. Er nahm sein Glas, schwenkte es und trank es dann in einem Zug leer. »Kein Streit. Oder vielleicht doch? ... Also gut«, sagte er schwer ausatmend. »Ich habe Hagen ein Haus weggeschnappt, das er gerne gehabt hätte. Ein altes Haus, bestens geeignet für einen Umbau zum Ferienhaus. Das nimmt er mir sehr übel. Und ich habe ihm nicht nur das Haus weggeschnappt.« Er machte eine Sprechpause und betrachtete seine Schuhspitzen.

»Auch seine Frau?«

Steffen Hinrichs machte ein zerknirschtes Gesicht.

»Wo können wir ihn finden?«

»Auf jeden Fall bei der Chorprobe am Dienstag. Hagen ist nicht nur Architekt, nebenbei leitet er außerdem den Shanty-Chor, in dem meine Frau manchmal mitwirkte.«

Henry verschränkte seine Arme. »Ich dachte, Sie wüssten nichts über den Chor.«

»Ich weiß auch nichts darüber. Ist nicht mein Thema. Wie der heißt, was die singen, ob die was aufführen ... Keine Ahnung.«

Die Kommissare warteten ab, ob er noch etwas sagen wollte.

»War's das? Ich habe einen Braten im Ofen, der verkohlt mir gleich.« Mit eckigen Bewegungen stand Steffen Hinrichs auf, um den Backofen abzuschalten.

Als er sich kurze Zeit später wieder setzte, lehnte Henry Olsen sich vor. »Ich hätte noch eine Frage, Herr Hinrichs. Hatte Ihre Frau in der letzten Zeit mit jemandem Streit?«

Der Bauunternehmer kratzte sich an der Nase. »Ich hatte viel zu tun. Mag sein, ja. Sie erwähnte etwas von wegen sie müsse zu irgendwelchen Leuten, um eine Sache zu klären.«

»Was für Leute?«

»Keine Ahnung, sie sprach von einem Bäcker.«

»Einem Bäcker?«

Hinrichs zuckte mit den Schultern. »Schlagen Sie mich tot, ich weiß es nicht. Ich habe ihr nicht richtig zugehört. Ich weiß nur, dass sie zu einer Bäckerei wollte und dass sie deshalb sehr aufgeregt war. Warum und weshalb – keine Ahnung, wirklich! Ich hätte nachfragen sollen, habe es aber versäumt. Meine Schuld!« Er legte seine Hand mit dem schmalen Ehering auf die Brust.

»Sie haben in Ihrer Aussage erwähnt, dass Ihre Frau ihr Handy dabeihatte, ist das richtig?«

Der Bauunternehmer schaute sie verwirrt an. »Was?«, fragte er.

»Wir haben es nicht bei Ihrer Frau gefunden.«

»Dann hat es der Täter wohl mitgenommen.«

»Könnten Sie uns den Laptop oder Computer Ihrer Frau aushändigen?«

»Meine Frau beschäftigte sich lieber mit Kreuzworträtseln oder Sudokus. Und wenn Sie keine weiteren Fragen haben, begleite ich Sie jetzt hinaus.«

»Danke, das wäre es fürs Erste. Lassen Sie sich den Braten schmecken.«

»Das werde ich.« Abrupt stand der Bauunternehmer auf und dirigierte sie mit einer Handbewegung nach draußen.

KAPITEL 11

»Ist dir das auch aufgefallen?«, bemerkte Swantje auf dem Rückweg. »Er hat mehr über Geld als über seine Frau gesprochen.«

»Ich frage mich, wie er seine Prioritäten gesetzt hat.« Sie nahmen einen Umweg über die Strandpromenade. Es war gerade Flut. Das Meer brandete gegen die Kaimauer. Die Luft roch verstärkt salzig und nach Seetang.

Henry Olsen sog den intensiven Geruch tief in die Lungen. »Das ist mir auch aufgefallen. Geld beziehungsweise Neid ist bei vielen ein Tatmotiv. Das darf man nicht vergessen.« Er hielt inne, als zwei Möwen über ihre Köpfe hinwegsegelten.

»Eigentlich wollten wir ja gar nicht so lange bleiben. Für eine Erstbefragung war es zu lang. Zwischendurch hat er mir fast ein bisschen leidgetan.«

»Stimmt, Swantje, aber er hat provoziert, findest du nicht? Bei allem Mitgefühl habe ich mich über sein überhebliches Verhalten gewundert. Etwas stimmt nicht mit ihm.«

»Er hat die ganze Zeit über versucht, von sich abzulenken. Die Menschen zeigen verschiedene Formen der Trauer, wenn sie gerade einen geliebten Angehörigen verloren haben. Hinrichs hingegen gibt mit seinem Vermögen an und schiebt die Schuld von einem auf den anderen. Erst verdächtigt er einen Lehrer, dann einen Architekten, schließlich einen Bäcker.«

Inzwischen liefen sie die Bismarckstraße hinunter und studierten im Vorbeigehen die beleuchteten Schaufenster der Geschäfte. Modeboutiquen, Souvenirläden, Schmuckgeschäfte, Bars und Restaurants.

»Hast du sein Gesicht gesehen, als wir nach dem Gesundheitszustand seiner Frau gefragt haben?«, fragte sie. »Als Ehemann wird er gewusst haben, wie es um sie steht, es sei denn, die Information war falsch und Frau Hinrichs war kerngesund.«

»Vielleicht wollte er nur, dass schnell ermittelt wird. So schnell, dass er damit aus dem Schneider ist.«

»Damit kein Verdacht auf ihn fällt, meinst du?«

Henry Olsen nickte stumm.

»Hast du ihn denn in Verdacht?«

»Gegenfrage: Macht er auf dich einen unschuldigen Eindruck?«

Swantje ging eine Weile stumm neben ihm her, wobei sie Mühe hatte, mit seinem Tempo Schritt zu halten, denn er war fast einen Kopf größer als sie. »Was ist mit dem Bäcker, den er erwähnt hat?«, fragte sie dann. »Lass uns morgen eine Liste mit sämtlichen Bäckereien auf Borkum zusammenstellen. Die müssen wir der Reihe nach abklappern.«

Bei ihrer Rückkehr in die Pension fanden sie Mats schlafend auf dem Fußboden des Frühstücksraums vor, während sie Theos muntere Kinderstimme durch die fast zugezogene Schiebetür hörten, die den Gastraum von der Küche trennte. Lebhaft unterhielt er sich mit der Pensionswirtin Änne Blom. »Meine Mama sitzt zu Hause und weint«, sagte er. »Deswegen habe ich auch ein bisschen geweint. Aber dann sind wir in den Urlaub gefahren und jetzt ist es wieder gut.«

»Ist das denn nicht deine Mama, die mit euch hier ist?«

»Nein, das ist Swantje.«

»Aha. Swantje. Und deine Mama sitzt zu Hause und weint? Na bravo!«

»Ja, weil sie nicht mehr arbeiten darf.«

»Sie darf nicht mehr arbeiten? Hat dein Papa ihr das verboten? Warum das? Ja, sind wir denn wieder in alten Zeiten, als die Männer ihren Frauen das Arbeiten verbieten konnten?«

Der Kleine zuckte mit den Schultern. »Wahrscheinlich.«

»Was macht dein Papa denn beruflich?«

»Keine Ahnung. Er verkauft irgendwas.«
»Na, so was. Und deine Mama? Verkauft sie auch etwas? Also, als sie noch durfte?«
»Ja, auch.«
»Was denn?«
»Kaffee.«
»Mhm, Kaffee. Nicht schlecht, obwohl ich lieber Tee trinke. Und diese ... die Swantje, was macht die? Verkauft die ebenfalls Kaffee?«
»Keine Ahnung. Ich glaube, die ist einfach nur eine Oma.«
»Da hat sie Glück, denn das ist der schönste Beruf der Welt.«
»Theo, wir sind wieder da«, rief Henry, dem der Schreck in die Glieder gefahren war. Was erzählte der Bursche denn da? Konnte ja wohl nicht wahr sein. »Kommst du bitte? Es ist Bettgehzeit!«
Der hellblonde Strubbelkopf des Jungen tauchte hinter der Schiebetür auf. »Och menno, immer wenn es am schönsten ist!«
»Es ist spät. Wenn du dich beeilst, lese ich dir noch etwas vor.«
Theo überlegte kurz. Dann sagte er Tschüss zu Frau Blom, winkte und hüpfte hinter Henry her.
»Schlaf gut, kleiner Mann«, rief die Wirtin. »Sie beide auch! Oder haben Sie noch einen Wunsch?«
Henry nahm den schlafenden Mats auf den Arm, der laut brummte, aber zum Glück nicht aufwachte. »Ich würde gern diese beiden Racker ins Bett bringen und dann noch etwas trinken«, sagte er, »wäre das möglich?«
»Selbstverständlich. Getränke finden Sie im Kühlschrank, Knabberzeug im Schrank. Schreiben Sie alles auf.«
»Schöne Idee, allerdings bin ich hundemüde«, bemerkte Swantje.
Henry stockte. »Ich funke dich nachher an«, sagte er. »Wir haben ja unsere Nummern ausgetauscht. Dann sehen wir, ob wir dem Abend noch eine Chance geben oder nicht. Wenn nicht, ist das natürlich in Ordnung.«

Swantje nahm Theo an die Hand und ging mit ihm die Treppe hoch. Henry folgte mit Mats im Arm und bekam nicht mit, wie ihm Frau Blom kopfschüttelnd hinterhersah.

»Jever oder Flens?«, fragte Henry, als Swantje eine halbe Stunde später den Speiseraum betrat. Sie hatte sich umgezogen und roch gut. Dunkelblaue Jeans, dunkelblauer Pullover mit feinen weißen Streifen. Er gab sich Mühe, ihr nicht zu sehr zu zeigen, wie sehr er sich freute. Sie hatten noch ein paarmal hin- und hergeschrieben. Eigentlich wollte Henry ihr nur noch Gute Nacht sagen, weil er an ihren umschatteten Augen gesehen hatte, dass sie sehr müde war.

»Ein Flensburger bitte. Aber lange bleibe ich nicht. Ich will wirklich bald schlafen gehen. Es waren viele Eindrücke, die ich erst einmal verdauen muss.«

»Da hast du recht. Das könnten wir auch gemeinsam tun.« Er zwinkerte ihr zu. Zu gern würde er wissen, ob sie gebunden war. Doch er würde sich eher auf die Zunge beißen, als sie zu fragen.

»Ich finde es gut, dass du vorhin die Gesprächsführung übernommen hast«, sagte sie.

»Was meinst du damit?«, fragte er und ließ dabei die Flasche aufploppen.

»Na, bei dem Unternehmer. Ich fühlte mich nicht so fit, darum bin ich dir dankbar, dass du ihn ein wenig in die Mangel genommen hast.«

»Keine Ursache. Es ist mir schwergefallen, ihn zu schonen. Was ich von dem Mann halte, hast du sicher gemerkt, obwohl ich ein wenig mehr Empathie hätte zeigen müssen, meinst du nicht?«

»Er hat nur sich selbst in den Mittelpunkt gestellt. Insofern verstehe ich dich. Ich denke, es war okay so. Warum hast du mit keiner Silbe erwähnt, dass wir einen Sexualmord vermuten?«

»Weil ich ihm nicht das Gefühl geben möchte, in den Fokus der Ermittlungen zu geraten.«

Swantje Brandt holte ihren Laptop aus der Tasche und fuhr ihn hoch.

»Was machst du?«, wollte Henry wissen.

»Ich durchstöbere das Netz nach Sabine und Steffen Hinrichs. Internetrecherche ersetzt manchmal eine Vernehmung. Das Netz gibt bereitwillig Auskunft.« Über Sabine Hinrichs fand Swantje Brandt jedoch nicht viel. Die Unternehmergattin hatte in den sozialen Medien hauptsächlich Naturaufnahmen gepostet. Sie schien ein Faible für Sonnenuntergänge und Leuchttürme gehabt zu haben. Sie selbst war nur auf wenigen Aufnahmen zu sehen, oft auf dem Fahrrad, manchmal in robuster Sportkleidung im Wald oder am Strand.

Die Suche nach Steffen Hinrichs ergab wesentlich mehr Treffer. Er war gleich nach seinem Umzug nach Borkum im November letzten Jahres in eine Partei eingetreten, für die er sich außerordentlich engagierte. Sein wenig bescheidenes Ziel war es, für die nächste Bürgermeisterwahl zu kandidieren. Er habe entsprechende Führungsqualitäten in seinem Job als Bauunternehmer bewiesen und in Düsseldorf sieben Jahre lang den Vorsitz der Partei innegehabt. In unzähligen Posts übte er sich in Selbstdarstellung. Er positionierte sich als sympathischer Macher und glaubte wohl, so Stimmen für sich gewinnen zu können.

Swantje scrollte durch die Einträge und stieß auf viel Kritik. Auf verschiedenen Facebookseiten wurde regelrecht gegen Steffen Hinrichs gehetzt. Mit der Planung von luxuriösen Ferienhäusern würde er das Gesicht und die Natur der Insel zerstören und die Preise verderben. Er würde dazu beitragen, dass Alteingesessene sich das Leben auf Borkum nicht länger leisten könnten und zwischen Festland und Insel pendeln müssten.

Privat zeigte sich der Geschäftsmann sportlich. Mehrmals hatte er sich in einem schicken Golfdress mit Kappe und Golfschläger abbilden lassen. Er schien gesellig zu sein und dem Alkohol ordentlich zuzusprechen. Auf vielen Fotos war er lachend und rotgesichtig mit einem Glas in der Hand abgebildet. Neben ihm waren oft drei weitere Männer zu sehen, die an den feuchtfröhlichen Treffen teilnahmen. Zu Swantjes Freude waren sie auf den Fotos markiert: Hagen Köhler, Klaas Martens und Tamme Akkermann. Die ersten beiden waren auch auf den Golf-Bildern.

»Prost«, sagte Henry und hob sein Glas. »Lass uns Feierabend machen. Man muss es auch mal gut sein lassen. Wir sind auch nur Menschen.«

»Prost«, meinte Swantje und klappte den Laptop zu.

Sie schwiegen eine Weile. Jeder hing seinen Gedanken nach.

»Mal was Persönliches«, brach Swantje das Schweigen. »Was hat Theo damit gemeint, als er sagte, du erlaubst seiner Mama nicht zu arbeiten?«, wollte sie wissen. Ihr Blick war dabei ein wenig misstrauisch.

Was sie wohl von ihm dachte? Ob er es ihr sagen sollte? Er rang mit sich.

»Er hat da wohl etwas verwechselt«, sagte er. »Natürlich darf sie arbeiten, das wäre ja noch schöner. Theo ist noch klein und versteht nicht immer alles.«

»Aber wie kommt er darauf? So etwas saugt er sich doch nicht einfach aus den Fingern.«

Nachdenklich schaute Henry aus dem Fenster. Da es inzwischen dunkel war, sah er lediglich sein Spiegelbild, und er richtete kurz seine spärlichen Haare, eher aus Verlegenheit, denn aus Eitelkeit.

»Er muss mitbekommen haben, wie wir gestritten haben«, sagte er mit rauer Stimme und vermied es dabei, sie anzusehen. »Da die beiden Lütten bei ihr leben, ist es mir wichtig, dass sie für sie da ist. In der letzten Zeit habe ich diesbezüglich kein gutes Gefühl mehr. Meiner Meinung nach vernachlässigt sie Theo und Mats.« An ihrer fragenden Miene erkannte er, dass sie sich wunderte. Wahrscheinlich hielt sie ihn für einen blöden Macho, der sich aus der Verantwortung zog. Da war es ein Leichtes, anderen die Schuld zu geben.

»Willst du mir erzählen, worüber du dich geärgert hast?«

Eigentlich nicht«, sagte er spontan, ohne nachzudenken. Aber wenn er sich ihr gegenüber nicht öffnete, brauchte er mit nichts Privatem mehr anzukommen, das spürte er. Sie würde dichtmachen und ihn nur noch als Kollegen respektieren – wenn überhaupt.

»Also gut«, sagte er vorsichtig. »Am liebsten würde ich mit niemandem darüber sprechen. Einerseits, weil ich mich schäme, andererseits, weil ich die Kinder schützen will. Sie ist ihre Mutter, und egal, was sie getan hat oder noch tun wird beziehungsweise wie sie sich ihnen gegenüber verhält, sie lieben sie. Und ich tue das natürlich auch.«

Hätte Theo nur nichts gesagt, dann müsste er sich jetzt nicht erklären. Fürs erste Kennenlernen eine verdammt herausfordernde Situation.

»Okay, ich versuche es.« Er trank sich etwas Mut an. Der Anfang war wie immer das Schwerste.

»Lass es besser, wenn du dich damit unwohl fühlst«, sagte Swantje. Sie wirkte leicht gekränkt und spielte mit den Bierdeckeln. »So wichtig ist es nicht. Ich habe mich einfach ein wenig gewundert, aber kein Problem. Mach dir keine Gedanken. Ich werde dann mal hochgehen, das Bett ruft.« Sie trank ihr Bier aus. Ihr Gesicht glühte.

KAPITEL 12

»Willst du noch was trinken, Papa?« Arne Husmann hielt seinem Vater die Schnabeltasse hin.

»Nein danke, nur schlafen«, sagte der alte Mann. »Zumindest hoffe ich, dass ich das kann. Bei den Sorgen!«

»Ich gebe dir was für die Nacht«, sagte Arne, drehte sich um und polterte die schmale Holztreppe hinunter. Als er wenig später zurück in die kalte, niedrige Schlafkammer unter dem Dach kam, war der Kopf des Seniors schon zur Seite gekippt und er atmete regelmäßig. »Du schaffst es auch ohne mich«, murmelte Arne und deckte den mageren Körper seines Vaters liebevoll zu. Für ein paar Minuten nahm er auf einem Schemel neben dem Bett Platz. »Das haben wir uns anders vorgestellt, hm, solche Sorgen noch im hohen Alter, das hast du nicht verdient.« Besorgt ruhte Arnes Blick auf ihm. Sein ganzes Leben hatte er in dem gedrungenen Fischerhaus im dörflichen Kern von Borkum verbracht, unweit des Alten Leuchtturms, hatte als Kind auf dem Steinboden in der Küche gespielt, während seine Großmutter am Gasherd gekocht hatte, hatte später am wuchtigen Holztisch seine Hausaufgaben erledigt, bis er nach der achten Klasse die Schule hatte verlassen müssen, weil ihn sein Vater mit zur See nehmen wollte. Und nun, mit knapp 90 Jahren, hatte der Senior sein Haus verloren und musste es bis Juli räumen.

Arne Husmann fühlte sich elend. Er allein war verantwortlich für diese Misere, denn seine Spielsucht war ihnen beiden zum Verhängnis geworden. »Ich bin schuld, Paps«, sagte er leise. »Ich mach's wieder gut, versprochen. Bis zum Sommer finden wir was. Vielleicht sogar etwas viel Besseres als das hier, moderner, komfortabler, wärmer, du wirst sehen. Weihnachten werden wir es wieder schön haben, ganz bestimmt!«

»Mach keine Dummheiten«, krächzte der Alte. »Ich kenne dich, Arne. Leider konnte ich dir nie richtig vertrauen, obwohl ich das gerne getan hätte. Immer wieder habe ich dir verziehen, weil ich wollte, dass du glücklich bist! Deshalb bin ich damals auch so lange zur See gefahren und Oma und Opa haben auf dich aufgepasst. Ich musste doch Geld verdienen. War es schlimm für dich, dass ich dich monatelang allein gelassen habe?«

Arne wischte sich verstohlen eine Träne weg. »Nein, Paps, das war schon okay. Als Kind habe ich es nicht verstanden, später schon. Nur hat es mir keinen Spaß gemacht zu fischen, aber das weißt du ja.«

»Ich weiß. Es tut mir leid, dass ich dich anfangs dazu gezwungen habe. Ich konnte mir lange nichts anderes vorstellen als die Hochseefischerei. Wir sind, wie du weißt, alle zur See gefahren, seit Generationen. Ein anderer Beruf wäre mir für mich selbst nie in den Sinn gekommen.«

»Doch, du bist Strandkorbvermieter geworden«, sagte Arne.

»Erst im Ruhestand. Der Job hat mir viel Spaß gemacht und war einigermaßen einträglich in den 90er-Jahren. Heute ist es schwieriger, zu viel Konkurrenz, aber wem sage ich das.«

»Heute ist es schwieriger«, wiederholte Arne. »Darum bin ich Altenpfleger geworden.«

»Und da verdienst du so wenig, dass du unser Haus nicht halten konntest?«

Arne klopfte auf die Bettdecke seines Vaters. »Ich schaue später noch mal nach dir, ja? Schlaf jetzt, Paps. Wenn was ist, dann läute das Glöckchen, das ich dir auf den Nachttisch gelegt habe. Ich höre es unten.«

»Arne!« Der Alte blinzelte, seine Augen waren wässrig.

»Ja?«

»Egal, was du tust, ich liebe dich! Du bist der wichtigste

Mensch in meinem Leben. Bitte, mach nichts Verbotenes mehr, versprichst du mir das?«

»Gute Nacht!«, sagte Arne seufzend und ging zur Tür hinaus.

»Also gut«, beeilte sich Henry zu sagen, bevor seine Kollegin aufstehen und sich auf ihr Zimmer im Dachgeschoss zurückziehen konnte. »Ich habe dir ja auf dem Schiff schon erzählt, dass ich bis Donnerstag bei der Sitte gearbeitet habe. An dem Tag hatten wir eine Razzia in einem Bordell. Dort habe ich etwas gesehen, das ich besser nie gesehen hätte. Meine Kollegen haben noch versucht, mich zurückzuhalten. Meine Tochter … Ich hatte schon länger den Eindruck, dass etwas nicht stimmt. Im letzten Sommer fing es an. Pia arbeitete damals in einem Café in der Innenstadt. Dort hat sie einen Typen kennengelernt, der immer nur zu ihr wollte und sich nur von ihr bedienen ließ. Er arbeitet in einem Handyladen in der Nähe, aber ich hatte von Anfang an das Gefühl, dass er noch andere Geschäfte am Laufen hat. Als einfacher Handyverkäufer hätte er sich nicht den Lebensstil leisten können, den er führt. Dann habe ich im polizeilichen Intranet nach ihm geforscht. Und siehe da, ich lag richtig mit meiner Vermutung.«

»Deine Tochter?«, fragte Swantje entgeistert. »Was ist mit deiner Frau?«

»Meine Frau hat mich vor Jahren wegen eines Künstlers verlassen und ist mit ihm nach Portugal ausgewandert.«

»Nach Portugal?«

Er schmunzelte. »Sie war immer schon etwas anders, schwärmte für das einfache Leben auf dem Lande mit vielen Tieren und wollte nachhaltig leben, als dieser Begriff noch gar nicht erfunden war. Damals hieß es ›alternativ‹. Da kam ihr dieser Maler und Bildhauer gerade recht, den sie auf einer Portugalreise mit ihrer Freundin kennengelernt hatte. Schon da musste sie den Wunsch nach einer Auswanderung verspürt haben. Wenige Monate später war es so weit. In Portugal wollte sie sich mit Yogakursen und Ziegenzucht selbstständig machen. Ob das so geklappt hat, weiß ich nicht. Sie behauptet immer, sie habe viel Erfolg und es gehe ihr so gut wie nie zuvor. Sie verließ mich kurz nach Pias Konfirmation. Ich musste stark sein für Pia. Sie hat nicht verstanden, wieso ihre Mutter plötzlich weg war.«

»Schwierig für ein Kind, besonders in der Pubertät.«

Er nickte mit zusammengepresstem Mund. »Und jetzt muss ich stark sein für meine Enkel.«

»Deine Enkel«, wiederholte Swantje kopfschüttelnd.

Er fand sie süß mit ihren fast kindlichen Fragen. Da fiel ihm ein, dass sie die ganze Zeit über auf dem falschen Dampfer gewesen war, im wahrsten Sinne des Wortes. »Oha«, sagte er lachend, »dachtest du, das wären meine Kinder? Himmel, nein! Ich bin froh, dass ich aus dieser Kiste raus bin. Dafür fühle ich mich entschieden zu alt. Aber ab und zu Opa sein zu dürfen, finde ich ziemlich cool!«

Erleichtert registrierte Henry Swantjes Lächeln. Sie drehte das Bierglas in ihren Händen. »Dann sind Theo und Mats gar nicht deine Kinder«, sagte sie. »Das muss ich erst mal verdauen.«

»Stell dir vor, ich bin zwei Tage nach meinem 50. Geburtstag Großvater geworden.«

Sie warf einen Blick auf sein T-Shirt. Es war schwarz mit dem roten Schriftzug der Hard-Rock-Band Scorpions und hatte einen riesigen gelben Skorpion aufgedruckt. Dazu trug er wieder die schwere Kette mit dem Kreuzanhänger, die er schon auf dem Schiff getragen hatte. Offensichtlich entsprach er nicht ihrer Vorstellung von einem Großvater.

»Ich bin auch dicke über 50!«, murmelte sie.

»Ich hätte dich um Jahre jünger geschätzt«, schmunzelte er.

»Danke für das Kompliment«, sagte sie lachend, »aber der Lack ist ab.«

Schnell sprach er weiter, weil er nicht wusste, wie er darauf reagieren sollte. »Hals über Kopf hat sich meine Tochter eine Woche vor Weihnachten von ihrem Mann getrennt«, sagte er. »Wie ihre Mutter damals. Ob sie sich über dieses Muster im Klaren ist, weiß ich nicht.«

Swantje nickte verständnisvoll. Er trank einen Schluck Bier und sprach weiter. »Sie hat Theo und Mats mitgenommen und ist zu diesem Typen gezogen. Er heißt Mike Haubrich, ist sechs Jahre jünger als sie und hat ein passables Vorstrafenregister. Das habe ich wie gesagt gleich gecheckt. Pia hat sich seitdem so verändert! Sie war früher ein sportlicher Typ, ganz natürlich, ohne viel Tamtam. Sie fühlte sich wohl in Jeans und T-Shirt. Seit sie mit ihm zusammen ist, ist sie immer aufgedonnert, als wollte sie zu einer Party. Und vorgestern haben wir ihn auffliegen lassen. Er hat illegale Pokerspiele im Hinterzimmer des Bordells veranstaltet, das wir auseinandergenommen haben. Es geht um Schwarzgeld in beträchtlicher Höhe. Und was das Schlimmste ist«, seine Stimme brach. Er schluckte hörbar, schüttelte den Kopf und sah aus dem Fenster. »Dieser Typ, dieser Mike Haubrich, lässt meine Tochter, mein einziges Kind, meine kleine, süße Pia in diesem elenden Schuppen für sich arbeiten. Ja, er lässt sie anschaffen, ich kann es nicht beschönigen.«

»Deine Tochter ist eine Prostituierte?«, rutschte es Swantje heraus.

Seine Augen begannen zu schwimmen. Es war ihm unangenehm. Er wollte sich nicht so schwach zeigen vor seiner neuen Kollegin, aber er konnte nichts dagegen tun. »Ich mache mir Sorgen um sie und vor allem um Theo und Mats!«

»Ist das der Grund, dass du deine Enkel bei dir hast? Du glaubst, sie sind bei ihr nicht mehr gut aufgehoben? Weiß sie, dass du es weißt?«

»Natürlich. Inzwischen schon. Als meine Kollegen sie in diesem Schuppen entdeckt haben, stand sie völlig neben sich. Sie hatte wohl nicht damit gerechnet, dass ich es so schnell herausfinden würde. Als Anfängerin wusste sie wohl nicht, dass wir öfter Razzien in Bordellen durchführen. Über meine Arbeit habe ich nie mit ihr geredet.«

Swantje nickte.

»Ich bin an dem Abend noch zu ihr gefahren und habe die Kinder abgeholt. Ohne ein Wort zu sagen. Ein paar Blicke, dann war alles klar. Sie hat nicht versucht, sich zu rechtfertigen, auch nicht, ihre Kinder zurückzuhalten. Sie hat einige Sachen für sie eingepackt und sie gehen lassen, als wäre es das Normalste auf der Welt. Wenigstens in dem Moment war sie einsichtig, oder es plagte sie einfach ein schlechtes Gewissen. Nicht auszudenken, wenn sie vor den Kindern ein Drama veranstaltet hätte. Geweint hat sie allerdings, das ja, aber leise. Ich glaube, die Kinder haben es nicht mitbekommen. Zum ersten Mal in ihrem Leben habe ich sie nicht getröstet. Ich habe es einfach nicht geschafft. Gestern habe ich um einen anderen Einsatzort gebeten. Zum Glück ging alles schnell und ich wurde hierher nach Borkum geschickt.«

»Zum Glück«, sagte sie lächelnd, und er lächelte zurück.

»Ich meine, es ist doch gut, dass wir gemeinsam ermitteln. Besser, als wenn sie mir irgendeinen Unsympathen zur Seite gestellt hätten.« Sie hatte in einen sachlichen Ton gewechselt. »Auch wenn es nur für eine begrenzte Zeit ist. Für zwei Wochen vielleicht, bis wir den Fall gelöst haben.«

KAPITEL 13

Arne setzte seine Schiffermütze auf, nahm seinen Rucksack vom Garderobenhaken und zog leise die Haustür hinter sich ins Schloss. Er kannte den Weg, den er gleich mit seinem Fahrrad zurücklegen würde, in- und auswendig. Wie ein Magnet fühlte er sich von dem Ort in südöstlicher Richtung angezogen. Der kräftige Mann musste auf dem viel zu niedrigen Fahrrad, das einst seiner Mutter gehört hatte, gehörig in die Pedale treten. Natürlich hätte er es längst am Ende einer Saison gegen ein besseres Fahrrad aus dem Verleih eintauschen können, doch er sparte auf ein modernes E-Bike, bei dem er sich nicht mehr so anstrengen müsste. Aber bis es so weit war, würde es noch lange dauern. Im Augenblick wurde alles verpfändet, was nicht niet- und nagelfest war und im Hause Husmann nicht unbedingt zum Leben gebraucht wurde.

Zehn Minuten später hatte er sein Ziel erreicht. Das Haus des Bauunternehmers Hinrichs lag in fast völliger Dunkelheit. Nur in der Küche brannte Licht. Arne Husmann warf sein Fahrrad ins Gebüsch und stellte sich so unter die Straßenlaterne, dass Steffen Hinrichs ihn sehen konnte. Breitbeinig stand er da, die Kappe ins Gesicht gezogen, wie er es bis zu Sabines Ableben fast täglich getan und sie so fast zu Tode erschreckt hatte, und starrte penetrant zum Wohnhaus des Bauunternehmers hinüber. Er war sich sicher, dass es auch diesmal nicht lange dauern würde, bis Steffen Hinrichs auf ihn aufmerksam werden würde.

Swantje dachte an ihr Elternhaus auf Borkum, ein Pfarrhaus. Meist vermied sie den Gedanken daran, weil er zu schmerzlich war. »Mein Vater war hier Inselpastor. Wir wohnten in einem wunderschönen Pfarrhaus mit einem verwunschenen Garten, in dem Heckenrosen und Rhododendren wuchsen und in dem es ganz hinten vor dem weiß gestrichenen Gartenzaun eine Baumschaukel gab und ein altes, verschnörkeltes Teehaus. Für mich war es die schönste Zeit meines Lebens. Ich hatte viele Freunde, die nachmittags zum Spielen rüberkamen. Als meine Eltern mich eines Tages beiseitenahmen, um mir mitzuteilen, dass sie sich trennen und zurück nach Frankfurt ziehen wollten, eine Stadt, die ich kaum kannte und die mir fremd war, brach für mich eine Welt zusammen. Für ein Kind kann es nichts Schöneres geben als am Meer aufzuwachsen oder auf dem Land. Hier hatte ich beides. Aber plötzlich war das alles zu Ende, die glückliche Schulzeit auf der Insel, Freundschaften, die ich über die Jahre geschlossen hatte, die Liebe zu meinem Freund, den ich erst kurz gekannt hatte, die Ehe meiner Eltern. Ich war 14 Jahre alt, als ich von Borkum wegmusste. Und dann ausgerechnet nach Frankfurt. Dort habe ich mich nie wohlgefühlt. Die Stadt erschien mir eng, voll und laut. Überall, wo ich hinkam, waren schon viele andere.«

Henry stützte seinen Kopf in die Hände und sah sie nachdenklich an. »Würdest du gerne wieder auf Borkum leben?«

»Nein, das ist vorbei. Heute nicht mehr. Das Leben in einer Großstadt gefällt mir mittlerweile und ich würde es nicht mehr eintauschen wollen.«

»Sabine Hinrichs hat als Kind auch auf Borkum gelebt und wollte unbedingt auf die Insel zurück. Ich wüsste gerne, wer ihren Traum beendet hat.« Nachdenklich knetete Henry sein Kinn. »Steffen Hinrichs behauptet, sie sei herzkrank und auf Medikamente angewiesen gewesen. Hätte sie dann so eine lange Strecke joggen können? Hätte sie so einen anstrengenden Sport überhaupt betreiben können? Daraus ergibt sich die nächste Frage. Hinrichs hat sie als ängstlich beschrieben. Hätte sie dann den Mut gehabt, noch dazu als Herzpatientin, sich zwei Kilometer von ihrem Wohnsitz zu entfernen? Joggt so ein Mensch frühmorgens, wenn niemand sonst unterwegs ist, durch einen einsamen Wald?«

Swantje schüttelte ernst den Kopf.

»Bleibt noch die Frage nach dem Motiv. Warum musste Sabine Hinrichs sterben? Wenn wir darauf eine Antwort finden, dann finden wir auch eine Antwort auf alles andere.«

Die Tür ging auf und die Pensionswirtin kam herein, mit Mats auf dem Arm. Er steckte in einem Schlafanzug mit Auto- und Laster-Motiven und rieb sich die Augen.

»Henny«, sagte er weinerlich und streckte seine drallen Ärmchen aus. »Kann ich zu dir?«

»Hier ist ein kleiner Mann, der nicht schlafen kann«, sagte Änne Blom.

Henry bedankte sich und nahm Mats auf den Schoß. Der Junge schmiegte sofort seinen hellblonden Kopf an Henrys Brust und nuckelte am Daumen.

»Einen Afsacker?«, fragte Frau Blom und holte, ohne die Antwort abzuwarten, drei Stumpen und eine braune Flasche aus der Buddelei, die über der Anrichte hing. »Ein Kööm geiht immer!« Dem Kleinen brachte sie ein Glas Milch. Ungefragt setzte sie sich dazu und schenkte ein. Sie stießen an und betrieben etwas Small Talk.

Henry Olsen gähnte. Dann räusperte er sich. »Ich habe von einem Shanty-Chor auf Borkum gehört. Wissen Sie, wie der heißt?«

»Sie meinen sicher den Klaasohm.«

»Klaasohm? Interessanter Name! Was bedeutet er?«

Die Pensionswirtin hob die spärlichen Augenbrauen. »Das ist eine uralte Borkumer Tradition am Vorabend des Nikolaustages, die so manche Feministin am liebsten verbieten würde. Für Fremde muss es auch merkwürdig anmuten, sogar ein bisschen barbarisch, wie ein Relikt aus mittelalterlicher Zeit. Aber Touristen sind bei diesem Ereignis ohnehin nicht gern gesehen. Die Borkumer wollen an diesem Tag unter sich bleiben. Das sollte man respektieren. Sie haben davon gehört?«

Die Kommissarin nickte. »Ja, ich kenne es von früher.«

Änne Blom stürzte ihren Kööm herunter. »Die Tradition stammt vermutlich aus der Zeit der Walfänger, also aus dem 18. Jahrhundert. Die Männer waren damals monatelang auf ihren Schiffen unterwegs, währenddessen hatten die Frauen zu Hause das Sagen. Als die Männer zurückkehrten, wollten sie den Frauen zeigen, wer die Hosen anhatte. Sechs Männer verkleideten sich als Klaasohms, sie trugen Masken aus Möwenfedern. Außerdem waren sie mit Kuhhörnern ausgestattet.«

»Ich habe gehört, es gibt auch einen als Frau verkleideten Mann«, sagte Henry.

»Ja, das Wiefke – das Weib. In der Betriebshalle der Borkumer Kleinbahn treffen sich zunächst die sechs Klaasohms und kämpfen miteinander. Wie das genau abläuft, wissen nur wenige, weil Fotografieren und Filmen streng verboten ist. Danach ziehen sie, zunächst angeführt vom Wiefke, in drei Paaren über die Insel und machen Jagd auf junge, ledige Frauen. Die dürfen sie gefangen nehmen und mit dem Kuhhorn auf den Hintern schlagen. Rau und ungesittet geht es da zu!« Sie zwinkerte. »Zu Kindern sind die Klaasohms nett, sie bekommen Süßigkeiten, die sogenannten Moppen, ein Honigkuchengebäck. Auch ältere Frauen bekommen das. Aber das andere, das Wilde, Archaische, ist eine alte Tradition, die den Klaasohms jedes Jahr viel Kritik einbringt, bei den Borkumern jedoch beliebt ist.«

»Was verbirgt sich hinter dem Namen?«, wollte Henry wissen.

Die Wirtin schmunzelte. »Klaasohm bezeichnet den Vorabend des Nikolaustages. Ohm heißt Onkel«, erklärte sie, »und Sünner Klaas Nikolaus. Der Chor hat sich vor 30 Jahren zu dieser Zeit formiert, deshalb heißt er so. Irgendwann gab es in der Zeitung mal einen Bericht über die Truppe. Das habe ich mir gemerkt.«

Swantje legte die Stirn in Falten. Sie konnte nicht anders, sie dachte an Ole, ihren ersten Freund. Er hatte damals auch zu den »Borkumer Jungs« gehört. So hatten sie sich kennengelernt. Er hatte ihr mit seinem blöden Horn einen Klaps auf den Hintern gegeben, nicht besonders fest, aber sie hatte instinktiv ausgeholt und ihm eine gescheuert. Er war völlig verdattert gewesen und hatte gefragt, ob er sie zur Wiedergutmachung auf ein Getränk einladen dürfe. Sie hatte ihm keine Antwort gegeben. Er hatte gesagt, er werde am nächsten Abend um acht in der Friesenkogge, einer urigen Kneipe, auf sie warten. Seinen Helm hatte er nicht abgezogen, die Maske ebenfalls nicht. Sie war nur aus lauter Neugierde gekommen, weil sie sehen hatte wollen, wer sich darunter verbarg. So hatte es damals angefangen mit Ole und es hatte nur ein knappes halbes Jahr gedauert, bis ihre Eltern nach Frankfurt gezogen waren und sie notgedrungen mitgemusst hatte. Sie seufzte, was zum Glück niemandem auffiel.

»Archaische Zustände«, sagte Henry grinsend. »Aber zurück zum Chor. Da sollen auch Frauen mitwirken. Wenn ich an einen Shanty-Chor denke, sehe ich Männer in gestreiften Fischerhemden und mit blauen Fischermützen, die Akkordeon spielen und Seemannslieder zum Besten geben. Frauen sehe ich da nicht.«

»Das war wohl auch früher so«, sagte die Wirtin und schenkte den beiden ungefragt erneut ein. »Mittlerweile ist man da nicht mehr so streng. Frauen sind eine Bereicherung für den Chor. Ich habe den Eindruck, sie verstehen sich alle ganz prima. Zumindest kommt das bei Konzerten so rüber. Eine klasse Truppe! Den Spaß, den sie haben, übertragen sie auf ihr Publikum und stecken es mit ihrer guten Laune an. So, ich werde noch klar Schiff machen und mich dann so langsam ein Stockwerk höher in die Falle begeben. Noch einen Wunsch?«

Die Kommissare lehnten dankend ab und tranken ihre Gläser leer.

Nachdem Henry mit Mats nach oben gegangen war, fragte Swantje die Pensionswirtin, die gerade die Küche aufräumte, ob sie sich ein Fahrrad ausleihen dürfe, sie habe Lust, ans Meer zu fahren.

»Um diese Uhrzeit?«, fragte Änne Blom und deutete auf die altenglische Standuhr. »Haben Sie denn keine Angst?«

»Wovor denn? Vor den Klaasohms? Ich denke, die kommen erst im Dezember wieder?«

»Es hat einen Mord gegeben auf der Insel. In der Greunen Stee wurde eine tote Frau gefunden. Es heißt, sie wurde ermordet. Ob das stimmt, weiß ich nicht, trotzdem wäre ich vorsichtig an Ihrer Stelle! Wenn Sie auf meinen Rat hören wollen: Ich würde jetzt nicht mehr rausgehen. Hier auf Borkum werden um 19 Uhr die Bürgersteige hochgeklappt. In den meisten Straßen ist das zumindest so. Da ist kein Mensch mehr unterwegs, der Ihnen helfen könnte. Wollen Sie denn nicht wenigstens Ihren Mann mitnehmen, wenn die Kleinen eingeschlafen sind?«

»Danke für Ihr Angebot, Frau Blom, aber es geht schon. Ich bin das gewohnt. Also, bekomme ich ein Fahrrad? Ich werde es auch gut abschließen.«

»Abschließen? Wo wollen Sie denn hin? In eine Kneipe? Ohne Ihren Mann?«

»Sie wissen doch, dass das nicht mein Mann ist«, sagte Swantje Brandt lächelnd. »Und ich weiß es auch, weil mein Mann in Osnabrück ist. Herr Olsen und ich sind Kollegen. Nicht mehr und nicht weniger.« Sie lächelte gutmütig.

»Kollegen?«, fragte Frau Blom lächelnd. »So kann man es auch nennen. Kollegen wobei, wofür?«

Swantje schmunzelte. »Wir sind Forscher.«

Änne Bloms Gesicht leuchtete auf. »Ah, Vogelkundler, warum haben Sie das nicht gleich gesagt?« Sie sprang auf und ging in den Flur. Dort befand sich ein gut gefülltes Bücherregal, das den Gästen für die Dauer ihres Aufenthaltes zur Verfügung stand.

Wenig später bekam Swantje nicht nur den Schlüssel für ein Hollandrad ausgehändigt, sondern auch zwei Sachbücher über die Borkumer Tier- und Pflanzenwelt.

KAPITEL 14

Es hatte funktioniert, Steffen Hinrichs hatte ihn entdeckt! Der Bauunternehmer fuchtelte wild mit den Armen, als glaubte er, ihn damit verscheuchen zu können. »Falsch gedacht, Junge, murmelte Arne, »ich bleibe hier und du gehst fort. Am besten folgst du deiner Frau in den Wald. Weshalb soll es dir weiterhin so gut gehen auf unsere Kosten? Du hast dein Versprechen nicht eingehalten, und dafür wirst du jetzt büßen. Ich werde dich nicht mehr in Ruhe lassen, solange ich lebe. Du wirst dich immer an mich erinnern, an mich und meinen Vater, du Dreckschwein.«

In der Küche wurde das Licht gelöscht. Steffen Hinrichs hatte vermutlich den Raum verlassen. Ob er gerade die Polizei rief? Bis die hier draußen ankäme, wäre Arne längst verschwunden.

Mit einem mulmigen Gefühl sah Arne sich um und fühlte sich plötzlich verfolgt, dabei war weit und breit niemand zu sehen oder zu hören. Doch sein Instinkt sagte ihm, dass er nicht allein war. Nach weiteren fünf Minuten war ihm so unbehaglich geworden, dass er sich aufs Fahrrad schwang und in nordwestliche Richtung zurückfuhr. Gerade passierte er den Reededamm, als er in der Dunkelheit fast mit einem Fahrrad ohne Licht zusammengeprallt wäre. »Bist du dull, du Döspaddel?«, brüllte er dem Radfahrer hinterher.

Der hielt an. Es war eine Frau. »Entschuldigung«, sagte sie, »es tut mir wirklich sehr leid! Ich wusste nicht, wie ich das Licht einschalten kann. Ich habe es nicht gefunden. Aber Sie fahren ja selbst ohne Licht.«

Eine Touristin. Arne wurde eine Spur sanfter. »Tue ich das? Sie haben recht, ich war wohl in Gedanken. Na, dann warten Sie mal, ich zeige Ihnen, wie Sie das Licht anstellen.« Er schob sein Rad zu ihr hin und stellte es ab.

»Arne?«

»Ja?« Sein Blick streifte die dunkel gekleidete Frau. Endlich erkannte er sie. »Ja, segg mol, das gibt's doch nicht! Antje, bist du's? Was machst du wieder auf Borkum?«

Sie stellte ebenfalls ihr Fahrrad am Rand ab. »Mit dir habe ich jetzt nicht gerechnet!« Arne. Arne Husmann. Vor diesem Moment hatte Swantje sich gefürchtet. Sie hatte so gehofft, ihm nicht über den Weg zu laufen. Wäre sie bloß in der Pension geblieben und hätte sich schlafen gelegt, es war ohnehin spät genug.

»Glaubst du, ich mit dir etwa?« Er fackelte nicht lange, nahm sie in den Arm und küsste sie auf die Wange. »Ich wollte gerade in den Ort und gucken, wo es noch was zu trinken gibt. Kommst du mit?«

Er wusste noch ihren Namen, zumindest den, den sie ihm damals genannt hatte. Er klang sehr ähnlich wie ihr echter Name, aber so hatte er keine Chance, sie in den sozialen Netzwerken zu finden. Sie hatte ihm vorsichtshalber außerdem eine falsche Telefonnummer gegeben, weil ihr von Anfang an klar gewesen war, dass sie nach ihrer Abreise keinen Kontakt mehr zu ihm wollte. »Weißt du, Arne, es ist schön, dich zu treffen, aber eigentlich … Ich will dich nicht enttäuschen, aber ich bin müde. Nur leider nicht müde genug fürs Bett. Ich wollte nur noch ein wenig Luft schnappen, damit ich besser schlafen kann. In meinem Alter dauert es immer etwas länger, bis ich mich an ein neues Bett gewöhnt habe. Und eine schlaflose Nacht kann ich beim besten Willen nicht gebrauchen.«

Er lachte. »Also, mein Opa hat immer gepredigt, dass das Beste gegen Schlafnot ein Bier und ein Korn sind. Und das täglich. Danach schläfst du wie ein Baby. Komm schon, Antje, morgen ist Sonntag!«

Sie nickte zögerlich, und ohne ein weiteres Wort schwangen sie sich auf die Räder und fuhren nebeneinanderher. Manchmal erkannte sie sich selbst nicht wieder. Sie tat Dinge, die sie eigentlich nicht wollte – zumindest war sie sich nicht sicher, ob sie sie wollte. Es war eine kindliche Mischung aus Neugierde, Lebenslust, Lebendigkeit, eine Sehnsucht nach Abwechslung und Abenteuer, die sie manchmal überfiel. Dann kämpften zwei Mächte in ihrem Inneren gegeneinander, das Bestreben nach Routine, Sicherheit und Ordnung und der Drang, die eigene Komfortzone zu verlassen, um sich ins Leben zu stürzen. Die zweite Macht schien gerade zu gewinnen.

»Schade, dass du dich nie gemeldet hast«, sagte Arne gerade. »Ich habe oft an unsere gemeinsame Nacht gedacht. Sie war wunderschön. Du bist wunderschön, Antje! Eine bezaubernde, sehr anziehende Frau in den besten Jahren.«

»Danke, aber uns war doch klar, dass es keine Fortsetzung geben wird, nicht wahr? Oder hast du mit etwas anderem gerechnet?«

»Ich rechne nie mit etwas, sonst werde ich nur enttäuscht. Trotzdem ist die Hoffnung immer da. Ich hatte das Gefühl, dass ich in dieser Nacht dein Herz erobert habe. Oder habe ich mich getäuscht?«

»Arne, ich bin Realistin. Unsere Welten passen nicht zusammen. Du gehörst hierher, nach Borkum, und ich bin eine Großstadtpflanze. Ich könnte nicht auf einer Insel leben. Da würde ich mich auf Dauer eingesperrt fühlen, eingeengt, umgeben von einem unberechenbaren Meer, das mich unter Umständen von der Zivilisation abschneiden kann. Für mich war es eine schöne Nacht, die ich nicht vergessen werde, mehr aber auch nicht. Eine Zukunft kann es für uns nicht geben. Außerdem bin ich verheiratet, wie du weißt.«

»Okay. Zumindest das ließe sich ändern!«

Sie hielt an und stieg vom Fahrrad. »Willst du mich in der nächsten Stunde weiter so bearbeiten?«, fragte sie. »Wenn ja, fahre ich sofort zurück.«

»Keine Sorge«, sagte er leise. »Ich habe dich verstanden.«

KAPITEL 15

Die zwei älteren Paare im Frühstücksraum hielten sie wahrscheinlich für eine Familie, die am Sonntagmorgen miteinander frühstückte: Vater, Mutter, beide offensichtlich schon in einem etwas vorgerückten Alter, und zwei Kinder. Swantje wusste, dass sie und Henry deutlich jünger aussahen, als sie waren. Sie hatten sich gut gehalten. Für einen kurzen Moment fühlte sich Swantje in die ihr wahrscheinlich zugeschriebene Rolle hinein und wusste nicht, wie sie es finden würde, in ihrem Alter Mutter von zwei kleinen Kindern zu sein. Es konnte wunderbar sein, aber irgendwann stand die Pubertät an, und als sie an die herausfordernde Zeit mit Insa dachte, war sie erleichtert, all das hinter sich zu haben.

Sie hatten einen schönen Tisch an der breiten Fensterfront zur Straßenseite zugewiesen bekommen.

Änne Blom und ihr Mann Joke, der kleiner und schmächtiger war als sie, sorgten dafür, dass das Buffet immer wieder aufgefüllt wurde. Die Wirtin begrüßte jeden Gast persönlich und fragte nach den Getränkewünschen.

»Hier trinkt man Tee«, sagte sie. »Aber wenn Sie wollen, können Sie auch Kaffee haben.«

»Dann bitte Tee«, sagten Swantje und Henry wie aus einem Mund. Sie sahen sich an und lachten.

»Und die Kinder mögen warmen Kakao«, fügte Henry hinzu.

»Nein, ich brauche heute keinen Kakao, ich will zum Strand, Drachen fliegen lassen«, sagte Theo.

Henry bestellte dennoch zweimal Kakao.

»Ein Sekt für die Erwachsenen?«, schlug die Wirtin augenzwinkernd vor. »Heute ist Sonntag, da darf man wohl mal.

Als sie durch die Schiebetür zur Küche verschwunden war, las Henry eine Nachricht auf seinem Handy und verkündete, seine Tante sei vor einer halben Stunde in Hannover losgefahren. Drei Stunden noch, dann wäre die Kinderbetreuung gesichert. Gut gelaunt zwinkerte er Swantje zu.

»Ich will aber hierbleiben«, sagte Theo, »hier bei euch.«

»Ich auch«, sagte Mats. »Hier ist es ssön.«

»Wir gehen gleich ans Meer und schauen, ob genug Wind da. Dann kaufe ich euch einen Drachen, falls ein Geschäft am Sonntag geöffnet hat, sonst morgen. Wenn nicht, bauen wir eine Burg, eine richtig große, mit Burggraben und Türmen, in die böse Buben eingeschlossen werden.«

»Vielleicht können wir Ssweinchen einssliessen«, sagte Mats mit leuchtenden Augen.«

»Wen möchtest du da einschließen?«, fragte Henry.

»Mats meint Swantje«, sagte sein Bruder altklug. Er übte die Aussprache des Namens einige Male mit ihm. Die Erwachsenen lachten.

Während sie Pläne schmiedeten, kam Änne Blom mit einem Tablett durch die Schiebetür. Sie reichte den Jungs je einen Becher

Kakao und deckte dann mit einem ostfriesischen Teeservice ein. In die Mitte stellte sie eine Zuckerdose mit Kluntjes und ein leicht angelaufenes silbernes Sahnekännchen.

In Henry Olsens kräftiger Hand sah das Porzellantässchen mit der Heiderose besonders winzig aus. »Oha, da muss man ja mindestens zehn Tassen von trinken, bis man genug hat«, meinte er und stellte es vorsichtig auf das Untertässchen zurück.

»Drei Tassen sind Ostfriesenrecht«, sagte die Wirtin. »Vorher dürfen Sie nicht aufhören. Und die Sahne linksherum mit dem Löffel eintröpfeln, damit die Zeit beim Teetrinken stehen bleibt. Und bloß nicht umrühren! Umrühren bringt Unglück!«

»Ist der Tee denn süß?«, wollte Henry wissen.

»Die dritte Tasse ja, vorher genießt man das Bittere.«

»Meine Kollegin hat als Kind auf Borkum gelebt«, sagte Henry, froh, einen Anknüpfungspunkt zu haben.

»Ach was! Ja, wo denn?«, wollte Änne Blom wissen.

Swantje warf Henry einen hohlen Blick zu. Sie hatte alles andere als Lust, über ihre Jugend zu reden. Ihre Antwort fiel dementsprechend mager aus. Die Wirtin hatte verstanden. Sie murmelte etwas von »Sekt holen« und verschwand durch die halb offene Schiebetür.

Swantje verbot sich, an Arne zu denken, obwohl sie nicht leugnen konnte, dass er ihr Typ war. Er hatte diese markanten Gesichtszüge, die sie bei Männern mochte. Gestern waren sie noch in einer Kneipe gewesen, von der Swantje nicht einmal mehr den Namen wusste. Sie hatte nicht darauf geachtet, so nervös war sie gewesen. Arne hatte eine besondere Ausstrahlung, die sie wieder ganz für ihn einnahm. Es kribbelte in seiner Nähe und es kribbelte beim Gedanken an ihn.

»Sobald meine Tante da ist, würde ich gerne Flugblätter erstellen«, sagte Henry. »Am besten heute noch. Die Hoffnung ist, Zeugen zu finden, die am Donnerstagmorgen etwas beobachtet haben. Gerade Touristen erreichen wir kaum übers Radio oder über die Zeitungen. Die Flugblätter werden wir morgen früh in der Greunen Stee an die Bäume pappen.«

Swantje biss in ihr Brötchen, das sie mit der von Änne Blom selbst gemachten Sanddornmarmelade bestrichen hatte. »Gute Idee. Und ich hoffe, dass morgen eine Mail aus der Gerichtsmedizin Emden da ist.«

Die Pensionswirtin kam noch einmal zurück, um den Sekt zu bringen und den Kindern Orangensaft. Sie genehmigte sich auch einen Schluck und stieß mit allen an. »Auf einen schönen Urlaub«, sagte sie, »und wenn Sie gehen, bitte nicht vergessen, das Teelicht im Stövchen auszupusten.«

KAPITEL 16

Am Bahnhof war viel Betrieb. Aufgeregt lief Henry mit den beiden Jungs den Bahnsteig ab, als mit einigen Minuten Verspätung die Inselbahn angezuckelt kam. Ein pinkfarbener Trenchcoat, dunkelblond gesträhnte kurze Haare, das konnte nur Tante Monika sein. Sie zog einen lackschwarzen Trolley hinter sich her und winkte mit ihrer knallbunten Handtasche.

»Meine Süßen«, rief sie und breitete ihre Arme aus. Theo und Mats flogen ihr entgegen. »Was habe ich euch lange nicht gesehen! Groß seid ihr geworden. Junge, Junge, ich erkenne euch ja kaum wieder!«

»Tante Moni, du hast die beiden erst an Ostern gesehen«, sagte Henry lachend und ließ sich von ihr Küsschen auf die Wangen drücken. Sie duftete nach Vanille. Er nahm ihr den Koffer ab und begleitete sie zu ihrem Hotel. Mit Trippelschritten ging sie neben ihm her. Ihre Schuhe waren viel zu spitz und hochhackig, um für die doch etwas längere Strecke bis zu ihrem Hotel an der Strandpromenade geeignet zu sein.

»Nimm es Pia nicht so übel«, sagte sie leise, als sie die belebte Bismarckstraße in Richtung Strand passierten, »sie leidet sicher selbst darunter. Sie ist noch jung. In dem Alter macht man so manche Dummheiten. Pia tut mir leid und ich mache mir große Sorgen um sie. Verzeih ihr bitte.«

»Dummheiten nennst du das? Ich bin maßlos enttäuscht. Ich war immer so stolz auf Pia! Sie war mein Ein und Alles!«

»Ich weiß. Das wird sie auch wieder sein, Henry, bestimmt! Jeder Mensch hat das Recht, sich zu verändern und sich auszuprobieren. Und jeder hat das Recht, Fehler zu machen.«

»Ich hätte alles für sie gegeben. Alles.«

»Ich weiß, Henry. Das kommt wieder. Die Liebe setzt sich durch. Du musst verstehen und verzeihen! Du bist der Ältere, du bist Vorbild.«

»Ich will dir gegenüber ehrlich sein. Wenn die beiden Jungs nicht wären, würde ich den Kontakt zu Pia abbrechen.«

»Ach was, man sollte großherzig sein«, sagte seine Tante, die zum vierten Mal geschieden war. »Ich habe allen meinen Männern verziehen, egal, wie viel Mist sie gebaut haben. Ich lebe in Frieden mit ihnen. Aber am liebsten allein. Ein Mann kommt mir nicht mehr ins Haus. Das heißt aber nicht, dass ich mir nicht ab und zu mal etwas Vergnügen gönne.«

»Deine Nerven möchte ich haben«, sagte Henry seufzend.

»Du machst es doch auch nicht anders, lebst anscheinend ebenfalls gern allein. Wobei mich das nicht wundert. Was hast du wieder für ein scheußliches T-Shirt an?« Sie kniff die Augen zusammen. »Der Schriftzug ›Scorpions‹ mit einem gelben Skorpion? Ist das dein Ernst? Dazu eine Jeans mit Löchern, lächerlich! Du bist keine 20 mehr! Zieh dich endlich anständig an, Junge, ordentliches Hemd und Hose, dann klappt das auch mit den Frauen.«

Henry Olsen fand es außerordentlich praktisch, dass seine Tante im selben Hotel untergekommen war wie die Zeugen, die die Tote im Wald gefunden hatten. Ein wenig plagte ihn ein schlechtes Gewissen, die Urlauber an ihrem letzten Tag auf Borkum mit einer polizeilichen Befragung zu behelligen, aber die Zeit drängte, da die Herrschaften abreisen wollten. Ab morgen könnten sie nur noch schriftlich oder telefonisch miteinander kommunizieren. Henry verabschiedete seine Enkel und erlaubte ihnen, in Tante Monikas Suite fernzusehen. Schnell verzog er sich und hoffte, dass ihm die kleinen Rabauken nicht folgen würden.

Swantje Brandt wartete bereits mit den Zeugen im Konferenzraum, den das Hotel ihnen für die Dauer der Befragung zur Verfügung gestellt hatte. Wie in einer polizeilichen Vernehmung üblich, begrüßte Henry Olsen das Paar freundlich und bat um die Personalien, da sie sich noch nicht persönlich begegnet waren.

»Sie haben also die Tote gefunden«, leitete er die Befragung ein, nachdem er sich und seine Osnabrücker Kollegin vorgestellt und das Diktiergerät eingeschaltet hatte. »Darf ich fragen, in welchem Verhältnis Sie beide zueinander stehen?« Dabei blickte er die Zeugen nacheinander vertrauenserweckend an.

»Wir haben uns hier kennengelernt«, erzählte Annerose Heilmann. »Der Herr Torlage und ich sind kein Paar. Wir sind nur hin und wieder zusammen spazieren gegangen.« Die 72-Jährige ordnete ihre hellblonde Kurzhaarfrisur. Ihre dunkelroten Fingernägel hatte sie sicher einem Nagelstudio zu verdanken.

»Können Sie das bestätigen?«, richtete Henry das Wort an den Mann, einen gut aussehenden Mittsiebziger mit vollem silberweißem Haar.

Der nickte ernst. »Es ist, wie Annerose gesagt hat. Wir sind uns auf Borkum zum ersten Mal begegnet. Wir waren beide auf einem Konzert, sie hat mir gefallen und ich habe den Mut gefunden, sie anzusprechen.«

»Erzählen Sie mal, was Sie gesehen haben am Donnerstagabend in der Greunen Stee«, forderte Swantje die beiden mit einem einladenden Lächeln auf. »Vielleicht beginnen wir zunächst mit Ihnen, Frau Heilmann.«

»Wir wollten vor dem Abendessen noch mal raus«, begann die Zeugin leise seufzend. »Emil, also mein Dackelchen, war längere Zeit allein auf dem Zimmer gewesen, weil wir im Gezeitenland waren, und da wollten wir ihm noch etwas Abwechslung gönnen. Also haben wir uns Räder gemietet und sind zur Greunen Stee gefahren. An meinem Fahrrad befand sich ein Körbchen für Emil. Er würde den langen Weg bis zum Wäldchen auch nicht mehr schaffen. Im Wald hatte ich Emil an einer langen Leine. Plötzlich zerrte er mich in eine bestimmte Richtung. Er zog so energisch, dass ich kaum hinterherkam und irgendwann die Leine mit dem Halsband in der Hand hielt. Ich sah ihn nicht mehr, hörte aber ein Rascheln im Gebüsch. Mein ... also Herr Torlage und ich haben uns durch das Gestrüpp gekämpft und nachgesehen. Und da ... nun ja. Da war dann die Bescherung. Mitten im Sanddorngebüsch, zwischen zwei Birken.« Sie machte eine Geste der Ratlosigkeit.

»Da haben Sie die leblose Person gefunden«, half Swantje ihr weiter.

»Ich konnte nicht hinsehen«, sagte Annerose Heilmann und legte ihre Fingerspitzen auf die Hand ihres Bekannten. »Ich wusste aber, dass sie tot ist.«

»Woran haben Sie das erkannt?«, schaltete sich Henry Olsen ein.

»Sag du!« Annerose Heilmann stupste ihren Gefährten an.

»Nun ja«, räusperte sich Walter Torlage, »sie lag merkwürdig verrenkt auf dem Bauch. So kann man nicht schlafen, das wäre sehr unbequem, selbst wenn man sehr betrunken ist. Zweige lagen über ihr, als hätte sie jemand zugedeckt. Das hätte sie nicht selbst machen können. Wozu auch?«

»Moment mal, sagten Sie, sie lag auf dem Bauch?« Henry wechselte einen schnellen Blick mit Swantje, die im selben Moment überrascht aufsah.

»Ja«, sagte die Zeugin, »auf dem Bauch lag sie! Herr Torlage hat sie umgedreht, weil er sehen wollte, ob sie noch lebt. Sie verdächtigen uns hoffentlich nicht?«, fragte Annerose Heilmann mit einem aufgesetzten Lachen.

Henry Olsen ging nicht darauf ein. »Sie erwähnten vorhin, Frau Heilmann, Sie und Ihr Partner hätten diese Spaziergänge öfter unternommen. War am Donnerstagabend irgendetwas anders als sonst, abgesehen von der leblosen Person?«

Beide Zeugen schüttelten den Kopf.

»Und am Mittwoch?«

»Nein«, sagten sie gleichzeitig.

»Soll ich das mit dem Herz erzählen?«, wandte sich Annerose Heilmann leicht atemlos an ihren Bekannten.

Der nickte.

»Die Frau hatte ein Herz auf dem Rücken«, sagte sie stockend.

»Ein Herz?«, fragte Swantje mit gerunzelter Stirn.

Walter Torlage kam seiner Begleiterin zu Hilfe. »Es war ein Herz aus Muscheln«, erklärte er in einem ruhigen Tonfall. »Genauer gesagt, aus Herzmuscheln.« Er verzog den Mund zu einem schiefen Lächeln. »Seltsames Wortspiel, aber es war so!«

Die Kommissarin nahm ihr Notebook zur Hand, um zu googeln. Sie wollte den Zeugen ein Bild der Muscheln zeigen, um sicherzugehen, dass sie über ein und dieselbe Art sprachen. Abgebildet waren Muscheln, die wie kleine Fächer aussahen. Es gab sie in verschiedenen Braun- und Grautönen. Nach der Flut wurden sie regelmäßig an den Strand gespült. Zu Hunderten lagen sie dort herum und warteten darauf, von sammelwütigen Urlaubern aufgelesen zu werden. »Das Muster befand sich also auf ihrem Rücken«, setzte Swantje Brandt die Befragung fort. »Wie groß war es etwa?«

Annerose Heilmann malte ein Herz in die Luft. »Na ja, ich würde sagen, so zehn mal zehn Zentimeter, vielleicht auch ein wenig größer.«

»Könnte hinkommen«, stimmte Walter Torlage zu.

»Was haben Sie mit den Muscheln gemacht?«, wollte Swantje wissen.

»Mein Begleiter hat die Frau umgedreht, sodass sie dann auf dem Rücken lag. Auf die Muscheln haben wir nicht geachtet. Uns kam es nur darauf an, festzustellen, ob die Frau noch lebte. Die Muscheln ... keine Ahnung, sie müssten noch da sein.«

»Ist Ihnen sonst noch etwas aufgefallen? Waren Leute in der Nähe? Spaziergänger? Radfahrer? Jogger? Hat sich irgendjemand auffällig verhalten?«

Walter Torlage sah Annerose fragend an. »Ich glaube, es war sonst niemand da, oder?«

»Ich kann mich an niemanden erinnern. Wir hatten einen Tunnelblick, haben in dem Moment nicht einmal unseren Hund wahrgenommen, also meinen Hund«, korrigierte sie sich errötend.

»Man findet ja nicht alle Tage einen Toten im Wald«, bemerkte Walter Torlage mit gepresster Stimme. »Da haben wir nicht auf unsere Umgebung geachtet.«

»Ich könnte nicht einmal sagen, wie wir nach Hause gekommen sind, also ins Hotel«, sprach Annerose weiter. »Irgendwann waren wir wieder auf unseren Zimmern. Die Zeit dazwischen ist wie ein schwarzer Tunnel. Ich habe keine Erinnerung mehr daran. Du denn, Walter?«

»Mir geht es genau wie dir«, sagte der ältere Herr und schenkte seiner Begleitung einen warmen Blick. »Ich glaube, wir sind wie unter Schock zurückgeradelt. Es war wie ein Albtraum. So etwas möchte man im Urlaub nicht erleben.«

»So etwas möchte man auch sonst nicht erleben«, ergänzte Annerose.

Swantje nickte verständnisvoll. »Ist das der Grund, weshalb Sie erst am nächsten Tag zur Polizei gegangen sind?«

Die beiden Senioren bestätigten ihre Vermutung.

»Dennoch erlauben Sie mir bitte eine Frage. Sie konnten nicht sicher sein, dass die Frau tot war. Es hätte auch sein können, dass sie bewusstlos war. Warum haben Sie nicht den Rettungsdienst gerufen?«

»Meine Bekannte ist Altenpflegerin«, sagte Walter Torlage nicht ohne Stolz.

»Ist das so?«, wandte sich Swantje direkt an Annerose Heilmann.

»Ich habe mal in einem Pflegeheim gearbeitet, das stimmt«, erklärte Annerose. »Kurz nach meinem Schulabschluss. Eine Ausbildung habe ich allerdings nicht gemacht. Es waren vielleicht sechs Monate, bis ich festgestellt habe, dass der Beruf nichts für mich ist.«

»Sie waren aber sicher, dass die Frau tot war?«

Annerose Heilmann bejahte.

»Woran genau haben Sie das festgemacht?«

»An den fehlenden Vitalzeichen: Puls, Körpertemperatur, Bewusstsein. Die Frau fühlte sich kühl an und hatte eine gelblich-wächserne Gesichtsfarbe. Außerdem habe ich meinen Handspiegel vor ihren Mund gehalten, und als er nicht beschlug, war ich absolut sicher, dass sie tot war!«

»Gut, das wäre es fürs Erste«, sagte Swantje. »Da Sie morgen abreisen, möchte ich mich nun von Ihnen verabschieden und Ihnen eine gute Reise wünschen. Ich lasse Ihnen unsere Kontaktdaten da. Bitte melden Sie sich sofort, sollte Ihnen noch etwas einfallen.«

»Halt, warten Sie!« Anneroses Wangen färbten sich vor Aufregung rosa. »Gerade ist mir noch etwas eingefallen. Ich habe bei der Toten einen Zettel gefunden. Als Walter die Leiche umgedreht hat, ist etwas aus ihrer Jackentasche gefallen. Ein abgerissener Zettel.«

»Ein Zettel? Haben Sie den dabei?«, fragte Swantje.

»Er ist oben«, sagte Annerose Heilmann. »Ich habe ihn nicht weggeworfen. Ich könnte ihn holen!«

Swantje Brandt runzelte die Stirn.

Die Zeugin stand auf und schwankte ein wenig. Sofort war ihr Bekannter an ihrer Seite. »Soll ich dich begleiten, Liebes?«

Energisch hielt sie ihn davon ab. »Bleib sitzen, Walter! Das ist nur die Aufregung. Ich komm schon zurecht.«

Mit besorgter Miene sah Walter Torlage ihr hinterher, wie sie mit unsicheren Schritten den Konferenzraum verließ.

»Sie wissen, dass das nicht in Ordnung war, nicht wahr?«, warf Swantje ihm vor. »Sie haben den Leichenfundort stark verändert und sogar ein Beweisstück mitgehen lassen. Das erschwert unsere Arbeit, Herr Torlage!«

Mit offenem Mund starrte er sie an. Dann fuhr er sich mit zittriger Hand über den Kopf, bevor er zu einer Antwort ansetzte. »Das ging alles so schnell. Wir haben nicht weiter nachgedacht. Die Frau lag da, sie war tot, wie sich herausstellte. Ein Zettel fiel aus ihrer Tasche, als ich sie umdrehte. Ich habe nicht einmal mitbekommen, dass meine ... dass Annerose ihn eingesteckt hat. Das Papier war für mich in dem Moment nicht wichtig. Es tut mir leid, dass uns da offensichtlich ein Fehler passiert ist. Das wollten wir nicht, wirklich! Entschuldigen Sie!«

»Ist schon gut«, beruhigte Henry den alten Mann, der ihn an seinen Großvater erinnerte, bei dem er aufgewachsen war. Er hatte Mitleid mit ihm.

Fast zehn Minuten waren vergangen, als Annerose Heilmann zurückkam. Sie murmelte eine Entschuldigung und gestand, dass sie den Zettel verlegt habe. »Wahrscheinlich habe ich ihn aus Versehen doch weggeworfen«, erklärte sie niedergeschlagen. Sie tauschte einen betrübten Blick mit der Kommissarin, die darauf drang, die Dame in ihr Zimmer zu begleiten, um selbst nachzusehen.

»Das ist nicht nötig«, wehrte die Zeugin ab. »Der Fetzen Papier muss mir aus der Jackentasche gefallen sein, als ich mit dem Fahrrad zurückfuhr. Er ist nicht im Zimmer. Ganz sicher nicht.«

»Was stand denn darauf?«

»Eine Adresse, irgendein Laden, unwichtig.«

»Unwichtig? Es handelt sich um ein Beweisstück, Frau Heilmann! Ich begleite Sie jetzt auf Ihr Zimmer. Wir müssen den Zettel finden.« Swantje erhob sich. »Kommen Sie bitte!«

Gemeinsam begaben sie sich zum Aufzug.

Mitfühlend betrachtete Swantje Brandt die ältere Dame, die auf ihrem Bett den Inhalt ihrer Handtasche ausbreitete. Annerose Heilmann war den Tränen nahe und murmelte unentwegt eine Entschuldigung.

»Ich verstehe Sie, Frau Heilmann, regen Sie sich nicht auf, suchen Sie ganz in Ruhe. Wir haben Zeit«, versuchte Swantje sie zu beruhigen. Sie selbst hatte schon – mit Erlaubnis der Zeugin – in deren Jackentaschen nachgesehen sowie im Papierkorb und im Abfallbehälter im Bad. Dass gerade Letzteres nicht von Erfolg gekrönt sein würde, war ihr vorab schon bewusst gewesen, denn inzwischen waren drei Tage vergangen. Das Zimmer wurde täglich gereinigt, und die Papierkörbe wurden bei der Gelegenheit geleert. Swantje würde den Hoteldirektor bitten, die Mülltonnen zur Durchsuchung freizugeben. Wenn er sich weigerte, müsste sie erst einen Beschluss von der Staatsanwaltschaft in Emden einholen, was viel Zeit beanspruchen würde. Bis dahin wäre der Müll längst abgeholt worden. »Kann es sein, dass sich der Zettel im Zimmer Ihres Bekannten befindet?«

Mit hochrotem Kopf blickte Annerose auf. »Ausgeschlossen«, sagte sie.

»Was war das denn für ein Zettel?«

»Ein Stück kariertes Papier, wie aus einem Schreibheft herausgerissen. Ein Name war mit blauem Kugelschreiber draufgeschrieben worden, eine Adresse.« Verzweifelt schüttelte die Zeugin den Kopf.

»Können Sie mir zeigen, wie groß das Papierstück war?«

Annerose Heilmann zeichnete die Umrisse in die Luft.

»Ist Ihnen jetzt wenigstens bewusst, dass Sie an einem Tatort nichts verändern und erst recht nichts mitnehmen dürfen?«

Noch einmal entschuldigte sich Annerose Heilmann für ihre Gedankenlosigkeit.

»Ist gut, Frau Heilmann, wir gehen wieder runter«, sagte Swantje seufzend.

Wenig später betrat sie gemeinsam mit Frau Heilmann den Konferenzraum. Henry Olsen blickte ihr mit hochgezogenen Brauen entgegen. Als Swantje unmerklich den Kopf schüttelte, verzichtete er darauf, nachzufragen.

Annerose Heilmann setzte sich verlegen neben ihren Gefährten und drückte seine Hand.

»Wir wollten ja eigentlich morgen zurückfahren«, sagte Walter Torlage, »ist das unter diesen Umständen überhaupt möglich?«

»Selbstverständlich, daran hat sich nichts geändert«, sagte Henry. »Wir haben Ihre Kontaktdaten und können uns telefonisch mit Ihnen in Verbindung setzen. Allerdings wäre es wünschenswert, wenn Sie zu einer möglichen späteren Gerichtsverhandlung als Zeugen persönlich erscheinen würden.«

»Wo wäre das? Hier auf Borkum?« Die Augen des älteren Herrn blitzten auf.

»Nein, sehr wahrscheinlich in Emden.«

»Wir beide?« Walter Torlage strahlte seine Bekannte an. Die schaute lächelnd an ihm vorbei.

KAPITEL 17

»Das Obduktionsergebnis da«, sagte Lutz Dabelstein am nächsten Morgen und rief das entsprechende Dokument auf seinem Rechner auf. Es war Montag, vier Tage nach dem Mord an Sabine Hinrichs.

Swantje trat zu ihm und las das Untersuchungsergebnis vor: »›Todesursache fulminantes Leberversagen durch massive Überdosierung von Paracetamol. Sedierung höchstwahrscheinlich durch Verabreichung eines chemischen Mittels oder durch Strom. Todeseintritt drei bis vier Stunden nach Verabreichung. Nach langer Suche mit dem Vergrößerungsglas Einstichstellen im Nacken gefunden.‹ – Paracetamol? Das Schmerzmittel?«

Henry Olsen massierte sich das unrasierte Kinn. »Ich habe gehört, dass man sich damit umbringen kann. Mit der Dosierung muss man vorsichtig sein. Als Mordwaffe ist mir Paracetamol allerdings bislang nicht untergekommen.«

»Gibt es Hinweise auf ähnliche Verbrechen?«, wollte Swantje von Dabelstein wissen.

»So etwas hatten wir hier noch nicht«, antwortete der Endfünfziger. »Tötungsdelikte haben sich auf der Insel lange nicht mehr ereignet. Und wenn, dann handelte es sich um Beziehungstaten in den eigenen vier Wänden.«

»Wurde sie vergewaltigt?«

»Nein, das konnte sicher ausgeschlossen werden«, stellte Dabelstein klar. »Es wurden keine Spermaspuren festgestellt, keine Penetration. Im Gegenteil, sie hat wohl längere Zeit keinen Geschlechtsverkehr mehr gehabt. Mindestens 14 Tage nicht.«

»Versuchte Vergewaltigung?«

»Ebenfalls Fehlanzeige. Es gibt weder Kampf- noch Abwehrspuren, auch keine Verletzungen, die darauf hindeuten könnten.«

»Einen Sexualstraftäter können wir also ausschließen.«

Dabelstein nickte und griff nach seiner Kaffeetasse, nahm einen Schluck und verzog das Gesicht. »Bah, was für ein widerliches Gebräu«, sagte er, ging zum Spülbecken und schüttete den Rest weg.

»Sicher? Warum wurden ihr dann der Slip ausgezogen und andere Kleidungsstücke? Auch die Schuhe? Ich verstehe das nicht.«

»Es gibt Täter, die ihre Befriedigung daraus ziehen, die Frau nur anzuschauen, bevor sie sie töten. Sie verspüren Macht, wenn sie der Frau alles nehmen, was ihre Würde ausmacht. An den Gegenständen selbst liegt ihnen häufig nichts. Sie werfen sie weg oder verbrennen sie.«

»Warum ausgerechnet Sabine Hinrichs?«, dachte Henry Olsen laut nach.

»Ich nehme an, die größere Aufmerksamkeit gilt ihrem Mann, der für die Bauvorhaben hinter dem Deich zuständig ist«, äußerte der Borkumer Kollege, der wieder Platz genommen hatte. »Sollte die Tat ein Racheakt gewesen sein, so hätte ich ihn mir aber eher als Opfer vorstellen können als seine Frau.«

»Manche Menschen unterscheiden da nicht«, gab Swantje Brandt zu bedenken. »Da werden alle Familienmitglieder in Sippenhaft genommen.«

»Vielleicht kann uns in dem Punkt der Ehemann weiterhelfen. Er ist für 11 Uhr einbestellt worden, weil es Unstimmigkeiten bezüglich der zeitlichen Abfolge gibt. Sie haben schon mit ihm gesprochen?«, wandte sich Dabelstein an Henry Olsen.

Der nickte.

»Und? War etwas Relevantes dabei?«

»Er hat uns auf einen Shanty-Chor verwiesen, in dem Sabine Hinrichs wohl ab und zu mitgewirkt hat. Der Chor heißt Klaasohm, wie wir mittlerweile herausgefunden haben.«

»Kenne ich. Meine Frau und ich waren beim letzten Weihnachtskonzert in der evangelischen Kirche. Machen ordentlich Stimmung. Gute Mucke. Die leben das richtig.«

»Dort soll es einen Derk geben, der wohl ein Auge auf Sabine Hinrichs geworfen hatte. Behauptet zumindest ihr Ehemann.«

»Derk Wybrands?«

»Genau der. Kennen Sie ihn?«

»Nur vom Namen her, von der CD. Ich habe damals eine gekauft. Auf dem Chorfoto sticht er mit seinem guten Aussehen hervor, ist wohl der Eyecatcher der Truppe. Was er beruflich macht, weiß ich leider nicht.«

Swantje wandte sich wieder dem Bericht zu. »Für die Untersuchung der Leiche zeichnet ein gewisser Dr. Leitner verantwortlich.«

»Der sitzt in Emden.«

»Ich weiß. Hier ist eine Telefonnummer angegeben. Ich rufe da mal an.«

Swantje ließ sich mit dem Rechtsmediziner Dr. Christian Leitner verbinden. Sie hatte Glück, der Arzt hatte gerade eine Autopsie beendet und konnte sich ein paar Minuten Zeit für sie nehmen.

»Äußerlich wies der Körper keine Verletzungen auf«, berichtete er. »Wir mussten eine Weile suchen, um dann drei unscheinbare Einstichstellen am Nacken unterhalb des Haaransatzes festzustellen. Dort hat sie wohl die erste Injektion erhalten. Es kam zu einem Schockzustand infolge einer starken Sedierung, der in eine Hyperventilation und danach in eine Atemlähmung mündete. Es folgte eine massive Überdosierung von Paracetamol als Fertiginfusionslösung, die einen hohen Plasmaspiegel bewirkte und die Blut-Hirn-Schranke überwinden konnte. Die Todesursache war fulminantes Leberversagen.«

»Ist sie nach der Verabreichung noch einmal zu sich gekommen?«, fragte Swantje nach.

»Davon ist nicht auszugehen. Der Todeszeitpunkt kann auf den Zeitraum zwischen 9 und 10 Uhr vormittags eingegrenzt werden. Zwischen der Verabreichung einer Sedierung und der Paracetamol-Injektion lagen vermutlich nur wenige Sekunden. Bis zum Todeseintritt muss sie in einen tiefen, komatösen Schlaf gefallen sein.«

»Hätte sie gerettet werden können, wenn man sie rechtzeitig gefunden hätte?«, wollte Swantje Brandt wissen.

»Natürlich wäre das möglich gewesen.«

»Ich frage mich, wie der Täter ausgerechnet auf diese Tötungsart gekommen ist.«

Der Mediziner räusperte sich, bevor er weitersprach. »Nun, es ist so: Mit diesem Analco-Antipyretikum, einem fiebersenkenden Mittel, werden häufig Suizide begangen. Allerdings können die Selbstmordversuche vereitelt werden, wenn die Personen rechtzeitig gefunden werden. Das entsprechende Antidot wäre in dem Fall N-Acetylcystein gewesen. Damit hätte man sie retten können.«

»Leider hat sie niemand rechtzeitig gefunden. Die Tote lag abseits der Spazierwege in einem Sanddorngestrüpp. Mich würde noch interessieren, ob eine einmalige Injektion ausreicht, um den Tod herbeizuführen.«

»Schon eine leichte Überdosierung ist schwer leberschädigend. Das zeigt sich allerdings nicht unmittelbar, sondern erst im Verlauf von einigen Tagen. Eine schwere Überdosierung ist letal, wie wir bei Sabine Hinrichs sehen. Sie muss mehrere Injektionen hintereinander bekommen haben.«

»Unter der Toten fanden sich Muscheln«, erklärte Swantje. »Zeugen sagen aus, die Muscheln hätten ursprünglich als Muster auf ihrem Rücken gelegen, in Herzform. Sie haben den Körper umgedreht, um nach möglichen Vitalzeichen zu suchen.«

»In Herzform? Das klingt für mich nach einer Eifersuchtsgeschichte, als wollte sich der Täter an ihr rächen.« Der Rechtsmediziner verabschiedete sich, da er noch einige Autopsien durchzuführen hatte.

Henry Olsen steckte sein Handy weg, auf das er gerade einen Blick werfen wollte. »Ich habe alles mitbekommen«, sagte er. »Wenn du mich fragst, muss der Täter medizinische Kenntnisse haben. Also, ich könnte keine Spritze verabreichen. Wüsste nicht einmal, wie man eine aufzieht. Allein der Gedanke daran jagt mir einen Schauer über den Rücken. Ich habe seit frühester Kindheit eine Spritzenphobie.«

»Ich glaube, es reicht, wenn er einen Diabetiker in der Familie hat und deshalb Grundkenntnisse besitzt. Er oder sie muss dafür meiner Meinung nach nicht unbedingt medizinisch geschult sein.«

Henry Olsen begab sich zu einer Fotowand und studierte die Aufnahmen vom Tatort. Daneben stand ein Flipchart mit vorbereiteten Kärtchen, die die Beziehungen zwischen Opfer, Zeugen und möglichem Täter aufzeigen sollten. Bislang waren nur die Namen Sabine Hinrichs und Steffen Hinrichs notiert und die Namen der beiden Zeugen, Annerose Heilmann und Walter Torlage.

»Was mir nicht einleuchten will«, überlegte Swantje, »was sollte dieses Herz bedeuten? Der Täter muss Angst vor einer Entdeckung gehabt haben. Da schaut man doch, dass man so schnell wie möglich vom Tatort wegkommt, möglichst ohne Spuren zu hinterlassen. Warum nimmt er sich die Zeit, um dieses Zeichen zu legen?«

Eine Weile schwiegen sie, jeder in Gedanken versunken. Henry drückte nervös auf einem Kugelschreiber herum. »Bevor gleich der Ehemann der Getöteten kommt und wir anschließend diesem Derk Wybrands einen Besuch abstatten«, sagte er, »sollte noch Zeit für einen Kaffee und ein Teilchen sein, was meinst du? Mir knurrt der Magen.«

»Nach dem guten Frühstück? Ernsthaft? Aber eine kleine Stärkung könnte ich auch gebrauchen.«

»Ich habe Ihnen im Raum 103 zwei Schreibtische leerräumen lassen«, erklärte Lutz Dabelstein. »Die Kollegen, die da normalerweise sitzen, sind beide krankgeschrieben. Sie können sich gerne dort einrichten. Ich suche Ihnen gleich die Zugangsdaten für die PCs heraus.«

Swantje bedankte sich und ihr Hannoveraner Kollege teilte seine Zustimmung mit einem Kopfnicken mit.

»Hast du Lust«, fragte sie ihn, »schon vorzugehen? Ich hole uns schnell etwas vom Bäcker.«

Im kleinen Laden um die Ecke musste die Kommissarin warten. Drei Personen waren vor ihr in der Reihe. Als sie dran war, kaufte sie zwei Becher Kaffee zum Mitnehmen und zwei Teilchen.

»Antje?«, sagte plötzlich eine tiefe, männliche Stimme neben ihr. »Ist nicht wahr, oder? Ich glaube, du wirst mich nicht mehr los, sosehr du es auch willst!«

Sie fuhr herum. Vor Schreck ließ sie ihre Geldbörse fallen, die sie in der Hand gehalten hatte. Er war schneller als sie und hob sie auf. Dabei berührten sich ihre Fingerspitzen leicht. Sie sah in seine Augen und lief rot an.

»Was machst du denn noch hier?«, fragte er entgeistert. »Du hast mir vorgestern Abend gesagt, dass du am nächsten Tag abreisen würdest! Hast du dich anders entschieden?«

Sie schluckte. Was sollte sie nur sagen? Arne wusste nicht, dass sie bei der Polizei arbeitete. Seltsam, dass er sie nicht gefragt hatte, was sie beruflich machte. »Nicht böse sein, Arne. Lass uns draußen kurz reden, wenn du fertig bist.«

Mit einem schiefen Grinsen trat er kurze Zeit später aus dem Laden.

»Wie schön, dich doch noch mal zu sehen!« Er machte eine unbeholfene Geste. »Wirklich, ich freue mich, dass du noch hier bist. Ich freue mich sogar sehr. Warum hast du nicht gesagt, dass du noch bleibst? Wir hätten gestern noch etwas Schönes unternehmen können!«

Sie lächelte unsicher. »Es hat sich so ergeben, Arne. Ich bin nicht im Urlaub hier.«

»Was meinst du damit? Weshalb dann?« Er wechselte die Brötchentüte in die andere Hand.

»Ich soll einer Freundin beim Renovieren helfen«, log sie.

»Einer Freundin? Wer ist sie? Ich wusste nicht, dass du auf Borkum eine Freundin hast.«

»Doch, aus alten Zeiten. Ich habe dir ja erzählt, dass ich früher auf Borkum gelebt habe.«

Er nickte.

»Ich habe noch so drei, vier Tage Resturlaub und konnte mit meinem Chef klären, dass ich bleiben darf. Ganz unkompliziert und spontan.«

Das schien er zu glauben, denn sein Gesicht entspannte sich. »Dann können wir uns in der Zeit ja noch einmal treffen! Was meinst du, gleich heute? Natürlich nur wenn du magst.« Als sie nicht antwortete, setzte er hinzu: »Ich finde es schön mit dir. Ausgesprochen schön.« Er grinste und entblößte einen Goldzahn.

»Ich auch«, sagte sie schnell und wusste nicht einmal, ob es stimmte.

»Wollen wir uns irgendwo hinsetzen, wo wir in Ruhe ein wenig quatschen können?«, fragte Arne. »Ich meine, jetzt, wo wir uns schon wieder so zufällig begegnet sind, könnten wir unser zweites Wiedersehen doch ein wenig feiern, meinst du nicht? Hast du eine halbe Stunde Zeit?«

»Leider nicht.« Sie schaute auf die Uhr, obwohl sie ziemlich genau wusste, wie spät es war.

»Heute Abend?« Hoffnungsvoll strahlte er sie an. »Es war nett in der Kneipe, wenn du willst, gehen wir da noch mal hin. Ich hoffe, die haben nicht montags Ruhetag.«

»Es geht nicht, Arne, ich habe keine Zeit.«

»Habe ich etwas falsch gemacht, ohne es zu wissen? Antje!« Eindringlich sah er sie an. »Ein Abendessen, mehr will ich nicht. Ein Abschiedsessen, ich lade dich ein.«

»Ich bin verheiratet!«

»Vor ein paar Wochen warst du wahnsinnig unglücklich in deiner Ehe. So schnell kann sich das ändern!«, sagte er spöttisch.

Sie kam sich auf einmal furchtbar albern und spießig vor. Er hatte recht, es war dumm von ihr gewesen, ihm eine falsche Nummer zu geben. Er hatte ihr schließlich nichts getan, im Gegenteil, er hatte sie abgelenkt, als es ihr besonders schlecht gegangen war und sie nicht gewusst hatte, wie es weitergehen sollte. Das wusste sie immer noch nicht, aber das würde sie für sich behalten. Also gut«, sagte sie, »schlag meinetwegen etwas vor.«

»Um 20 Uhr im Pferdestall? Du weißt noch, wo das ist? In der Bismarckstraße.«

»Okay« sagte sie und ließ sich von ihm über den Unterarm streicheln, weil er ihr nicht die Hand geben konnte.

»Warte«, rief er, als sie schon dabei war, den Rückweg einzuschlagen. »Gib mir deine Nummer, falls etwas ist, damit ich dich erreichen kann!«

Sie sah ihn schweigend an.

»Was ist? Ich nehme an, du hast eine neue Nummer, denn ich habe mehrmals versucht, dich anzurufen. Leider vergebens.«

Sie zögerte. »In Ordnung«, entgegnete sie und diktierte ihm die Nummer, die er sofort abspeicherte.

Zurück auf der Wache setzte sie sich auf ihren Platz am Schreibtisch, genoss das zweite Frühstück und ließ sich nichts anmerken.

Henry Olsen nickte zufrieden. »So was Leckeres gibt es bei uns nicht«, sagte er und rieb sich den Bauch. Heute trug er ein schwarzes Shirt der Toten Hosen. Vorne war ein Totenkopf zu sehen und hinten war »Alles aus Liebe« aufgedruckt. Während er ihr mitteilte, wo er abends zu essen gedenke, klingelte das Telefon. Swantje Brandt war etwas schneller als er und hob ab. In der Leitung war die Freundin von Sabine Hinrichs, die sie mit ihrem Hund im Wald getroffen hatten.

»Ich wollte mich mal nach dem Stand der Ermittlung erkundigen«, sagte sie mit ihrer wohlklingenden tiefen Stimme. »Ich mache mir große Sorgen, dass jemand aus dem Chor der Nächste sein könnte – vielleicht ich! Seitdem ich am Tatort war, kann ich nachts nicht mehr schlafen.«

»Wie kommen Sie darauf, dass es ein weiteres Opfer geben könnte, noch dazu aus dem Chor?«, fragte Swantje nach.

»Ich wollte es Ihnen eigentlich nicht sagen«, begann die Zeugin zögerlich, »aber nun mache ich es doch, weil ich panische Angst vor Sabines Mörder habe. Ich vermute ihn im Chor, sicher bin ich mir natürlich nicht, sonst würde ich Ihnen gleich einen Namen nennen und Sie könnten ihn verhaften. Aber ich möchte keinen Falschen verdächtigen …« Sie brach ab und schwieg.

»Also?«, hakte Swantje nach einer längeren Pause nach.

»Sabine hat am letzten Dienstag angedeutet, dass sie zur Polizei gehen wollte, um eine Aussage zu machen.«

»Eine Aussage? Weshalb?«

»Sie hatte mal was mit Derk Wybrands, einem Lehrer. Der wollte mehr von ihr und hat sie erpresst. Das hat sie mir erzählt. Sie wollte ihn anzeigen. Wahrscheinlich ist er ihr zuvorgekommen. So denke ich mir das jedenfalls!«

Swantje sah auf ihre Uhr. »Wäre es Ihnen möglich, gleich vorbeizukommen? Wir sind noch eine Weile hier. Ich brauche Ihre Aussage schwarz auf weiß!«

»Leider nicht. Ich bin auf der Arbeit und kann unmöglich weg.«

»Morgen früh um acht?«

Die Zeugin versprach, pünktlich zu sein.

KAPITEL 18

Annerose Heilmann legte sorgfältig die letzten Sachen in den Koffer und versuchte, ihn zu schließen. Als modebegeisterte Frau hatte sie wohl etwas zu viel in den hübschen Borkumer Läden eingekauft, denn der Koffer ging nicht zu. »Walter?«, rief sie durch die Verbindungstür, die zu seinem Einzelzimmer führte. Sie hatten sich vor zwei Wochen bei einem Konzert am Musikpavillon kennengelernt. Walter war zur Reha auf Borkum, während Annerose ihren jährlichen Frühlingsurlaub auf der Insel verbrachte. Er hatte seinen vierwöchigen Kuraufenthalt in einer der großen Kliniken um eine weitere Woche im Hotel verlängert und die Idee gehabt, zwei nebeneinanderliegende Einzelzimmer mit einer Verbindungstür zu buchen. So waren sie nah beieinander, konnten sich besuchen, wann immer sie wollten, wahrten aber den Schein des Anstands, was Annerose wichtig war.

Walter reagierte nicht. Also musste sie es selbst noch einmal mit aller Kraft versuchen. Sie drückte den Deckel des Koffers nach unten, setzte sich darauf, versuchte es erneut, aber er ließ sich nicht schließen. Beim Wiederaufrichten schoss ihr unerwartet ein scharfer Schmerz so heftig in den Rücken, dass sie nicht einmal mehr die Kraft hatte, in den Vierfüßlerstand zu kommen. Schlagartig verkrampfte sich die Muskulatur und wurde stahlhart. Annerose Heilmann sank zu Boden und schrie um Hilfe. Eine Toilettenspülung rauschte. Endlich hörte sie nebenan Schritte, die sich hektisch näherten, es klang, als würde Walter im Gehen den Reißverschluss seiner Hose schließen. Als er sie auf dem Boden liegend vorfand, rief er laut ihren Namen.

»Ich glaube, ich habe einen Hexenschuss«, jammerte sie. »Ich kann nicht aufstehen, Walter. Was soll ich nur tun?«

Ratlos schaute er auf sie hinunter. Dann versuchte er, sie mit beiden Händen hochzuziehen, was ihm misslang. Stöhnend blieb sie auf dem Boden liegen, lachte aber gleichzeitig, weil ihr die Situation absurd vorkam. »Beweg dich nicht, Annerose. Ich rufe einen Arzt!«, sagte er entschieden und griff nach dem Telefon.

Kurz vor dem Termin mit Steffen Hinrichs recherchierte Swantje Brandt im polizeilichen Intranet nach Einträgen zu Hagen und Nicola Köhler. Beide waren nicht aktenkundig. Sie schaute sich die Facebook-Profile der Eheleute an und durchforstete auch die anderen sozialen Netzwerke. In einer nicht öffentlichen Borkumgruppe wurde gegen Hagen Köhler scharf geschossen. Ihm wurde im Grunde genommen das Gleiche vorgeworfen wie Steffen Hinrichs: Er verderbe mit seinen Preisen den Markt und sorge dadurch für ein soziales Ungleichgewicht auf der Insel. In seinem Profil gab Hagen Köhler an, in seiner Freizeit gerne zu joggen und sich in der Natur zu erholen. Auf einem Foto war er in einem dunkelfarbenen Joggingdress zu sehen, mit Adidas-Sportschuhen. Swantje nahm sich vor, ihn demnächst zu vernehmen und nach seinem Alibi zu befragen. Gäbe es da Unstimmigkeiten, würde sie seine Sportschuhe beschlagnahmen, um die Abdrücke abzugleichen.

Anschließend forschte sie im Fahndungssystem nach ähnlichen Mordfällen der letzten Jahre. Besonders die zur Fahndung ausgeschriebenen Straftäter in Norddeutschland hatte sie im Visier und glich die Daten mit jenen des Bundeskriminalamtes ab.

»Schon fündig geworden?« Henry war hinter sie getreten, mit einem Kaffeebecher in der Hand.

»Es gibt keinen ähnlichen Fall, weder hier bei uns in Niedersachsen noch irgendwo sonst in Deutschland.«

»Auch nicht im benachbarten Ausland? In den Niederlanden zum Beispiel?«

»Nein, nichts. Die Datenbank lässt keine Rückschlüsse auf ähnliche Taten zu.«

»Schon sonderbar«, meinte er.

»Hagen Köhler joggt in seiner Freizeit. Wir müssen ihn vernehmen. Auch, weil er Streit mit Steffen Hinrichs hat.«

»Machen wir«, sagte Henry, »obwohl ich derzeit kein Motiv sehe. Streit hin oder her, warum sollte er die Frau seines Geschäftspartners töten?«

Swantje seufzte. »Und wenn die Zeugin recht hat? Vielleicht liegt der Grund für den Mord in der Vergangenheit.«

»Bei einem Freundeskreis ist das nicht auszuschließen.«

»Dieses Herz auf dem Rücken der Toten will mir nicht aus dem Kopf«, murmelte sie. »Was hat es zu bedeuten? Das sieht mir nicht nach einer Beziehungstat aus. Jemand, der im Affekt aus Eifersucht oder im Streit tötet, steht unter Stress. Der hat keine Zeit, irgendwas zu basteln oder Muscheln zu sammeln, die er auf der Leiche hinterlässt.«

»Ich bin ganz bei dir«, meinte Henry, der die letzte halbe Stunde ebenfalls mit Recherchen verbracht hatte. Er hatte auf relevanten Seiten des Landeskriminalamtes und des Bundeskriminalamtes recherchiert. »Täter, die im Affekt handeln, haben keinen Plan. Der Täter in unserem Fall scheint jedoch einen gehabt zu haben.«

»Nur welchen?« Nachdenklich knetete sie ihr Kinn. »Die letzten drei gesuchten Sexualstraftäter aus dem norddeutschen Raum sitzen ein. Die hatten es auf sehr junge Mädchen abgesehen, einer auf Jungs. Es gibt keine Parallelen zu unserem Fall.«

»Warum versteifst du dich so darauf? Ich denke nicht, dass es sich um eine Sexualstraftat handelt. Eher um eine Finte. Was wäre, wenn der Ehemann dahintersteckt und seiner Frau Slip und Hose ausgezogen hat, um von sich abzulenken? Er fühlt sich sicher, spielt von Anfang an den besorgten Ehemann, der auf seine Frau wartet und sehr früh eine Vermisstenanzeige aufgibt. Als er am nächsten Morgen von ihrem Tod erfährt, zeigt er jedoch wenig Gefühl. Das passt für mich nicht zusammen.«

Swantje stimmte ihm zu. »Das Herz kann er aus einem ähnlichen Grund gelegt haben: Um den Verdacht auf jemand anders zu lenken. Dann ist er erst mal aus der Schusslinie.«

Nachdenklich kraulte Henry seine Bartstoppeln. »Wir müssen den Tathergang rekonstruieren und ein Täterprofil anlegen«, überlegte er, »sobald wir mehr herausbekommen haben. Hinrichs kommt ja gleich. Vielleicht verwickelt er sich in Widersprüche.«

Henry Olsen ging zur Tür, da es geklopft hatte. Im Flur stand ein Kollege in Uniform und kündigte einen Zeugen an. Er ließ Steffen Hinrichs eintreten.

»Sie hatten in der letzten Zeit viel Ärger und Stress mit den Menschen hier auf Borkum«, nahm Swantje nach der Begrüßung die Vernehmung auf. »Erzählen Sie mal!«

Steffen Hinrichs verschränkte die Hände und sammelte sich einen Moment. »Stimmt, wegen unseres Hauses. Ich verstehe allerdings nicht, warum. Der Bau war genehmigt, die Verträge waren ausgehandelt, alles war juristisch wasserdicht. Vielen passt es wohl nicht, dass wir so ein hübsches Stück Land ergattert haben, wir, die Neuzugezogenen, die Nicht-Dazugehörenden.«

»Ich denke, Ihre Frau war Borkumerin«, wandte Swantje ein, obwohl sie genau verstand, was Hinrichs damit sagen wollte.

»Sie ist hier zur Schule gegangen, aber das zählt nicht. Selbst wenn sie auf der Insel geboren wäre, würde es keine Rolle spielen. Ein echter Borkumer ist man erst in der dritten oder vierten Generation. Alles andere sind Zugezogene, höchstens Insulaner, aber keine Einheimischen. Und die Einheimischen lassen einen deutlich spüren, wer dazugehört und wer nicht.«

»Wem besonders passte es nicht?«, hakte Henry Olsen nach.

»Meine Güte, es waren so viele. Ich fand das nicht so wichtig, darum habe ich mir keine Namen gemerkt. Meine Frau hat eher unter diesem Shitstorm gelitten. Leserbriefe richteten sich gegen uns, Kommentare in den sozialen Netzwerken waren alles andere als freundlich. Gegen manche der Urheber hätten wir Anzeige erstatten können, wenn wir es darauf angelegt hätten. Mir ging das ehrlich gesagt am Allerwertesten vorbei. Die Mühe war es mir nicht wert. Anstatt beim Anwalt zu sitzen, mach ich lieber mein Ding und lass es mir gut gehen. Wer damit ein Problem hat, soll es mir direkt ins Gesicht sagen. Das trauen sich allerdings die Wenigsten.«

»Ich wundere mich über eine Sache«, stellte Henry Olsen fest. »Sie sind noch nicht lange auf der Insel, und dennoch haben Sie schon einen hohen Bekanntheitsgrad. Wollen sogar Bürgermeister werden.«

Irritiert sah der Bauunternehmer ihn an. Sein Hals färbte sich rot, als er zur Antwort ansetzte. »Was heißt ›Bekanntheitsgrad‹? Wir leben erst seit einigen Monaten hier, aber die Firma besteht schon länger. Ich habe die Dependance von Düsseldorf aus geleitet. Meine Frau und ich waren in den letzten Jahren oft auf der Insel, geschäftlich und privat, und haben in der Zeit einige Kontakte geknüpft.«

»Wie hieß Ihre Frau vor ihrer Heirat?« Swantje hatte den Namen im Protokoll gelesen, erinnerte sich jedoch im Moment nicht daran.

»Sabine Knoke. Sie hat als Kind mit ihrer Familie in einem Mehrfamilienhaus in der Nähe des Campingplatzes gewohnt.«

»Auf welcher Schule war sie?«

»Zuletzt auf der Inselschule. Mehr kann ich Ihnen nicht sagen.«

Die Schule hatte auch Swantje besucht. Den Namen Sabine Knoke hatte sie damals trotzdem nie gehört, soweit sie sich erinnerte. Kein Wunder, denn die Frau war einige Jahre jünger als sie selbst. »Sie erwähnten, dass Ihre Frau zu einer Bäckerei wollte«, sagte die Kommissarin. »Was wollte Ihre Frau dort? Waren die Betreiber der Bäckerei Kunden von Ihnen?«

»Meines Wissens nicht.«

»Sie sagten, dass Ihre Frau dort etwas klären wollte.«

Der Bauunternehmer rieb seine Nase. »Keine Ahnung«, brummte er. »Vielleicht kannte sie die Leute privat? Ich weiß es nicht, das habe ich Ihnen bereits gesagt.«

»Sie interessieren sich nur für den Bau von Häusern«, bemerkte Henry Olsen und verschränkte seine Arme vor der Brust.

»Genau. Hagen und ich hatten so viele Pläne«, sagte Hinrichs seufzend. »Weitere Ferienhäuser sollten folgen. Das war alles schon beschlossene Sache, obwohl die neue Satzung den Bau weiterer Ferienhäuser beschränken will. Da werden einem neuerdings viele Riegel vorgeschoben. Unnötige Bürokratie, wie ich finde. Früher war alles einfacher. Als Unternehmer wird es einem heutzutage nicht gerade leichtgemacht.«

Swantje beobachtete seine Körpersprache, die sie irritierend fand. Sie hatte ihn bei ihrem gestrigen Besuch anders wahrgenommen, selbstsicherer, leicht überheblich. Jetzt, in der ihm fremden Umgebung, wirkte er verlegen und gehemmt. Was völlig fehlte, gestern wie heute, waren Zeichen der Trauer um seine verstorbene Frau. Eher schien er Selbstmitleid zu empfinden und stellte sich selbst als Opfer dar.

»Herr Hinrichs, ich möchte gerne mit Ihnen auf den Donnerstagmorgen zu sprechen kommen. Ihre Frau hat das Haus in aller Frühe verlassen, um zu joggen. Erinnern Sie sich an die genaue Uhrzeit?«

Er schüttelte den Kopf. »Ich habe noch geschlafen. Sie ist immer sehr früh losgelaufen, so gegen sechs. Ich stehe nicht vor sieben Uhr auf, denn ich beginne erst um 8.30 Uhr mit der Arbeit.«

»Waren Sie an dem Tag auch um 8.30 Uhr in der Firma?«

»Natürlich, wie an jedem anderen.«

Swantje Brandt machte sich eine Notiz. »Ihre Sekretärin hat ausgesagt, dass Sie an jenem Tag erst um 11 Uhr in der Baufirma erschienen sind. Warum so spät?«

Der Unternehmer nestelte an seinem Hemdkragen. »Keine Ahnung.«

»Keine Ahnung?«

Er öffnete den obersten Knopf seines Hemdes. »Mir ging es nicht gut an dem Tag. Mein Kreislauf spielte verrückt und ich hatte Kopfschmerzen. Ich habe gefrühstückt, einen doppelten Espresso getrunken, zwei Tabletten genommen und mich dann wieder hingelegt. Zwei Stunden später ging es mir endlich besser.«

Swantje musterte ihn durchdringend.

»Was schauen Sie so, es stimmt, was ich sage. Ich habe sogar meine Sekretärin angerufen und Bescheid gesagt, dass ich mich verspäte. Hat sie Ihnen das verschwiegen?«

Swantje schrieb etwas auf, was ihn anscheinend verunsicherte, denn er seufzte tief.

»Haben Sie mitbekommen, wie Ihre Frau das Haus verlassen hat?«, fragte sie erneut, um ihn aus der Reserve zu locken.

»Leider nicht. Ich wünschte, es wäre so gewesen, dann hätten wir uns noch verabschieden können. So werde ich mir bis zu meinem Lebensende vorwerfen müssen, ihr keinen Abschiedskuss gegeben zu haben.«

»Bei Ihrer Vermisstenanzeige betonten Sie, dass Ihre Frau zum Joggen an den Strand aufgebrochen sei. Hatte sie vom Strand gesprochen?«

»Das war immer ihre Laufstrecke«, sagte er achselzuckend. »Darum bin ich davon ausgegangen. Sie joggte gerne am Südstrand. Ist nicht weit von uns.«

»Warum haben Sie sie dann in der Greunen Stee gesucht? Schließlich haben Sie ja dort am selben Tag noch ihren Pullover gefunden!«

»Auch das war ab und zu ihre Laufstrecke«, sagte er ungerührt. »Warum nehmen Sie mich so in die Mangel? Beschuldigen Sie mich etwa?«

»Nein, Herr Hinrichs, wir befragen Sie im Augenblick als Zeugen, als Angehörigen. Oder haben Sie uns etwas zu sagen?«

»Was hat Derk Wybrands eigentlich erzählt, der Lehrer aus dem Chor? Den haben Sie doch sicher längst vernommen.«

Swantje ließ ihn nicht aus den Augen.

»Hat er gestanden, dass er was mit meiner Frau hatte? Hat er es wenigstens zugegeben?«

»Es geht um Sie, Herr Hinrichs. Sie kamen im Laufe des Donnerstagnachmittags auf die Wache, um Ihre Frau als vermisst zu melden. Keine drei Stunden später erschienen Sie ein zweites Mal, um den Pullover Ihrer Frau abzuliefern, und drängten zur Eile, sie in der Greunen Stee zu suchen. Das ging alles sehr schnell, finden Sie nicht?«

Seine Wangen färbten sich rot. »Tut mir leid, dass ich mir Sorgen um meine Frau gemacht habe«, sagte er sarkastisch. Mit einem Blick auf die Uhr bat er darum, sich verabschieden zu dürfen. Er habe einen wichtigen Termin.

KAPITEL 19

Marianne Bruns griff nach dem vorbestellten Brot im Regal, als eine ihrer Stammkundinnen den Laden betrat. »Moin, Frau Meier«, begrüßte sie die Kundin, »wie geht es Ihrem Mann, hat er die Operation gut überstanden?«

»Danke, er ist auf dem Weg der Besserung und darf bald nach Hause!«

»Sehr schön, das freut mich. Darf es sonst noch etwas sein?«,
»Ja, zwei Laugenstangen und zwei Stücke Mohnkuchen, bitte.«
Während die Bäckersfrau sorgfältig die Gebäckstücke einpackte, raunte die Kundin ihr zu: »Ich habe Ihren Bericht gelesen, Frau Bruns. Ich wusste nicht, dass Sie einen Sohn hatten, und natürlich auch nicht, dass er so früh sterben musste. 30 Jahre ist das her? Dann wäre er heute ein gestandener Mann und könnte Ihre Bäckerei übernehmen und Sie müssten nicht aus Altersgründen schließen. Furchtbar, so was!«

Marianne Bruns' Gesichtsausdruck veränderte sich. »Ja, man kommt nicht drüber weg. Mein Mann auch nicht. An manchen Tagen kann er nicht einmal backen und wir müssen zukaufen. Der Mohnkuchen ist leider nicht von ihm. Aber es wird auch wieder besser.«

»Sicher wird es das, Frau Bruns. Es gibt gute und schlechte Tage. Wie ich gehört habe, gehen Sie bald mit Ihrem Mann ins Ruhrgebiet zurück, dann werden Sie nicht mehr ständig an das Unglück erinnert.«

»Da haben Sie recht. Hier erinnert mich jeder Stein an ihn.«

»30 Jahre, verrückt, wie die Zeit rennt«, sagte die Kundin, die offensichtlich mehr darüber hören wollte. »Es kommt Ihnen sicher vor wie gestern, nicht wahr?«

»An manchen Tagen ist es so«, bestätigte Marianne Bruns zu. »Und wenn es 50 Jahre wären! Er fehlt uns wie am ersten Tag.«

»Und Sie glauben tatsächlich, es war Mord? Zumindest klingt es so im Bericht.«

»Das weiß man nicht, Frau Meier. Mein Sohn wäre niemals freiwillig ins Meer gegangen, wenn die Bedingungen nicht gut gewesen wären. Er wusste genau, was ablaufendes oder auflaufendes Wasser bedeutet. Und als man ihn fand, ertrunken, hatte er eine tiefe Schnittwunde am Hals. Die Halsschlagader war durchtrennt. Man konnte aber nichts finden, keine Fingerabdrücke, keine Genspuren, gar nichts. Das Salzwasser hat alle Spuren verwischt. Damals war man auch noch nicht so weit. Heute sind die Methoden viel besser. Nun hoffen wir, dass sich ein Zeuge von damals bei uns meldet, der vielleicht doch etwas mitbekommen hat. Wir wollen noch einen letzten Versuch unternehmen, bevor wir wegziehen.«

»Ich drücke Ihnen die Daumen, Frau Bruns!« Die Kundin reckte beide Fäuste in die Höhe. »Wenn es wirklich Mord war, wie Sie meinen, ist es wichtig, dass der Mörder endlich gefunden wird, damit Sie zur Ruhe kommen. So einer sollte nicht frei herumlaufen!«

»Ja, es gibt tatsächlich Hoffnung«, sagte Frau Bruns. »Am letzten Mittwoch hat sich eine Frau bei uns gemeldet. Sie wolle mich besuchen und mir etwas anvertrauen, hat sie gesagt, es gehe um Michael und seinen Tod. Ich bin gespannt. Dann war der Artikel vielleicht doch nicht vergebens.«

»Hoffentlich hilft Ihnen das! Bitte halten Sie mich auf dem Laufenden. Ich wünsche Ihnen und Ihrem Mann alles Gute. Und dass er schnell wieder backen kann!«

Dankbar blickte Annerose Heilmann den Mann im hellgrünen Poloshirt an, der ihr aufmunternd zunickte. »Wird schon wieder. In drei Tagen haben Sie vergessen, dass Sie einen Hexenschuss hatten. Die Spritze wird Ihnen guttun.«

»Schön, dass Sie Zeit hatten, so schnell zu kommen! In die Praxis hätte ich es nicht geschafft.«

»Keine Ursache«, sagte er lächelnd. »Ich möchte Sie gerne morgen Vormittag noch einmal in meiner Praxis sehen. Eine weitere Injektion wird dafür sorgen, dass sich die Muskulatur nicht zu sehr verkrampft und Sie bald wieder auf den Beinen sind. Mobilität ist das Beste bei so einem Befund. Sie wollten abreisen?«, fragte er mit Blick auf den gepackten Koffer.

»Eigentlich schon«, sagte die alte Dame. »Mein Bekannter hat mich jedoch überredet, noch eine Woche zu bleiben, damit ich mich von dem Hexenschuss erhole. Im Moment könnte ich meinen Koffer sowieso nicht tragen, und mein Bekannter auch nicht. Er hat es mit den Bandscheiben. Wir haben großes Glück, dass wir unseren Aufenthalt verlängern konnten.«

»Ich habe ihr vorgeschlagen, den Koffer vorzuschicken, aber Frau Heilmann möchte das nicht. Sie hat schon einmal schlechte Erfahrungen damit gemacht«, warf ihr Bekannter ein.

»Der Koffer hatte danach eine kleine Macke«, sagte Annerose Heilmann und lachte. »Ich bin eben sehr pingelig.«

»Ich verstehe«, sagte der Arzt, der am Hotelschreibtisch gerade etwas auf ein Rezept kritzelte, »also dann, bis morgen!«

Annerose steckte das Rezept in ihre Handtasche, holte es aber gleich wieder heraus, weil sie wissen wollte, was der Arzt aufgeschrieben hatte. In ihrem Brillenetui entdeckte sie den zerknitterten Zettel, den sie der Kommissarin hatte zeigen wollen. »Da ist er ja«, murmelte sie. »Und ich habe ihn überall gesucht.«

»Was meinst du, Liebes?«

»Der Zettel, den ich der Kommissarin geben wollte«, sagte sie strahlend.« Da ist er! Bringst du ihn auf die Wache? Es ist sicher dringend.«

Er lächelte. »Mach ich, min Deern, gib mir auch das Rezept, dann erledige ich beide Sachen auf einmal.«

KAPITEL 20

In der Mittagspause trennten sich ihre Wege. Während Henry Zeit mit seinen Enkeln verbringen wollte, zog es Swantje Brandt ans Meer. Vor ihrer Lieblingsmilchbude am Nordstrand hatte sich eine Warteschlange gebildet. Swantje freute sich auf einen Pott Kaffee und eine große Portion Milchreis.

»Moin! Den Kaffee mit Milch und Zucker?«, begrüßte die Strandbudenpächterin sie. Sie nahm einen Becher aus dem Regal und nickte ihr über die Verkaufstheke hinweg freundlich zu. »Alles gut bei Ihnen?« Dabei füllte sie Wasser in den Behälter der Kaffeemaschine.

»Vielen Dank, und selbst?«

»Geiht so. Mutt ja. An leevsten goot.«

»›Am liebsten gut‹, das sagte mein Vater auch immer.«

Die Pächterin lachte. »Nun soll es endlich wärmer werden, dann machen die ollen Gelenke nicht mehr so viele Zicken. Was darf es denn sein?«

»Milchreis bitte, mit Zimt und Zucker. Wissen Sie, dass wir uns schon als Jugendliche hier unser Eis geholt haben? Und eine Tüte Süßigkeiten dazu. Ich habe nämlich früher auf Borkum gelebt. Seit damals liebe ich diese weißen Schaummäuse.« Sie deutete auf einen Behälter mit weißen Papiertütchen.

»Das muss bei meiner Tante gewesen sein. Ich bin erst seit zehn Jahren Pächterin. Wir müssen uns regelmäßig neu bewerben. Andere Borkumer Familien wollen auch mal ran. Auch der Standort einer Bude ist nicht festgelegt, sonst wäre das ungerecht. Jeder darf mal in die Nähe des Musikpavillons rücken, wo am meisten los ist. Das ist schon seit 100 Jahren so.«

Swantje nickte interessiert und ließ ihren Blick schweifen. »Ich hätte nicht gedacht, dass es vor 100 Jahren bereits Milchbuden gab.«

»Och, da hat man schon einfache Holzbuden auf Stelzen errichtet, hier am Nordbad beim Musikpavillon, damit die Badegäste nicht austrocknen, wenn sie stundenlang Sonne und Wind ausgesetzt sind. Das unterschätzt man leicht. Schnell hat man einen Sonnenstich weg. Und damit das nicht passiert, sind Bauern aus der Region mit ihren Handkarren gekommen, darauf Milchprodukte aller Art, die sie den Badegästen angeboten haben. Besonders Dickmilch war bei den Urlaubern beliebt. Die Budjes wurden dankbar angenommen. Das hat sich zum Glück nicht geändert.« Ihr Lachen war warm und herzlich.

»Oh ja! Die Milchbuden sind das Beste an Borkum!«

»Wissen Sie was, die werden auch Giftbuden genannt.« Die Pächterin lachte. »Bei uns wird keiner vergiftet, nee, so schlimm sind wir nicht, obwohl ich so manchen Dööskopp am liebsten ins Jenseits befördern würde. In einer Giftbude gift dat wat to eten. Und to drinken«, fügte sie hinzu und schob ihr den Kaffee hin.

»Apropos Giftbude«, sagte Swantje freundlich lächelnd, »auf Borkum soll sich ein Mord ereignet haben, eine Frau wurde getötet. Wissen Sie davon?«

»Eine furchtbare Geschichte«, sagte die Budenverkäuferin plötzlich sehr ernst, »aber das ist nicht der erste Mord auf Borkum. Lesen Sie selbst. Die Geschichte ist nie aufgeklärt worden. Der Mörder wird nach wie vor gesucht. Steht hier drin.« Sie schob Swantje ein Wochenblatt zu.

»Danke, und bitte noch eine Papiertüte mit weißen Schaummäusen dazu!«

»Die schenke ich Ihnen«, sagte die Frau und griff in die Bonbonniere. »Als alte Stammkundin kriegen Sie die kostenlos. Ist aber eine Mischung aus verschiedenen Süßigkeiten. Wir bekommen die so geliefert. Genießen Sie das herrliche Wetter! Wann hatten wir das zuletzt? Muss eine Weile her sein, nicht wahr? Da kann man leicht vergessen, wie schön Borkum doch ist!« Sie stellte den Milchreis auf ein Tablett und wandte sich der nächsten Kundin zu. »Was darf's denn sein?«

Vorsichtig balancierte Swantje Brandt ihr Tablett über den weißen Sand zu ihrem Strandzelt. Sie hatte Glück gehabt, noch eins mieten zu können. Bei dem herrlichen Wetter waren fast alle Körbe und Zelte besetzt. Noch mehr Glück hatte sie, dass der Vermieter nicht Arne war, sondern jemand von der Konkurrenz. Eigentlich hatte sie sich vorgenommen, keinen Korb mehr am Nordstrand zu mieten, um Arne nicht über den Weg zu laufen. Aber mittlerweile fand sie es albern, da sie sich sowieso schon wiedergesehen hatten.

Es war einer dieser ersten Sommertage, an denen das Leben leichter und freier schien. Plötzlich war sie dankbar, dass sie ausgerechnet auf der Nordseeinsel Borkum ermitteln durfte.

Was konnte es Schöneres geben, als im Strandzelt zu sitzen, Kaffee zu schlürfen, Milchreis zu löffeln und Menschen zu beobachten? Nachdem sie dies ausreichend getan hatte, froh darüber, die nächste Stunde am Meer zu verbringen und nicht in einem stickigen Büroraum, zog sie das Wochenmagazin aus ihrer Tasche. Sie setzte ihre Lesebrille auf und suchte den Zeitungsartikel, von dem die Strandbudenpächterin gesprochen hatte. Sie fand ihn auf Seite zwölf.

Sehr geehrte Kunden!

Wir sind in die Jahre gekommen... Nach Jahrzehnten des Bemühens um guten Geschmack und Qualität haben wir uns entschlossen, unser Geschäft zum ersten August in andere Hände zu übergeben. Wir danken unseren Kunden für ihre Treue, den Mitarbeitern für ihre wertvolle Arbeit, den Lieferanten für ihre Verlässlichkeit und hochqualitativen Waren!

Herzlichst, Marianne und Jürgen Bruns

Darunter gab es einen zweiten, persönlicheren Text, verfasst von Marianne Bruns, in dem sie ankündigte, dass sie und ihr Mann im September nach Dortmund zurückkehren würden, woher sie vor über drei Jahrzehnten gekommen waren.

»*Mit einem lachenden und einem weinenden Auge*«, stand da zu lesen, »*denn mein Mann und ich haben nie verwunden, dass unser einziger Sohn Michael vor 30 Jahren auf tragische und bisher ungeklärte Weise ums Leben gekommen ist.*«

Swantje Brandt wandte ihren Blick von der Zeitschrift ab, weil sie sich für einen Moment sammeln musste. Ein Stück von ihr entfernt, im tieferen Wasser, standen drei ältere Damen in wild gemusterten Badeanzügen und kühlten sich die Beine. Ein älterer braun gebrannter Mann machte neben ihnen einen Hechtsprung und spritzte dabei viel Wasser auf, sodass die Frauen kreischten, zur Seite sprangen und herzhaft lachten.

Die Kommissarin nahm die Stelle wieder auf, an der sie aufgehört hatte zu lesen.

»*Bis heute wissen wir nicht, was damals geschehen ist*«, hieß es weiter. »*Was gäben wir dafür, wenn uns endlich jemand sagen könnte, wie unser Sohn die letzten Stunden seines Lebens verbracht hat und vor allen Dingen mit wem. Es muss doch noch jemanden hier auf Borkum geben, der Michael kannte. Er war damals 16 Jahre alt. Bitte, melden Sie sich!*«

Swantje Brandt verschüttete Kaffee über ihr weiß-blaues Sommerkleid. Er war durch den isolierten Becher immer noch brühend heiß, sodass sie vor Schmerz aufschrie.

Arne Husmann schob sein Fahrrad in den Ständer, schloss es ab und hoffte, auf dem Weg zur Mittagsschicht im Pflegeheim niemandem über den Weg zu laufen. Manchmal hatte er Glück und es bekam keiner mit, wenn er zu spät kam, aber heute begegnete ihm Runa. Demonstrativ schaute sie auf die Uhr. »Menschenskinder, Arne, fast 20 Minuten! Hoffentlich hast du eine gute Erklärung parat, die Chefin hat heute ausgesprochen schlechte Laune!«

»Mein Vater fühlt sich nicht gut«, sagte er. »Hustenattacken mit Luftnot.«

»Schon wieder! Das wird nichts mehr mit ihm. Warum bringst du ihn nicht einfach zu uns? Hier wäre er besser aufgehoben als in eurer kalten, zugigen Bude, und er wäre nicht so einsam.«

Kopfschüttelnd ließ er sie stehen und ging weiter.

»Hast du deine Schuhe nicht abgeputzt?«, rief sie ihm hinterher. »Du bringst reichlich Dreck von draußen rein. Letzte Woche auch schon zweimal! Schau dir mal die Schlammspur an, die du auf dem Boden hinterlässt. Wo warst du denn? Sieht nicht so aus, als kämst du direkt von deinem Vater. Wisch das weg, bevor andere hineintreten!«

Arne brachte seinen Rucksack in den Personalraum, wo er ein abschließbares Fach hatte. Unter seinem Kapuzenpulli und der schwarzen Jogginghose trug er bereits seine brombeerfarbene Arbeitskleidung. Er hasste es, als Altenpfleger diese seiner Meinung nach feminine Farbe tragen zu müssen, hatte sich aber, als vor drei Jahren über eine neue Farbe der Dienstkleidung abgestimmt worden war, gegen seine überwiegend weiblichen Kolleginnen nicht durchsetzen können.

Runa war ihm gefolgt. »Arne, wenn du deinen Dreck weggemacht hast, gehst du bitte als Erstes zu Herrn Schneider und ziehst ihm neue Thrombosestrümpfe an. Er war vorhin wieder so aggressiv, dass ich das den Kolleginnen nicht zumuten möchte. Der Dagmar hat er eine Cremedose an den Kopf geworfen und Jutta hat er ›alte Schlampe‹ genannt und ihr Ohrfeigen angedroht.«

»Alles klar«, sagte Arne und verzog minimal sein Gesicht, Runa sollte es nicht mitbekommen. Sie war neuerdings weisungsberechtigt. Zumindest behauptete sie das. Ihn ärgerte das, schließlich war sie nur wenige Jahre länger im Heim beschäftigt als er.

»Und versorg ihn nicht wieder mit Zigaretten! Glaubst du, ich bin blöd und kriege das nicht mit? Die ganze Station stinkt mittlerweile nach Nikotin. Wir haben eine Verantwortung unseren Bewohnern gegenüber und wollen doch, dass es ihnen gut geht und sie ihren Lebensabend so gesund wie möglich genießen können, oder? Oder siehst du das anders, Arne?«

»Nein, du hast recht, ich sehe es genauso. Deshalb finde ich, dass auch ein hochbetagter Mensch, der nicht mehr lange zu leben hat, ein Recht auf Selbstbestimmung hat! Herr Schneider hat sein Leben lang geraucht. Warum sollten wir es ihm jetzt, so kurz vor seinem Tod, verbieten? Wer hat etwas davon? Herr Schneider bestimmt nicht. Uns kann es egal sein. Warum lassen wir ihm nicht seine Würde und gönnen ihm ab und zu ein wenig Genuss?«

»Es ist ungesund, Arne. Wir dürfen das nicht! Seine Gesundheit sollte uns am Herzen liegen!«

»Es ist ungesund, ihn zu zwingen, mit dem Rauchen aufzuhören. Dadurch lebt er keinen Tag länger, stirbt nur unzufriedener!«

»Du hast mich verstanden. Keine Zigaretten mehr an die Bewohner oder du wirst gefeuert!«

Arne warf seine Klamotten in den Spind und beeilte sich, in das Zimmer des alten Herrn zu kommen, von dem Runa gerade gesprochen hatte.

»Hallo, Herr Schneider«, rief er fröhlich in den schmalen Raum, der wie ein Krankenzimmer ausgestattet war. Die meisten Bewohner brachten persönliche Dinge mit, wenn sie einzogen, wie Bilder, Fotos ihrer Lieben, den Lieblingssessel von zu Hause oder kleine Möbelstücke, an denen Erinnerungen hingen. Nicht so Herr Schneider, der vor einigen Wochen nach einem Oberschenkelhalsbruch direkt aus dem Krankenhaus eingewiesen worden war und keine Angehörigen hatte.

»Mach dich fort«, herrschte der Senior ihn an. »Ich will keinen von euch sehen.«

»Haben Sie keine Lust auf ein Feierabendbier nachher? Ich organisiere Ihnen wieder eins, versprochen. Wenn Sie wollen, auch eine Kippe. Aber erst mal ein bisschen hübsch machen, was? Damit die Damenwelt was zu gucken hat.«

»Hör mir auf mit der Damenwelt!« Der alte Herr schnaubte verächtlich. »Guck dir die Weiber hier doch mal an. Die sind alle alt! Siehst du da irgendwo noch was Schnuckeliges?«

»Also, ich finde, Schönheit liegt im Auge des Betrachters«, sagte Arne zwinkernd. »Habe ich Ihnen schon den Witz von den Ostfriesen und dem heißen Wasser erzählt?«

Mit wässrigen blauen Augen blinzelte der Alte ihn an. Mit einer knochigen Hand hielt er sich am Haltegriff des Bettes fest, bemüht, sich aufzusetzen. Er schaffte es nicht und sank ermattet ins Kissen zurück.

»Was machen Ostfriesen, wenn sie heißes Wasser übrighaben?«

»Keine Ahnung«, knurrte der Alte.

»Einfrieren, heißes Wasser kann man immer gebrauchen!« Arne grinste frech und ein Goldzahn im Oberkiefer wurde sichtbar.

Dieter Schneider lachte heiser. »Der war gut!«, fand er.

Der Altenpfleger freute sich und schickte sich an, mit einer Anziehhilfe den ersten Strumpf über das magere Bein des Patienten zu krempeln. »Noch einen?«, fragte er.

»Immer! Du bist wenigstens nicht so wie die anderen hier, du hast immer ein Späßeken auf Lager. Und mit dem Bier und der Zigarette, das hast du ernst gemeint?«

Arne nickte. »Sicher doch. Ich halte immer, was ich verspreche, Herr Schneider. Ich bin nicht so wie die anderen, haben Sie selbst gesagt.«

»Das stimmt.«

»Na, sehen Sie!«

»Ich will Otto von dir genannt werden. Nicht ›Sie‹, nicht ›Herr Schneider‹. Das ist zu förmlich.«

»Alles klar, Otto.« Arne grinste.

»Kann ich vielleicht auch zwei Kippen von dir haben, ausnahmsweise?«

»Natürlich, die bekommen Sie in meiner Pause. Dann öffnen wir das Fenster weit und ich sprühe ein wenig mit Ihrem Deo rum. Das merkt kein Mensch.«

»Du sollst *Du* sagen! Und ich bekomme ein Bier und einen Korn dazu. Abgemacht?«

»Das geht in Ordnung. Ich war extra gestern für dich im Supermarkt.«

»Du bist der Beste. Wie heißt du noch mal?«

»Arne«, sagte der Pfleger.

»Arne, und wie weiter?«

»Ist doch egal. Wir nennen uns beim Vornamen. Einfach nur Arne.«

Swantje Brandt und Henry Olsen zogen sich in die »Heimliche Liebe« zu einem Kännchen Ostfriesentee mit Sahne und Kluntjes zurück, um Ruhe vor Dabelstein zu haben, den sie manchmal etwas anstrengend empfanden.

»Viel lässt sich zum Tathergang noch nicht sagen«, stellte Henry fest. Sabine Hinrichs hat das Haus am Donnerstagmorgen in aller Frühe mit dem Fahrrad verlassen und war dann in der Greunen Stee joggen. Bereits am Waldeingang oder kurz danach muss sie ihrem Mörder begegnet sein. Es war laut Zeugenbeschreibung ein Mann mittleren Alters von mittlerer bis kräftiger Statur, er trug dunkle Sportklamotten, eine dunkle Mütze, dunkle Sportschuhe mit neongrünen Abzeichen, war dort mit dem Fahrrad unterwegs, das er nach wenigen Metern im Wald in ein Brennnesselgebüsch fallen ließ, von da an nahm er die Verfolgung von Sabine Hinrichs zu Fuß auf. Etwa hundert Meter später müssen die beiden zusammengetroffen sein. Fußspuren, die an dieser Stelle zusammenführen, verraten das zumindest.« Nachdenklich rührte er in seiner Tasse und wollte dann weitersprechen.

Swantje Brandt kam ihm zuvor. »Er hat das Opfer betäubt und ihm dann das tödliche Mittel injiziert. Anschließend hat er Sabine Hinrichs ausgezogen, durch die Birken hindurch ins Dickicht geschleift und sie auf die uns bekannte Art drapiert. Das Rätsel, warum er das so und nicht anders getan hat, wird sich hoffentlich genauso lösen wie alle anderen Leerstellen bezüglich der Tat.«

»Möglich ist auch, dass der Täter nicht auf der Insel wohnt, dass er ein Pendler ist, ein Saisonarbeiter, der abends mit der letzten Fähre die Insel verlässt. Das würde zumindest zu der Aussage der Zeugin passen, die angab, den Mann schon mal auf der Fähre gesehen zu haben. Das alles unter der Prämisse, dass es sich nicht um Steffen Hinrichs handelt, der für mich noch immer der Hauptverdächtige ist. Ich wäre für eine Hausdurchsuchung. Vielleicht finden wir dann ja die von der Zeugin beschriebenen Schuhe. Das setzt allerdings voraus, dass er vom Zeugen zum Beschuldigten wird, sonst bekommen wir von der Staatsanwaltschaft kein grünes Licht für eine Durchsuchung. Noch ist das leider nicht so. Gehen wir zunächst von der Annahme aus, dass es sich um einen Pendler handelt. Es gibt sicher Bild- und Videoaufzeichnungen vom letzten Donnerstag. Wir checken alle dunkel gekleideten Männer mit Fahrrad.«

»Das dürften einige sein«, meinte Swantje seufzend.

»Egal, und wenn wir die ganze Nacht dransitzen!« Henry blickte auf die Uhr, weil für den Tag noch einiges anstand.

»Oder es trifft nichts von alledem zu«, überlegte Swantje. »Unser Täter könnte ein unauffälliger Bürger sein, der auf der Insel lebt und einer regelmäßigen Arbeit nachgeht. Vielleicht ist er verheiratet und hat Familie. Alles normal.«

»Alles ganz normal«, wiederholte Henry und hielt Ausschau nach der Kellnerin, die sie bedient hatte.

»Übrigens habe ich vorhin etwas Merkwürdiges gelesen. In einem Wochenmagazin.«

In dem Moment klingelte Henrys Handy. Lutz Dabelstein meldete sich von der Wache aus, um ihm mitzuteilen, dass jemand auf ihn warte. Es sei dringend.

KAPITEL 21

»Hat sich diese Frau inzwischen gemeldet?« Jürgen Bruns faltete die Ostfriesen-Zeitung zusammen und ließ sich von seiner Frau Tee einschenken. Die Kluntjes knisterten in der zierlichen Tasse mit dem Pfingstrosenmotiv.

»Wegen Michael? Nein, hat sie nicht. Donnerstagnachmittag um vier waren wir zum Tee verabredet. Sie ist nicht erschienen. So langsam glaube ich auch nicht mehr, dass sie noch kommt, sonst hätte sie sicher Bescheid gesagt.«

»Hm«, machte ihr Mann und führte seine Tasse zum Mund. »Und sie wollte dich wegen Michael sprechen? Bist du sicher?«

»Sie hat mich am Mittwoch angerufen und gesagt, dass sie den Artikel gelesen habe und mit mir darüber sprechen wolle. Sie hat angedeutet, dass sie etwas über Michaels Tod weiß. Ich hatte das Gefühl, dass sie etwas loswerden möchte, was sie belastet.«

»Seltsam«, sagte Jürgen.

»Warum ist sie nicht gekommen? Hat sie im letzten Moment kalte Füße bekommen? Ob sie wohl etwas mit seinem Tod zu tun hat, Jürgen?« Ihre Augen waren vor Anstrengung und Schlafmangel rot unterlaufen.

»Hat sie ihren Namen nicht genannt?«

»Nein, das wollte sie nicht. Als ich sie danach gefragt habe, hat sie einfach aufgelegt.«

»Warum hast du überhaupt diesen Aufruf in der Zeitung gestartet? Du musstest davon ausgehen, dass jemand über Michael Bescheid weiß und dass du damit eventuell eine Lawine lostrittst.«

»Das wollte ich ja! Ich weiß, dass du am liebsten nichts mehr von damals hören willst. Aber mir lässt die Ungewissheit, was ihm passiert ist, keine Ruhe. Das macht mich fertig. Erst der Hoffnungsschimmer und dann wieder nichts.« Marianne Bruns fuhr sich mit der Hand durch ihre kurzen silbergrauen Haare. »Warum ruft sie erst an, um dann doch nicht zu kommen? Nun bin ich erst recht beunruhigt.« Deprimiert schüttelte sie den Kopf.

»Ich verstehe dich, Marianne. Es ist vielleicht alles noch viel komplizierter und beunruhigender, als du ahnst.« Jürgen Bruns seufzte tief und anhaltend.

Überrascht hob sie die Brauen. »Was willst du damit sagen?«

»In der Zeitung steht etwas von einer Toten. Sie haben eine Leiche in der Greunen Stee gefunden, eine Frau mittleren Alters. Am Freitag war das. Gestorben ist sie wohl einen Tag vorher, also an dem Tag, an dem ihr verabredet wart. Vom geschätzten Alter her könnte sie zu Michaels damaligem Freundeskreis passen. Michael wäre jetzt 46.«

Sie entriss ihm die Zeitung und suchte fieberhaft nach der Meldung. »Wo steht das? Auf welcher Seite?«

»Seite sieben«, brummte er.

Marianne Bruns setzte ihre Lesebrille auf und blätterte mit angestrengtem Gesichtsausdruck durch die Seiten. Dann stieß sie auf ein Bild von dem abgesperrten Bereich in der Greunen Stee.

»Ob sie das ist?«, fragte sie, während sie den Artikel überflog. »Ist das der Grund, warum sie sich nicht gemeldet hat?« Stirnrunzelnd las sie die kurze Meldung genauer und studierte das Foto. Sie sah aber nichts außer dem rot-weißen Plastikband und einem Schatten. »Was meinst du, Jürgen?«

Er zuckte mit den Schultern. »Ich weiß es nicht, Marianne. Seltsam ist es schon. Wirklich seltsam. Gerade weil sie dir etwas sagen wollte und nicht gekommen ist.« Trübsinnig starrte er vor sich hin.

»Meinst du, das wollte jemand verhindern?«

Verzweifelt verzog er den Mund. »Ich hoffe nicht, dass es so war.«

»Was sollen wir nun tun? Zur Polizei gehen?«

Er antwortete nicht, wirkte plötzlich abwesend.

Tränen schwammen in ihren Augen. »Warum soll immer ich alles entscheiden? Er war auch dein Sohn. Wir könnten jetzt vielleicht etwas zur Aufklärung der Geschichte beitragen.«

»Was denn? Wir sind keine Zeugen, haben nichts zu sagen. Wir wissen nichts über die Tote in der Greunen Stee, kennen sie nicht einmal.«

»Wir könnten noch einmal das Schicksal von Michael ins Gespräch bringen. Vielleicht gibt es einen Zusammenhang.«

»Das hat keinen Sinn. Was willst du denn da noch beitragen, wenn die Zeugin von damals tot ist? Wozu die alte Geschichte noch mal aufwärmen? Wir wissen nichts Genaues mehr über die Zeit. Was soll das bringen?«

Der letzte Satz brachte sie in Rage. »Was soll es bringen, hier zu sitzen und Däumchen zu drehen?«, schrie sie. »Ich werde noch verrückt! Ich halte das nicht länger aus!«

Eine Weile schwiegen sie, jeder in Gedanken versunken. »Ob sie sich umgebracht hat?«, durchbrach Marianne schließlich die Stille. »Was meinst du?«

»Spekulation, nichts als Spekulation«, stöhnte er. »In der Zeitung steht, dass sie vermutlich umgebracht worden ist.«

»Das kann doch nicht wahr sein«, sagte sie beklommen. »Wer tut denn so was?« Ihr Blick blieb an einer Fotowand in ihrer Essecke hängen. Michael als Baby, als Kleinkind, als Schulkind mit Tüte, Michael als Konfirmand und als Abschlussballtänzer. »Die Mittlere Reife war sein großes Ziel, was hat er dafür geackert. Er hat sich so sehr auf die Abschlussfeier gefreut. Er konnte es kaum erwarten, Bäcker zu werden wie du.« Sie entfaltete ein Taschentuch und schnäuzte sich. »Weißt du noch«, fragte sie, »wie sie ihn geärgert haben? Heute würde man Mobbing dazu sagen. Früher war es ein Hänseln, ein ständiges Piken. Sie haben ihn nie in Ruhe gelassen. Dabei war er so ein lieber Junge.«

»Er war eben nicht von hier. Sie dachten, er sei hochnäsig, halte sich für etwas Besseres, weil er aus einer großen Stadt kam, dabei war er nur ein wenig schüchtern und wollte unbedingt Anschluss finden. Aber die Inselkinder ließen ihn nicht in ihre Mitte. Nur die Mädchen mochten ihn. Darauf war er stolz. Wie hieß noch die eine, mit der er ausging? Ins Kino, in die Kneipe, ins Schwimmbad?«

»Die ihn auf ein Eis eingeladen hat? Ich komme nicht darauf.«

»Seine erste große Liebe. Er wurde immer rot, wenn man ihren Namen nannte. Das Telefon hat er mitsamt der langen Schnur in sein Zimmer getragen. Stundenlang war es blockiert. Was war er verliebt!«

»Ja. Als sie seine Freundin wurde, hat sich alles für ihn verbessert.« Marianne Bruns starrte ins Leere. »Sabine hieß sie. Jetzt fällt es mir wieder ein.« Draußen ertönte eine Fahrradklingel. »Jürgen, sag mal, die Frau, die letzte Woche bei uns war, um eine Großbestellung aufzugeben, wie war ihr Name …?«

»Hinrichs, hast du gesagt. Die Frau von dem Bauunternehmer Hinrichs.«

»S. Hinrichs. Vielleicht … Könnte es sein, dass sie mit Vornamen Sabine hieß? Ob sie zu uns gekommen ist, um uns noch einmal zu sehen? Vielleicht wollte sie da schon mit mir sprechen, hat sich aber nicht getraut. Es war voll an dem Nachmittag. Sie hat mich lange seltsam angesehen, als wollte sie etwas sagen, hat etwas gestammelt, das ich nicht verstanden habe, ist dann aber wieder gegangen. Mir wird ganz anders!« Marianne Bruns begann hektisch in Unterlagen zu wühlen, die auf einer

Kommode lagen. »Ich finde ihre Visitenkarte nicht mehr. Ob sie das war? Ob sie Michaels erste große Liebe war? Sabine? Erinnere dich doch!«

»Ich weiß nicht mehr, wie Sabine aussah.«

»Ich auch nicht genau. Ich erinnere mich nur, dass sie zierlich war und lange blonde Haare hatte.«

»Und die Frau im Laden?«

Marianne Bruns überlegte. »Die war auch nicht besonders groß, kleiner als ich und schlank – jedenfalls im Vergleich zu mir. Ihre Haare waren schulterlang und blond gesträhnt.«

Er stöhnte und schüttelte den Kopf. »Die Visitenkarte muss irgendwo sein«, sagte er. »Such einfach in Ruhe, du wirst sie schon finden.«

»Und dann, Jürgen, und dann? Was machen wir?«

»Du wolltest es so, Schatz. Nun musst du da wohl durch. Müssen wir beide da durch, ich lasse dich nicht im Stich.«

Im Eingangsbereich begrüßten die beiden Kommissare Walter Torlage.

Er grüßte verlegen zurück und übergab Swantje das zerknitterte Stück Papier, das sie im Rahmen ihrer Zeugenaussage vergeblich gesucht hatten. »Meine Bekannte hat den Zettel heute Morgen wiedergefunden. Sie hat darauf bestanden, dass ich ihn sofort zur Polizei bringe.«

»Das ist prima, haben Sie gut gemacht!«, freute sich Henry und schenkte dem alten Mann ein warmes Lächeln.

»Bäckerei Bruns«, las Swantje laut vor. »Mit Adresse und Telefonnummer.« Sie tauschte einen kurzen Blick mit Henry Olsen.

»Grüßen Sie Ihre Bekannte und eine gute Heimreise wünsche ich Ihnen! Wann geht die Fähre?«

»Wir dürfen noch etwas bleiben«, sagte Torlage mit einem verschmitzten Lächeln. »Meine Bekannte hat sich einen Hexenschuss zugezogen.«

»Oh, dann richten Sie ihr bitte gute Besserung aus. Alles Gute auch für Sie!«

Swantje und Henry beschlossen, die Eindrücke des Tages bei einem Spaziergang über die kilometerlange Promenade einzuordnen. Vor einem Strandcafé waren Liegestühle mit bunten Decken aufgestellt. Spontan ließen sie sich in der letzten Reihe darauf nieder, legten sich die Decken in den Nacken und bestellten einen Espresso und einen Cappuccino.

»Die Bäckerei Bruns«, sagte Swantje, »könnte der Schlüssel in unserem Fall sein!« Sie berichtete von dem Zeitungsartikel.

»Und du siehst da einen Zusammenhang?«

»Die Tote im Wald war 47 Jahre alt. Vor 30 Jahren war sie 17, etwa im gleichen Alter wie Michael Bruns, als er ums Leben kam. Die Frage ist, ob sie sich kannten. Ich vermute es. Vielleicht hat Sabine Hinrichs ebenfalls den Zeitungsartikel gelesen und wollte deshalb mit den Bruns sprechen.« Sie kramte in ihrer Tasche nach dem Magazin.

Henry setzte seine Lesebrille auf und las den Abschnitt mit gerunzelter Stirn. »Möglich ist das!«, sagte er. »Was würdest du vorschlagen, erst Derk Wybrands oder die Bäckerei?«

Swantje Brandt atmete tief durch. »Auf das Gespräch mit Frau Bruns bin ich besonders gespannt. Aber ich denke dennoch, dass Wybrands Priorität hat. Er gehörte zum Freundeskreis von Sabine Hinrichs. Steffen Hinrichs und Runa Brennecke verdächtigen ihn. Da könnte etwas dran sein.«

Die Bedienung servierte auf einem kleinen Tablett die Getränke. Für einen Moment gelang es ihnen abzuschalten und den herrlichen Blick aufs blitzende Meer zu genießen.

KAPITEL 22

Derk Wybrands bewohnte mit seiner Familie ein rotes Backsteinhaus im alten Ortskern, unweit der Reformierten Kirche und des kleinen, längst nicht mehr genutzten Friedhofs, auf dem Walfänger und Kommandeure von Segelschiffen aus dem 18. Jahrhundert begraben lagen. Das war die Blütezeit Borkums gewesen, die der Ostfrieseninsel zu Ansehen und Reichtum verholfen hatte. Der Walfang hatte die Familien ernährt, und für die Armen war ebenfalls häufig etwas abgefallen, zumeist Lebertran oder ein wenig Fleisch oder Speck von den Flossen. Danach war es jedoch mit dem Walfang abwärtsgegangen und die Bevölkerung Borkums war verarmt. Sie war auf weniger als 400 Bewohner geschrumpft. Viele Kinder waren an Krankheiten wie Masern oder Keuchhusten gestorben. Im Heimatmuseum »Dykhus« hatte Swantje Brandt bei ihrem letzten Besuch auf der Insel erfahren, dass zur Aussteuer einer Frau bei der Heirat unter anderem Leichenhemden für Kinder gehört hatten.

Diese Gedanken gingen ihr durch den Kopf, während sie sich innerlich auf die Befragung vorbereitete und klingelte. Schon einmal hatte sie mit ihrem Kollegen vor der Tür gestanden und von Derk Wybrands' Frau erfahren, dass er noch in der Schule sei. Als Sportlehrer leitete er mehrere Arbeitsgemeinschaften, die in den Nachmittagsstunden stattfanden. Kurz nach 16.30 Uhr hatten sie nun jedoch Glück und wurden hineingelassen.

Der Lehrer war in den ersten Minuten sehr schweigsam und schien zu überlegen, ob er überhaupt etwas sagen sollte. »Soll das eine Vernehmung sein?«, fragte er misstrauisch. Er war ein ausgesprochen sportlicher und gut aussehender Mann in den besten Jahren – ein Typ, der sicher sowohl im Lehrerkollegium als auch bei den Schülern gut ankam.

»Nur eine informelle Befragung«, versuchte Henry Olsen ihn zu beruhigen. In diesem Fall konnte er sich eine Belehrung sparen. Er sei kein Verdächtiger, erklärte Henry ihm, sondern ein möglicher Zeuge. Er musste sich bei jedem Schritt an die Strafprozessordnung halten, denn bei Verfahrensfehlern war eine Anklage von vornherein zum Scheitern verurteilt. Das durfte er nicht riskieren. Er dankte dem Lehrer für seine Zeit und seine Bereitschaft, mitzuhelfen. »Uns wurde berichtet, dass Sie gemeinsam mit Sabine Hinrichs zur Schule gegangen sind und mit ihr im Chor gesungen haben«, leitete er die Befragung ein.

»So ganz stimmt das nicht«, korrigierte Wybrands nach einem Räuspern. »Sabine war eine Klassenkameradin, das ist richtig, mit unserem Chor hat sie jedoch nicht viel zu tun gehabt. Früher ja, als der Shanty-Chor gegründet wurde, aber dann ist sie zurück nach Nordrhein-Westfalen gegangen, um dort eine Ausbildung anzufangen. Erst vor ein paar Monaten ist sie nach Borkum zurückgezogen und hat zwei oder drei Mal bei uns vorbeigeschaut.« Durch das Fenster beobachtete er seine beiden Kinder, die im Garten auf einem Trampolin hüpften.

»Von wem haben Sie von Frau Hinrichs' Tod erfahren?«, wollte Henry wissen.

Derk Wybrands wirkte für einen Moment versteinert. »Unser Chorleiter hat mich angerufen«, sagte er mit rauer Stimme. »Hagen Köhler ist Architekt und steht in engem Kontakt mit den Hinrichs. Beruflich wegen der Bauprojekte und auch privat. Er geht bei denen ein und aus. Furchtbar, was mit Sabine passiert ist! Man liest von solchen Vorfällen in der Zeitung, aber meistens ist das ja zum Glück weit weg. Ich hätte nie gedacht, dass uns das mal betreffen und dass ich das Opfer tatsächlich kennen würde.«

Henry legte ein Bein über das andere und verschränkte seine Arme. »Inwiefern betrifft es Sie?«

»Was soll die Frage? Ich kannte Sabine aus der Schule. Reicht das nicht?«

»Wie gut kannten Sie sie privat?«

Der Lehrer schob seinen Stuhl zurück und wurde blass. »Ich fühle mich von dieser Frage provoziert.«

»Ich habe sie neutral formuliert. Also?«

Wybrands räusperte sich. »Nicht so, wie Sie denken.«

»Was denken wir denn?«

»Vielleicht haben Sie schon erfahren, dass wir öfter zusammen gesehen worden sind.«

»Und das stimmt nicht?«

Derk Wybrands wippte nervös mit seinem rechten Bein. »Meine Güte, Sabine und ich sind mal zusammen gejoggt. Am Strand. Sabine lief nicht gern allein. Sie fühlte sich sicherer, wenn jemand dabei war. Außerdem brauchte sie Motivation, und darin bin ich gut. Ich bin Sportlehrer und coache gerne Leute.«

»Warum betonen Sie, dass Sie am Strand gelaufen sind?«

»Ich betone das nicht, ich erwähne es nur. Weil es so war.«

»Und Sie gaben ihr Sicherheit? Weshalb fühlte sie sich sonst unsicher?«

»Ich weiß es nicht.«

»Wovor fürchtete sich Sabine Hinrichs?«

Der Lehrer zuckte mit den Schultern. Henry fiel auf, dass seine Ohren stark gerötet waren.

»Ich frage jetzt ganz konkret: Hatten Sie eine Affäre, Sie und Sabine Hinrichs?«

»Wir waren mal ein Paar, das ist schon lange her. Da waren wir 17 und sind eine Weile miteinander gegangen«, stellte Derk Wybrands fest. »Das hat doch keine Bedeutung fürs Leben. Und absolut keine Bedeutung mehr für heute.« Mit seinem Blick suchte er Verständnis bei Henry.

»Es soll Leute geben, die als Erwachsene ihre Gefühle füreinander wiederentdecken«, bemerkte der Kommissar.

»Mag sein.«

»Sie auch?«

Energisch schüttelte der Lehrer den Kopf. »Sicher nicht. Sie war nicht mein Typ, längst nicht mehr. Außerdem bin ich glücklich verheiratet mit Mareike. Und ich habe zwei Kinder im Grundschulalter.«

»Sabine Hinrichs Ehemann vermutet es aber.«

In Wybrands' Gesicht spiegelte sich Verwunderung. »Steffen Hinrichs? Der spinnt doch«, sagte er, nachdem er sich gefangen hatte. »Sabine und ich hatten nichts miteinander. Es war eine Jugendliebe, die lange zurückliegt und vergangen ist. Da ist nichts neu aufgeflackert. Die Sache war seit Jahrzehnten vorbei.«

Swantje Brandt ergriff das Wort. Sie fragte nach dem Shanty-Chor und wollte wissen, wer ihn gegründet hat.

»Wir Mitglieder sind alle alte Schulfreunde«, erklärte Derk Wybrands. »Auch mit Hagen, dem Architekten, sind wir in eine Klasse gegangen. Durch ihn sind die Hinrichs auf die Idee gekommen, auf Borkum zu bauen. Hat mir Sabine irgendwann erzählt. Ohne ihn wären sie nach wie vor in Düsseldorf. Das wäre auf jeden Fall besser.«

»Wie meinen Sie das?«

Erstaunt hob Wybrands die Brauen. »Na, dann wäre sie noch am Leben. Mehr wollte ich damit nicht zum Ausdruck bringen.«

»Meinen Sie, dass Sabine Hinrichs Tod etwas mit dem Bau der Häuser zu tun haben könnte?«

Derk Wybrands zog eine Grimasse. »Ehrlich gesagt weiß ich es nicht. Ich würde nicht so weit gehen, das zu behaupten. Aber wenn sie in Düsseldorf geblieben wären, wäre Sabine nicht ihrem Mörder begegnet. Es sei denn«, überlegte er, »der Mörder befindet sich in ihrem direkten Umfeld.«

»Sie denken an ihren Mann?«

»Ich denke an niemanden.«

Swantje wartete einen Moment ab, ob er noch etwas sagen wollte. Zunächst schien es so, aber er schwieg. Er winkte kurz seinen Kindern und rutschte dann auf seinem Stuhl herum. Seine

Füße zeigten in Richtung Tür. Es war ihm deutlich anzusehen, dass er sich unwohl fühlte und am liebsten aufgestanden wäre.

»Ich muss Sie fragen, was Sie am Donnerstag, den 16. Mai, zwischen 6.30 und 9 Uhr, gemacht haben«, sagte Swantje.

»Das kann ich Ihnen ziemlich genau sagen«, erwiderte der Sportlehrer so schnell, als wäre er auf die Frage vorbereitet gewesen. »Um 6.30 Uhr klingelt mein Wecker. Ich mache Yoga, frühstücke, danach dusche ich und verlasse das Haus um 7.45 Uhr. Jeden Morgen das Gleiche. Bis auf samstags und sonntags. Da gönne ich mir es, auszuschlafen – sofern die Kinder mich lassen.«

»Gibt es Zeugen dafür?«

»Zeugen? Was für ein Blödsinn, ich brauche keine Zeugen, um Yoga zu machen. Sie etwa?«

»Ich mache kein Yoga.«

»Hätte mich auch gewundert.«

Sie musste wegen seiner unverblümten Art lächeln.

Henry übernahm. »Kommt es manchmal vor, Herr Wybrands, dass Sie Ihr morgendliches Yoga in den Wald verlegen?«, wollte er wissen.

»Bisher nicht, aber was nicht ist, kann ja noch werden.«

»Würden Sie mir bitte Ihr Badezimmer zeigen?«

»Wozu?«

Henry hob das Kinn. Er bemerkte, dass Wybrands es nicht eilig hatte, aufzustehen. Als er es dann doch tat, folgte Henry ihm. Im Bad gab es einen Medikamentenschrank, der wegen der Kinder abgeschlossen war. Er forderte Wybrands auf, ihn zu öffnen. Eine Packung Paracetamol befand sich darin. Swantje kam hinzu, sah nach und stellte fest, dass Tabletten fehlten. »Bewahren Sie noch woanders Medikamente auf?«

Derk Wybrands verzog seinen Mund zu einem Strich. »Wir brauchen nicht viel. Meine Frau, meine Kinder und ich sind kerngesund. Auf unser Immunsystem ist Verlass. Ich würde mich eher mal bei Sabines Mann umsehen«, sagte er. Gemeinsam gingen sie zurück ins Wohnzimmer und nahmen wieder Platz. »Ich will nichts Falsches behaupten, aber die Ehe soll nicht besonders gut gewesen sein, habe ich gehört.«

»Inwiefern?«, hakte Swantje Brandt nach.

»Na, der Steffen hat doch irgendwas am Laufen. Sabine wirkte oft bedrückt und niedergeschlagen, fühlte sich von ihm kontrolliert und gegängelt.«

»Hat sie das so ausgedrückt?«

»Sie sagte mal, dass sie keine Lust mehr habe, ihm gegenüber Rechenschaft ablegen zu müssen, warum sie früher oder später nach Hause komme. Er war wohl besessen davon, ihr Handy zu kontrollieren.«

»Hat Sabine Hinrichs an Trennung gedacht?«

Der Lehrer zuckte mit den Schultern. »Ausgesprochen hat sie es mir gegenüber nicht wirklich. Sie fühlte sich gut mit ihrem sozialen Status. Immerhin hat er dafür gesorgt, dass sie ein sorgloses Leben hatte. In materieller Hinsicht zumindest.«

Auf dem Weg zur Bäckerei kamen sie am Walkinnladenzaun vorbei. Als Kind hatte Swantje Brandt das innere Bedürfnis verspürt, diesen Zaun, der aus den Knochen eines Walfisches bestand, jedes Mal zu berühren, wenn sie auf dem Weg zu ihrer Freundin daran entlanggegangen war. Nun war das nicht mehr möglich, weil der Zaun unter Denkmalschutz stand. Er war räumlich von den Spaziergängern durch eine Kordel und ein Muschelfeld abgetrennt und hatte ein Dach zum Schutz vor der Witterung erhalten. Sie wusste aber noch, wie er sich anfühlte, rau, wie ein Stück morsches Treibholz. Die 200 Jahre alten Knochen des Wales erinnerten wie auch die alten Kapitänshäuser an die glorreiche Zeit der Walfänger auf Borkum. Die Männer waren den ganzen Winter über von ihren Familien getrennt gewesen, wodurch die Frauen sehr resolut und selbstständig geworden waren und gelernt hatten, allen Widrigkeiten, auch Feinden, die Stirn zu bieten. In ihrer Kindheit hatte Swantje mit ihren Eltern in der Nähe des Zauns gewohnt. Ihr Vater hatte ihr oft schauerliche Geschichten erzählt, die vom Walfang gehandelt hatten, von Piraten, großen Segelschiffen und deren bewaffneter Enterung. Eine unbeschwerte Kindheit war das gewesen im alten Pfarrhaus mit dem schmiedeeisernen Zaun und den farbenfrohen Rhododendren im Vorgarten. Swantje Brandt hatte sich lange nicht vorstellen können, jemals woanders zu leben. Borkum war ihre Heimat gewesen. Und doch hatte sie die Insel lange gemieden. Zu schmerzhaft war der Abschied damals gewesen, von der Insel ihrer Kindheit, ihren Freunden, ihrer Jugendliebe.

»Ich werde gleich morgen früh Wybrands' Alibi überprüfen«, riss Henry Olsen sie aus ihren Gedanken. »Dazu reicht vielleicht schon ein Anruf in der Schule. Und wir werden mit seiner Frau sprechen und sie fragen müssen, ob ihr etwas aufgefallen ist.«

»Erfahrungsgemäß bringt das nicht viel«, bemerkte sie. »Die Familienmitglieder berufen sich auf das Recht zu schweigen. Da kommt man in der Regel nicht weiter.«

»Ich weiß, einen Versuch ist es trotzdem wert. Was hat Derk Wybrands über Hagen Köhler gesagt? ›Er geht bei denen ein und aus‹«, überlegte er laut. »Hagen Köhler muss als Architekt dieser luxuriösen Ferienhäuser doch auch unter Druck gestanden haben, genau wie Steffen Hinrichs als Bauunternehmer.«

»Ich glaube, da ist es«, sagte Swantje, als sie die Bäckerei entdeckt hatte.

»Du glaubst? War die früher noch nicht da?«

»Familie Bruns kam erst später, als ich schon weg war. Deswegen kenne ich die Leute gar nicht. Früher war hier ein kleiner Tante-Emma-Laden, in dem meine Mutter alles fand, was sie brauchte. Und einmal im Monat ging es mit dem Auto zum Großeinkauf nach Emden.«

Henry nickte interessiert. »Den Alltag auf einer Insel stelle ich mir schon manchmal herausfordernd vor.«

»Ist er tatsächlich, aber auch schön und im Winter sehr heimelig. Da ziehen sich die Borkumer in ihre Häuser zurück, besuchen sich gegenseitig und trinken Tee miteinander. Zu späterer Stunde darf es dann auch mal etwas anderes zum Aufwärmen sein, ein Pharisäer zum Beispiel. Meine Mutter liebte den gesüßten Kaffee mit braunem Rum und Schlagsahne. Ich mache ihn mir selbst gerne im Winter nach einem langen Spaziergang. Er wärmt wunderbar von innen.«

»Muss ich mal ausprobieren. Wer führt gleich das Gespräch? Du? Ich denke, als alte Insulanerin kannst du mit der Dame auf Augenhöhe schnacken.«

KAPITEL 23

»Endlich, ich habe Sie schon erwartet«, sagte Marianne Bruns, die gerade das übrig gebliebene Brot in Kisten räumte. Es war kurz vor Ladenschluss am frühen Montagabend, der letzte Kunde hatte eben die Bäckerei mit einer großen Brötchentüte verlassen. Sie verriegelte die Eingangstür und bat die beiden Beamten in die obere Etage des alten Inselhauses. Die Treppenstufen waren ausgetreten und knarrten. Oben erinnerte alles an eine Puppenstube, mit altertümlichen Möbeln, gedrungenen Zimmerdecken und Sprossenfenstern, deren Holzrahmen längst hätten gestrichen werden müssen. Die Kommissarin bewunderte den grünen

Kachelofen in der Wohnstube und stellte sich vor, wie gemütlich es sein musste, im Winter auf der warmen Ofenbank zu sitzen, sich den Rücken zu wärmen und einen Bratapfel zu essen.

»Trinken Sie einen Tee mit mir?«, fragte Frau Bruns. »In Ostfriesland trinkt man den ganzen Tag über Tee. Ich musste mich anfangs daran gewöhnen, aber nun geht es mir wie den Ostfriesen. Ich kann nicht mehr ohne. Selbst vor dem Schlafengehen genehmige ich mir noch ein, zwei Tassen, dann allerdings etwas milder und ohne Kluntjes.«

»Gerne«, sagte Swantje, die sie nicht enttäuschen wollte. Lieber wäre ihr jetzt ein starker Kaffee gewesen. »Wo ist denn Ihr Mann?«, wollte sie wissen und sah sich suchend um.

»Kommen Sie mal mit«, sagte die Bäckersfrau und ging vor in den Flur, um eine Tür neben dem Garderobenschrank zu öffnen. Die Küche wirkte besonders urig durch die Delfter Kacheln an der Frontseite und einen hellblauen Küchenschrank aus den 50er-Jahren. Die Küchenzeile war allerdings modern. »Meinem Mann wird das alles zu viel«, sagte sie leise. »Er hat eigentlich mit den Ereignissen von damals abgeschlossen, will nichts mehr davon hören. Es regt ihn furchtbar auf. Jürgen ist der Ansicht, dass man Ruhe findet, indem man das Schreckliche verdrängt. Es ändere schließlich nichts daran, dass Michael tot ist. Vielleicht hat er recht, aber mir lässt es keine Ruhe. Wahrscheinlich haben Sie den Artikel in der Zeitung gelesen und sind deshalb gekommen. Ich kann so nicht leben. Ich will endlich wissen, was damals passiert ist.«

»Ich habe tatsächlich Ihren Aufruf im Borkumer Wochenblatt gelesen«, sagte Swantje.

Marianne Bruns hob den Blick. Sie war gerade dabei gewesen, Teeblätter in eine Kanne zu füllen. »Bitte, nehmen Sie Platz.« Sie deutete auf eine Eckbank.

»Ihre Geschichte hat mich berührt.«

»Dann ahnen Sie vielleicht, was wir durchgemacht haben und immer noch durchmachen. Der Schmerz wird nicht weniger, selbst nach 30 Jahren nicht.« Sie deckte den Tisch mit Ostfriesengeschirr und Stövchen. Mit einem Feuerzeug zündete sie das Teelicht an.

»Ihr Sohn war damals noch Schüler?«

Marianne Bruns nahm den pfeifenden, brodelnden Kessel von der Herdplatte. »16 war er. Er hatte gerade die Schule beendet, er ging auf die Inselschule. Einen guten Realschulabschluss hat er geschafft, wollte Bäcker werden wie mein Mann. Da ist es passiert.«

»Erzählen Sie mal«, forderte Henry sie auf.

»Die Clique wollte sich am Strand treffen. Michael sagte mir, dass er erst spätabends zurückkomme, weil sie noch in eine Kneipe wollten. Es war das letzte Mal, dass ich ihn gesehen habe.« Vorsichtig goss sie das kochende Wasser in die Kanne und hängte ein Sieb hinein. Mit zusammengepresstem Mund blickte sie aus dem Fenster, das zur Straße zeigte. Ein Fahrrad mit Anhänger rumpelte gerade vorbei.

»War Sabine Hinrichs auch dabei?«, fragte Henry.

»Die Tote, die in der Greunen Stee gefunden wurde? Eine Sabine gehörte damals zur Clique, Hinrichs hieß sie aber nicht.«

»Wie dann?«

»Darüber habe ich lange nachgedacht, auch mit meinem Mann zusammen. Wir erinnern uns leider nicht an den Nachnamen.«

»Knoke vielleicht?«

»Ja, genau so hieß sie!«

»Das war der Geburtsname von Sabine Hinrichs. Sie hatte einen Zettel mit Ihrer Telefonnummer bei sich, als sie starb.«

»Wie bitte? Das ist ja furchtbar! Mein Sohn war damals heftig in sie verliebt. Ich bin ganz erschüttert!«

»Waren die beiden ein Liebespaar?«

»Sie sind kurz miteinander gegangen, ein paar Wochen vielleicht. Sabine hat dann Schluss gemacht. Unser Micha war untröstlich. Er hat uns so leidgetan.«

»Und nun wollte sie aus irgendeinem Grund Kontakt zu Ihnen aufnehmen.«

»Ich glaube, sie hat mich tatsächlich angerufen. Wollte kommen, kam aber nicht.«

Marianne Bruns schnitt einen Rosinenstuten an und stellte eine Butterschale zum Bestreichen bereit. »Bitte, bedienen Sie sich«, sagte sie und setzte sich wieder. »Die Frau am Telefon wollte mir wohl etwas anvertrauen, aber sie ist nie aufgetaucht. Leider«, schloss sie. »Sie hätte mir vielleicht helfen können. Es hätte mich so sehr interessiert, was sie mir sagen wollte!«

»Wer waren die anderen? Wer gehörte noch zur Gruppe?«

»Wenn ich das wüsste. Leider habe ich die Namen vergessen. An Sabines Namen habe mich erst kürzlich wieder erinnert. Hätte ich sie mal schon am Telefon gefragt, um was es geht! Aber wer konnte denn ahnen, dass sie kurz darauf sterben würde?« Sie schob den Beamten das Silbertablett mit den Kluntjes und dem Sahnekännchen zu. Ein kräftiger, aromatischer Duft stieg auf.

Normalerweise war Swantje Brandt äußerst zurückhaltend, wenn sie Zeugen privat in deren Wohnungen aufsuchte, doch hier konnte sie nicht widerstehen. Auch Henry griff beherzt zu.

»Was ist damals passiert?«, wollte er wissen. »Was hatten die Jugendlichen am Strand vor?«

»Sie wollten Beachvolleyball spielen. Daran erinnere ich mich noch.«

»Gibt es dafür Zeugen?«

»Eine Frau hat ein paar Jugendliche am Beachvolleyballfeld gesehen. Sie konnte sie aber nicht beschreiben. Es ist nicht einmal sicher, ob Michael mit dabei war. Und ein weiterer Zeuge hat beobachtet, wie Michael den Schulgang runtergefahren ist in Richtung Bahnhof.«

»Wie heißt der Zeuge?«

Marianne Bruns schüttelte traurig den Kopf. »Ich kann mir keine Namen merken. Ich weiß nur, dass die Frau inzwischen gestorben ist und der Mann nicht mehr auf Borkum lebt. Er soll ausgewandert sein, nach Amerika.«

»Haben Sie denn damals keinen Kontakt zu den Eltern der Freunde gehabt? Da muss es doch Verbindungen gegeben haben, Klassenlisten oder so etwas.«

»Ich weiß, was Sie meinen, aber damals haben mein Mann und ich so viel gearbeitet, dass wir nicht viel von unserem Sohn mitbekommen haben. Ich mache mir deswegen schreckliche Vorwürfe. Nicht einmal mit Sabines Eltern haben wir damals geredet. Ich hätte mich mehr für Michael interessieren müssen, nun ist es zu spät.«

Die Kommissarin trank einen Schluck Tee. »Frau Bruns, wie ist Ihr Sohn zu Tode gekommen?«

»Er ist ertrunken. Vorher wurde ihm Gewalt angetan. Erst zehn Tage nach seinem Verschwinden wurde sein Körper am Strand angeschwemmt. In der Nähe vom ›Sturmeck‹, das ist ein beliebtes Ausflugslokal im Norden der Insel.«

»Ich kenne das Lokal«, sagte Swantje. »Die Jugendlichen sind nach dem Ballspiel also noch baden gegangen?«

»Ich weiß es nicht. Es kann auch sein, dass sich Michael von der Gruppe abgesondert hat und allein schwimmen wollte.«

»In dem Bericht im Wochenblatt klang es so, als würden Sie ein Gewaltdelikt vermuten.«

»Ja, weil er eine seltsame Verletzung am Hals hatte, eine tiefe Schnittwunde, die nicht beim Schwimmen entstanden sein konnte, wie mir gesagt wurde.«

»Ich verstehe.«

»Wollen Sie Michaels Zimmer sehen?«

Swantje nickte.

Marianne Bruns ging vor durch den dunklen Flur. »Das ist es«, sagte sie leise. »Ich betrete es nur einmal im Monat, um es zu reinigen. Öfter schaffe ich es nicht. Es ist alles so geblieben, wie es war. Das heißt, ein bisschen aufgeräumt habe ich.«

Vorsichtig setzte Swantje zwei Schritte hinein, gefolgt von Henry. Ein typisches Jungenzimmer der späten 80er-Jahre. Viel Kiefernholz mit Fußballeraufklebern, Poster von David Hasselhoff und Roxette, ein weiteres von Phil Collins. Im Regal Bücher von Karl May und Michael Ende, außerdem viele Asterix-Comics. Ein drehbares Gestell mit Musikkassetten, ein Plattenspieler mit meterhohen Boxen.

»Ich nehme an«, sagte sie, »die Polizei hat das Zimmer damals untersucht?«

Marianne Bruns nickte. »Sie haben alles auf den Kopf gestellt, weil sie eine Zeit lang einen Selbstmord vermuteten. Sie haben nach etwas gesucht, was darauf hingedeutet hätte, einen Abschiedsbrief, Briefe, Tagebucheinträge. Aber sie haben nichts gefunden. Deshalb wurde der Fall schon wenig später zu den Akten gelegt. Ein Unfall, hieß es offiziell.«

»Gibt es ein Tagebuch?«

»Leider nein. Ich habe auch noch einmal gründlich nachgesehen. Das Einzige, worüber ich damals gestolpert bin, daran erinnere ich mich genau, waren Muscheln.«

»Muscheln?«

»Ich habe sie aufbewahrt. Schauen Sie, hier!« Sie kramte in einer Schreibtischschublade und legte fünf kleine braungraue Herzmuscheln auf die Tischplatte. »Michael wird sie nicht selbst gesucht haben«, meinte sie. »Dafür war er nicht der Typ.«

»Wer hat sie ihm geschenkt?«

»Wenn ich das wüsste ...«

Zurück im stickigen kleinen Wohnzimmer, fragte Swantje nach dem Shanty-Chor Klaasohm. »Kennen sie ihn?«

»Ja, den kenne ich. Mein Mann und ich waren einmal bei einem Weihnachtskonzert, muss zwei, drei Jahre her sein.«

»Es sind viele ehemalige Mitschüler Ihres Sohnes in dem Chor. Haben Sie den einen oder anderen Sänger wiedererkannt? Oder eine Sängerin?«

Die Bäckerei-Besitzerin zuckte mit den Schultern. »Michael war früher selbst in dem Chor. Ich habe mir vorgestellt, wie es wäre, wenn er mit auf der Bühne stehen würde. Auf die Sänger habe ich nicht geachtet, tut mir leid. Frau Brandt, bitte, finden Sie heraus, was damals passiert ist!«

Swantje Brandt trank ihren Tee aus, Henry Olsen aß das letzte Stück vom Rosinenstuten und beide verabschiedeten sich mit dem Versprechen, sich zeitnah wieder zu melden.

»Blumen vor der Tür?« Erstaunt betrachtete Nicola Köhler die schmalen Blumensträuße in Zellophanpapier, die jemand vor Steffen Hinrichs Haustür abgelegt hatte. Inmitten der Sträuße brannten rote und weiße Grablichter.

Auch Hinrichs blieb eine Weile vor dem bunten Arrangement stehen. »Keine Ahnung«, sagte er achselzuckend. »Müssen wohl die Nachbarn gewesen sein. Komm erst mal rein, ich habe nur wenig Zeit.« Schnell blickte er sich um, ob jemand sie gesehen hatte. »Mach es dir schon mal bequem, ich habe gerade jemanden am Telefon.« Er hob die Stummschaltung auf und sprach in sein Handy.

Sie nickte und ging vor in die Wohnhalle. Unschlüssig stand sie vor einem grauen Sofa, bis sie sich schließlich setzte. Er ließ sie lange warten.

»Das war mein Sohn«, sagte er entschuldigend. »Er wird bald für ein bis zwei Tage kommen. Frank hat sich extra in der Firma freigenommen, was im Moment alles andere als einfach ist. Ich möchte dich bitten, in der nächsten Zeit hier nicht mehr aufzukreuzen.«

»Das tue ich doch auch sonst nie.«

»Ich weiß.« Er ging auf sie zu, zog sie hoch und umarmte sie lange. Unvermittelt begann er in ihren Armen zu schluchzen. »Sie verdächtigen mich, Nicki.«

»Sie verdächtigen dich? Was redest du da?«
»Ich habe es in ihren Gesichtern gesehen. Sie glauben mir nicht. Nicht eine Silbe.«
»Wie kommst du darauf?«
»Sie haben mir immer wieder dieselben Fragen gestellt. Ich fühlte mich am Ende unsicher, richtig mies. Ich habe Angst, Nicola.« Er wischte seine Tränen weg. Seine Augen waren gerötet.
»Ist sie denn berechtigt, deine Angst?«
Er schwieg. »Setz dich an die Bar«, sagte er dann, »ich mache uns einen Drink.«
»Es ging ihr nicht gut, Steffen«, sagte sie, während sie auf einem Barhocker Platz nahm. »Im Chor wurde erzählt, sie wolle zurück nach Düsseldorf. Sie war nicht glücklich auf Borkum, das wusste jeder.«
Klirrende Geräusche waren zu hören, als Steffen mit einer Zange Eiswürfel in zwei Gläser fallen ließ. »Und weil ich trotzdem hierbleiben wollte, hat sie einen Weg gefunden, um mich zu bestrafen. Die Polizei verdächtigt mich, schuld an ihrem Tod zu sein, auf welche Weise auch immer. Dass sie mich überhaupt verdächtigt, ist Strafe genug für mich. Ich kandidiere als Bürgermeister. Mit dem Verdacht gegen mich kann ich die Sache vergessen. Da habe ich nicht die geringste Chance.« Er füllte die Gläser mit Tonicwater auf. »Wer aus dem Chor hat das behauptet?«, wollte er wissen. »Ich meine, dass sie zurückziehen wollte.«
»Runa«, sagte Nicola, nahm ihm ein Glas ab und prostete ihm zu. »Du hast doch nichts mit Sabines Tod zu tun, oder?«
»Nicola!«, herrschte er sie an. Auf seiner Stirn schwoll eine Ader an.
»Ich frage nur, weil du mal gesagt hast, sie solle eine Therapie machen, am besten stationär. Da hatte ich das Gefühl, du wolltest sie loswerden.«
»Sie hat mich genervt mit ihren Panikattacken. Sie hatte vor jeder Fliege Angst.«

»Außerdem hast du erwähnt, dass sie über deine Trennungsabsichten Bescheid wusste.«

»Wie bitte?«

»Du hast mir erzählt«, fuhr sie fort, »dass sie das Schreiben deines Anwalts in deiner Jackentasche gefunden hat. Erinnerst du dich? Mit der Kostenaufstellung nach einer eventuellen Scheidung.«

»Nicola, ich warne dich. Solltest du diesen Verdacht gegenüber der Polizei äußern, schone ich dich nicht! Dann verlierst du deinen Job!« Bedrohlich streckte er ihr seinen Zeigefinger entgegen. »Pass auf, ein falsches Wort von dir und du wirst mich so richtig kennenlernen!«

Sie stellte das Glas ab und griff nach ihrer Tasche. »Ich gehe jetzt, Steffen. Sag Bescheid, wenn du wieder normal bist. So kenne ich dich nicht und so will ich dich nicht kennen.« Ohne ein weiteres Wort verließ sie das Haus.

KAPITEL 24

Nachdenklich saß Swantje Brandt auf einer Mauer und ließ das kurze Telefongespräch mit ihrer Tochter sacken. Insa hatte ihr Vorwürfe gemacht, weil sie sich von ihrem Vater getrennt hatte, dabei war er es gewesen, der die Trennung gewollt hatte. Insa gegenüber musste er das Gegenteil behauptet haben. Er hatte die Tatsachen verdreht, um Insa auf seine Seite zu ziehen. Genauso war es auch mit den gemeinsamen Freunden gelaufen, dachte

Swantje bitter. Die schöne Zeit mit Abendeinladungen, Cocktail- und Gartenpartys, Wellnesswochenenden und Doppelkopfabenden war plötzlich vorbei gewesen. Holger hatte alle angerufen und um Verständnis gebuhlt. Irgendwann waren fast alle auf seiner Seite gewesen und Swantje, die weniger Zeit hatte als er und oft wegen ihrer Arbeit weniger gesprächig war, stand allein da. Es war nicht nur eine Trennung von Holger, es war außerdem eine Trennung von ihren Freunden, der sie im Moment heftiger nachtrauerte und die sie noch stärker belastete. Und nun auch noch Insa! Gerne hätte Swantje in diesem Moment mit ihrer Mutter telefoniert, aber die war gerade mit ihrem neuen Lebensgefährten auf Kreuzfahrt irgendwo in der Karibik, und ihr Vater lebte nicht mehr. Schlecht gelaunt ging sie zur Polizeistation zurück, wo Henry auf sie wartete.

Die Kommissare erwischten den Architekten, als im Büro bereits die Jalousien geschlossen waren und er dabei war, seine Sachen zusammenzupacken. Der hochgewachsene Mann mit den grauen Schläfen war wenig begeistert, um diese Uhrzeit Besuch von der Polizei zu bekommen.

»Sie kommen sehr ungelegen«, schnaubte Hagen Köhler in Henrys Richtung. »Ich bin zum Golfen verabredet. Mein Partner wartet nicht gerne.«

»So spät noch? Es wird bald dunkel.«

»Es gibt Licht. Ansonsten nutzen wir auch oft die Gastronomie.«

»Wer ist denn Ihr Partner?«, fragte Swantje, die sich übergangen fühlte, weil er sie ignoriert hatte. Er schien nur Notiz von ihrem männlichen Kollegen zu nehmen.

Seine kleinen, eng stehenden Augen zogen sich zu Schlitzen zusammen. »Seltsame Frage, Frau Kommissarin. Dürfen Sie das fragen?«

»Wir überprüfen so oder so Ihren Freundeskreis beziehungsweise den Freundeskreis von Steffen und Sabine Hinrichs. Sie verbessern auf jeden Fall Ihre Position, wenn Sie wahrheitsgemäß antworten. Sie haben doch nichts zu verlieren, oder?«

»Sie versprechen mir, dass Sie meinen Golfpartner raushalten«, zischte der groß gewachsene Mann mit eisiger Stimme.

»Ich muss Ihnen nichts versprechen. Aber vielleicht verraten Sie mir den Grund, warum wir das tun sollten?«

Pause.

»Also gut, ich bin mit Klaas Martens verabredet«, äußerte der Architekt mit einer unwirschen Handbewegung. »Der Name sagt Ihnen sicher nichts. Dr. Martens ist Badearzt hier auf Borkum, verschreibt den Badegästen Kuren, oft ambulant, behandelt jedoch auch die Wehwehchen der Einheimischen. Ein guter Arzt, falls Sie mal einen brauchen.«

Swantje Brandt wechselte einen Blick mit ihrem Kollegen. Natürlich sagte der Name ihnen etwas. Und natürlich würden sie ihn aus der Sache nicht heraushalten.

»Interessant, ich habe auch mal Golf gespielt«, erwähnte sie. »Bei einem Schnupperkurs im Urlaub im Sauerland. Leider hatte ich nicht die Gelegenheit und die nötigen finanziellen Mittel, um daraus ein Hobby zu machen.« Sie wusste aus Erfahrung, dass sie es manchmal schaffte, mit ihrer Redseligkeit Zeugen zum Sprechen zu bringen.

Der Architekt musterte sie. »Deswegen sind Sie bestimmt nicht hier.«

»Vielleicht verraten Sie mir, wo sich der Golfclub befindet. Ich würde gern mal wieder schnuppern.« Sie bemühte sich um ein charmantes Lächeln.

Hagen Köhler strich seinen Schnurrbart glatt. »Golfclub Borkum Nordseebad«, sagte er knapp.

Swantje Brandt nickte. »Ich habe Sie nicht nach Ihrem Familienstand gefragt«, sagte sie zögerlich. »Sind Sie verheiratet?«

»Spielt das eine Rolle? Na gut, mit Nicola, schon seit fast 20 Jahren.«
»Haben Sie Kinder?«
»Kinder? Nein. Nicola wollte keine. Es gibt Erbkrankheiten in ihrer Familie, davor hatte sie Angst. Bevor Sie fragen: Sie arbeitet bei Steffen Hinrichs als Marketing-Managerin.«
»Wir wollen Sie nicht länger aufhalten als nötig«, brachte sich nun Henry Olsen ins Spiel, »Sie wollen ja zu Ihrem Sport. Es geht uns um Ihr Verhältnis zu den Eheleuten Hinrichs. Sie würden bei denen ein und aus gehen, wurde uns gesagt.«

Der Architekt kratzte sich am akkurat gezogenen Seitenscheitel. »Wer behauptet so etwas? Das ist schlichtweg Unfug! Nein, ich gehe bei denen nicht ein und aus! Wir hatten eine Weile geschäftlich miteinander zu tun, und als das vorbei war, habe ich das Haus der Hinrichs nicht mehr betreten. Befreundet sind wir nicht, so weit würde ich nicht gehen, das zu behaupten.«

»Sind Sie im Frieden auseinandergegangen oder gab es Streit?«
Hagen Köhler wand sich. »Frieden – Streit«, sagte er gedehnt und wiegte den Kopf. »Weder noch, würde ich sagen. Wenn Sie ein Projekt miteinander planen, läuft das nicht immer harmonisch ab. Da diskutiert man schon mal, hat andere Vorstellungen, vertritt unterschiedliche Positionen. Wenn Sie darauf hinauswollen, dass ich auch nur im Entferntesten etwas mit dieser schlimmen Sache zu tun haben könnte, dann muss ich Sie enttäuschen. Nein, ich habe Sabine Hinrichs nicht getötet. Dazu fehlen mir die Emotionen, sowohl in die eine als auch in die andere Richtung. Ich habe ein völlig indifferentes Verhältnis zu den Hinrichs, natürlich auch zu Sabine. Wir hatten zuletzt keinen Kontakt mehr.« Er unterstrich seine Worte mit einer resoluten Handbewegung.

»Sie sind 45, Sabine Hinrichs war also ein wenig älter als Sie.«
»Ja und? Der Älteste in unserer damaligen Klasse ist sogar drei Jahre älter als ich.«
»Wie kommt das?«

»Nun, ich bin mit fünf Jahren eingeschult worden. Wilhelm Poppinga zum Beispiel erst mit sieben. Dann hat er noch die achte Klasse wiederholt. So kommt das!«

»Was haben Sie am Donnerstag, den 16. Mai, zwischen 6.30 und 9 Uhr, gemacht?«, lautete Henrys nächste Frage.

»Augenblick«, sagte der Zeuge und schlug mit zittrigen Händen im Terminplaner seines Handys nach. »Zwischen 6.30 und 9 Uhr«, murmelte er. Auf seiner Stirn glänzte der Schweiß. »Ich hatte eine Sitzung hier im Haus. Die ging etwa eine Stunde lang.«

»Wann war die?«

»Um 10 Uhr.«

»Danach habe ich nicht gefragt. Was war vorher?«

Der Architekt schluckte. »Woher soll ich das jetzt noch wissen? Da war ich wohl zu Hause, hab mich fertig gemacht für die Arbeit.«

»Wer kann das bezeugen?«

»Na, meine Frau vermutlich. Das heißt, sie geht vor mir aus dem Haus, arbeitet bei … Das sagte ich bereits.«

»Na dann, viel Spaß auf dem Golfplatz«, sagte Henry Olsen, und Swantje Brandt schickte ein freundliches »Auf Wiedersehen« hinterher.

Am liebsten wäre Swantje sofort in die Pension zurückgegangen, um sich frisch zu machen für ihre Verabredung mit Arne Husmann. Aber Henry bestand darauf, bei einem alkoholfreien Weizen die Befragung von Hagen Köhler durchzugehen. Sie schickte Arne eine Nachricht, dass sie sich um eine halbe Stunde verspäten würde.

»Er hat kein Alibi«, sagte Henry. »Und ich habe das Gefühl, dass er lügt!«

»Das tun sie alle. Wir haben in unserem Beruf mit notorischen Lügnern zu tun. Schon vergessen? Außerdem hat niemand bisher ein Alibi.« Swantje Brandt wischte sich umständlich den Schaum vom Mund.

»Was ist, wenn er gemeinsame Sache mit dem Arzt gemacht hat? Hagen Köhler hatte die Idee, die Frau des Bauunternehmers zu töten, um sich an seinem Kontrahenten zu rächen oder sie davon abzuhalten, etwas zu tun, was nicht in seinem Sinne war, und der Arzt hat ihn dabei unterstützt, indem er die Spritzenutensilien und das Medikament bereitgestellt hat.«

»Hm«, machte sie. »Möglich wäre das, aber unlogisch. Warum sollte er das getan haben? Da sehe ich absolut kein Motiv.«

Henry Olsen legte beide Arme auf dem Tisch ab und verschränkte sie. »Stimmt. Uns fehlt das Motiv. Aus welchem Grund musste Sabine Hinrichs sterben? War es Neid, Missgunst, Habgier, Rache? Das sind doch die Grundmotive, mit denen wir es meistens zu tun haben. Neid? Und wenn ja, worauf? Auf das Haus im Grünen in Strandnähe? Die Chormitglieder scheinen mir allerdings alle recht betucht zu sein.«

»Ein Motiv ohne Täter macht keinen Sinn.«

»Nein«, sagte er, »aber es könnte zumindest ein Hinweis darauf sein, in welche Richtung wir weiterermitteln sollten. Der Täter oder die Täterin war neidisch – worauf? Auf das Traumhaus in Bestlage? Auf die Ehe der Hinrichs? Auf die Frau oder ihren Mann?«

»Reicht das aus, um einen Menschen zu töten?«

»Manchen reicht dafür der kleinste Anlass. Angenommen, es war Habgier«, überlegte er, »beziehungsweise Neid auf eine bestimmte Immobilie und jemand anders wollte auch so eine, hat sie jedoch nicht bekommen. Wer könnte uns da weiterhelfen? Jemand von der Gemeinde?«

»Der Bürgermeister«, sagte Swantje, »wobei, ich glaube, es ist eine Bürgermeisterin. Ich werde mich morgen um einen Termin bemühen.«

»Sag mal, die Jugendlichen von damals ... diese frühere Schulklasse. Du bist doch auch von hier, kanntest du die?«

»Nein, keinen von denen«, sagte Swantje. »Die sind viel jünger als ich. Als ich auf die Inselschule ging, waren die noch im Kindergarten.«

Nachdenklich kraulte er seinen Kinnbart. »Verstehe. Was ist mit Angst?«, fragte er plötzlich.

»Angst?« Sie konnte seinem Gedankensprung nicht folgen. »Woran denkst du?«

»Ich bin immer noch beim Motiv. Angst, Liebe und Hass. Das sind die stärksten Gefühle.«

Henry hatte es in Swantjes Augen gesehen. Wäre er doch ein besserer Schauspieler, dachte er traurig. Wieder einmal hatte er es nicht geschafft, seine Enttäuschung zu verbergen, als Swantje ihm mitgeteilt hatte, sie werde nicht mit ihm zusammen zu Abend essen, da sie eine Verabredung habe. Dabei hatte er noch am Nachmittag gehofft, sie würde sich von ihm zu einer Fischsuppe, einer Fasanenbrause oder einem Sanddornpunsch einladen lassen, zumal seine Enkelkinder bei Tante Monika im Hotel gut aufgehoben waren. Keine Chance.

Er wusste selbst nicht, warum er so viel Wert auf Swantjes Gesellschaft legte. Eigentlich entsprach sie so gar nicht seinem Typ mit ihren graublond gesträhnten Haaren und der leicht rundlichen Figur. Sie schien eine Vorliebe für die Farbe Blau zu haben, die langweiligste Farbe, die es für ihn gab. Blaue Pullover, blaue Blusen, blaue Hosen, blaue Jacken, allenfalls trug sie manchmal noch die Farbe Weiß. Sie hätte mit ihrem biederen Aussehen auch bei einer Bank arbeiten können oder in einer Anwaltskanzlei. Trotz allem hatte sie etwas an sich, das ihn anzog. Henry fühlte sich wohl in ihrer Nähe. Das war's. Nicht mehr und nicht weniger. Sie strahlte Ruhe aus und gab ihm ein Gefühl von Sicherheit und Geborgenheit. Lange hatte er das nicht mehr erlebt. Zuletzt vielleicht bei seiner Mutter, und die war schon lange tot. Henry hatte keine besonders anspruchsvollen Wünsche. Er wollte nur endlich ankommen und sich zu Hause fühlen. Und bei Swantje könnte er das, das wusste er. Aber sie schien seine Signale nicht zu verstehen oder ignorierte sie, weil sie nicht an ihm interessiert war.

Vom Fenster der Frühstückspension aus beobachtete er seine Kollegin, wie sie ihr Leihfahrrad aufschloss. Sie trug Jeans und eine blaue Windjacke mit Kapuze. Er schaute ihr hinterher, wie sie die Bahnhofstraße in Richtung Nordstrand entlangfuhr. Wie gerne würde er jetzt neben ihr herfahren, danach oben auf der Promenade vom Liegestuhl aus den Sonnenuntergang bei einem Aperol Spritz genießen und später ins »Black Pearl« oder in den »Pferdestall« einkehren und über die witzigen Sprüche der Kneipenbesitzer lachen. Zum Glück hatte er sich auf dem Rückweg ein Matjesbrötchen besorgt, das er sich gleich vor dem Fernseher gönnen würde, zusammen mit einer Flasche herbem Flensburger Bier.

KAPITEL 25

Als Swantje am Lokal eintraf, wartete neben dem Eingang bereits ihre Verabredung, lässig an der Hauswand gelehnt und auf dem Display des Handys wischend. Sie verspürte den starken Impuls, auf der Stelle umzukehren, aber Arne Husmann hatte sie schon bemerkt. Freudestrahlend kam er auf sie zu. Sie wusste nicht, wie sie ihm begegnen sollte. Mit Handschlag? Das würde steif wirken nach der gemeinsamen Nacht vor ein paar Wochen. Umarmen? Das wäre zu viel des Guten. Dazu fehlte ihr der Mut und auch der Wille. Sie wollte nicht, dass er sie missverstand. Es war ein One-Night-Stand gewesen, mehr nicht. Zum Glück nahm er ihr die Entscheidung ab, indem er auf sie zuging und sie mit leichten Wangenküssen, aber mit etwas Abstand begrüßte.

»Schön, dass du gekommen bist, Antje«, sagte Arne mit einem weichen Gesichtsausdruck. Um seine blauen Augen bildeten sich sympathische Lachfältchen.

»Hattest du Zweifel?«

»Ich habe es einfach gehofft!« Er lachte, ging vor und steuerte einen Vierertisch am Fenster an. Beim Hinsetzen spürte sie seine Hand auf ihrem Rücken, was ihr ein angenehmes Kribbeln bescherte. Sie zwang sich, einen klaren Kopf zu bewahren.

Ein Kellner des »Pferdestalls« brachte mit einem witzigen Spruch die Speisekarte und sie entschieden sich für Nordseekrabben mit Rührei und Bratkartoffeln, dazu zwei Jever. Danach bespaßte er die Gäste an den Nebentischen. Lautes Gelächter ertönte.

»Boah, habe ich mich auf dich gefreut!«, gab Arne mit einem entwaffnenden Strahlen zu. Trotz seines etwas vorgerückten Alters sah sie den jungen Mann in ihm aufblitzen, der er mal gewesen war, sah die unbekümmerte Jugendlichkeit und die Leichtigkeit des Lebens.

Sie konnte nicht verhindern, dass es in ihrem Bauch kribbelte und flatterte wie lange nicht mehr.

»Und du?« Er verschränkte seine Arme und blinzelte sie an.

»Auf die Krabben, ja!«, sagte sie mit einem Lächeln.

Er lehnte sich zurück. »Ist die Wohnung deiner Freundin fertig renoviert?«, wollte er wissen.

Verwundert hob sie die Brauen. »Ja, sie ist schön geworden!«

»Wo ist die Wohnung?«

Sie räusperte sich.

»Im Zentrum«, sagte sie schnell. »In der Nähe des Bahnhofs.«
Er nickte. »Deine Freundin kommt jetzt ohne dich zurecht?«
»Sie kann sich ja melden, wenn was ist.«

Wieder rückte er näher und legte seine Hände auf den Tisch, als wollte er nach den ihren greifen. Er sah sie mit einem so weichen Ausdruck an, dass sie nervös zur Speisekarte griff und sich in die Getränkeauswahl vertiefte.

»Wie schön«, meinte er. »Irgendwie habe ich tief in mir drin gespürt, dass du es nicht so ernst gemeint hast mit der einen Nacht«, meinte er. »Trotzdem wusste ich, dass da mehr ist, dass das mit uns Potenzial hat.« Er klopfte sich an die Stelle, an der er sein Herz vermutete.

»So, wusstest du das?«, fragte sie spöttisch. »Wie oft verschenkst du dein Herz in einem Jahr? Zweimal? Dreimal? Oder öfter? Ich kann mir nicht vorstellen, dass du jemand bist, der es lange ohne Frau aushält.«

»Ach was«, winkte er lachend ab. »Die Zeiten sind vorbei. Wenn ich mich verliebe, dann richtig! Ich schlafe nicht einfach so mit jemandem, ich muss erst einmal ganz viel fühlen. Glaub mir, Antje, das passiert nicht oft. Mit dir fühle ich das!« Nun griff er nach ihren Händen und drückte sie. Unter dem Tisch berührten sich ihre Füße. Swantje zog ihre nicht weg. Verdammt, sie fühlte tatsächlich etwas, sie war noch lebendig! In den letzten Wochen, in denen sie sich um die Trennung von ihrem Mann kümmern musste, hatte sie nicht mehr daran geglaubt. Sie nahm sich Zeit, ihn zu betrachten. Seine Augen waren von einem hellen Blau. Unzählige Fältchen zeugten davon, dass er viel Zeit im Freien verbrachte und ein humorvoller Mensch war, der gerne lachte. Die Glatze stand ihm gut. Er hatte die richtige Kopfform dafür. Meistens trug er eine Kappe oder eine Mütze, wie auch jetzt. In seinem rechten Ohrläppchen steckte ein kleiner goldener Ring. Wie ein wettergegerbter braun gebrannter Seebär sah er aus, wie einer von den Shantys. »Bist du auch einer von den Klaasohms?«, wollte sie wissen.

Wieder dieses sympathische Lachen. »Oh nein, glaub mir, das würde keiner wollen! Ich kann viel, aber nicht singen. Da graben sich die Krebse im Watt ein, wenn sie mich grölen hören.«

»Kennst du jemanden von denen? Also von denen, die singen können?«

Er ließ ihre Hände los. »Klar«, bestätigte er. »Eigentlich alle. Zumindest vom Sehen her.«

Sie zögerte. Jetzt sollte sie eigentlich weitere Fragen stellen. Nur welche? Er hatte keine Ahnung, was sie beruflich machte. Sie durfte sich auf keinen Fall verraten. Wenn er wüsste, dass sie Polizistin war, würde er dichtmachen. Der Kellner brachte das Bier und sie nutzte die kurze Pause, um nachzudenken.

»Prost, Antje«, sagte er und stieß mit ihr an. »Auf einen schönen Abend. Mann, wie habe ich dich vermisst! Schön, dass du wieder da bist!«

»Ich heiße Swantje«, sagte sie trocken. Sie war es mittlerweile leid, ständig mit einem falschen Vornamen angesprochen zu werden.

»Huch? Habe ich mich so verhört?«

»Den Namen Antje finde ich auch schön. Es hat mich nicht sonderlich gestört, dass du mich so genannt hast.«

»Swantje finde ich besonders. Den Namen werde ich nie wieder vergessen!«

Sie trank einen Schluck Bier und räusperte sich. »Meine Pensionswirtin hat mir von einem Mordfall auf der Insel erzählt«, sagte sie, bewusst das Thema wechselnd. »Das Opfer soll eine Verbindung zum Shanty-Chor gehabt haben. Sabine Hinrichs hieß die Tote. Kanntest du sie?«

Sie beobachtete ihn. Zeigte er einen Anflug von Nervosität? Sie glaubte, eine plötzliche Stimmungsänderung zu bemerken. Er wischte sich den Schaum vom Mund, wurde ernst und schluckte, während seine Lider leicht flackerten. Seine Augen wirkten im Schein der Hängelampe rot. »Ja ... klar. Die Sabine, ja, ich habe davon gehört. Furchtbare Sache! Die Arme! Ich frage mich die ganze Zeit, wer ihr das angetan hat.«

»Wie gut kanntest du sie?«

Er spielte an seinem Ohrring. »Nur oberflächlich. Ich hatte mal kurzzeitig geschäftlich mit Steffen Hinrichs zu tun. Er ist Bauunternehmer und Sabine hat sich manchmal bei ihm im Büro aufgehalten, wenn es ihr zu Hause zu langweilig war. Sie schien nett gewesen zu sein.«

»Geschäftlich? Inwiefern? Bist du auch in der Branche? Ich dachte, du seist Strandkorbvermieter.«

Er lachte heiser. Es war jedoch kein fröhliches Lachen, tief aus dem Bauch heraus, wie sie es von ihm kannte. »Ja, allerdings nicht hauptberuflich«, stellte er klar. »Davon kann man nicht leben. Das ist nur ein Zubrot, ein Saisongeschäft. Beruflich bin ich in der Pflege tätig.«

»Ach so. Das überrascht mich, finde ich gut. Ein toller Beruf, der sehr wichtig für die Gesellschaft ist, aber viel zu wenig anerkannt und zu schlecht bezahlt wird. Arbeitest du im Krankenhaus?«

»So was in der Art. Ich bin in der Geriatrie.«

»Also beschäftigst du dich mit Senioren. Keine leichte Aufgabe, denke ich mir.«

»Genauso ist es.« Er lachte verlegen und kratzte sich hinterm Ohr. »Mir gefällt es. Die meisten Bewohner sind liebenswert und das Team dort ist sehr nett.«

Swantje nickte. Sie überlegte, wie sie den Bogen zurück zum Shanty-Chor spannen könnte. »Du wolltest also ein Haus bauen, mithilfe von Steffen Hinrichs? Vielleicht auch mithilfe von Hagen Köhler, dem Architekten? Der singt ja zufällig auch im Shanty-Chor.«

Arne Husmann runzelte die Stirn, wodurch sein Gesicht viel älter wirkte. »Du kennst Hagen Köhler? Woher?«

Ihr Mund fühlte sich trocken an. An seinem irritierten Blick erkannte sie, dass sie zu weit gegangen war. Was sollte sie darauf antworten? Schnell spülte sie mit Bier nach. »Meine Pensionswirtin, weißt du ... Sie ist eine redselige Person. Sie hat mir alles Mögliche über Sabine Hinrichs und ihr Umfeld erzählt. Und ich konnte mir immer schon sehr gut Namen merken. Eine Stärke von mir.« Sie prostete ihm zu und lachte etwas zu laut.

»Was machst du eigentlich beruflich?« wollte er wissen. »Bist du Detektivin? So gezielt, wie du Fragen stellst. Oder arbeitest du bei der Polizei?« Mit beiden Händen umfasste er sein Bierglas und musterte sie eingehend.

»Ich habe einen Beruf, in dem es sehr auf Diskretion ankommt. Da kann ich äußerst verschwiegen sein. Privat löchere ich mein Umfeld allerdings gern mit Fragen.«

Er schien sich mit ihrer ausweichenden Antwort zufriedenzugeben. »Okay. Also, Swantje, ich baue mir kein neues Haus. Das wäre zu schön, um wahr zu sein. Im Gegenteil. Mir wurde ein Haus weggenommen, und zwar von den Hinrichs. An die musste ich verkaufen, und deswegen bin ich gezwungen, mir etwas Neues zu suchen. Da du einen guten Draht zu deiner Pensionswirtin hast, kannst du sie vielleicht fragen, ob sie jemanden kennt, der jemanden kennt und so weiter. Also jemanden, der eine günstige Wohnung vermietet.«

»Klar, mache ich«, sagte sie leichthin. »Aber noch mal zum besseren Verständnis: Warum hast du das Haus überhaupt verkauft?«

Bevor er antworten konnte, kam das Essen. Auf den Nordseekrabben lag ein kross gebratenes Spiegelei, daneben eine Handvoll Bratkartoffeln. Das dazu gereichte Schwarzbrot erinnerte Swantje an ihre Kindheit auf Borkum. Es duftete ofenfrisch, und sie ließen es sich schmecken.

Später kehrten sie noch in die »Kajüte« ein, einen Tanzclub im maritimen Stil in der Bismarckstraße. Swantje hatte erst Nein sagen wollen, weil die Müdigkeit nach dem langen Tag sie übermannte, brachte es jedoch nicht übers Herz, als sie in seine hoffnungsvollen Augen blickte. »In Ordnung«, sagte sie, »ein, zwei Lieder noch, ich habe lange nicht mehr getanzt. Aber sei mir nicht böse, wenn ich mich dann verabschiede.« Statt einer Antwort strahlte er sie an und legte wieder seine große Hand auf ihren Rücken. Swantje versuchte, die warnende Stimme in ihrem Kopf zu ignorieren. »Lass es, bleib bei dir, er ist es nicht wert«, sagte die Stimme. Eine andere hielt dagegen: »Deine Zeit ist bald abgelaufen, Mädel. Carpe diem – nutze den Tag, genieße jeden Augenblick, bevor es zu spät ist!« Ihr Körper wurde weich in seinen Armen, sie ließ sich von ihm über die Tanzfläche führen, vergaß alles um sich herum und versank in seinen blauen Augen.

Warum hatte sie nur getrunken! Sie hatte ihre eigenen Vorsätze über Bord geworfen, sonst wäre sie ihm nicht in seine Wohnung gefolgt. Natürlich könnte sie immer noch gehen, aber etwas hielt sie zurück. Arne Husmann übte eine seltsame Anziehungskraft auf sie aus, die sie rational nicht erklären konnte. Es war etwas Vertrautes aus ihrer Kindheit. Ein Gefühl von Wärme und Geborgenheit und dem grenzenlosen Vertrauen in die Welt. Vielleicht erinnerte er sie an jemanden, den sie mal sehr gemocht hatte, sie wusste es nicht.

Zusammen mit seinem betagten Vater bewohnte Arne Husmann ein urgemütliches altes Steinhaus in der Nähe der katholischen Kirche. Arne hatte zwei Räume für sich allein. Außerdem gab es eine recht große, fast quadratische Wohnküche mit viel dunklem Holz. Das Badezimmer war winzig und nach heutigen Maßstäben spartanisch. Es verfügte nur über eine Toilette mit Zugseil und ein grünes Waschbecken im Stil der 70er-Jahre. »Ich kann unten baden«, sagte er, »im Keller. Das macht mir nichts

aus. Man muss nicht jeden Tag duschen. Energieverschwendung.«
Sie stimmte höflich zu und schaute sich dann in dem altmodischen Wohnzimmer um.

Er legte eine Hand auf ihre Schulter. »Aber um dich zu beruhigen: Vor unserem Date habe ich geduscht!«

Dass er gut roch, hatte sie bemerkt, aber sie verkniff sich einen Kommentar.

»Setz dich doch«, sagte er und deutete auf die Couch mit dem bunten Stoffbezug, die den Raum beherrschte. »Ich hol uns was zu trinken. Was möchtest du?«

»Ein Wasser, bitte.«

»Schön, dass ich dich endlich mal in meine bescheidene Bude einladen darf. Hoffentlich nicht zum letzten Mal.«

Sein Hobby schien Musik zu sein. Er besaß eine gewiss teure Anlage mit blitzsauberem Plattenspieler. In mehreren quadratischen Boxen aus dunklem Holz bewahrte er seine Schallplattensammlung auf.

Als er ihren Blick auffing, ging er darauf zu und griff zielsicher eine Scheibe heraus, die er ihr zeigte. »Meine neueste Errungenschaft«, sagte er stolz, »habe ich für einen stolzen Preis im Internet ersteigert. Eine seltene Platte aus den frühen 70er-Jahren. Willst du mal hören?« Er wartete ihre Antwort nicht ab, sondern legte sie auf.

Die ersten Klänge füllten den Raum. Er hatte recht, der Sound war erstklassig, vergleichbar mit dem in einem Konzertsaal.

Sie saßen nebeneinander auf der Couch und hielten Händchen. Swantje fühlte die Musik und sie fühlte ihn.

»Magst du morgen wiederkommen?«, fragte er. »Dann koche ich uns etwas Feines, wenn du magst. Ich hole Scholle vom Kutter, frischer geht es nicht.«

»Klingt gut. Mal sehen, ob ich Zeit habe.«

Er sah sie schräg an. »Wieso, ich denke, ihr seid fertig mit Renovieren?«

»Stimmt, aber ich habe mir viel vorgenommen. Malkurs an der Strandpromenade, Yoga, Strandgymnastik, alles Mögliche.« Sie errötete, worüber sie sich ärgerte.

»Okay. Trotzdem warte ich hier mit dem Essen auf dich. Morgen habe ich nämlich Spätschicht. Die geht bis 21 Uhr. Und jetzt erzählst du mir von dir. Ich will alles wissen!«

»Sehr gern«, erwiderte sie und nahm sich in dem Moment fest vor, so wenig wie möglich von sich preiszugeben. »Aber erst will ich etwas über diese Chortruppe hören. Jeden Klatsch und Tratsch, der dir mal zu Ohren gekommen ist. Ich habe sie einmal auf der Bühne erlebt und fand sie faszinierend. Ich bin ein richtiger Fan von ihnen!«

Er gab ihr einen Kuss. »Ich muss mal schnell nach Papa sehen, ja? Das macht dir doch nichts aus, hoffe ich. Er ist zurzeit bettlägerig, weil er sich von einer Lungenentzündung erholt, liegt oben ganz allein und wartet immer, dass ich komme. Wenn ich nicht da bin, kümmert sich ein Pflegedienst um ihn. Ich muss zu ihm, er hat sicher Durst.« Leichtfüßig sprang er die Treppe hinauf und rief ihr von oben zu, dass er sich beeilen werde.

Da ihr Wasser warm geworden war, öffnete sie auf der Suche nach Eiswürfeln den Kühlschrank in der Küche und war schlagartig nüchtern. Das Gefühl von Geborgenheit, das sie bis eben noch gespürt hatte, hatte sich verflüchtigt.

Die Hälfte der Einlegeplatten war mit Medikamenten angefüllt, Schmerzmitteln bekannter Hersteller, Schlaf- und Beruhigungstabletten, Infusionslösungen. Nur in den untersten Fächern befanden sich Lebensmittel. Sie hörte Schritte auf der Treppe und schlug die Kühlschranktür zu.

»Er braucht was zum Schlafen«, rief Arne vom Flur aus. »Kommst du zurecht?«

»Kein Problem, danke.« Swantje sah mit flauem Gefühl zu, wie er den Kühlschrank öffnete, ihm schnell etwas entnahm und damit nach oben verschwand. Sie verspürte den Impuls zu gehen.

Doch das hätte sie nicht richtig gefunden. Also setzte sie sich wieder ins Wohnzimmer und wartete auf ihn.

KAPITEL 26

»Machst du mir bitte auch noch einen Kaffee?«, rief Derk Wybrands vom Frühstückstisch aus. An diesem Dienstag hatte er erst zur vierten Stunde Unterricht, weil die Klasse auf einer Exkursion war. Er saß im Wintergarten und blätterte in der Borkumer Zeitung.

»Milchkaffee oder Café Crème?«

»Café Crème ohne Milch und Zucker, ich brauche es heute stark.«

Der Kaffeevollautomat machte gurgelnde Geräusche, dann klopfte und zischte es. Mit einem Rattern lief der Becher voll. Der aromatische Duft von frisch gebrühtem Kaffee erfüllte die Küche.

»Du hast mir nicht gesagt, dass du von der Polizei vernommen wurdest!« Mit einem vorwurfsvollen Blick stellte Mareike Wybrands den Becher vor ihm ab. »Was wollten die von dir?«

Kurz sah er sie an. »Ach nichts. Routinemäßige Befragung. Wegen Sabine, du weißt schon.«

Sie setzte sich ihm gegenüber. »Sollte ich etwas wissen?«

Er schüttelte den Kopf. »Nein. Natürlich nicht. Ich frage mich nur gerade, wie du davon erfahren hast.«

»Runa hat's mir gesagt. Die laufen zu mehreren in der Stadt herum und suchen den Täter. Alle möglichen Leute werden befragt. Meistens auf der Straße. Ich frage mich, warum sie ausgerechnet hier waren. Bei uns im Haus. Runa meint, das habe bestimmt seinen Grund.«

Er seufzte. »Die soll mal schön die Klappe halten. Zu denen kommt die Polizei auch noch.«

»Mir ist es egal, was sie macht. Mir ist es aber nicht egal, was du machst. Was du treibst, wenn ich es nicht mitbekomme.«

Seine Hand, die den Becher hielt, zitterte leicht. Deshalb stellte er ihn ab. »Du bekommst doch alles mit«, sagte er. Seine hochroten Ohren verrieten seine Nervosität.

»Anscheinend nicht.« Sie aß nichts, nippte nur an ihrem Milchkaffee. »Was hattest du mit Sabine zu tun?«

»Gar nichts.«

»Ihr seid öfter zusammen gesehen worden, zuletzt einen Tag bevor sie starb.«

»Wo denn?«

»Am Strand. Ihr wart joggen. Auch das weiß ich von Runa. Sie war ihre Freundin und hat viel mitbekommen.«

»Das findest du verwerflich?« Er lachte heiser.

»Das nicht. Verwerflich finde ich höchstens, dass du es mir nicht erzählt hast.«

Er schlug mit der Hand auf den Tisch. »Himmel noch mal! Was ist denn daran erwähnenswert? Ich habe mit einer alten Schulfreundin gejoggt, na gut. Sie hat mich gefragt, ob sie mit mir laufen könne, als Sportlehrer könne ich ihr vielleicht ein paar Tipps geben, als ihr Coach sozusagen. Sie war froh, dass sie mich als alten Schulfreund nicht bezahlen musste. Ein Personal Trainer ist eine teure Angelegenheit. Mehr war da nicht. Wir hatten nichts miteinander.«

»Bist du sicher? Letzte Woche hast du gesagt, dass du baden gehen willst. Als ich deine Schwimmsachen aufhängen wollte, habe ich gemerkt, dass sie trocken waren.« In ihren Augen schwammen Tränen.

»Auweia! Mensch, Mareike. Ich habe es mir einfach anders überlegt. Warum wolltest du sie denn aufhängen? Das tust du doch sonst nie.«

»Wo warst du da?«

»Spionierst du jetzt hinter mir her? Na wunderbar, das kann noch heiter werden!« Sorgfältig legte er die Zeitung zusammen.

»Lass deine Sprüche. Wo ich schon mal dabei bin: Deine Laufschuhe waren in der letzten Zeit öfter dreckig, richtig matschig. Das kommt nicht vom Laufen am Strand.«

»Hä?«

»Du warst im Wald.«

»Nein!«

»Du warst mit Sabine zusammen im Wald!«

»Never!«

»Damit euch niemand sieht. In der Greunen Stee gibt es genug Bäume und Büsche, hinter denen man sich verstecken kann. Ideal für ein kleines Schäferstündchen.«

»Du spinnst!«

»Dann spinne ich mal weiter. An deinem Sportshirt waren Ästchen und kleine Blätter. Ich musste die abpflücken, weil ich die nicht in der Waschmaschine haben wollte. Und an dem Tag, als das mit Sabine passierte, bist du vor mir aufgestanden. Da bist du vor der Schule schon gejoggt!«

»Niemals!«

»Als ich in die Kita ging, stand deine Tasche immer noch im Flur.«

Er sprang auf. »Du nervst mich gerade zu Tode. Ich muss los.«

»Na los, geh doch!« Sie hielt ihn am Arm fest. »Jetzt sag mir endlich, was du an dem Morgen gemacht hast!«

»Bist du von der Polizei? Ist das ein Verhör? Das hatte ich bereits. Die Polizei hat mir geglaubt, im Gegensatz zu dir!«

»Dass sie dich haben gehen lassen, war nur eine Finte. Sie beobachten dich, Derk, sie werden dich nicht mehr in Ruhe lassen.«

Mit einem Ruck befreite er sich aus ihrem Griff. »Hast du nicht gehört? Ich muss zur Schule«, sagte er mit Nachdruck. »Wir sehen uns heute Nachmittag.«

»Ciao«, presste sie hervor und fegte mit der Handkante die Zeitung vom Tisch.

Swantje Brandt wurde vom Klingeln des Weckers geweckt. Neben ihr schnarchte Arne leise, hatte seinen Arm um ihre Taille gelegt. Es war unbequem für sie beide, das merkte sie jetzt, aber sie musste so tief geschlafen haben, dass sie ihn nicht abgeschüttelt hatte.

Gestern am späten Abend war es dann doch passiert. Sie hatten miteinander geschlafen und danach noch die halbe Nacht lang gequatscht. Das flaue Gefühl wegen der Medikamente im Kühlschrank hatte sie verdrängt. Er hatte einen pflegebedürftigen Vater, hatte sie sich beruhigt, und benötigte die Sachen für ihn. Das hatte er ihr auch erklärt. Vielleicht war sie einfach zu benebelt gewesen vom Alkohol. Sie wollte die Nähe zu ihm, sie brauchte diese Nähe. Arne war ein unglaublich zärtlicher Mann, der so einfühlsam auf ihre Bedürfnisse einging, als würde er sie schon sehr lange kennen und wüsste genau, was ihr guttat. Auch in ihren Gesprächen waren sie sich nah. Wieder fühlte sie die Vertrautheit zwischen ihnen, die es ihr leichtmachte, sich so ungezwungen in seiner Wohnung zu bewegen.

Während sie in der Küche die teure Kaffeemaschine anstellte und zwei Scheiben Weißbrot in den Toaster warf, dachte sie daran, dass sie in Osnabrück in naher Zukunft in einer anderen Küche frühstücken würde, einer Küche, die sie noch nicht kannte und die ihr erst einmal fremd sein würde. Das fühlte sich seltsam an und bereitete ihr Unbehagen. Sie öffnete den Kühlschrank, um Butter und Milch herauszunehmen, und ihr fiel erneut die Großpackung mit der Infusionslösung ins Auge. Da war es wieder, das flaue Gefühl von gestern Abend. Nachdenklich setzte sie sich auf einen Küchenstuhl. Arne war Pfleger, er kannte sich mit Infusionen aus, er hatte Großpackungen mit entsprechenden Medikamenten in seinem Kühlschrank ... Sie stand auf und zog mit zittriger Hand die Infusionslösung heraus. Paracetamol. Ihr Herz raste.

Arne kam zu ihr, umschlang sie von hinten und hauchte ihr einen Kuss auf den Hals. »Brauchst du so was?«, fragte er mit sanfter Stimme. »Ich hoffe doch wohl nicht!« Er knabberte an ihrem Ohr. »Das ist starkes Zeug, für meinen Papa. Der hat Osteoporose und schwere Arthrose und kann oft aufgrund starker Schmerzen nicht einschlafen. Dann bekommt er einen kleinen Piks und schon geht es ihm besser. Er ist dankbar, dass er einen Pfleger als Sohn hat. Was hast du denn im Kühlschrank gesucht, meine Süße?«

»Milch und Butter«, stotterte sie.

Sie spürte viele hauchzarte Küsse auf ihrem Hals und Nacken und bekam einen Schauer am ganzen Körper. Ihr Bauch fühlte sich weich und warm an. Sie wollte mehr, sie hatte so eine Sehnsucht, eine solche Lust auf mehr. Wie benommen schmiegte sie sich an ihn. Er umfasste ihre Brüste und massierte sie leicht. Er war nackt und fühlte sich gut an, männlich und weich zugleich. Und er roch so gut! Eben nach Arne! Sie liebte diesen Duft jetzt schon! Sie drehte sich um, umarmte ihn und er packte sie an den Pobacken und trug sie zurück zum Bett.

Vor der Pension stand Henry Olsen mit verkniffener Miene.

»Wartest du schon lange?«, wollte sie wissen und fühlte sich sogleich unwohl. Um ihn nicht ansehen zu müssen, schaute sie auf das angrenzende Grundstück, wo eine Kaninchenfamilie gerade ihr morgendliches Picknick abhielt. Winzige Kaninchenkinder jagten quer über die Wiese und übten sich im Hakenschlagen.

»Ich frage dich nicht, wo du warst in der Nacht. So indiskret bin ich nicht und das geht mich auch nichts an, es sei denn, du erzählst es mir von selbst.«

Swantje lächelte in sich hinein. Er hatte recht, es war ihre Sache, und so behielt sie ihr Geheimnis für sich. »Guten Morgen, Henry«, sagte sie betont fröhlich. »Ich hoffe, du hast gut geschlafen und gefrühstückt.«

»Ich bin sicher, du auch. So wie du strahlst, muss es dir blendend gehen.«

»Da irrst du dich gewaltig. Ich mache mir gerade viele Gedanken.«

»Von denen ich offensichtlich nichts wissen darf.«

»Alles zu seiner Zeit.«

Er brummte etwas Unverständliches.

Das Rathaus in der Neuen Straße konnten sie bequem zu Fuß erreichen. Die Bürgermeisterin nahm sich zwischen zwei Terminen eine Viertelstunde Zeit für sie. Imke de Groot begrüßte sie mit den Worten, dass sie noch nie zuvor in ihrem Dienstzimmer Polizisten empfangen habe. Sie hatte vor Aufregung rote Ohren, an denen fast schulterlange Ohrringe baumelten, und nestelte mit ihren dunkelrot lackierten Fingern an einem Kaffeebecher, während sie versuchte, mit den Beamten Small Talk zu betreiben. »Sie sind das erste Mal auf Borkum?«

Da Swantje Brandt nicht gleich antwortete und Henry Olsen nickte, war sie der Ansicht, ihnen ein paar Informationen über die Insel liefern zu müssen. »Borkum ist die größte der sieben ostfriesischen Inseln«, dozierte sie. »Geografisch liegt die Insel näher an den Niederlanden als an Deutschland. Was könnte Sie noch interessieren? Borkum ist eine Stadt mit derzeit über 5.000 Einwohnern. Wahrzeichen sind die drei Leuchttürme. Es gibt den Alten, den Neuen und den Kleinen Leuchtturm am Südstrand.«

»Vielen Dank für die Informationen«, unterbrach sie die Kommissarin. »Wir sind hier, um etwas über die Eheleute Hinrichs zu erfahren. Was wissen Sie über die Bauprojekte von Steffen Hinrichs und Hagen Köhler? Ich habe gehört, dass diese bei der Borkumer Bevölkerung nicht gut angekommen sind.«

Imke de Groot bemühte sich, ihre Irritation zu überspielen. »Nun, tatsächlich gab es Wirbel um diese Projekte«, gab sie zu. »Steffen Hinrichs hat als Bauunternehmer mittlerweile fast überall seine Hände im Spiel. Politisch sitzt er in allen möglichen Gremien. Er kandidiert für das Bürgermeisteramt, obwohl er sich als Neubürger nur wenig Chancen ausrechnen dürfte. Im Herbst sind Neuwahlen, ich selbst stehe nicht mehr für eine Kandidatur zur Verfügung. Aber ihn kann ich mir auf diesem Posten nicht vorstellen. Nein, das wäre keine gute Idee. Er würde zu stark polarisieren.« Sie setzte sich hinter ihren Schreibtisch, nachdem die Kommissare Platz genommen hatten, und überkreuzte die Beine. »Ich kann den Zorn der Insulaner verstehen. Sie müssen wissen, dass ein Drittel der Immobilien an der Küste mittlerweile an Auswärtige verkauft wird. Gefragt sind Häuser und Wohnungen, die nicht von den Eigentümern selbst genutzt werden, sondern von vornherein als Ferienhäuser oder -wohnungen konzipiert werden. Die Nachfrage ist so hoch, dass sie nicht gedeckt werden kann. Die Bürger können sich diese hohen Immobilienpreise zum großen Teil nicht leisten. Sie wünschen sich, dass mehr Dauerwohnraum geschaffen wird und dass die Eigentümer ihre Objekte entweder selbst nutzen oder dauervermieten. Andernfalls wird Spekulanten, die daraus Ferienwohnungen machen wollen, in die Hände gespielt.«

»Verstehe«, sagte Swantje, sie konnte die Haltung der Borkumer nachvollziehen.

»Immobilien an der Küste, besonders auf den Inseln, sind hochbegehrt«, fuhr de Groot fort. »Sylt hat es vorgemacht und alle Inseln ziehen nach. Man spricht bei diesem Phänomen auch von ›Syltianismus‹. Der Markt bestimmt die Preise. Ein Reihenmittelhaus auf Borkum kostet mittlerweile so viel wie vor 20 Jahren eine frei stehende Villa mit Riesengrundstück. Welche Familie kann sich das leisten?«

»Kannten Sie Sabine Hinrichs?«

»Leider nein. Ich hatte sie nur ein-, zweimal am Telefon.«

»Und Steffen Hinrichs? Kennen Sie ihn persönlich?«

»Auch diese Frage muss ich verneinen. Ich weiß nur, dass einer seiner stärksten Kontrahenten unser Badearzt Dr. Klaas Martens ist. Dem passt das ganz und gar nicht, dass Hinrichs so viele Ferienhäuser und -wohnungen schafft anstelle von Dauerwohnraum. Wir sind aktuell dabei, diese Entwicklung einzudämmen, indem wir neue Gesetze erlassen. So kann es nicht weitergehen.«

»Wie kommen Sie darauf, dass Martens sein größter Kontrahent ist?«

»Es gab Leserbriefe und wütende Kommentare in den regionalen Zeitungen und in den sozialen Medien. Immer wieder tauchte der Name Dr. Klaas Martens auf. Es ist kein Geheimnis. Sie können das nachlesen.«

»Ich dachte, die zwei spielen zusammen Golf.«

»Davon weiß ich nichts. Hinrichs ist in der Beziehung wohl vollkommen schmerzfrei.«

»Was genau wirft Martens ihm vor?«

»Wie ich schon sagte, viele Borkumer stören sich daran, dass die meiste Zeit des Jahres zahlreiche Häuser leer stehen. ›Geisterquartiere‹ nennen sie die. Die Jalousien sind heruntergezogen, kein Licht dringt nach draußen, Totenstille herrscht in den Straßen. Kein schönes Gefühl für die Insulaner, die tagein, tagaus auf der Insel leben und an diesen toten Flecken vorbeikommen. Und Steffen Hinrichs sorgt dafür, dass es immer mehr werden.«

»Ich verstehe«, sagte Henry Olsen. »Aber im alten Stadtkern gibt es doch noch viele schöne alte Häuser?«

»Natürlich, darüber sind wir froh. Es gibt sie noch, die historischen Backsteinhäuser, die von alten Borkumer Familien bewohnt werden, aber die können Sie fast an einer Hand abzählen. Und zwei davon hat sich Steffen Hinrichs erst kürzlich unter den Nagel gerissen. Er will sie modernisieren und weiterverkaufen, zu einem Preis, den sich Alteingesessene nicht leisten können. Wir haben hier mittlerweile ganze Pendlerfamilien, die unter der Woche auseinandergerissen werden, um sich dann übers Wochenende mal für ein paar Stunden zu sehen. Den Stress, den diese Familien dauerhaft aushalten müssen, können Sie sich nicht vorstellen! In den letzten Jahren ist es vermehrt zu Trennungen und Scheidungen gekommen. Dieses Problem gab es früher in dem Ausmaß nicht.«

Henry Olsen zeigte sich verständnisvoll. »Ich kann mir vorstellen, dass sich die Insel in den letzten Jahren und Jahrzehnten sehr verändert hat, gerade auf Borkum existierten doch schon vor 100 Jahren Ferienquartiere.«

»Das ja, wir haben viele alte Hotels und Pensionen. Doch noch bis in die 80er-Jahre waren die Menschen bescheidener. Da reichte ein Fremdenzimmer mit fließend warmem und kaltem Wasser, das war schon Luxus. Eine Steigerung davon war die Dusche auf dem Flur, die allen Feriengästen im Haus zur Verfügung stand. Einen Fernseher gab es auch nur im sogenannten Fernsehzimmer. Die Gäste mussten sich einigen, was sie sehen wollten: das erste, das zweite oder das dritte Programm.«

»Ich erinnere mich«, sagte Henry schmunzelnd. »So war es auch, als ich in den 70er-Jahren mit meinen Großeltern in den Urlaub fuhr.«

»Früher war es so, dass die Insulaner sich ein Häuschen gebaut haben und dann in der Urlaubszeit zusammengerückt sind und ein, zwei Zimmer an Gäste vermietet haben. Alles kein Problem. Da gab es noch keine Geisterquartiere, die Insel war auch im Winter belebt. Heute haben viele Urlauber den Anspruch, es sich im Urlaub mindestens so gut gehen zu lassen wie zu Hause oder noch besser. Viele leisten sich im Urlaub das, was sie sonst nicht haben, wovon sie das ganze Jahr über träumen. Der Trend zum individuellen Urlaub nimmt zu. Eine Ferienwohnung reicht nicht mehr, ein Ferienhaus muss es sein. Am besten mit Wellnessbad, eigener Sauna und Whirlpool, moderner und hochwertiger Innenausstattung, teurer Einbauküche, Garten mit Gasgrill und Strandkorb. So geht Urlaub heute. Und das ist genau die Entwicklung, die langfristig diese Probleme schafft.«

»Sie sprachen vorhin von einer Gesetzesänderung.«

»Wir sind auf einem guten Weg. Demnächst soll eine neue Satzung verabschiedet werden, die Zweckentfremdung der Immobilien verhindern oder zumindest stark einschränken soll.«

»Das wäre zumindest ein Anfang!«, fand Henry.

»Auf jeden Fall! Eine Änderung des Baugesetzes ist dringend vonnöten. Ansonsten haben wir bald eine Insel ohne Insulaner!«

»Verstehe ich vollkommen.« Swantje nickte.

»Diese leeren Häuser im Winter sind auch nicht gut für die Gastronomie und den Einzelhandel«, fuhr die Bürgermeisterin fort. »Die Beschäftigten wollen das ganze Jahr arbeiten und davon leben können, nicht nur ein paar Monate lang. Aber wie soll das gehen, wenn so viele Häuser im Winter verriegelt und verrammelt sind? Ich mache mir Sorgen um unsere Zukunft und die Zukunft unserer Kinder. Und ich mache mir erst recht Sorgen, wenn so jemand wie Steffen Hinrichs das Ruder übernimmt.«

»Mir ist zu Ohren gekommen«, sagte Swantje, »dass er aktuell ein soziales Projekt plant, das auch Bürgern mit Niedrigeinkommen zugutekommen soll.«

Überrascht sah die Bürgermeisterin auf. »Davon ist mir nichts bekannt, das wüsste ich, falls da etwas dran wäre!«

»Es ist derzeit kein Projekt dieser Art in Planung?«

Imke de Groot schüttelte den Kopf. »Im Moment nicht. Und wenn, dann werden wir die Aufträge an ein anderes Planungsbüro vergeben.«

KAPITEL 27

Auf dem kurzen Rückweg zur Wache in der Strandstraße war Swantje schweigsam. Sie dachte über das Gespräch mit der Bürgermeisterin nach und fragte sich, ob sie nicht auch Dr. Klaas Martens und den Architekten Hagen Köhler zum Kreis der Verdächtigen zählen sollten. Beide hatten einen gehörigen Brass auf Hinrichs und wollten ihm möglicherweise einen Denkzettel verpassen. Vielleicht war Sabine Hinrichs' Tod nicht geplant gewesen, sondern eine Konfrontation war aus dem Ruder gelaufen.

Und ein weiterer Name drängte sich zunehmend in ihr Bewusstsein. Was ist mit Arne, fragte sie sich zum wiederholten Male. Sie wollte nicht wahrhaben, dass er der Mörder von Sabine Hinrichs sein könnte, doch eine warnende Stimme in ihr riet ihr, die Finger von ihm zu lassen. Sie sollte sich endlich Henry anvertrauen, mit ihm über Arne sprechen, die Karten offen auf den Tisch legen – aber sie konnte sich nicht dazu überwinden. Sie wusste, dass es nicht richtig war, den Kontakt mit Arne zu verheimlichen, aber sie fand keinen Ausweg. Im Verdrängen war sie immer schon spitze gewesen, dachte sie bitter. Keine gute Eigenschaft von ihr. Sie sollte endlich lernen, hinzusehen und den Finger in die Wunde zu legen. Am Ende schoss sie noch ein Eigentor.

Wieder im Büro angekommen, sichtete die Stammbesetzung gerade das Bild- und Videomaterial vom 16. Mai ab 10 Uhr morgens, welches die Reederei AG Ems zur Verfügung gestellt hatte. Da sich der Mord zwischen 6.30 und 9 Uhr ereignet hatte, wäre das der frühestmögliche Zeitpunkt für den Täter gewesen, um mit der Fähre die Insel zu verlassen. »Habt ihr zwei bis drei Stunden Zeit?«, wollte Sebastian Jonker wissen. »Wir sind schon seit über einer Stunde dabei, alles zu sichten. Ihr glaubt nicht, wie viele dunkel gekleidete Männer mit Fahrrädern an besagtem Tag die

Fähre nach Emden benutzt haben. Ein paar mehr Details würden uns weiterbringen.«

Swantje und Henry setzten sich dazu. Swantje bediente die Computermaus. Die meisten Fotos klickte sie schnell weg. Bei zwei oder drei Männern musste sie etwas länger überlegen. Doch entweder passten die Schuhe nicht ins Profil oder die Männer schieden aus, weil sie zu jung oder alt waren, zu füllig oder zu schmächtig oder weil die Füße zu klein oder groß waren. Swantje hatte Übung darin, die Schuhgröße einer Person im Verhältnis zur Körpergröße einzuschätzen.

Dann kam das Foto eines Mannes, das sie noch einmal zurückholen musste, weil sie es zu schnell weggeklickt hatte. Sie vergrößerte den Bildausschnitt. Mit klopfendem Herzen sah sie genauer hin. Sie kannte den Mann. Es war Arne Husmann.

Gerade hatte Annerose Heilmann im Wartezimmer von Dr. Martens in einer Illustrierten ein Kreuzworträtsel entdeckt und einen Kugelschreiber aus der Tasche gezogen, als sie aufgerufen wurde. Nun wartete sie im Behandlungsraum auf die nächste Spritze gegen die Rückenschmerzen. Der Raum war schmal und roch steril. An den Schubladen der Schränke war der Inhalt gekennzeichnet: Pflaster, Scheren, Verbandsmaterial, Spritzenzubehör, Desinfektionsmittel. Lieber hätte sie noch länger im Wartezimmer gesessen und sich mit der Illustrierten beschäftigt, als hier zu warten, denn damit verschwendete sie nur ihre Zeit. Sie langweilte sich, dachte an Walter und die unsichere Zukunft mit ihm, an ihre Kinder und Enkelkinder, die sie nicht mehr so oft sehen würde, wenn sie zu ihm zog, was er gerne wollte, weil er ein Haus hatte und sie lediglich eine kleine Wohnung. Erleichtert registrierte sie, dass endlich die Tür aufging. »Sie sind die Nächste«, sagte die medizinische Fachangestellte, »ich muss nur noch eine

Schmerzpatientin nebenan versorgen, dann sind Sie dran. Es dauert nicht mehr lange.« Sie öffnete einen weißen Hängeschrank und entnahm ihm eine größere Packung. »Bis gleich«, lächelte sie und zog die Tür hinter sich zu.

»Bis gleich«, sagte Annerose dumpf und war wieder mit sich und ihren Gedanken allein.

Im Archiv der Polizeiwache suchten die Beamten Akten aus den 80er-Jahren heraus. Die über Michael Bruns' Tod aus dem Jahr 1989, die sie im Keller entdeckt hatten, gab wenig her. Seine Leiche war am 16. Juli, also zehn Tage nach seinem Verschwinden am Borkumer Nordbad, in der Nähe des Jugendbades angeschwemmt worden. Spaziergänger hatten die Leiche bei Ebbe im Watt gefunden. Die Halsschlagader war durchtrennt worden, wodurch der Junge sehr viel Blut verloren hatte. Rechtsmediziner hatten diese Verletzung auf ein scharfes Schnittwerkzeug zurückgeführt. Ein Tier hätte ihm diese Wunde nicht beibringen können. Die Schulfreunde von Michael Bruns waren nacheinander befragt worden. Es lagen Aussagen von Derk Wybrands, Hagen Köhler, Wilhelm Poppinga, Tamme Akkermann, Klaas Martens und Runa Brennecke vor, die sich im Wesentlichen nicht voneinander unterschieden. Die Gruppe hatte sich am 6. Juli 1989 für 19 Uhr am Beachvolleyballfeld am Nordstrand verabredet, aber Michael Bruns sei nicht erschienen. Die Jugendlichen wiesen jede Verantwortung für Michaels Tod von sich, zeigten sich in der Vernehmung ahnungslos und unbeteiligt. Fast alle sagten das Gleiche aus, sogar mit ähnlichem Wortlaut, als hätten sie sich abgesprochen. Wahrscheinlich hatten sie das auch. Der Fall war im darauffolgenden Jahr als Unfall deklariert und zu den Akten gelegt worden.

»Warum habe ich dieses seltsame Gefühl, dass es einen Zusammenhang geben könnte zwischen dem Mord an Sabine Hinrichs und dem Fall Michael Bruns?« Henry drehte sich zu Swantje um. Die nickte mit ernster Miene.

Zwei Stunden später saßen sie im Café Kluntje und warteten auf die Bedienung. »Mir geht das Gespräch mit der Bürgermeisterin nicht aus dem Kopf«, sagte Swantje Brandt. »Eine Insel ohne Insulaner – das wäre ja schrecklich! Mieten sollten bezahlbar sein. Jeder Mensch sehnt sich nach einem Zuhause, er möchte irgendwo ankommen und sich wohlfühlen. Und manchmal sogar für immer bleiben.« Arne war am Donnerstag, den 16. Mai, auf der Vormittagsfähre um 10 Uhr nach Emden gewesen – an dem Tag, als Sabine Hinrichs ermordet worden war. Was hatte er auf dem Festland gewollt? Wohin hatte es ihn gezogen? Hatte er etwas zu verbergen? Sie sollte ihn danach fragen, aber dann müsste sie sich als Polizistin outen. Was wäre eigentlich so schlimm daran? Sie liebte ihn nicht und wollte ihn nicht. Oder doch? In ihrem Kopf ratterte es. Vielleicht war alles harmlos und er hatte nur jemanden in Emden oder Leer oder wo auch immer besucht. Trotzdem, wie sie es drehte und wendete: Sie misstraute Arne.

Sie sah schon wieder Gespenster, eine Berufskrankheit. Warum konnte sie den Menschen nicht unvoreingenommen gegenübertreten, in ihnen das Beste vermuten, wie andere Leute es taten? Es war doch pathologisch, immer vom Schlechtesten auszugehen und in jedem Menschen, mit dem sie es zu tun hatte, einen potenziellen Mörder zu sehen.

»Du scheinst ja jemanden gefunden zu haben, bei dem du dich wohlfühlst«, stichelte er. »Darf ich fragen, um wen es sich handelt? Ich würde gerne gratulieren.«

Sie winkte ab. »Es gibt nichts zu gratulieren. Ich bin aktuell auch auf Wohnungssuche, und das in meinem Alter. Das habe ich mir früher anders vorgestellt.«

»Wenigstens scheint dir Borkum wieder zu gefallen. Ich hatte anfangs den Eindruck, dass du höchst unfreiwillig hier bist.«

Stirnrunzelnd sah sie ihn an. »Ist das ein Wunder? Ich habe eine Vergangenheit hier. Glaubst du, es ist leicht für eine 14-Jährige, die gerade zum ersten Mal in ihrem Leben verliebt ist, von den Eltern mitgeteilt zu bekommen, dass sie sich scheiden lassen und zurück nach Frankfurt ziehen? Glaubst du, ich wurde gefragt und hatte irgendeine Chance, daran etwas zu ändern?«

»Oh shit, das wusste ich nicht! Das muss heftig gewesen sein, das glaube ich dir.«

»Ich habe es meinen Eltern nie verziehen. Mein Vater ist schon lange tot, und meine Mutter hat einen Freund, mit dem ich mich nicht verstehe.«

»Muss man sich mit über 50 noch mit dem Freund seiner Mutter verstehen?«

»Natürlich nicht. Aber im Herzen bin ich noch jung und fühle genauso wie damals. Ich trage die alten Verletzungen in mir, die nie ganz verheilt sind. Ich wollte nie wieder so entwurzelt werden, doch gerade geschieht das erneut, weil mein Mann mich aus dem gemeinsamen Haus schmeißt. Nun gut, es ist sein Elternhaus, in dem er aufgewachsen ist, deshalb muss ich gehen.«

»Das tut mir leid. Wirklich, Swantje!«

Sie lächelte zaghaft. »Ist schon okay.«

»Wenn du Hilfe benötigst bei der Wohnungssuche, könnte ich mich mal umhören. Ich habe ein paar Bekannte in Osnabrück.«

»Lass nur, danke. Es wird sich was finden.«

Henry sprach von der Bürgermeisterin. Er verstand nicht, dass Hinrichs und Dr. Martens zusammen Golf spielten, obwohl ihr Verhältnis nicht das beste war.

Swantje hörte nur mit halbem Ohr zu, weil ihre Gedanken von Arne in Besitz genommen wurden. War er nicht auch einer dieser benachteiligten Menschen, die ihr Zuhause aufgeben mussten, weil sie es sich nicht mehr leisten konnten? Hatte er nicht davon gesprochen, dass Hinrichs ihm sein Elternhaus unter dem Hintern weggerissen hatte, weshalb er nun bald auf der Straße stehen würde? Arne passte genau ins Bild, das die Bürgermeisterin gezeichnet hatte. Der arme Bürger, der sich Borkum nicht mehr leisten konnte. Sie zwang sich zur Ruhe und verwarf den Gedanken. Nein, sagte sie sich, Arne nicht. Der steckte nicht in dieser schlimmen Sache mit drin. Der litt still, geduldig. Er war zärtlich, humorvoll, empathisch, ein toller Liebhaber. Sie hatte beobachtet, wie er eine Spinne vorsichtig ins Freie gesetzt hatte. Sie glaubte nicht, dass er jemals Gewalt anwenden könnte. Oder irrte sie sich?

Die Bedienung kam und sie bestellten Apfelkuchen mit Sahne und Ostfriesentee.

»Es muss viel zusammenkommen, auch starke persönliche Motive«, sagte Henry mit gedämpfter Stimme, als sie wieder allein waren. »Das ist wie bei einer Depression. Eine Ursache reicht dafür nicht. Es sammelt sich einiges an, und irgendwann bringt ein Tropfen, eine Nichtigkeit, die niemand sonst nachvollziehen kann, das Fass zum Überlaufen.«

Swantje wachte aus ihrem Gedankenkarussell auf. Wovon redete er? Von sich selbst? Hatte er Erfahrung mit Depressionen? Sie selbst kannte zwar düstere Gedanken, die sie manchmal herunterzogen und lähmten, sodass sie am liebsten alles hinwerfen würde. Aber bisher war es ihr glücklicherweise immer wieder gelungen, sich selbst aus einem Tief zu befreien und wieder Licht zu sehen.

Ein paar Meter entfernt von ihnen saß ein älteres Paar, das aufgehört hatte zu reden. Swantje sah aufmerksam zu ihnen hin, um sicherzugehen, nicht belauscht zu werden. Sie verbot sich entschieden, weiter an Arne zu denken. Er konnte nicht der Täter sein. Er entsprach nicht dem Täterprofil. Punkt.

Die Kellnerin servierte ihnen Ostfriesentee auf einem Stövchen. Das Teeservice war hauchzart und zeigte das bekannte Pfingstrosenmotiv.

»Angenommen, es war Mord aus Habgier«, sagte Swantje wenig später. »Jemand war wegen der ständig steigenden Immobilienpreise frustriert, hatte vielleicht noch persönliche Probleme und wollte sich rächen. Dann wäre es doch naheliegender, den Architekten zu ermorden oder den Bauunternehmer. Nicht die Frau des Bauunternehmers. Das ergibt für mich keinen Sinn.«

»Vielleicht steckt etwas ganz anderes dahinter und es handelt sich um eine Beziehungstat«, überlegte Henry Olsen.

»Eben. Eigentlich ist Steffen Hinrichs der Einzige, den ich mir als Täter vorstellen kann. Möglicherweise hatte seine Frau eine Affäre mit dem Architekten, er hat es herausbekommen und ist durchgedreht. Die meisten Tötungsdelikte werden im privaten Umfeld begangen. Verdächtig erschien er mir von Anfang an, weil er keine echten Gefühle gezeigt hat, keine Anzeichen von Trauer.«

Für einen Moment schweigen sie, als der Apfelkuchen mit Sahne serviert wurde.

»Wie bist du eigentlich darauf gekommen, Kriminalistik zu studieren?«, wollte er wissen.

»Ich glaube, meine Motivation war die Vorstellung von Gerechtigkeit«, sagte sie, während sie den Deckel der Teekanne anhob, um zu sehen, ob der Tee schon die richtige Farbe hatte. »Die hatte ich noch im Jugendalter.«

»Das ging mir auch so«, fand er. »Später hat mich die Realität eingeholt.«

Swantje Brandt schenkte ihm und sich selbst Tee ein. Es knisterte, als das heiße Getränk auf die groben Kandisstücke traf. »Das darf uns dennoch nicht verbittern oder verrohen lassen«, sagte sie. »Wir müssen trotzdem menschlich bleiben, verständnisvoll, denn auch Straftäter sind Menschen, keine Monster. Das muss ich mir regelmäßig vor Augen halten.«

Er nickte.

»Verbrechen haben mich schon immer fasziniert«, sprach sie weiter. »Dabei stelle ich mir die Frage, was jemanden dazu bringt, gewalttätig zu werden. Das ist für mich interessanter und aufschlussreicher als das spätere Strafmaß. Deshalb kam für mich nie infrage, Staatsanwältin oder Richterin zu werden. Nein, ich wollte möglichst nah dran sein am Geschehen, am Menschen. Kriminologie fragt, wie ein Mensch straffällig wird, und auf der anderen Seite, wie ein Mensch zum Opfer wird. Das ist höchst spannend. Es ist selten, dass jemand rein zufällig Opfer eines Verbrechens wird. In der Regel gibt es einen bestimmten Grund, ein Motiv, eine Beziehung zwischen Täter und Opfer. Und das herauszufinden reizt mich!«

»Das verstehe ich. Woher kommt es, dass viele Menschen von Gewalt fasziniert sind? Sie lesen Krimis, sie gehen ins Kino, um Actionfilme zu sehen, sie brauchen ihren sonntäglichen Tatort im Fernsehen – woher kommt die Faszination des Bösen?«

»In ihren sicheren vier Wänden finden viele es aufregend, zusammen mit den Ermittlern auf Verbrecherjagd zu gehen. Im wahren Leben können die meisten jedoch kein Blut sehen und haben Angst vor Gewalt und vor dem Verlust von Sicherheit. Ich glaube, davor fürchten wir uns alle am meisten.«

»Das ist wohl so«, sagte er und leerte die Teetasse. »Die Konfrontation mit dem schrecklichen Schicksal anderer hilft uns in begrenztem Maße, Resilienz für das eigene Leben zu entwickeln. Wir stellen uns vor, was im schlimmsten Fall passieren könnte und was wir dann tun würden. Daraus entwickeln wir Lösungsansätze. Zumindest theoretisch. Auf die Praxis sind wir leider kaum vorbereitet«, fügte er leise hinzu. »Niemand steckt die Konfrontation mit dem Bösen ohne Blessuren weg. Wenn es hart auf hart kommt, ist jeder auf sich allein gestellt.« Er schenkte Tee nach. »Was ich an unserem Beruf mag, sind die ständigen Herausforderungen, das Suchen und Zusammenfügen von Puzzleteilen. Wir haben mehrere Möglichkeiten und müssen uns für eine entscheiden. Ein Weg kann eine Sackgasse sein, eine Einbahnstraße oder eine Kreuzung. Wir wissen es nicht, aber genau das macht es so spannend.«

Sie stimmte ihm zu. »Was machen wir, nachdem wir diesen himmlischen Apfelkuchen verspeist haben? Ich würde sagen, wir sollten uns den Doktor mal ansehen, von dem die Bürgermeisterin gesprochen hat. Ich möchte wissen, wie er über Steffen Hinrichs denkt. Und vielleicht hortet er massenhaft Paracetamol.«

»Wer weiß«, sagte er, »wir brauchen ein neues Puzzleteil.«

»Jeder dieser Chorfreunde wird eins sein«, sagte sie und führte das letzte Stück Apfelkuchen zum Mund.

KAPITEL 28

Dr. Klaas Martens war ein empathisch wirkender Arzt, dem sich die Patienten sicher gerne anvertrauten. Ein Mann wie ein Bär, groß, breit gebaut, ein rundes, freundliches Gesicht mit Brille und grauem Kinnbart. »Wegen Sabine sind Sie hier, soso«, sagte er mit seiner tiefen Bassstimme. »Der Patientenakte nach fehlte ihr nichts Gravierendes. Im April hat sich Sabine Hinrichs wegen eines steifen Halses Physiotherapie mit Fango verschreiben lassen und im letzten Winter war sie wegen eines grippalen Infektes bei mir in Behandlung. Einmal kam sie zu mir wegen einer Angststörung und Schlafproblemen. Ich habe ihr ein pflanzliches Mittel zur Beruhigung verschrieben, das gut gewirkt haben muss, denn sie ist nicht wiedergekommen.«

»Kein Herzmittel?«, fragte Swantje Brandt.

Der Mediziner rief auf dem Bildschirm die Patientendaten von Sabine Hinrichs auf und schüttelte den Kopf. »Nein«, sagte er,

»für einen Moment haben Sie mich aus dem Takt gebracht. Wenn mit ihrem Herzen etwas nicht gestimmt hätte, dann hätte ich das gewusst. Eine Herzschwäche lag nicht vor. Wie gesagt, Sabine hatte nichts Chronisches. Sie war eine gesunde Frau in den besten Jahren, die sehr auf ihre Gesundheit achtete. Sogar etwas sportlich war sie unterwegs, joggte auf meine Empfehlung hin. Ihr leichtes Übergewicht war völlig im Rahmen. Blutwerte und Blutdruck entsprachen denen eines jungen Mädchens, also alles im grünen Bereich!«

»Vielleicht hat sich Frau Hinrichs über Ihre erbosten Briefe in den Zeitungen aufgeregt. Sie sollen gegen ihren Mann gewettert haben.«

Der Mediziner schien von den Worten getroffen zu sein. Er brauchte einen Moment, um sich zu sammeln. »Das ist richtig«, sagte er bedächtig. »Ich finde, es ist nicht in Ordnung, wie er unsere schöne Insel verplant. Mit den Bauprojekten verdient er viel Geld. Kleine Leute haben nichts davon. Ich bin deshalb dagegen, dass Steffen Bürgermeister wird. Er kennt meine Meinung. Dazu stehe ich auch!«

»Dennoch spielen Sie mit ihm Golf!«

»Ich kann ihm nicht verbieten, auf demselben Golfplatz zu spielen. Ich war viel eher Mitglied als er, bin es schon seit vielen Jahren. Manchmal begegne ich ihm da rein zufällig. Steffen gehört nicht zu meinen Freunden.«

»Zeigen Sie uns bitte mal den Ort, wo Sie die Medikamente aufbewahren«, forderte Swantje ihn auf.

Dr. Martens stutzte. »Wozu soll das gut sein?«, fragte er und sein freundliches Gesicht bekam einen düsteren Ausdruck. Er erhielt jedoch keine Antwort. Die ernsten Mienen der Ermittler reichten schließlich aus, um ihn zum Aufstehen zu bewegen. Mit einer Kopfbewegung forderte er sie auf, ihm zu folgen. In einem schmalen Nebenraum deutete er auf einen Hängeschrank.

»Der Schlüssel steckt«, wunderte sich Henry. »Der Schrank ist nicht abgeschlossen?«

Der Arzt verzog den Mund. Dann schüttelte er den Kopf und sagte: »Nein, für gewöhnlich ist er das nicht.«

»Warum nicht? So viel Vertrauen?«

»Mein Vertrauen ist noch nie enttäuscht worden.«

»Aber da könnten sich doch auch Patienten bedienen«, warf Swantje ein.

Dr. Martens zuckte mit den Schultern. »Tun sie nicht, sonst hätten wir sicher unsere Konsequenzen daraus gezogen.«

»Dokumentieren Sie, wenn etwas herausgenommen wurde?«

»Das war bisher ebenfalls nicht nötig.«

»Öffnen Sie bitte mal«, forderte Henry ihn auf. Sein Blick fiel auf Dutzende unterschiedlich große Packungen verschiedener Medikamente.

»Haben Sie Sabine Hinrichs Paracetamol verschrieben?«

»Paracetamol? Das ist nicht verschreibungspflichtig, das kann sich jeder selbst in der Apotheke besorgen. Warum fragen Sie, hatte sie es bei sich, als man sie fand?«

»Sie wurde damit getötet.«

Die Augen des Mediziners wurden rund. »Ach, sieh mal einer an! Sie wurde mit Paracetamol getötet? Interessant! Mit einer Überdosierung kann man sich umbringen, das ist kein Geheimnis. Wie wurde es ihr verabreicht? Intravenös?«

Swantje Brandt sah ihn abwartend an.

Stirnrunzelnd stand Dr. Martens vor dem offenen Schrank.

»Können Sie sich einen Reim darauf machen?«, fragte sie schließlich.

»Absolut nicht, nein. Von mir hat sie es nicht bekommen.« Er hustete und murmelte eine Entschuldigung.

»Ich denke, Sie dokumentieren Ihre Bestände nicht! Woher wollen Sie das dann wissen?«

»Ich sehe es mit einem Blick. Hier fehlt nichts«, wiederholte er. Ich möchte niemanden in die Pfanne hauen, alte Freunde schon gar nicht. Aber ich muss bei der Wahrheit bleiben, sonst gerate ich selbst unter Verdacht, das merke ich gerade. Sie unterstellen mir etwas, aber Sie irren sich. Sabine ist in der letzten Zeit öfter mit einem Bekannten gejoggt. Er ist Apotheker und hat deshalb natürlich Zugang zu dem Mittel.«

»Wie ist sein Name?«

»Tamme. Mit Nachnamen Akkermann. Bitte behalten Sie es für sich, dass Sie den Tipp von mir haben.«

»Ich denke, sie ist mit Derk Wybrands gejoggt, dem Sportlehrer?«

»Mit dem schon lange nicht mehr. Er ist dafür zu beschäftigt, hat etwas am Laufen mit seiner Referendarin. Aber das darf seine Frau nicht wissen.«

Die Kommissarin notierte sich den Namen. »Also mit Tamme Akkermann. Und Sie? Joggen Sie auch ab und zu in der Greunen Stee?«

Er lachte gequält. »Schauen Sie mich mal an. Ich bringe 30 Kilo zu viel auf die Waage, gejoggt bin ich zuletzt vor 20 Jahren.«

»Sie waren früher ein Mitschüler von Michael Bruns«, konfrontierte Henry ihn.

Dr. Klaas Martens entglitten die Gesichtszüge. Schnell drückte er die Schranktüren zu und schloss diesmal sogar ab. Den Schlüssel steckte er in seine Hosentasche. »Was hat das jetzt damit zu tun?« Er schluckte und setzte sich auf die Behandlungsliege.

»Sie waren befreundet, nicht wahr?«

»Wir gingen in eine Klasse.«

»Wie war das für Sie, als er plötzlich verschwand und zehn Tage später tot im Watt aufgefunden wurde?«

»Ist die Frage ernst gemeint? Das war ein Trauma für uns. Wir fanden das alle richtig schlimm.« Seine hochgezogenen Schultern verrieten seine Anspannung.

»Und Sie waren mit der Letzte, der Michael lebend gesehen hat!« Es war ein Sprung ins kalte Wasser, ein Versuch, der aber offenbar funktionierte, denn Dr. Martens fühlte sich sofort angegriffen.

»Das war vor 30 Jahren!«, sagte er aufbrausend und lief schlagartig hochrot an. »Der Fall ist längst abgeschlossen, Michael ist ertrunken, warum auch immer! Es war ein Unfall, vielleicht war die Strömung an der Stelle zu stark. Michael war kein Borkumer und kannte sich nicht so gut aus. Ich wollte ihn warnen, aber er hat nicht auf mich gehört. Immer weiter ist er ins Watt gelaufen. Ich habe damit nichts zu tun!«

»Sie sind schwimmen gegangen?«

»Das nicht, wir waren auf einer Wattwanderung.«

»Alleine?«

»Nein, die ganze Clique.«

»Ich habe alte Vernehmungsprotokolle gelesen«, sagte Swantje, »aus dem Jahr 1989. Da stand nichts von einer Wattwanderung. Laut Aussage von Ihnen und Ihren Mitschülern waren sie lediglich zum Beachvolleyballspiel verabredet, aber Michael ist angeblich nicht erschienen.«

»Das ist wahr.«

»Eben sagten Sie noch, Sie seien gemeinsam ins Watt gelaufen. Und bestätigten, dass Sie der Letzte gewesen sind, der Michael lebend gesehen hat.«

Er schlug sich gegen die Stirn. »Sie verwirren mich! So war es nicht! Michael war bei unserer Wattwanderung gar nicht dabei!«

Swantje wechselte einen kurzen Blick mit Henry. Gestisch verabredeten sie, eine Weile zu schweigen.

»Ich erinnere mich nicht mehr«, sagte Dr. Martens schließlich schulterzuckend. »Es ist zu lange her. Außerdem geht es doch um Sabine, oder nicht? Warum fragen Sie nach Michael, wenn der Fall längst abgeschlossen ist?«

»Wer ist noch mitgelaufen?«

»Wie gesagt, einige aus der Clique«, sagte der Mediziner ausweichend.

»Darf ich raten?« Swantje rief die gespeicherten Namen in ihrem Handy auf. Derk Wybrands, Hagen Köhler, Wilhelm Poppinga, Tamme Akkermann, Sie selbst, Runa Brennecke und Sabine Hinrichs, damals noch Knoke.«

Dr. Martens massierte seinen Nacken.

»Sie waren alle die ganze Zeit über gemeinsam unterwegs?«
Er schob seine Brille zurück. Auf seiner Stirn glänzten Schweißtropfen. »Ich glaube ja, ich weiß es nicht mehr genau.«

Swantje schenkte ihm ein vertrauensvolles Lächeln. »Und jetzt sind Sie alle Teil des Shanty-Chors Klaasohm, was für ein Zufall! Alle bis auf Sabine Hinrichs! Ihr Gastspiel dort war leider sehr kurz.«

»Die zählte nicht richtig dazu. Jahrzehntelang war sie nicht mit dabei, lebte in Düsseldorf und zog erst vor Kurzem zurück.«

»Aber Sie sind seit Jahrzehnten dabei. Welche Stimme?«

»Ich singe Bass – Tamme, der Apotheker, auch. Und mein Pflegebruder Wilhelm Poppinga. So sehen wir uns regelmäßig und halten den Kontakt.«

»Wilhelm Poppinga ist Ihr Pflegebruder? Gehörte er ebenfalls zu den Letzten, die Michael Bruns lebend gesehen haben?«

»Sie stellen Fragen! Erinnern Sie sich an jede Begebenheit vor 30 Jahren? Wissen Sie noch, was Sie an einem bestimmten Tag gegessen haben und wem Sie begegnet sind?«

»Nun, zumindest erinnere ich mich an Dinge, die mich aufgewühlt oder emotional berührt haben, selbst wenn sie sehr lange zurückliegen. Da weiß ich teilweise noch jedes Detail. Also?«

Dr. Martens zuckte mit den Schultern, stand seufzend auf und betonte, dass er gleich weitermachen müsse mit dem Praxisbetrieb.

Henry Olsen stellte deshalb schnell die nächste Frage. »Sie sind also gemeinsam zu einer Wattwanderung aufgebrochen. Sind Sie auch gemeinsam zurückgekehrt?«

»Nein. Ich bin früher zurückgegangen, das weiß ich noch, aber ich weiß nicht mehr, mit wem. Es war ein Unfall, das haben die Polizisten damals festgestellt und deshalb die Akte geschlossen.

Mich würde interessieren, warum Sie sich jetzt, nach so vielen Jahren, dafür interessieren. Lächerlich, wenn Sie mich fragen!«

Olsen studierte das Gesicht des Arztes so genau, als müsste er es sich einprägen. »Wer aus der Gruppe ist zurückgeblieben?«, insistierte er.

»Ich habe keine Ahnung«, bemerkte der Arzt kopfschüttelnd und öffnete den Polizisten mit einer ausholenden Geste die Tür.

»Die haben gelogen damals – alle!«, sagte Swantje, als sie draußen vor dem Praxisgebäude ihr Fahrrad aufschloss.

»Natürlich haben sie das. Sie waren Jugendliche, die gerade ihre Mittlere Reife in der Tasche hatten und sich auf die Zukunft freuten. Mit Schwierigkeiten wollten sie sich nicht belasten. Du darfst nicht vergessen, dass sie alle noch minderjährig waren und unter der Fuchtel ihrer Eltern standen. Die werden sicher entsprechend auf sie eingewirkt haben, nichts preiszugeben, was sie belasten könnte.«

»Mag sein. Die Gründe, warum sie damals alle dichtgehalten haben, waren sicherlich verschieden.«

»Die Leute kennen sich gut, sie waren Mitschüler, haben viel miteinander erlebt. Dann trennten sich ihre Wege, ohne dass sie sich dabei aus den Augen verloren hätten. Heute haben sie völlig unterschiedliche Biografien. Wie in jedem sozialen Gefüge gibt es sicherlich auch hier Neid, Unstimmigkeiten, schlecht aufgearbeitete Traumata, verletzte Gefühle. Wenn dann Probleme und Ungerechtigkeiten hinzukommen, kann es schon mal knallen.«

»Stimmt, in jedem Freundeskreis passiert früher oder später ein Mord«, sagte Swantje sarkastisch.

»So war das nicht gemeint. Ein Alibi hat Martens auch nicht, wie er in der Befragung zugegeben hat. Seine Praxis öffnet erst um 9.30 Uhr. Keiner der Freunde hat bisher ein Alibi.«

Eine Weile schoben sie schweigend die Fahrräder nebeneinanderher, die sie in der Pension ausgeliehen hatten.

»Ich muss mal kurz ans Meer«, sagte sie, »den Kopf durchpusten lassen und ein wenig zur Ruhe kommen. Bist du dabei?«

Einen Moment lang schien Henry zu überlegen. Dann nickte er. Sie schwangen sich auf die Sättel und radelten los.

Am Georg-Schütte-Platz stellten sie die Räder ab und liefen die Treppe zur Promenade runter. Rund um den Musikpavillon war wegen des sommerlichen Wetters viel Betrieb. Urlauber sonnten sich auf Bänken und Liegestühlen vor den Strandcafés und Milchbuden. Swantje und Henry schnappten sich ebenfalls zwei freie Liegeklappstühle und bestellten bei der Bedienung Sanddornbrause und Fischbrötchen.

»Ein Sanddornpunsch wäre mir lieber«, sagte Swantje mit Blick auf die Getränkekarte. »Oder ein Aperol Spritz. Den trinken hier viele, wenn ich mich so umschaue.«

»Den gibt's heute Abend beim Sonnenuntergang«, versprach Henry, »falls wir es endlich mal schaffen, pünktlich Feierabend zu machen.«

Dr. Klaas Martens schloss die Tür zu seinem Behandlungszimmer hinter sich und legte sich seufzend auf die Untersuchungsliege mit dem braunen Kunstlederbezug. Mit geschlossenen Augen machte er eine Reise in die Vergangenheit, versuchte Erinnerungslücken aufzufüllen. An die Wattwanderung wollte er nicht denken. Die Erinnerung daran war zu schmerzlich. Stattdessen dachte er an den nächsten Tag, den Tag der Schulentlassungsfeier – ohne Michael. Einige Worte des Direktors hatte er bis heute behalten, anderes dichtete er hinzu, aber im Großen und Ganzen erinnerte er sich an die Abschlussfeier der Realschule. Sogar an seine Gefühle von damals.

»Es ist der Sommer eures Lebens«, begann der Schuldirektor seine Rede. »Euer Sommer – lebt ihn, macht das Beste draus! Denkt immer an diesen Freitagabend, an dem ihr alle noch einmal beisammen seid, vielleicht in dieser Konstellation zum letzten Mal. Im Moment macht ihr die Erfahrung, dass nichts von Dauer ist, dass das Leben aus Abschied, Neubeginn und einem steten Wandel besteht. Nichts bleibt, wie es ist. Aber gerade das ist ein großer Teil des Lebens, lässt es spannend werden, sonst würden wir uns irgendwann langweilen. Es gibt keinen Stillstand. Wir werden fortwährend herausgefordert, um uns zu prüfen und um zu wachsen. Die Realschulprüfungen sind vorbei, aber die Prüfungen des Lebens stehen euch noch bevor. Ich bin davon überzeugt, dass ihr an unserer Schule das nötige Rüstzeug erworben habt, um jede Herausforderung zu meistern. Ihr seid zu starken Persönlichkeiten herangereift und werdet das Beste aus jeder Situation machen. Darauf vertraue ich!«

Klaas, der zwischen seinem Vater und Wilhelm saß, nahm wahr, dass sein Vater ihn von der Seite musterte und ihm auf die Schulter klopfte. Er musste bemerkt haben, wie er zitterte, denn sein Vater drückte mit festem Griff das Bein runter, mit dem Klaas unentwegt nervös wippte. Noch war niemandem aufgefallen, dass Michael fehlte. Klaas konnte sich nicht länger auf die Rede konzentrieren. Mit Mühe hielt er seine Tränen zurück. Es hätte der schönste Tag seines bisherigen Lebens werden sollen, aber für ihn war es der schlimmste. Oder zumindest der zweitschlimmste. Er wollte nicht wissen, was Michael durchlebt hatte. Nie wieder wollte er daran erinnert werden.

Es klopfte. »Alles in Ordnung mit Ihnen?« Das war Frau Visse, eine seiner Mitarbeiterinnen.

Dr. Klaas Martens wischte sich eine Träne weg und räusperte sich. »Natürlich, ich gehe gleich!«

KAPITEL 29

Swantje Brandt und Henry Olsen wippten mit den Füßen im Takt der Musik mit. Zu Akkordeon- und Gitarrenklängen ertönten herzergreifende Seemannslieder. Der Shanty-Chor »Klaasohm« übte für Sabine Hinrichs' Beerdigung.

Zu Beginn der Chorstunde hatte Hagen Köhler eine Schweigeminute angeordnet. Es hatte eine bedrückende Stille geherrscht, bis sie endlich mit dem Einsingen beginnen und wenig später das erste Lied anstimmen konnten: »Ein Schiff kann sinken, aber deine Seele nicht«. Traurig war der Text, aufwühlend, besonders aufgrund der tragischen Umstände von Sabines Tod. Swantje Brandt wusste, dass es oft bei Beerdigungen gesungen wurde, wenn ein Bezug zur Seefahrt oder zum Hobby Schiff- oder Bootfahren bestand. Die Chormitglieder sangen im Stehen mit Inbrunst. Einige hatten Tränen in den Augen. Dr. Klaas Martens, der bodenständige Badearzt, sah während der dritten Strophe kurz zu ihnen herüber. Neben ihm schunkelte ein schmächtiger Typ mit wenigen Haaren mit, die er sich quer über die Glatze gekämmt hatte. Er reichte dem stämmigen Inselarzt gerade bis zur Schulter.

Beim zweiten Lied, »Nimm mich mit, Kapitän, auf die Reise«, wurden die Stimmen dünner, da einige Sänger nicht mitsangen und im Gegensatz zu den anderen recht teilnahmslos wirkten.

Nach der Probe des Chors baten die Kommissare dessen Leiter um ein Gespräch. Sie warteten, bis die Sänger und Sängerinnen den Saal verlassen hatten, und setzten sich zusammen an einen Tisch. Auf Henrys Frage, ob ihm in der letzten Woche etwas aufgefallen sei, antwortete Hagen Köhler zunächst ausweichend. »Es lag etwas in der Luft«, sagte er dann, »aber fragen Sie mich nicht, was. Ich habe mir selbst schon den Kopf deswegen zerbrochen.

Die Stimmung war eigentümlich aggressiv, was ich von meinen Leuten so nicht kenne. Zwei Sänger waren am letzten Dienstag nicht da, Wilhelm und Tamme. Das ist mir vor allem deswegen aufgefallen, weil beide sonst sehr zuverlässig sind. Wir führen eine Liste, anhand derer man die Anwesenheit sehen kann. Willi und Tamme gehören zu den fleißigsten Sängern. Sie bekommen bei der Jahreshauptversammlung im Januar jedes Mal eine kleine Auszeichnung.«

»In der Reihe vor mir, ganz links, saß ein Mann, der nicht mitgesungen und kaum eine Miene verzogen hat. Wer war das?«

»Das war Tamme Akkermann, der Apotheker.«

»Der letzte Woche nicht da war.«

»Richtig.«

»Und der kräftige Mann in der zweiten Reihe, vorletzter Platz?«

Der Chorleiter brauchte einen Moment zum Nachdenken. »Da saß Wilhelm, ein besonders tiefer Bass.«

»Wilhelm, und wie weiter?«

»Wilhelm Poppinga. Er ist Koch in einem der beliebten Urlaubshotels in Strandnähe. Die Küche hat einen ausgezeichneten Ruf.«

Swantje Brandt machte sich eine Notiz. Vom Inselarzt wusste sie, dass es sich bei dem Koch um dessen Pflegebruder handelte »Wo kann ich Herrn Poppinga finden? Ich würde ihn gerne persönlich sprechen.«

»Ich gebe Ihnen seine Adresse und Telefonnummer. Am besten treffen Sie ihn privat. Im Dienst wird er kaum Zeit für Sie finden. Er ist auf dem besten Weg, ein Sternekoch zu werden, und ackert dafür Tag und Nacht, wenn er nicht gerade singt.«

»Ich gehe davon aus, dass beide Sänger das Opfer gut kannten?«

»Natürlich, von früher.«

»Wie alt sind Sie, wenn ich fragen darf?«

»Ich bin gerade 47 geworden. Die meisten von uns sind zwischen 45 und 48 Jahre alt.«

»Dann kannten Sie Michael Bruns?«

»Ja sicher kannte ich ihn. Wir sind zusammen zur Schule gegangen.«

»Vielleicht können Sie uns weiterhelfen. Sie alle haben zusammen die Mittlere Reife auf der Inselschule gemacht. Hinterher wurde wahrscheinlich ordentlich gefeiert. Auch von einer Wattwanderung habe ich gehört.«

Der Chorleiter holte tief Luft.

»Erzählen Sie mal«, fuhr Swantje fort. »Woran erinnern Sie sich?«

Hagen Köhler setzte an zu sprechen, doch in dem Moment flog etwas durch das offene Fenster hinter ihnen und erwischte ihn fast am Kopf. Der Gegenstand prallte gegen eine Kommode und riss einen mehrflammigen Kerzenleuchter herunter. Köhler schrie auf und stürzte zu Boden. Swantje eilte zu ihm.

»Ist Ihnen was passiert?«, fragte Swantje. »Sind Sie verletzt?«

Der Architekt setzte sich auf und rieb sich die Stirn. »Alles okay«, sagte er stöhnend, »nur ein Reflex. Aber was um Himmels willen war das?«

Henry zögerte nicht lange, lief nach draußen und suchte mithilfe der Taschenlampen-Funktion seines Handys das Gelände ab. Schließlich kam er zurück und schüttelte ernst den Kopf.

Swantje hatte in der Zwischenzeit den Gegenstand aufgehoben. »Ein Stein«, sagte sie mit ernster Miene, »jemand hat diesen faustgroßen Stein durch das Fenster geschleudert.«

Hagen Köhler zog die Augenbrauen hoch. »Haben Sie jemanden gesehen?«

»Ich war zu spät«, sagte Henry mit gerunzelter Stirn.

»Da ist niemand mehr. Aber wenn Sie wollen, können wir Sie begleiten.«

»Ich brauche keinen Begleitschutz«, sagte Köhler. »Ich kann mir schon denken, wer das war. Höchstwahrscheinlich ein Jugendlicher, den ich neulich wegen einer unangemeldeten Privatfeier auf dem Gelände festgehalten und dessen Eltern ich informiert habe. Der wird sich wieder abreagieren, kein Problem. Gehen Sie ruhig, ich muss hier noch etwas für die nächste Chorprobe vorbereiten.«

Hagen Köhler vergewisserte sich, dass Fenster und Türen geschlossen und wegen der Sturmgefahr alle Jalousien geöffnet blieben. Anschließend löschte er das Licht, verriegelte die Eingangstür und machte sich mit seiner Aktentasche, in der er Chorblätter, eine Triangel und Ledermappen verstaut hatte, auf den Heimweg. Er hatte es nicht weit. Nur ein Fußmarsch von wenigen Minuten trennte ihn von seinem Zuhause, einem ehemaligen Kapitänshaus im Rektor-Meyer-Pfad, in der Nähe des Heimatmuseums.

Er war höchstens zehn Meter weit gekommen, als er hinter sich Schritte hörte. Zunächst interessierte es ihn nicht. Es war nicht ungewöhnlich, dass um diese Zeit noch jemand unterwegs war. Aber dann kam ihm etwas merkwürdig vor. Kurz stoppte er, zog instinktiv die Schultern hoch, drehte sich jedoch nicht um. Da merkte er, dass die Person hinter ihm ebenfalls das Tempo ihrer Schritte gedrosselt hatte. Langsam ging Köhler weiter, mit steifen Bewegungen. Als er sicher war, dass er verfolgt wurde, beschloss er, die Straßenseite zu wechseln und sich dabei umzudrehen. Vor dem Heimatmuseum Dykhus blieb er stehen und lächelte erleichtert. »Du?«, fragte er. »Hey, was machst du denn noch hier?«

KAPITEL 30

In der Nacht auf Mittwoch schlief Swantje schlecht. Der Steinwurf nach der Chorprobe beschäftigte sie bis in die frühen Morgenstunden gedanklich. Aber es war nicht nur das. Holger hatte am späten Abend noch angerufen und eine kleine Wohnung für sie in Aussicht gestellt. Sie hatte ihn abgewimmelt, denn sie wollte nicht, dass er ihr ein neues Zuhause besorgte. Dafür war sie zu stolz. Sie wollte sich selbst darum kümmern. Dann ging eine Textnachricht von Arne ein, er liege auf seinem Bett, einsam und allein, und denke an sie. Sie wusste nicht, wie sie darauf reagieren sollte. Im ersten Moment fühlte sie sich genervt, da sie mit ihren Gedanken ganz woanders war, aber immerhin gab es jemanden, dem sie etwas bedeutete. Auch wenn die Affäre vermutlich nicht einmal bis zum Sommeranfang halten würde. »Gute Nacht!«, textete sie und fügte nach ein paar Sekunden Bedenkzeit ein Kuss-Smiley hinzu.

Erst gegen 4 Uhr am Morgen fiel sie in einen tiefen, traumlosen Schlaf.

Zeit für das Frühstück würde sie sich nicht nehmen können, denn sie hatte verschlafen. Henry war bereits fertig, als sie den Frühstücksraum betrat, und las in der Ostfriesen-Zeitung, die den Gästen als Morgenlektüre zur Verfügung stand.

Erwartungsvoll blickte er ihr entgegen. »Moin, Swantje, wieder eine turbulente Nacht hinter dir?«

»Schlaflos auf Borkum«, brummte sie in Anlehnung an einen amerikanischen Film. »Oh, du hast Kaffee für mich mitbestellt, nett von dir, danke!«

»Dein Date?«, fragte er mit einem schiefen Grinsen. »Bist du deswegen so durcheinander?«

»Welches Date? Nein, mich hat die Sache mit dem Steinwurf noch länger beschäftigt. Ich frage mich, was das zu bedeuten hatte. War es Zufall oder hat uns jemand von außen belauscht und wollte nicht, dass wir über Michael Bruns sprechen?«

»Du denkst, es war jemand aus dem Chor?«

»Du denn auch?«

Er nickte mit zusammengekniffenem Mund.

»Mittlerweile wissen wir doch, dass die alten Freunde sich damals verschworen haben. Nur Sabine Hinrichs wollte offenbar endlich klar Schiff machen. Hätte sie diesen Entschluss nicht gefasst, würde sie vermutlich noch leben!«

»Das hat dich so beschäftigt, dass du nicht schlafen konntest?«

»Überleg mal, in dem Moment, in dem ich Hagen Köhler nach Michael Bruns gefragt habe, donnerte ein Stein durchs Fenster. Das kann kein Zufall gewesen sein!« Sie schaute zum Frühstücksbüfett und beschloss, sich doch noch ein kleines Müsli zu machen. Sie brauchte Energie für den Tag.

»Ich habe ebenfalls nachgedacht«, sagte Henry, als sie mit der Schüssel zurückkam und sich noch mal Kaffee einschenkte. »Ich möchte wissen, warum Hagen Köhler sich von Steffen Hinrichs losgesagt hat. Irgendeinen Vorteil wird er davon haben.«

»Und mich interessiert, wie das Verhältnis der beiden Pflegebrüder als Kinder war.«

Ein Tisch mit einer Wachstuchdecke, vier Stühle, eine Anrichte mit einer Kaffeemaschine und einem Obstkorb. Sie hatten Glück, dass für den heutigen Tag genug Personal in der Küche eingeteilt war und Wilhelm Poppinga sich eine halbe Stunde Zeit nehmen konnte. Sie saßen in einem Aufenthaltsraum, in dem es nach Kaffee und leicht nach Nikotin roch, obwohl es keine Aschenbecher gab und sicher nicht geraucht werden durfte.

»Sie haben recht, Klaas ist mein Bruder«, sagte er. »Wie haben Sie das so schnell herausgefunden?« Abwechselnd musterte er Swantje und Henry, als wollte er ergründen, wer das Sagen hatte.

»Der Leiter des Shanty-Chores sprach davon, dass Sie der Pflegebruder von Klaas Martens sind. Oder *waren*, wie sagt man da?« Sie behielt für sich, dass sie diese Information von Dr. Martens hatte, um Poppinga nicht zu verunsichern.

»Ja, wie sagt man da ...?«, äußerte sich Wilhelm und kratzte sich am Kopf. »Genau genommen sind wir nichts mehr, das ist ja das Traurige! Rechtlich gesehen stehen wir in keiner verwandtschaftlichen Beziehung zueinander, obwohl wir aufgewachsen sind wie Geschwister. Klaas ist zwei Jahre jünger als ich und hat das große Los gezogen, wurde als Kind gefördert, wo es nur ging, bekam Nachhilfestunden ohne Ende, damit er das Abitur schaffte und studieren konnte. Seine Abi-Note reichte dennoch nicht für den erforderlichen Numerus clausus, er hat die Zulassung zum Medizinstudium in Münster im Losverfahren gewonnen. Ein Glückspilz durch und durch, dieser Klaas!«

»Da höre ich Neid heraus, habe ich recht?«

»Neid? Mag sein, ja, ein wenig. Wir haben uns trotzdem immer gut verstanden. Als Kinder sowieso, aber auch später. Unser Verhältnis wurde erst schwieriger, als er mit seiner Frau zusammenkam. Die mochte ich von Anfang an nicht. Sie war ... komisch. Sie war es und sie ist es.«

»Was stört Sie an seiner Frau?«

»Sie hat zwei Gesichter. Kann herzlich, fröhlich und überaus freundlich sein und von einer Minute auf die andere aufbrausend und schlecht gelaunt. Man weiß nie, woran man bei ihr ist. Sie ist unberechenbar. Und mit so einem Charakter kann ich nichts anfangen. Aber vielleicht ist auch das nur Neid. Wenigstens hat er jemanden an seiner Seite. Anders als ich, Willi, der ewige Loser mit zwei gescheiterten Ehen und unzähligen in den Sand gesetzten

Beziehungen, der sich Tag für Tag in der Küche abrackern muss. Ich meine, ich mache es gerne, es macht mir Spaß, aber mit den Jahren spürt man abends schon die Knochen und Gelenke. Es ist anstrengend, stundenlang auf den Beinen zu sein. Und immer dieser Stress, dass alles punktgenau fertig sein muss.«

»Ich habe gehört, dass Sie zu den Spitzenköchen zählen, die Aussicht auf einen Stern haben«, sagte Swantje freundlich »Das ist doch super! Ich bewundere Menschen wie Sie.«

»Ich bin nicht schlecht«, sagte er, »aber der Preis ist hoch, das glauben Sie nicht! Bei dem Pensum, das ich jeden Tag hinlege, kann ich nicht nebenbei noch eine Beziehung führen, geschweige denn eine Familie haben. Das macht keine Frau mit, zumindest habe ich bisher keine gefunden.«

»Sie waren im selben Chor wie Sabine Hinrichs«, kam Swantje auf den eigentlichen Grund ihres Kommens zu sprechen. »In welcher Beziehung standen Sie zueinander?«

»In keiner«, sagte Wilhelm. »Wir waren locker befreundet damals. Doch dann ist diese furchtbare Geschichte mit dem Jungen geschehen, der im Watt verschwunden ist.«

»Gut, dass Sie das ansprechen. Was wissen Sie darüber?«, übernahm Henry.

»Ach, nicht viel«, sagte der Koch mit einer wegwerfenden Handbewegung. »Michael hieß der, an den Nachnamen erinnere ich mich nicht mehr. Seine Eltern waren Bäcker. Wir hatten gerade die Mittlere Reife in der Tasche, am nächsten Tag stand die Feier an, aber Michael fehlte. Ich habe das nur am Rande mitbekommen, so wichtig war mir das nicht. Später hieß es dann, er sei ertrunken. Da war ich schon sehr durch den Wind.«

»Sie sagten vorhin, er sei im Watt verschwunden.«

»Ja, das hat mir mein Bruder erzählt. Offiziell hieß es, er sei im Meer ertrunken. Er wurde später am Strand angespült.«

»Könnten Sie sich vorstellen, dass Ihr Bruder etwas mit seinem Tod zu tun hatte?«

Wilhelm Poppinga hielt sich die Hand vor den Mund. »Glauben Sie das?«, fragte er mit spröder Stimme.

Henry Olsen antwortete nicht.

»Sicher ist«, sagte der Koch, »dass mein Bruder damals in Sabine verliebt war. Er war scharf auf sie, hatte ein Foto von ihr in seiner Schreibtischschublade. Und ich habe beobachtet, dass auch Michael in Sabine verliebt war. Er wollte ständig mit ihr allein sein, was Klaas wütend gemacht hat.«

»Warum erzählen Sie uns das?«

Wilhelm Poppinga senkte den Kopf. »Mein Bruder hat immer bekommen, was er wollte. Nur Sabine nicht. Es war das einzige Mal, dass er auf etwas verzichten musste. Als Sabine ihrem Freund immer wieder mal Herzmuscheln schenkte, ist mein Pflegebruder regelrecht ausgeflippt. Er hatte so eine Wut!«

»Wem hat sie die Muscheln geschenkt?«

»Michael.«

»Ihr Bruder war eifersüchtig auf Michael?«

»Das war er auf jeden Fall!«

»Glauben Sie, dass er Michaels Tod zu verschulden hat?«

»Sicher nicht bewusst. Ich kann mir nicht vorstellen, dass er Michael etwas angetan hat.«

»Und Sabine?«

»Sabine erst recht nicht! Klaas ist Arzt. Er will helfen und nicht töten. Auch wenn unser Verhältnis seit Langem etwas angeschlagen ist, weil ich seine Frau nicht mag und mich deswegen nicht mit den beiden treffen möchte: Er ist nicht gewaltbereit. So gut kenne ich meinen Bruder. Und um Ihre Frage von vorhin noch einmal zu beantworten: Ja, er ist mein Bruder. Und das wird er immer sein!«

»Gestern Abend«, sagte Swantje, »waren Sie beide im Chor, Sie und Ihr Bruder. Haben Sie hinterher miteinander gesprochen?«

»Nein, ich hatte es nach der Probe eilig, nach Hause zu kommen. Ich hatte Hunger. Von der Arbeit habe ich mir ein Schnitzel mitgenommen und das wollte ich aufwärmen. In der Küche war gestern so viel los, dass ich stundenlang nicht zum Essen gekommen bin.«

»Ist Ihnen auf dem Heimweg etwas aufgefallen?«

»Ich weiß nicht, was Sie meinen.«

»Hat sich jemand auffällig oder aggressiv verhalten oder ist jemand schnell weggelaufen?«

Wilhelm Poppinga zuckte mit den Schultern. »Nein, da war nichts anders als sonst. Ich bin auf direktem Wege zurückgeradelt, weil mir der Magen knurrte.«

»Haben Sie jemanden mit einem Stein in der Hand gesehen?«, fragte sie nun ganz konkret.

»Mit einem Stein? Nein, warum?« Er schluckte und wurde auffällig blass. »Was war denn mit dem Stein?«

Swantje überlegte kurz, sagte es ihm aber dann. »Jemand hat ihn nach der Probe durch das offene Saalfenster geschleudert.«

Die Tür flog auf und ein junger Kollege steckte seinen Kopf herein. »Oh, sorry«, sagte er, »ich wusste nicht, dass du Besuch hast.«

»Was gibt's denn?«

»Marius fragt, wie du die Béchamelsoße haben willst. Er hat abgeschmeckt, irgendwas fehlt.«

»Ich komme gleich. Die Herrschaften wollten sowieso gerade gehen.« Er geleitete die beiden Kommissare, die keine weiteren Fragen mehr hatten, zur Tür.

Nachdem Wilhelm Poppinga die Sache mit der Soße geklärt hatte, ging er zurück in den Aufenthaltsraum, nahm sein Handy aus dem Spind und wählte auswendig eine Nummer. Sein Herz raste vor Aufregung.

Wilhelm Poppinga war kein Verräter. Das war er nie gewesen und würde er niemals sein. Aber er hatte ein ungutes Gefühl. Und sein Verantwortungsgefühl sagte ihm, dass er zumindest die Pflicht hatte, einen Menschen zu warnen.

Nach einigen Sekunden ging der Anrufbeantworter dran. Er hatte damit gerechnet und sprach, ohne zu zögern, aufs Band. »Hey, Willi hier. Melde dich doch mal, wenn möglich in den nächsten beiden Stunden.«

Swantje und Henry kehrten auf direktem Weg in die Wache in der Strandstraße zurück. Mittlerweile war viel Betrieb in der Straße. Vor dem Schuhgeschäft gegenüber suchten Eltern mit kleinen Kindern aus einem Ständer Gummistiefel aus. Im Nachbarladen flatterten Tücher mit maritimen Motiven im Wind. Auf einem Kleiderständer hingen T-Shirts mit dem Aufdruck »Küstenkind« in vielen bunten Farben. Vor dem Bistro daneben stand ein Kollege mit einem Kaffeebecher in der Hand und winkte ihnen zu. »Macht mal Pause!«, sagte er freundlich.

»Geht gerade nicht!«, rief Henry zurück. »Ein Anruf. Wir werden dringend auf der Wache erwartet.«

Ein aufgeregter Lutz Dabelstein empfing sie bereits auf dem Flur. »Menschenskinder, wo bleibt ihr denn?«, schmetterte er ihnen entgegen. Er wirkte ernst und verspannt. »Wie oft habe ich versucht, euch zu erreichen!«

Henry schaute auf die Uhr. »Was ist denn los?«

Der Leiter der Dienststelle holte tief Luft, bevor er weitersprach. »Es ist etwas passiert. Hagen Köhler ist bewusstlos aufgefunden worden, gestern am späten Abend, nur wenige Schritte vom Heimatmuseum entfernt. Wart ihr nicht gestern Abend bei den Shantys?«

»Wann war das?«, wollte Swantje wissen. »Um welche Uhrzeit wurde er gefunden?«

»Um 23.15 Uhr«, sagte Dabelstein tonlos.

Swantje und Henry tauschten einen beunruhigten Blick. »Erinnerst du dich daran, wann wir gegangen sind?«, fragte sie.

»Ich habe nicht auf die Uhr geschaut, ich schätze, es muss kurz nach 22 Uhr gewesen sein«, meinte er. »Vielleicht um 22.15 Uhr oder so. Es könnte auch eine Viertelstunde später gewesen sein. Wir haben nach dem Chor noch eine Weile im Saal gestanden und uns unterhalten. Dann war da doch dieser Steinwurf, ich bin rausgelaufen, aber niemand war zu sehen. Kurz darauf haben wir uns verabschiedet.«

»Steinwurf?«, hakte Dabelstein nach. »Was für ein Steinwurf? Warum weiß ich nichts davon?«

Sie erzählten es ihm.

»Was ist mit Köhler?«, fragte Swantje. »Lebt er?«

Lutz Dabelstein nickte. »Der Mann, der ihn gefunden hat«, sagte er mit rauer Stimme, »ist von einem Herzinfarkt oder Schlaganfall ausgegangen. Er hat das Richtige getan und gleich den Rettungsdienst gerufen. Als der kam, reichte ihm der Zeuge eine zerbrochene Ampulle, die in der Nähe gelegen hatte. Die befindet sich bereits in der Gerichtsmedizin.«

Swantje Brandt runzelte die Stirn. »Eine Ampulle? Ich hoffe doch nicht ...«

»Es wird Sie gleich noch mehr an unseren Fall erinnern, Frau Brandt. Auf dem Rücken des Mannes lag ein Herz aus kleinen Muscheln, das hat der Ersthelfer in der Aufregung erst später bemerkt. So eins wie Sabine Hinrichs ursprünglich auf dem Rücken hatte, nach Aussage unserer beiden älteren Zeugen.«

Swantje merkte, wie ihr das Adrenalin durch die Adern schoss. Sie war auf einmal hellwach. »Das klingt nach einer Serie. Meine Güte, das wird doch wohl nicht weitergehen!«

»Wo befindet sich Herr Köhler?«, fragte Henry. »Ist er ansprechbar? Können wir ihn befragen?«

»Er wurde zunächst ins Inselkrankenhaus gebracht und dann,

als sich sein Zustand verschlimmerte, ins Klinikum Emden geflogen. Dort liegt er nun auf der Intensivstation.«

»Oje, das klingt nicht gut. Er ist der Einzige, der uns etwas über den Täter sagen kann. Sollte er nicht überleben, ist diese Chance vertan. Ich fürchte, der Mörder hat noch mehr vor. Hagen Köhler gehört wie Sabine Hinrichs zum Kreis der ehemaligen Mitschüler, die vor über 30 Jahren den Chor gegründet haben. Zu diesem Chor gehörte auch Michael Bruns. Der Junge, der kurz nach dem Realschulabschluss ertrunken ist.«

»Wir müssen nach Emden«, sagte Henry und griff nach Jacke und Rucksack. »Geht demnächst ein Schiff oder bekommen wir einen Heli?«

Lutz Dabelstein blickte zur Wand hinter seinem Schreibtisch, an der der Schiffsfahrplan hing. »Mit dem Hubschrauber wird es nicht so einfach sein«, meinte er, »es ist gerade keiner frei, aber in 20 Minuten fährt ein Kat. Der braucht nur eine knappe Stunde. Nehmt ein Dienstfahrzeug und fahrt direkt zum Hafen, dann schafft ihr es noch!«

»Gute Idee«, sagte Swantje. »Hoffentlich kommen wir nicht zu spät!«

Sie waren schon an der Tür, als Swantje fragte: »Wer ist der Zeuge? Wer hat Hagen Köhler eigentlich gefunden?«

»Moment.« Lutz Dabelstein ging zu seinem Schreibtisch. »Ein Mann namens … Warten Sie … Sein Name ist Arne Husmann. Nun aber mal los, nicht dass der Kat ohne Sie ausläuft!«

KAPITEL 31

»So still?«, fragte Henry Olsen eine halbe Stunde später auf dem Katamaran, der den Borkumer Hafen hinter sich gelassen hatte. Er war brandneu, hatte seine Schiffstaufe erst im Januar dieses Jahres gehabt und roch nach neuem Teppichboden und neuen Möbeln. Kaum hatten sie ihre Plätze eingenommen, gab es eine Sicherheitseinweisung per Video, wie sie es vom Flugzeug her kannten. Eine junge Dame erklärte, wo sich die Notausgänge und die Rettungswesten befanden und wie diese anzulegen seien. Der Kapitän meldete sich über Lautsprecher und verkündete starke Schiffsbewegungen, weswegen sie sich die ganze Zeit über festhalten und nach Möglichkeit angeschnallt bleiben sollten. Swantje wurde schon von der Ankündigung schlecht.

Während Henry die Speisekarte studierte, nahm das Schiff schnell an Fahrt auf. »Wie sieht's aus, Swantje? Hast du Lust auf eine Knackwurst mit Senf? Habe ich in der Vitrine gesehen, ist bestimmt lecker. Einen Kaffee nehme ich auf jeden Fall. Was ist los? Du bist blass!«

Sie fuhr herum und spürte, dass ihre Wangen ganz kalt waren. Lag es an der Ankündigung starker Schiffsbewegungen, dem immer schnelleren Tempo des Kats, der nur so über das Wasser zu fliegen schien, oder an der Aufregung wegen Hagen Köhler? Mit ihrem Kreislauf war auf jeden Fall etwas ganz und gar nicht in Ordnung. Mit ihrem Magen auch nicht. Der krampfte und fühlte sich wie ein kalter Stein an. Sie musste sich am Tisch festhalten, um ihr Unwohlsein in den Griff zu bekommen. Vielleicht ging es ihr wegen Arne so? Schon wieder Arne! Etwas stimmte nicht mit ihm, aber was?

»Es ist nichts«, sagte sie. »Mir geht es im Moment nicht so gut. Das Schiff, die Geschwindigkeit, das leichte Schaukeln, ich glaube, mir ist ein wenig schlecht.«

»Du bist doch nicht seekrank? Auf der Hinfahrt war die See viel unruhiger, und da hat es dir nichts ausgemacht.«

»Das war eine ganz normale Überfahrt von mehr als zwei Stunden. Die Fähre fuhr wesentlich ruhiger. Ich hoffe einfach, dass Hagen Köhler lebt und aussagen kann, wenn wir kommen. Das beschäftigt mich gerade sehr.«

»Brauchst du etwas?«

»Nein danke. Lass mich einfach einen Moment in Ruhe, ja?« Sie konnte an nichts anderes denken als an Arne Husmann und Hagen Köhler. Wie war es dazu gekommen, dass die beiden sich am letzten Abend begegnet sind? Warum hatte ausgerechnet Arne den Chorleiter gefunden? Hatte er die Ampulle wirklich zufällig entdeckt? Wie hing das Ganze zusammen? Sie konnte es sich nicht erklären. Gestern Morgen war sie noch mit Arne zusammen gewesen, bis er erklärt hatte, sich um seinen alten Vater kümmern zu müssen. Er müsse ihn baden und für den Tag vorbereiten. Ob sie warten wolle? Nein, das hatte sie nicht gewollt, und sie hatte auch gar keine Zeit gehabt, weil Henry in der Pension auf sie gewartet hatte. Sie hatte sich wie erschlagen gefühlt nach der fast schlaflosen Nacht. Sie dachte an seinen Kühlschrank mit den zahlreichen Medikamenten und fühlte sich hundsmiserabel.

Während sie sich den Kopf zerbrach, stand Henry auf und ging zum Bordbistro. Hoffentlich war er nicht gekränkt, weil sie nicht mit ihm reden wollte. Aber sie musste erst mal ihre Gedanken sortieren. Wie sollte sie sich Arne gegenüber zukünftig verhalten? Sie konnte ihm ihren Beruf nicht länger verschweigen, denn sie würden ihn – genauso wie andere Zeugen – demnächst vernehmen müssen. Sie musste Schluss machen mit ihm, das war völlig klar! So konnte es nicht weitergehen. Nie mehr könnte sie ihm vertrauen.

Henry kam mit einem Becher Ostfriesentee in der Hand zurück. »Trink!«, befahl er und sah ihr besorgt in die Augen. »Du bist aschfahl, der starke Tee wird dir guttun.«

Dankbar nahm sie ihm den Becher ab. Er ging noch einmal zurück und holte seine Knackwurst und einen Pott Kaffee dazu.

Minuten später war sie endlich wieder in der Lage, klar zu denken. »Wir wissen inzwischen, dass wir es mit einem Serientäter zu tun haben«, sagte sie. »Der zweite Anschlag in einer Woche. Und einmal mehr ist Steffen Hinrichs für mich der Hauptverdächtige. Ich gehe davon aus, dass Hagen Köhler ebenfalls mit einer tödlichen Paracetamol-Injektion ums Leben gebracht werden sollte. Die Infusionslösung kann Hinrichs sich von seinem Bekannten, dem Apotheker Tamme Akkermann, besorgt haben. Hinrichs wollte seine Frau loswerden, um Platz zu schaffen für seine Geliebte, und mit Hagen Köhler hatte er noch eine Rechnung offen, vielleicht auch zwei. Der wollte ihm das Geschäft vermasseln. Köhler wollte nicht länger mit ihm zusammenarbeiten, lieber in gemeinnützige Projekte investieren und den sozialen Wohnungsbau fördern, doch ohne einen starken Partner auf Borkum kann Bauunternehmer Hinrichs kein Geld mehr verdienen.«

»Schön und gut, aber rechtfertigt das einen Mord?«, warf Henry Olsen ein. »Beziehungsweise einen Mordanschlag?«

»Natürlich nicht! Nichts rechtfertigt einen Mord, aber vielleicht hatten sie unmittelbar vorher einen Streit, der eskaliert ist? Der Bauunternehmer scheint generell kein einfacher Mensch zu sein. Irgendwas muss da vorgefallen sein. Außerdem ist Köhler der Ehemann seiner Geliebten. Durch einen Doppelmord wäre er beide los und könnte ein neues Leben mit Nicola Köhler beginnen. Vorausgesetzt, Köhler überlebt den Mordanschlag nicht. Denn dass es einer war, liegt für mich klar auf der Hand.«

Swantje Brandt war erleichtert, als der Außenhafen von Emden endlich sichtbar wurde und der Kapitän das Tempo des Katamarans drosselte.

Am Außenhafen stiegen sie in ein Taxi und ließen sich zum

Krankenhaus bringen. Dort angekommen, teilte man ihnen mit, dass sie im Wartebereich Platz nehmen sollten. Ein Arzt würde bei ihnen vorbeischauen.

Eine halbe Stunde später erschien endlich – nachdem sie mehrmals nachgefragt hatten – ein groß gewachsener, leicht buckliger Mediziner und stellte sich ihnen als der Leiter der Intensivstation vor. Er führte sie in ein Besprechungszimmer, um ihnen dort ohne Umschweife mitzuteilen, dass Hagen Köhler vor einer halben Stunde verstorben sei.

»Hat er noch etwas gesagt?«, wollte die Kommissarin wissen. Sie hatte das Gefühl, dass ihr der Boden unter den Füßen weggerissen wurde. Es war alles vergebens gewesen. Die umständliche Anreise hätten sie sich sparen können. »Es ist wichtig! Und wenn es nur ein einziges Wort war!«

Der Arzt schüttelte bedauernd den Kopf. »Nichts. Leider. Herr Köhler ist nicht mehr zu sich gekommen. Er ist unmittelbar nach der Attacke ins Koma gefallen, aus dem er nicht mehr aufgewacht ist.«

»Mist!«, sagten Swantje und Henry wie aus einem Munde.

»Der Verstorbene wird obduziert«, erklärte der Mediziner. »Mehr kann ich Ihnen zur Stunde nicht sagen.«

»Wer hat das veranlasst?«

»Wir selbst, inzwischen auch die Staatsanwaltschaft Emden.«

»Gibt es schon erste Ergebnisse? Einen Schnelltest?«

»Dafür ist es zu früh. Eine Frage wollte ich Ihnen noch stellen. Es ist unwichtig, aber es interessiert mich doch: Herr Köhler hatte keine Schuhe an, als er bei uns eingeliefert wurde. Wissen Sie, warum ihm die ausgezogen wurden?«

»Ich wusste nicht einmal, dass er keine anhatte«, sagte Swantje alarmiert.

Auf der Rückfahrt mit der Fähre klingelte Swantjes Handy. Sie sah Arnes Nummer und schrak zusammen. Gleichzeitig spürte sie Henrys durchdringenden Blick. Sie drückte das Gespräch weg, aber Henry hatte längst bemerkt, dass etwas nicht stimmte.

»Was ist los?«, fragte er und machte mit seiner veränderten Körperhaltung deutlich, dass er ihr aufmerksam zuhören würde.

»Nichts«, behauptete sie, stützte ihre Ellenbogen auf, legte ihr Kinn darauf ab und starrte nachdenklich vor sich hin.

Er räusperte sich. »Okay. Zwar kennen wir uns noch nicht allzu gut«, meinte er, »dennoch habe ich den Eindruck, dass dich außer dem Fall etwas gewaltig beschäftigt und du dich aus irgendeinem Grund nicht mitteilen möchtest. Hat es etwas mit mir zu tun? Habe ich mich irgendwann falsch verhalten, ohne es zu merken?«

»Nein. Privater Stress«, sagte sie schnell.

»Na gut, dann lasse ich dich in Ruhe. Ich dachte nur ... also nach unseren bierseligen Gesprächen ... dass dir ein bisschen was an mir liegt. Bisher sind wir recht offen miteinander umgegangen, von daher wundert mich dein Verhalten nun etwas. Aber, wie gesagt, ich akzeptiere dein Schweigen. Alles in Ordnung.«

»Es hat nichts mit dir zu tun«, sagte sie. Sie hatte keine Lust, auch noch auf seine Befindlichkeiten Rücksicht zu nehmen. Es war ihr im Moment alles zu viel.

Leicht berührte er sie am Oberarm. »Lass gut sein«, sagte er leise.

In dem Moment summte ihr Handy. Swantjes Herz klopfte eine Spur schneller, als sie sah, dass Arne ihr eine Sprachnachricht geschickt hatte. Sie murmelte eine Entschuldigung und verzog sich in Richtung Toiletten im Unterdeck.

Das Mobiltelefon hielt sie dicht ans Ohr gepresst, während sie auf dem WC-Deckel saß und versuchte, ihre Unruhe in den Griff zu bekommen.

»Swantje«, dröhnte seine männliche Stimme aus dem Gerät, »ich muss dich dringend sprechen! Gestern Abend ist etwas Merkwürdiges passiert, das mir unter Umständen Schwierigkeiten bereiten könnte. Ich habe in der Nähe des Heimatmuseums mitten auf dem Bürgersteig einen Verletzten gefunden und den

Rettungsdienst gerufen. Die Polizei wurde hinzugezogen und interessierte sich vor allem für eine Ampulle, die ich im Rinnstein entdeckt habe. Drogen? Keine Ahnung, was der Mann genommen hat. Melde dich bitte so schnell wie möglich! Ich soll mich morgen früh auf der Wache einfinden und meine Zeugenaussage wiederholen. Mir ist nicht ganz wohl dabei. Vielleicht kannst du mir einen Tipp geben. Ciao.«

Sie atmete ein paarmal tief durch und hörte sich dann die Nachricht ein zweites Mal an. In ihren Ohren rauschte es. Warum hatte sie nur dieses merkwürdige Gefühl, dass sie ihm nicht trauen konnte? Es war an der Zeit, Henry gegenüber mit offenen Karten zu spielen und ihm von Arne zu erzählen, aber gerade das fiel ihr schwer. Sie ahnte, dass Henry ihr sehr zugeneigt war und sie ohnehin misstrauisch beäugte, wenn es um ihr abendliches Weggehen ging. Sie hatte nicht gelogen, war aber auch nicht offen mit ihm umgegangen. »Lügen haben kurze Beine«, mahnte die Stimme ihrer Mutter in ihrem Kopf, und »irgendwann kommt die Wahrheit ans Licht.« Auch Arne gegenüber hatte sie sich bedeckt gehalten. Noch immer wusste er nicht, dass sie bei der Polizei arbeitete. Wie würde er reagieren, wenn er ihr morgen früh im Büro gegenübersaß? Sie musste ihn unbedingt vorher sprechen. Fieberhaft legte sie sich Strategien zurecht, wie sie sich verhalten könnte.

»Du bist nachdenklich«, sagte Henry, als sie wieder auf dem gestreiften Sitzmöbel in der Mitte des Schiffes Platz nahm.

»Ich denke darüber nach, warum Hagen Köhler keine Schuhe anhatte«, sagte sie ausweichend, »und frage mich die ganze Zeit, ob er ebenfalls mit Paracetamol vergiftet wurde.«

»Hallo, Steffen, hier ist Arne Husmann.«

»Arne, wie geht es dir? Was macht dein Vater? Ich hoffe, es gibt gute Nachrichten.« Steffen Hinrichs fläzte sich mit dem Handy auf die Couch und legte die Füße hoch. Ihm war nach einem Gin Tonic, aber den würde er sich erst später genehmigen.

»Ich möchte dich an unsere Abmachung erinnern«, sagte Arne. »Ich habe meinen Teil geleistet. Jetzt bist du dran!«

»Womit, lieber Arne?«

»Dass du dein Versprechen einlöst. Seltsam, dass ich es nun bin, der hinter dir herlaufen muss. Sonst war es immer umgekehrt, du erinnerst dich? Zeitweise konnte ich mich nicht retten vor Anrufen deinerseits. Du hast mich ganz schön unter Druck gesetzt!«

»Aber, aber. Ich bin Geschäftsmann. Ich arbeite erfolgsorientiert. Mich interessiert nur das Ergebnis.«

»Mich auch. Du hast mir etwas versprochen.«

»Du hast gar nichts zu erwarten, mein Freund. Wir sind fertig miteinander.«

»Was denn, immer noch keine Wohnung? Du hast mir zugesagt, dich darum zu kümmern. Mit Balkon und Einbauküche. So war es abgemacht!«

»Und? Hast du das schriftlich? Gibt es einen Vertrag? Ich kann mich beim besten Willen nicht daran erinnern, einen unterzeichnet zu haben.«

»Verdammt, Steffen, hier auf der Insel zählen noch das Wort und der Handschlag. Hast du selbst gesagt!«

Hinrichs lachte auf. »Du bist so naiv, Arne. Meine Güte, wie unaufgeklärt kann man sein! Du beginnst, mir auf die Nerven zu gehen. Geld hast du zur Genüge von mir erhalten. Aber alles braucht seine Zeit. Du bekommst deine Wohnung schon. Sowie ich eine habe, melde ich mich.« Stöhnend tippte er auf das rote Symbol. Eine Weile saß er gedankenverloren auf der Couch und kaute an seinen Fingernägeln. Mit diesem Arne musste er sich etwas einfallen lassen. Es konnte nicht angehen, dass der Kerl ihm wertvolle Energie raubte, die er für andere Dinge benötigte.

Ein Klingeln an der Haustür riss ihn aus seinen Grübeleien. Als er durch die Wohnhalle ging, stellte er fest, dass er zitterte.

Was war los mit ihm, er würde doch nicht die Nerven verlieren? Bis jetzt hatte alles gut funktioniert. Die übereifrige Kommissarin schien endlich ihr Interesse an ihm verloren zu haben, und ihr männliches Anhängsel war glücklicherweise nicht besonders engagiert.

Vor der Tür wartete Nicola mit einem verängstigten Gesichtsausdruck. Die hatte ihm gerade noch gefehlt. Er war mit sich selbst beschäftigt und hatte kein Interesse an den Problemen anderer Leute.

»Mit wem hast du so lange telefoniert?«, fuhr sie ihn an. »Seit einer Stunde versuche ich, dich zu erreichen!«

»Geschäftliche Gespräche«, knurrte er. Mit verschränkten Armen stand er vor ihr und hoffte, sie würde von selbst auf die Idee kommen, wieder abzuziehen.

»Hagen ist in der Nacht nicht nach Hause gekommen!«

Er verdrehte die Augen. »Das kann doch mal passieren«, sagte er, »er ist ein Mann und hat vielleicht eine kleine Abwechslung gebraucht. Von mir kennst du das doch auch, und es hat dich nie gestört. Dann solltest du es auch deinem Mann zubilligen.«

»Das meine ich nicht, daran denke ich gar nicht. Er hat mich schon mal betrogen. Aber da hat er sich wenigstens Lügen einfallen lassen, irgendwelche billigen Ausreden. Jetzt ist es anders. Er meldet sich nicht. Sein Handy ist ausgeschaltet. Und das kenne ich nicht von ihm. So etwas hat er noch nie gemacht!«

Steffen schnappte nach Luft. »Komm rein«, sagte er widerwillig.

KAPITEL 32

Gleich nach der Ankunft am Inselbahnhof trennten sich ihre Wege. Swantje wusste, wo sie Arne um diese Zeit finden würde. Da die Sonne herauskam und es schnell warm wurde, hatte er mit dem Strandkorbverleih gewiss alle Hände voll zu tun. Im Sommer übernahm er freiwillig oft Nachtdienste im Altenheim, um sich tagsüber dem Strandkorbverleih widmen zu können.

Swantje fand ihn wie gewöhnlich am Nordstrand in seiner Holzhütte, wo er Kaffee trank und in einer Zeitung las. Sofort legte er das Blatt weg, als er sie sah, und strahlte sie an. »Hey, wie schön, ich freue mich!«, sagte er. »Du erwischst mich in einem faulen Moment. Ich leiste mir gerade mal ein paar Minuten Pause, nachdem ich schon unzählige Strandkörbe vermietet und zwei Strandzelte repariert habe. Das eine hatte einen kaputten Seitentisch und das andere musste geölt werden. Ich mach für einen Moment zu und dann setzen wir uns in einen Strandkorb, okay? Hier können wir uns nicht in Ruhe unterhalten.«

Angespannt stapfte sie mit ihm über den Strand. Ihre Sneaker waren sofort voller Sand. Sie widerstand dem Impuls, sie auszuziehen, weil sie sich mit Schuhen sicherer fühlte, professioneller. Er steuerte ein rot-weiß gestreiftes Strandzelt an, nahm den Holzriegel herunter, wischte den Sand von der Sitzfläche und lud sie ein, sich neben ihn zu setzen. »Du hast meine Nachricht gehört?«, begann er und betrachtete sie von der Seite.

»Sicher«, sagte sie, »sonst wäre ich vermutlich nicht hergekommen.«

»Die Sehnsucht war es also nicht«, sagte er mit einem zerknirschten Gesichtsausdruck.

Sie überging seinen Kommentar. »Du wolltest mich sprechen.«

Er holte tief Luft und schaute zu einem anderen Strandkorb hinüber, in dem ein junges Paar saß und Krabbenbrötchen aß. »Gestern Abend bin ich ein wenig spazieren gegangen, weil mir zu Hause die Decke auf den Kopf gefallen ist. Mein Vater und all das, du weißt schon ...« Er biss sich auf die Unterlippe und hielt kurz inne, um sich die Worte zurechtzulegen. »In der Kirchenallee, in der Nähe des Heimatmuseums, bin ich in der Dunkelheit fast über einen Mann gestolpert. Ich dachte zunächst an einen Obdachlosen, auch wenn es die auf Borkum eigentlich nicht gibt. Das heißt, Leute, die keine Wohnung haben, findet man eher auf dem Festland. Mein nächster Gedanke war, dass er sich ordentlich hat volllaufen lassen. Danach sah es dann bei näherer Betrachtung allerdings auch nicht aus. Da ich in der Pflege tätig bin, kenne ich mich mit Vitalzeichen recht gut aus. Der Mann war bewusstlos, das wurde mir auf den zweiten Blick klar. Ich habe nicht lange gezögert und den Rettungsdienst gerufen. Zum Glück kam wenige Minuten später ein Wagen, und ein Sanitäter hat den Typen reanimiert. Ich habe es zuvor auch versucht mit Herzdruckmassage, Atemspende und so weiter, aber ohne Erfolg. Ich hoffe, der Mann hat es geschafft!« Unsicher wandte er sich Swantje zu. Die nickte ihm aufmunternd zu, weiterzusprechen.

»Wenn ich ehrlich bin«, fuhr er fort, »mache ich mir auch Sorgen um mich selbst. Der Polizist hat mich merkwürdig angesehen, als ich ihnen die Ampulle gegeben habe, die ich ein paar Meter entfernt gefunden habe. So misstrauisch. Als hätte ich irgendwas mit diesem Typen zu tun! Ich war rein zufällig da, bin ein bisschen unterwegs gewesen, weil ich es zu Hause nicht mehr ausgehalten habe. Nun soll ich mich deswegen morgen früh auf der Wache melden. Ich habe Angst, dass sie mich verdächtigen, obwohl ich nicht einmal weiß, was dem Mann passiert ist. Und ich habe ja tatsächlich nichts damit zu tun. Ich wollte nur helfen. Was soll ich denen denn sagen, damit sie mir glauben?«

Swantje spielte mit dem Seitentischchen, ließ es auf- und zuklappen. Angestrengt hatte sie ihm zugehört. »Wovor hast du Angst? Dass sie dich wegen der Ampulle verhaften?« Sie lachte künstlich. Mit der Frage wollte sie herausfinden, ob er doch mehr wusste, als er preisgegeben hatte.

»Das weißt du doch längst«, sagte er, »hier auf der Insel hat es eine Tote gegeben. Die Frau wurde mit einer Injektion umgebracht. Es war Mord, wie ich in der Zeitung gelesen habe.«

»Mit so einer Ampulle?«, fragte sie.

Er nickte. »Paracetamol«, sagte er, »Überdosis.«

»Das stand in der Zeitung?«

Arne zuckte zusammen. »Was weiß ich. Ich bin in der Pflege, da spricht sich so was rum. Jeder bei uns in der Einrichtung weiß, was passiert ist.«

»Was ist denn passiert?«

Swantje wusste, dass sie zu weit gegangen war, als sie Arnes durchdringenden Blick wahrnahm.

Eine Weile schwieg er. Dann fragte er geradeheraus: »Du stellst Fragen, als wärst du selbst von der Polizei.«

»Sag einfach, wie es war, nichts anderes! Übertreib nicht, bleib bei der Wahrheit, sag, was du gesehen und was du gemacht hast. Wie du ihm geholfen hast. Okay?«

»Okay« sagte er niedergeschlagen.

»Du hast doch nichts damit zu tun?«

»Natürlich nicht.«

»Na also.« Swantje versuchte, Erleichterung auszustrahlen, obwohl sie ihre Unruhe nicht verbergen konnte. Sie zog mit ihren Füßen Kreise im Sand. Die sandigen Schuhe hätte sie am liebsten ausgeschüttelt, ließ es aber bleiben. »Arne«, sagte sie seufzend, »ich muss dich etwas fragen. Als ich in deiner Wohnung war, habe ich im Kühlschrank diverse Infusionspackungen gefunden, darunter Paracetamol. Und du bewahrst Spritzenzubehör im Küchenschrank auf.«

Mit einem Ruck sprang er aus dem Strandzelt und baute sich vor ihr auf. »Ich habe es gewusst«, schleuderte er ihr mit ausgestrecktem Zeigefinger entgegen. »Die ganze Zeit über habe ich es geahnt. Du bespitzelst mich. Du bist nicht privat auf Borkum, stimmt's, Swantje? Nun sag schon!«

»Setz dich bitte«, sagte sie müde. »Und beruhig dich, Arne.«

»Wer bist du?« Er stemmte die Hände in die Hüften und bedachte sie mit einem Blick, in dem Misstrauen und Abscheu lagen.

»Ich bin Swantje«, sagte sie milde, »immer noch Swantje Brandt aus Osnabrück, immer noch dieselbe Frau, die du kennengelernt hast.«

»Nein, das bist du nicht. Ich habe dir vertraut, und du hast mich getäuscht. Gerade stelle ich fest, dass ich dich überhaupt nicht kenne.«

Sie antwortete nicht, sah ihn nur abwartend an.

»Und damit du's weißt, Frau Kommissarin, all das Zeug in meiner Wohnung ist für meinen Vater bestimmt, der sich in seiner kalten Dachkammer krümmt vor Schmerzen. Ich versorge ihn und bin für ihn da, damit er es ein wenig leichter hat auf seiner letzten Wegstrecke. Aber verdächtige mich ruhig weiter. Einmal Loser, immer Loser, nicht wahr? Ich gebe zu, ich habe Spielschulden. Das Glücksspiel war jahrelang eine Sucht von mir, aber ich habe eine Therapie gemacht und konnte das glücklicherweise hinter mir lassen. Ich habe mir geschworen, nie wieder um Geld zu spielen. Aber jemand von deiner Sorte steckt die Menschen doch in Schubladen. Etwas anderes kommt euch nicht in den Sinn! Okay, wir sehen uns dann morgen auf der Wache! Alles klar. Ich hoffe, die Vernehmung übernimmst nicht du!« Er drehte sich um, machte eine wegwerfende Handbewegung und stapfte wütend zurück zu seiner Hütte.

»Es gibt Neuigkeiten«, sagte Henry, als Swantje 20 Minuten später das Büro im ersten Stock betrat. Sie hängte ihre Jacke an die Garderobe und nahm sich einen Kaffeebecher aus dem Schrank.

»Ja?«, fragte sie, in Gedanken immer noch bei Arne und dem herausfordernden Gespräch mit ihm.

»Eben kam ein Anruf von der KTU. Laut Kriminaltechnik hat Steffen Hinrichs gelogen. Der Pullover wurde mittlerweile auf Spuren untersucht. Er war frisch gewaschen, kam wahrscheinlich direkt aus dem Schrank und war seitdem nicht getragen worden. Weder fanden sich Hautschuppen noch Haare von Sabine Hinrichs in den Fasern. Keinerlei DNA von ihr, nur von ihrem Mann. Er hat behauptet, er habe den Pullover in der Greunen Stee gefunden, und zwar merkwürdigerweise in unmittelbarer Nähe des Fundorts. Und das kurz nachdem er hier gewesen war und eine Vermisstenanzeige aufgegeben hatte. Ich glaube, so langsam müssen wir eine Beschuldigtenbelehrung bei ihm durchführen.«

Swantje Brandt atmete hörbar auf. Also doch Steffen Hinrichs, dachte sie erleichtert.

Als es an der Haustür klingelte, stand Nicola Köhler gerade unter der Dusche. Sie stellte das Wasser ab und horchte. Wahrscheinlich war es nur die Nachbarin, die das Päckchen abholen wollte, das Nicola für sie angenommen hatte. Die könnte auch noch einmal wiederkommen. Doch dann klingelte es Sturm. Und das war nicht die Art der Nachbarin. Nicola Köhler schlüpfte in ihren Bademantel und tappte barfuß zum Flurfenster. Sie öffnete es weit, um sich bemerkbar zu machen. Drei Personen traten zurück. Zwei Polizisten in Uniform und der Pastor der reformierten Gemeinde. Augenblicklich hatte sie das Gefühl, nicht mehr durchatmen zu können.

»Sind Sie Frau Köhler?«, rief einer der Uniformierten.

Sie bejahte mit heiserer Stimme. Ihr wurde schlecht.

»Öffnen Sie bitte die Tür, Frau Köhler«, sagte er. »Wir waren schon einmal da, haben Sie nur leider nicht angetroffen.« Sein Gesicht war sehr ernst.

»Darf ich mir noch etwas überziehen?«, hörte sie sich mit zittriger Stimme fragen. Wie ferngesteuert ging sie ins Schlafzimmer und zog den nächstbesten Jogginganzug aus dem Schrank.

Dr. Klaas Martens verabschiedete seine Patientin mit guten Wünschen und begleitete sie zum Empfang, wo sie auf den Ausdruck ihres Rezeptes wartete. Seinen Assistentinnen teilte er mit, dass er eine kurze Pause brauche und sie in den nächsten zehn Minuten bitte keine Patienten zu ihm vorlassen möchten. Verwundert starrten sie ihn an, versprachen aber, sich daran zu halten. Er sah seinen Mitarbeiterinnen an, dass sie sich über sein seltsames Verhalten wunderten. Er hatte jedoch nicht vor, mit ihnen darüber zu reden. Sein Verhältnis zu ihnen war höflich und freundlich, jedoch distanziert. Er behandelte sie mit Respekt, wollte aber nichts Persönliches mit ihnen teilen. Seiner Erfahrung nach fuhr er mit dieser Einstellung auf Dauer am besten.

An seinem Schreibtisch stützte er seinen Kopf in beide Hände und dachte intensiv an seine frühere Mitschülerin Sabine Hinrichs. Er schämte sich ein bisschen, dass er im ersten Moment, als er von ihrem Tod erfahren hatte, erleichtert gewesen war, dass sie nun nicht mehr zur Polizei gehen konnte. Seine Gedanken wanderten zu dem Zeitpunkt zurück, als sie als Neue in seine Klasse gekommen war, drei oder vier Jahre vor der Mittleren Reife. Oft hatte sie betont, dass der Umzug nach Borkum ausschließlich eine Idee ihrer Eltern gewesen sei, dass sie nicht gefragt worden sei und am liebsten in Düsseldorf geblieben wäre. Die Insel fand sie langweilig und spießig und ihre neuen Mitschüler naiv und unaufgeklärt. Später änderte sie ihre Meinung, aber durch die Vorurteile, die sie anfangs gehabt hatte, blieb sie lange eine Außenseiterin.

Aufgeschlossener wurde sie erst, als ein neuer Mitschüler hinzukam, Michael Bruns, der aus demselben Bundesland wie sie selbst stammte. Die beiden verstanden sich auf Anhieb, ihr Dialekt sorgte für eine gewisse Vertrautheit, und sie freundeten sich an. Das erzeugte Spannungen in der Klasse, die schon mit Sabine ein Problem gehabt hatte. Auch Michael tat sich schwer mit dem Eingewöhnen. Vermutlich lag es daran, dass Großstadtkinder anders aufwuchsen und sich für erwachsener hielten, weil sie früh selbstständig die S- und U-Bahn benutzen und sich mit dem Streckennetz auskennen mussten.

Klaas war ein typischer Borkumer Junge. Er verbrachte viel Zeit frei und ungezwungen in der Natur, für ihn der beste Spielplatz der Welt. Niemals hätte er Sonne, Strand und Meer gegen ein Leben im Großstadtdschungel eingetauscht und auf sein geliebtes Kitesurfen oder Beachvolleyball verzichtet.

Anfangs ließen Klaas und seine Kumpels sich von Sabine und Michael einschüchtern, aber schon bald fanden sie heraus, wie sie die beiden ärgern konnten. Sabine und Michael konnten mit den sportlichen Aktivitäten am Strand nicht mithalten, waren keine guten Schwimmer und nicht in der Lage, eine Wettervorhersage allein durch Beobachtung zu treffen. Sie konnten keine Wolkenformationen lesen, verstanden nichts von Windrichtungen und kannten sich nicht mit den Gezeiten aus, obwohl ihre Eltern ihnen das hätten beibringen können. Sie wussten nichts über die Borkumer Tier- und Pflanzenwelt und fürchteten sich vor den Kleinstlebewesen im Watt und den Meerestieren. Dann geschah etwas, was Klaas' Einstellung zumindest Sabine gegenüber änderte. Ein Nachbar warf drei kleine Katzen in eine Regentonne; Sabine hatte es von ihrem Fenster aus beobachtet, lief sofort hinaus, drang in den Garten des Nachbarn ein und rettete die hilflos paddelnden Kätzchen. Mit einem Fläschchen zog sie sie auf und suchte später mithilfe ihrer Eltern ein neues Zuhause für zwei von ihnen. Eins durfte sie behalten. Es hieß Minka. Von da an hatte sie bei Klaas einen Stein im Brett. Sie hatte sich mit der Katzenrettungsaktion gehörigen Respekt verschafft, bei allen Klassenkameraden. Klaas fand Sabine nun toll, fühlte sich zu ihr hingezogen. Er wusste, dass er Sabine mit seinem Wissen beeindrucken konnte, und ihm gefiel die Rolle des Naturburschen, des großen Bruders, der ihr die Welt erklärte. Sie blickte zu ihm auf und das tat ihm gut.

Als er sie das erste Mal nach vielen Jahren im Chor wiedersah, waren die alten Gefühle sofort wieder da. Sie tauschten Blicke aus. Er spürte das Kribbeln. Er fand Sabine attraktiver als je zuvor. Sie war kein junges Mädchen mehr, sondern eine reife Persönlichkeit, eine wunderbare Frau, die ihn in jeder Hinsicht ansprach. Aber warum hatte sie wegen dieser dummen alten Geschichte zur Polizei gehen wollen? Warum die Bäckersleute Bruns aufsuchen? Warum hatte sie schlafende Hunde wecken wollen? Warum nur, warum? Kopfschüttelnd und zutiefst deprimiert starrte er vor sich hin.

»Ist es nicht merkwürdig, dass sowohl Steffen Hinrichs als auch Nicola Köhler innerhalb weniger Tage ihre Ehepartner verloren haben, zumal sie beide zum selben Bekanntenkreis gehören?« Swantje Brandt kramte wegen der gleißenden Helligkeit ihre Sonnenbrille aus der Tasche und versuchte mit Henry Olsen Schritt zu halten, der es sehr eilig zu haben schien.

»Wir müssen zu Hinrichs. Sofort! Da ist was faul, aber gewaltig!«

»Wollen wir nicht zunächst Rücksprache mit der Staatsanwaltschaft halten? Mit etwas Glück bekommen wir heute noch eine

Genehmigung für eine Hausdurchsuchung. Das bringt wesentlich mehr als eine weitere überflüssige Befragung.«

Auf der Höhe eines Drogeriemarktes in der Strandstraße klingelte Swantjes Handy. Sie wischte so heftig auf dem Display herum, dass sie das Gespräch aus Versehen wegdrückte. Aber sie hatte die Nummer und rief zurück.

»Ich muss Sie dringend sprechen«, sagte Nicola Köhler am anderen Ende der Leitung. »Ganz dringend. Kollegen von Ihnen waren bei mir, von denen habe ich Ihre Nummer. Ich weiß, wer der Mörder ist. Zumindest bin ich mir sehr sicher.«

KAPITEL 33

Arne Husmann bemerkte einen Schatten hinter sich und fuhr herum. Wie ertappt schlug er die Metalltür seines Spinds zu.

»Na, Arne, was versteckst du denn da? Hast du wieder Medikamente gebunkert? Ich glaube, so langsam sollte ich das melden!«

»Ich habe nichts Verbotenes getan«, stotterte Arne und drückte sich mit dem Rücken gegen den Metallschrank. »Was spionierst du überhaupt hinter mir her?«

»Ich spioniere nicht. Es gehört zu meinen Aufgaben, die Mitarbeiter im Auge zu behalten. Zu Recht, wie ich gerade sehe!«

»Du leidest unter Kontrollzwang, Runa, hat dir das schon mal jemand gesagt?«

»Spar dir deine Diagnose, Arne!«, sagte sie spöttisch. »Deine persönliche Einschätzung interessiert mich nicht. Entweder du zeigst mir jetzt, was du im Spind versteckst, oder ich melde das der Heimleitung!«

»Bitte, melde mich! Damit habe ich kein Problem«, sagte er und verschränkte die Arme.

Schweigend standen sie sich gegenüber. »Nein«, sagte sie dann, »ich habe es mir anders überlegt. Als deine Dienstvorgesetzte befehle ich dir, mich an deinen Spind zu lassen!«

Für weitere drei Sekunden starrten sie sich feindselig an.

Sie blickte sich nach allen Seiten um, auf der Suche nach Kollegen, die sich in der Nähe aufhielten und die sie zur Verstärkung rufen könnte. Eine ältere, demente Frau kam näher. Sie hielt eine Puppe im Arm. »Meine Paula hat Hunger«, beschwerte sie sich. »Sie weint die ganze Zeit. Wann gibt's denn endlich Abendbrot?«

»Gleich, Frau Rudolph, gleich!«, sagte Runa lächelnd. »Gehen Sie schon mal in Ihr Zimmer vor, wir holen Sie bald. Sie und Paula.«

Arne sah ein, dass sich Runa nicht erweichen ließ. Mit einer übertriebenen Geste trat er schließlich beiseite. »Bitte«, wollte er so lässig wie möglich sagen; es klang aber wie ein Krächzen. Sofort machte sie sich an dem Inhalt seines Schrankes zu schaffen, wühlte in seinen Klamotten, durchsuchte seinen Rucksack, fegte ein paar Bücher und Fachzeitschriften auf den Boden. In seiner Jackentasche fand sie schließlich, was sie offenbar gesucht hatte, denn ein zufriedenes Grinsen zeigte sich auf ihrem Gesicht: »Ach, sieh mal an«, sagte sie mit hochgezogenen Augenbrauen, »Spritzen und Nadelsets, einfach mal wieder so gemopst, was? Oder hast du jemanden gefragt, ob du die mitnehmen darfst?«

Er griff nach ihrem Arm, um sie ihr zu entreißen, aber sie war wild entschlossen, sie zu behalten, und umschloss sie mit stahlharter Faust. »Drei Insulinspritzen und ein Fünferpack Einweg-Spritzenaufsätze«, keuchte sie, »was hast du damit vor?«

»Nichts«, presste er hervor wie ein Schuljunge, der sich beim Lügen ertappt fühlte. Als er ihrem bohrenden Blick begegnete, erklärte er: »Die sind für meinen Vater. Er hat Diabetes und braucht Schmerzmittel. Mein Vater hat Probleme mit dem Schlucken, da ist es besser, wenn ich ihm das Zeug spritze.« Er wurde rot, als er merkte, wie er sich vor Aufregung verhaspelte.

»Immer schiebst du deinen Vater vor! Das soll ich dir glauben? Für wie blöd hältst du mich?«

»Ich pflege meinen Vater zu Hause. Schon vergessen?«

»Interessant«, sagte sie mit ausdrucksloser Miene, »mir wäre es egal, wenn nicht meine Freundin mit einer Spritze umgebracht worden wäre. Wem wolltest du denn noch eine Überdosis Paracetamol verabreichen? He, sag mal, wer steht noch auf deiner Liste?«

Er brauchte einen Moment, um zu erfassen, was sie gerade gesagt hatte. »Du bist wahnsinnig!«, schrie er und stürzte sich auf sie. Dabei ließ sie das Spritzenzubehör fallen, das er überhastet aufhob.

Fast hätte sie das Gleichgewicht verloren und wäre zu Boden gegangen, konnte sich aber gerade noch halten und prallte mit dem Rücken gegen eine der Haltestangen, die auf den Fluren wegen der Sturzgefahr der Bewohner angebracht waren. »Spinnst du?«, schrie sie. »Du hast sie doch nicht alle! Du bist ein Psychopath, hochgradig aggressiv, dir traue ich alles zu!«

Er baute sich vor ihr auf und starrte sie mit wutverzerrtem Gesicht an. »Bist du komplett irre? Du verdächtigst mich, Sabine Hinrichs umgebracht zu haben? Ich kannte die Frau nicht einmal! Ich sollte dich anzeigen. Vielleicht sollte ich das wirklich tun!« Mit der linken Hand wischte er vor seinem Gesicht auf und ab, um ihr zu zeigen, was er von ihr hielt.

»Mach ruhig«, keuchte sie, sich weiterhin an der Stange festhaltend, »mal sehen, wem die Polizei eher glaubt, dir oder mir! Du hast sie nicht gekannt, aber weißt, dass sie Sabine hieß? Ha, das wird ja immer schöner!«

»Nicht hauen! Nicht hauen! Vertragt euch wieder!«, sagte die alte Dame und hielt ihre Puppe fest an sich gedrückt. Dann ging sie kopfschüttelnd in ihr Zimmer zurück.

»Wie lange verdächtigen Sie Ihren Freund schon?«, sprach Swantje Brandt in ihr Diensthandy, nachdem sie der Witwe von Hagen Köhler ihr Beileid ausgesprochen hatte. Nicola Köhler wirkte sehr gefasst, wollte unbedingt etwas loswerden.

»Seit Montagabend. Steffens Reinigungskraft hat mich angerufen. Sie war sehr aufgeregt. Ich habe sie anfangs nicht verstanden, hatte keine Ahnung, was sie mir mitteilen wollte. Sie habe in der schwarzen Mülltonne draußen Sportschuhe für Damen, eine Sporthose und einen schwarzen Damenslip gefunden. Darüber lag ein blauer Sack mit allem möglichen Abfall. Steffen trennt nicht gut. Er ist zu faul dafür. Und als sie einen weiteren Beutel hineinwerfen wollte und dabei versuchte, den Müll wenigstens grob zu sortieren, sind ihr erst die Schuhe, dann die Hose und der Slip aufgefallen.«

»Und Sie sind sicher, dass diese Gegenstände Sabine Hinrichs gehörten?«

»Die Putzhilfe war sich hundertprozentig sicher. Besonders die Schuhe von Sabine kennt sie genau, weil sie ihr immer im Weg standen, wie sie sagte.«

»Wann wird in dem Viertel normalerweise der Müll abgeholt?«

»Die Tonne wird alle zwei Wochen geleert. Wann genau, weiß ich nicht, da müsste ich die Haushaltshilfe fragen.«

»Einen Augenblick, ich wechsle mal eben den Ort, dann können wir ungestörter miteinander reden«, sagte Swantje und unterbrach das Gespräch für einen Moment, um eine geschützte Sitzbank an der Strandpromenade anzusteuern.

»So, ich bin bereit«, fuhr sie kurz darauf fort. »Sie wollten mir von ihrem Telefongespräch mit Steffen Hinrichs erzählen.«

»Ja genau. Eine weitere Ungereimtheit: Steffen hat mir erzählt, er habe gesehen, wie Sabine am Tag ihres Verschwindens mit ihrem Fahrrad weggefahren sei, um am Strand zu joggen. Das Fahrrad habe ich aber im Geräteschuppen gefunden, unter einer Plane.«

»Er hat Ihnen wirklich erzählt, er habe gesehen, wie sie weggefahren ist?« In Swantjes Kopf ratterte es. Wenn das der Wahrheit entsprach, dann hatte Steffen Hinrichs auch in diesem Punkt gelogen.

»Und Sie wissen, dass es Sabine Hinrichs' Fahrrad war?«

»Da bin ich mir sicher. Wir haben mal eine Radtour zu viert unternommen, also Steffen, Sabine, Hagen und ich. Ich habe Sabines Rad bewundert und sie ein wenig beneidet, weil es sich dabei um ein schönes lackschwarzes Hollandrad mit einem nostalgischen Rattankorb handelt. So etwas findet man nur noch selten, und wenn, dann ist es unverhältnismäßig teuer. Für den Preis bekommt man schon ein gutes E-Bike. Und das Hollandrad steht bei Steffen im Gartenhaus! Er hat mir erzählt, dass Sabine am Strand joggen wollte, suchte sie aber später im Wald. Das kam mir merkwürdig vor.«

Haben Sie zufällig Sabine Hinrichs' Handy gefunden?«

»Leider nein.«

»Wissen Sie, um was für ein Modell es sich handelt?«

Nicola Köhler nannte ihr die Marke und das Modell. »Es ist roséfarben, so schimmernd, fast zartlila. Ich würde es sofort erkennen, wenn ich es sehe.«

»Da sind Sie sich ebenfalls sicher? Das konnte mir nicht einmal Steffen Hinrichs so genau benennen. Er behauptete, es sei silbern.«

»Ganz sicher! Sie hatte es noch nicht lange. Das Vorgängermodell war silberfarben.«

»Warum melden Sie sich ausgerechnet heute, Frau Köhler, wo Sie gerade erst vom Tod Ihres Mannes erfahren haben?«

Die Zeugin zögerte einen Moment. »Weil ich befürchte, dass Steffen nicht nur Sabine, sondern auch meinen Mann auf dem Gewissen hat. Und weil ich Angst habe, dass er weitermacht.«

Staatsanwalt Maximilian Hansen gab sich am Telefon kurz angebunden, teilte aber mit, dass er sich am folgenden Tag von Emden aus nach Borkum begeben und den vorbereiteten Durchsuchungsbeschluss für Steffen Hinrichs' Wohnhaus persönlich vorbeibringen werde. Er werde sich außerdem darum kümmern, dass sie Konteneinsicht bei der Hausbank von Steffen Hinrichs bekamen, der Volksbank Esens eG Borkum.

»Endlich bewegt sich was«, sagte Swantje lächelnd. Sie fühlte sich müde und ausgebrannt.

Das knappe Telefonat mit dem Staatsanwalt brachte Swantje auf eine Idee. Sie öffnete in der Borkum-Gruppe bei Facebook die Rubrik »Verloren – Gefunden« und gab das gesuchte Handy ein. Überraschend schnell wurde sie fündig: Eine Borkumerin namens Hilke Andresen hatte gepostet, in den Loogster Dünen ein roséfarbenes Handy einer derzeit angesagten Marke gefunden zu haben. Swantje setzte sich mit der Dame in Verbindung, vereinbarte einen Termin und traf sie eine Stunde später in der Wilhelm-Bakker-Straße, wo die Dame in einem kleineren Mehrfamilienhaus zur Miete wohnte. Die Zeugin gab an, beim Spaziergang mit ihrem Freund vor Kurzem das Handy im Sand entdeckt zu haben. An den genauen Tag könne sie sich nicht mehr erinnern, nehme aber an, es sei am Samstag oder Sonntag gewesen. Ob ihr noch etwas aufgefallen sei? Nein, außer dem Handy nicht. Sie habe es erst einmal vom Sand befreien müssen. Dann habe sie versucht, es zum Laufen zu bringen, um herauszufinden, wem es gehörte, doch es funktionierte nicht. Sie verabredeten sich zu einem Ortstermin am nächsten Vormittag in den

Loogster Dünen. Die Zeugin sollte Swantje die Stelle zeigen, an der sie das Mobiltelefon gefunden hatte.

KAPITEL 34

Arne Husmann hatte seinen Vernehmungstermin am nächsten Vormittag abgesagt, angeblich wegen eines Magen-Darm-Infektes. Swantje Brandt ärgerte sich, dass sie seinen Anruf nicht selbst entgegengenommen hatte, dann hätte sie ihm auf den Zahn gefühlt. Sie hatte das Gefühl, dass er einen Vorwand suchte, um sich der polizeilichen Vernehmung zu entziehen. Aber da er als Zeuge vernommen werden sollte und nicht als Beschuldigter, hatten sie keine Handhabe.

In Mannschaftsstärke durchkämmten sie kurz darauf die Loogster Dünen. Sabine Hinrichs war zu diesem Zeitpunkt seit einer Woche tot. Außer Unrat, einer toten Möwe und Treibholz fanden sie jedoch nichts, keinerlei brauchbare Spuren, weshalb sie die Suche abbrachen.

In der Zwischenzeit war Maximilian Hansen mit dem amtlichen Durchsuchungsbeschluss auf Borkum eingetroffen und hatte vier Kollegen von der Bereitschaftspolizei Emden mitgebracht. Zu zehnt begaben sie sich in vier Polizeiwagen mit unzähligen Kisten und Kartons zur Adresse von Steffen Hinrichs. Da er auf ihr Klingeln nicht reagierte, rief Swantje Brandt ihn in der Firma an und kündigte die Hausdurchsuchung an. Sie teilte ihm mit, dass sie und ihre Kollegen vor seinem Wohnhaus auf ihn warten würden. Sie gab ihm 20 Minuten Zeit. Sollte er bis dahin nicht auftauchen, würden sie sich gewaltsam Einlass verschaffen.

Steffen Hinrichs regte sich auf, als er die Polizisten mit Körben und Kisten vor seinem Haus stehen sah. »Was genau werfen Sie mir vor? Können Sie mir mal bitte sagen, was ich verbrochen haben soll?«

Maximilian Hansen zeigte ihm den Durchsuchungsbeschluss. »Sie werden einer Straftat beschuldigt«, sagte er mit unbeweglicher Miene. »Es liegen Indizien gegen Sie vor. Um mögliche Beweise sicherzustellen, sind wie hier.«

»Was für Beweise denn? Was für ein Quark! Sie glauben doch nicht im Ernst, dass ich meine Frau umgebracht habe! Ich habe Sabine geliebt! Ich wollte mit ihr alt werden. Wir hatten Pläne. Ich hätte ihr niemals etwas antun können!«

»Es geht längst nicht mehr nur um Ihre Frau. Sie werden auch beschuldigt, Ihren Partner Hagen Köhler getötet zu haben!«

»Hagen? Was reden Sie da? Hagen ist tot? Seit wann?«

»Lassen Sie die Spielchen, Herr Hinrichs, Sie wissen es doch längst!«

»Nichts weiß ich. Dass Hagen nicht mehr leben soll, ist mir neu!« An seinem Hals bildeten sich rote Flecken.

»Sie müssen jetzt keine Aussage machen. Aber Sie werden von der Staatsanwaltschaft vorgeladen werden. Natürlich steht Ihnen frei, einen Anwalt hinzuzuziehen.«

»Ich bitte Sie zu gehen! Ich habe nichts getan!«

»Lassen Sie uns unsere Arbeit erledigen!«, forderte Henry Olsen den Bauunternehmer unmissverständlich auf.

Kopfschüttelnd und widerstrebend öffnete Steffen Hinrichs die Tür. Sofort verteilten sich die Beamten auf die Stockwerke und öffneten Türen und Schubladen von Schränken und Kommoden. Mehrere Kollegen durchsuchten das Außengelände, den Garten, die Garage, den kleinen Holz-Geräteschuppen und den größeren Lagerschuppen aus Metall.

Swantje nahm sich die Küche vor. Die hochglänzenden Schränke und Schubladen ließen sich mit einem Fingertipp öffnen. Henry trat von hinten an sie heran und raunte etwas in ihr Ohr.

Swantje Brandt nickte. Sie folgte ihm hinter das Haus. Als sie mit Henry die Garage betrat, traf sie auf Kollegen, die sie vom Sehen kannte.

»Wir haben ein Paar hochwertiger Lederschuhe und eine teure Armbanduhr in einem schwarzen Müllsack in der Garage entdeckt. Wir müssen davon ausgehen, dass die Gegenstände Hagen Köhler gehörten. Zumindest ist das nicht Hinrichs' Schuhgröße. Hinrichs hat 43, Köhler 46«, sagte ein Kollege der Bereitschaftspolizei, der sogar Henry überragte.

Swantje erinnerte sich an das Gespräch mit Nicola Köhler und runzelte angestrengt die Stirn.

Ein anderer Beamter trat auf sie zu. »Hat eine Zeugin nicht jemanden mit giftgrünen Sportschuhen am Donnerstagmorgen in der Greunen Stee wegrennen sehen? Jetzt kommt der Hammer«, feixte er. »Genau solche Schuhe standen hinter dem Rasenmäher im Geräteschuppen. Verdreckt und mit Erdkruste unter der Sohle!«

Swantje stellte dem Kollegen noch einige Fragen, während Henry sich das Schlafzimmer vornahm. Wenig später rief er sie ins Haus.

Er hatte etwas in einer Nachttischschublade entdeckt – ein Kästchen mit Muscheln von der Art, wie sie bei Sabine Hinrichs und Hagen Köhler gefunden worden waren.

Sie wandte sich an den Hausherrn, der mit im Raum war. »Herr Hinrichs, wo waren Sie am Dienstagabend zwischen 22 und 23 Uhr?«

»Zu Hause«, sagte er seelenruhig. »Ich habe ferngesehen.«

»Welches Programm?«

»Erstes oder zweites.«

»Welche Sendung?«

Er fuhr sich mit einem Taschentuch über die schweißnasse Stirn. »Weiß ich nicht, irgendein Politik-Talk.«

»Waren Sie allein?«

»Ich habe keine Frau mehr«, sagte er zynisch. »Ja, ich war allein. Sie machen hier einen Scheißjob, das will ich Ihnen mal sagen. Leute wie Sie würde ich feuern, und zwar auf der Stelle!«

Das reichte ihr endgültig. Sie belehrte Steffen Hinrichs, der sie daran hindern wollte, die Sachen als Beweismittel einzutüten: »Herr Hinrichs, wir verdächtigen Sie des Mordes an Ihrer Frau und am Architekten Hagen Köhler. Sie haben das Recht zu schweigen. Beherzigen Sie den Rat des Staatsanwaltes und nehmen Sie sich einen Anwalt.« Dann übergab sie die Gegenstände einem Kollegen, der sich um die Beweismittel kümmern sollte.

»Mein Anwalt wird Ihnen klarmachen, dass Sie ohne jegliche juristische Handhabe in mein Haus eingedrungen sind. Das wird Sie teuer zu stehen kommen! Ihnen droht eine Anzeige wegen Hausfriedensbruch und Rufschädigung!«

»Packen Sie ein paar Sachen für ein oder zwei Nächte ein«, sagte Swantje ungerührt.

»Wozu?«, fragte Hinrichs begriffsstutzig.

»Für einen Kurzurlaub«, brummte Henry Olsen.

»Wo verbringt Hinrichs seine U-Haft?«, wollte Swantje später von Henry im Streifenwagen wissen.

»Ich nehme an, er wird nach Emden in die Justizvollzugsanstalt gebracht.«

»Puh!«

»Erleichtert?«, fragte Henry, der auf dem Fahrersitz saß.

»Natürlich! Es ist immer schön, wenn ein Fall gelöst ist und man wieder etwas durchatmen kann.«

»So geht es mir auch. Die Kinder werden sich freuen, wenn sie wieder zu ihrer Mama nach Hause dürfen.«

»Dürfen sie das?«

»Selbstverständlich. Ich habe gestern Abend lange mit Pia telefoniert. Wir haben uns ausgesprochen. Ich habe mich falsch verhalten und bereue es nun. Mir ist bewusst geworden, dass Pia meine Hilfe und Unterstützung braucht. Sie will nach Borkum kommen, zwei Tage bleiben und dann die Kinder mitnehmen.«

»Das freut mich für dich!«

»Ich muss zugeben, dass ich sehr beruhigt bin. Sie ist trotz allem meine kleine Pia und ich liebe sie. Ich glaube, Mats und Theo haben nicht darunter gelitten. Sie war ihnen immer eine gute Mutter. Es wird sich alles wieder einrenken, davon bin ich überzeugt.«

Swantje spürte, dass ihr Lächeln in diesem Moment echt und strahlend war. Sie wollte nicht zugeben, wie unendlich erleichtert sie war, dass Arne nichts mit dem Fall zu tun hatte.

KAPITEL 35

Der Kies knirschte, als Frank Hinrichs seinen BMW in die Einfahrt lenkte. Er hatte ein schlechtes Gewissen, dass er sich erst mehr als eine Woche nach dem Tod seiner Mutter die Zeit genommen hatte, um seinem Vater beizustehen. Aber in der Firma brummte es, und als alleiniger Geschäftsführer konnte er den laufenden Betrieb nicht seinen Mitarbeitern überlassen, zumal einige davon sich noch in der Einarbeitungsphase befanden. Der Leichnam seiner Mutter war bisher nicht zur Bestattung freigegeben worden, und er wollte bis zu ihrer Beerdigung auf Borkum bleiben. Am Vorabend hatte er seinem Vater, zu dem er nie ein besonders enges Verhältnis gehabt hatte, per Sprachnachricht sein Kommen angekündigt. Nun wunderte er sich, dass die Nachricht bislang nicht abgerufen worden war. Ein grauer Haken statt zwei blauen. Telefonisch war sein Vater nicht zu erreichen und im Haus brannte kein Licht, obwohl er um diese Zeit da sein müsste. Stirnrunzelnd stieg Frank aus, ging einmal um das Anwesen herum, das ihm immer noch fremd war, da er erst einmal dort gewesen war, nämlich an Weihnachten für zwei Tage. Das hatte ihm gereicht. Er war schnell mit seinem Vater in Streit geraten. Seine Mutter hatte zwar auf seiner Seite gestanden, war bemüht gewesen, ihn zu verteidigen, aber auch von ihr hatte er sich entfremdet. Zu unregelmäßig stand er mit seinen Eltern in Kontakt, abgesehen von der Firma, zu verschieden waren mittlerweile ihre Lebensstile. Als er von ihrem Tod erfahren hatte, hatte er dennoch bitterlich geweint.

Einen Schlüssel für das Haus besaß er nicht. Er hatte nicht darum gebeten und es war ihm keiner angeboten worden.

Frank Hinrichs klingelte zwei Mal und wartete einige Minuten vor der anthrazitfarbenen Eingangstür. Als sich nichts tat, ging er zum Auto zurück, um sein Handy zu holen. Wieder wählte er die Nummer seines Vaters, wieder meldete sich nur die Stimme der Mailbox. Wütend sprach er hinein: »Wo bist du, verdammt? Ich stehe seit einer geschlagenen Viertelstunde vor deinem Haus, habe angekündigt, dass ich komme!«

Swantje Brandt ließ sich von einem Kollegen zum Fähranleger bringen. Ihr weiterer Plan für den Tag sah vor, Steffen Hinrichs in der JVA zu besuchen. Erfahrungsgemäß waren Verdächtige, die bisher noch nicht mit dem Gesetz in Konflikt geraten waren, eher bereit zu gestehen, wenn sie bereits eine Nacht im Gefängnis verbracht hatten. Die Atmosphäre dort war so einschüchternd und bedrückend, dass sie oft sofort das Bedürfnis verspürten, ihr Gewissen zu erleichtern. Allein das Gefühl, eingeschlossen und völlig abhängig von anderen Menschen zu sein, reichte häufig schon.

In der JVA Emden angekommen, meldete sich die Kommissarin an der Schleuse. Der diensthabende Justizvollzugsbeamte musterte sie mit einem kühlen Blick. »Sind Sie angemeldet?«, fragte er mürrisch.

»Das bin ich«, bestätigte sie, »ich habe gestern Abend eine E-Mail geschickt. Ich möchte zu Steffen Hinrichs, der sitzt seit gestern ein. Mordverdacht.«

Der Beamte klickte sich durch das System und fand den Namen des Verdächtigen. Dann wollte er in ihre Tasche sehen. Swantje Brandt öffnete sie weit und stellte sich darauf ein, dass er sie durchwühlen würde, was ihr in diesem Moment etwas unangenehm gewesen wäre, denn sie hatte die Tasche seit Längerem nicht aufgeräumt. Der Justizbeamte sah zum Glück nur flüchtig hinein. Sie gab ihre Dienstwaffe ab, ihr Handy, ihre Ausweispapiere und ihr Portemonnaie. Alle Gegenstände wurden in einem Spind eingeschlossen. Dann öffnete sich eine zweite Tür der Schleuse. Zwei Beamte begleiteten sie. Immer wieder musste eine Tür vor ihnen auf- und hinter ihnen wieder zugesperrt werden.

»Ich schlage vor«, sagte der schmächtigere der beiden Männer, »Sie gehen in den Besucherraum. Der ist kameraüberwacht, und ein Kollege behält Sie durch einen halbdurchlässigen Spiegel im Blick. Es ist sofort jemand zur Stelle, sollte der Verdächtige plötzlich ausflippen. Herr Hinrichs hat gestern Abend getobt, als er in seiner Zelle eingeschlossen wurde.«

»Das kann ich mir vorstellen«, sagte Swantje. »Wir haben es hier mit einem Mann zu tun, der unter Verdacht steht, innerhalb einer Woche zwei Menschen umgebracht zu haben.«

»Und das im beschaulichen Ostfriesland«, sagte der kräftigere der beiden Beamten. »Kommen Sie, gleich sind wir im Besucherraum. Ich bringe dann den Angeklagten zu Ihnen.«

»Was wollen Sie noch?« Steffen Hinrichs war unrasiert, bleich im Gesicht und hatte Schatten unter den Augen. »Wissen, ob ich gut geschlafen habe? Die Frage kann ich Ihnen gerne beantworten: Ich habe gar nicht geschlafen. Die ganze Nacht über habe ich kein Auge zugetan, mich immer nur gefragt, was dieser Unfug soll. Ich, Steffen Hinrichs, erfolgreicher Unternehmer, sitze ein, während der Mörder meiner Frau frei herumläuft. Warum suchen Sie den nicht langsam mal und verhaften ihn? Hier sind Sie falsch. Nein, ich korrigiere: *Ich* bin hier falsch! Ich gehöre nicht unter Ganoven und Schwerverbrecher. Vielleicht bin ich manchmal ein harter Geschäftsmann, mag sein, aber immer im Rahmen der Legalität. Krumme Dinger drehe ich nicht. Ich halte mich an die Gesetze. Wenn schon ein einfacher Betrug für mich unvorstellbar ist, wie sollte ich dann ein Kapitalverbrechen begehen? Sehen Sie mich an, Frau Brandt. Sehen Sie einen Mörder vor sich?« Er tippte sich auf die Brust.

»Mörder haben kein bestimmtes Aussehen«, sagte Swantje Brandt ruhig. Sie beobachtete ihn distanziert, während er nicht aufhörte, sich zu verteidigen und auf die Beamten zu schimpfen, die ihn angeblich ungerechterweise festhielten und wie einen Verbrecher behandelten.

»Sie haben gelogen«, sagte Swantje, »Mehrmals. Ihre Frau hatte keine Krankheit, das hat mir ihr Hausarzt bestätigt, Dr. Martens. Ihre Frau brauchte keine Medikamente. Die Herzkrankheit haben Sie erfunden, aus welchem Grund auch immer. Vermutlich wollten Sie einfach den Verdacht von sich lenken und den besorgten Ehemann spielen. Ihrer Freundin Nicola Köhler haben Sie erzählt, dass Sie beobachtet haben, wie Ihre Frau am Donnerstagmorgen mit dem Fahrrad weggefahren ist. Uns gegenüber haben Sie behauptet, Sie hätten geschlafen und nicht mitbekommen, wie Ihre Frau das Haus verlassen hat. Eine weitere Lüge, Herr Hinrichs. Und nun kommen wir zum Stichwort Pullover. Sie haben ausgesagt, sie hätten ihn im Wald gefunden, in der Nähe des Fundorts der Leiche Ihrer Frau. Nun, er war frisch gewaschen. Ihre Frau hat ihn an dem Tag nicht getragen, sie hat ihn nicht einmal berührt. Sie haben ihn einfach in den Wald mitgenommen, dort ein wenig durch das Geäst gezogen, damit es aussah, als hätte er dort gelegen. Dann haben Sie ihn uns als Beweisstück präsentiert. Ein Beweisstück, das keins war. Auch das soziale Projekt, das Sie angeblich mit Herrn Köhler geplant haben, ist erfunden. Bei der Gemeinde liegt kein Antrag vor. Ich habe mit der Bürgermeisterin gesprochen. Insofern erklärt sich mir auch Ihr Streit mit Herrn Köhler nicht. Meiner Meinung nach wollten Sie nur Ihren Nebenbuhler loswerden. Sie bewahren eine Dose mit Herzmuscheln in Ihrer Nachttischschublade auf und ...«

»Ich weiß. Ich war schließlich dabei, als Sie die Muscheln an sich genommen haben«, fiel er ihr ins Wort.

»Solche Muscheln wurden bei Ihrer Frau im Wald gefunden. Muscheln fanden sich auch bei der Leiche von Hagen Köhler. Wir nehmen an, Sie haben Ihre Frau umgebracht, um frei zu sein für ein neues Leben mit Nicola Köhler. Ferner gehen wir davon aus, dass Sie auch Nicolas Mann umgebracht haben, vermutlich aus demselben Grund.«

»Was wollen Sie mir damit beweisen? Warum darf ich nicht ein paar Muscheln aufbewahren, die mir jemand geschenkt hat?

Zum Kotzen ist das alles!« Er machte eine wegwerfende Handbewegung.

»Von wem haben Sie die Muscheln geschenkt bekommen?«

»Von einer Freundin.«

»Von welcher Freundin?«

»Das geht Sie nichts an.«

»Von Nicola Köhler?«

Draußen hörte man zwei Männer brüllen. Dann Türenschlagen und ein Poltern. Als wieder Stille einkehrte, fuhr sie mit der Befragung fort. »Können Sie sich erklären, Herr Hinrichs, wie Hagen Köhlers Schuhe und seine Armbanduhr in Ihre Garage geraten sind?«

»Was soll das? Natürlich nicht!«

»Aus welchem Grund haben Sie die Sachen ausgerechnet dort entsorgt?«

»Ich habe sie nicht entsorgt. Ich wusste nicht einmal, dass sie sich dort befanden. Es ist nicht meine Aufgabe, die Mordfälle aufzuklären. Sorgen Sie dafür, dass ich hier rauskomme, sofort, sonst gibt's ein gehöriges Nachspiel für Sie, und das meine ich absolut ernst! Und zu Ihren völlig sinnbefreiten Anschuldigungen sage ich kein Wort mehr. Mein Anwalt dürfte gleich eintreffen.«

»Und nicht nur das, Herr Hinrichs, wir haben außer den Schuhen von Herrn Köhler Ihre Sportschuhe in Ihrer Garage gefunden. Dreckverschmiert und mit Resten von Waldbodenerde unter den Sohlen. Das auffällige neongrüne Muster wurde von einer Zeugin beschrieben.«

Steffen Hinrichs starrte sie mit halb offenem Mund an.

»Wir haben außerdem in Ihrer Garage das Fahrrad Ihrer Frau entdeckt, von dem Sie behaupteten, sie habe es am Morgen ihres Todes mitgenommen, sowie ihre Schuhe, ihre Sporthose und ihren Slip. Letzteres in der Mülltonne.«

Er schwieg.

»Geben Sie es endlich zu! Die Indizien sind außerordentlich belastend. Sie kommen hier nicht mehr raus. Gestehen Sie, Herr Hinrichs! Ihr Geständnis wird sich mit Sicherheit günstig auf Ihr Strafmaß auswirken!«

Sie wartete ab, beobachtete seine Reaktion. Er wirkte verschlossen wie ein bockiger Teenager. Als er nichts mehr sagte und keine Regung mehr zeigte, gab sie den Beamten zu verstehen, dass sie hinausgelassen werden wollte.

Frank Hinrichs hatte im Auto geschlafen. Als er aufwachte, fühlte er sich verschwitzt und erschlagen, als hätte er drei Tage durchgemacht. Sein Hemd war zerknittert, und er hatte Hunger und Durst. Noch einmal versuchte er, seinen Vater telefonisch zu erreichen. Nichts zu machen. Eine weitere Viertelstunde wartete er im Auto, mit immer schlechter werdender Laune. Schließlich bemerkte er Licht im Nachbarhaus, stieg aus und klingelte dort.

KAPITEL 36

»Du kannst Susan zu mir sagen und Du«, sagte die Nachbarin und schenkte Frank ein Pils ein. Es war erfrischend kühl und schmeckte wie das erste Bier nach langer Enthaltsamkeit.

»Ich habe vor einigen Tagen mit deinem Vater zusammen im

Wald nach deiner Mutter gesucht. Uwe, meinen Berner Senner, hatten wir auch dabei. Ich sträubte mich zunächst, wollte da nicht mit reingezogen werden, aber dein Vater hat keine Ruhe gegeben, mich regelrecht angefleht, ihn zu begleiten. Wir haben deine Mutter nicht gefunden, doch ich hatte ein merkwürdiges Gefühl. Dein Vater machte einen völlig aufgelösten Eindruck, wollte unbedingt, dass wir weitersuchen. Wir haben die Suche schließlich abgebrochen. Wenig später wurde deine Mutter tatsächlich ganz in der Nähe gefunden, nicht weit entfernt von der Stelle, an der wir gesucht hatten. Der Hund von Spaziergängern hat wohl die Spur aufgenommen. Zwei Tage später stand es dann in der Zeitung. Es war ein großer Schock, auch für mich, das kann ich wohl sagen. Tagelang stand ich völlig neben mir, konnte weder essen noch schlafen. Einfach unfassbar, dass so etwas hier in der Nachbarschaft passiert! Seitdem habe ich nicht mehr mit deinem Vater gesprochen. Ich habe aber mehrmals eine Frau bei seinem Haus gesehen. Ich kenne sie nicht, Nicki hat er sie genannt. Ich wollte sie nicht belauschen, aber ich habe mitbekommen, dass er mit ihr ebenfalls im Wald nach deiner Mutter gesucht hat. Das fand ich sonderbar. Wieso sucht er erst mit mir und anschließend mit ihr im Wald nach Sabine? Wirklich seltsam. Das wollte ich dir nur erzählen. Du solltest es wissen.«

»Nicki? Ist sie seine Affäre?«

Susan zuckte mit den Schultern. »Ich weiß es nicht, vermute es aber. Die beiden wirkten sehr vertraut miteinander.«

»Ich habe es geahnt«, sagte er resigniert. »Es muss sich dabei um Nicola Köhler handeln, seine Marketing-Managerin. Weihnachten haben meine Eltern über sie gesprochen. Mein Vater hat sie in den höchsten Tönen gelobt, und meine Mutter hat eine sarkastische Bemerkung fallen lassen.«

»Ich muss dir noch etwas sagen«. Unruhig rutschte Susan auf ihrem Sessel hin und her. »Ich bin ja momentan viel zu Hause und bekomme einiges mit. Das Haus deiner Eltern ist von bestimmt zehn Polizisten durchsucht worden. Deinen Vater haben sie verhaftet und mitgenommen. Er ...« Sie schien nach den richtigen Worten zu suchen. »Er steht unter Mordverdacht. Also war etwas dran an meinem komischen Gefühl. Ich wusste gleich, dass da etwas nicht stimmt. Es tut mir so leid!«

»Das sagst du mir erst jetzt? Das kann nicht wahr sein!«

»Leider stimmt es. Er ist festgenommen worden! Er hat kein Alibi und verstrickt sich in Widersprüche.«

»Dann verstehe ich, warum mein Vater nicht auf meine Nachrichten reagiert. Ihm ist bestimmt das Handy abgenommen worden.«

»Mag sein.«

»Woher weißt du davon?«

Sie wand sich. »Von einem Freund, genau genommen ist er ein Kollege meines Mannes. Er heißt Derk, ist Lehrer und mit jemandem von der Polizei befreundet. Jan-Peter und er haben früher zusammen die Schulbank gedrückt.«

»Kann ich mit ihm sprechen? Wo wohnt dieser Derk?«

»Besser nicht. Das würde die Lage für deinen Vater nur verschlechtern. Sicher bekommt dein Vater einen Anwalt. Er kann es sich leisten, den besten zu nehmen. Nur Geduld!«

Frank Hinrichs nickte stumm.

»Was hast du jetzt vor?«

Er seufzte. »Ich werde schauen, ob ich irgendwo ein Hotelzimmer bekomme, dort erst mal duschen und versuchen, meinen Vater zu erreichen.

Direkt nach ihrer Rückkehr auf Borkum meldete sich Swantje Brandt im Foyer der Volksbank in der Franz-Habich-Straße mit ihrem Dienstausweis an und schob den Beschluss der Staatsanwaltschaft Emden zur Konteneinsicht von Steffen Hinrichs über den Schalter. Die Angestellte prüfte ihn und bat sie, kurz Platz zu nehmen.

Wenige Minuten später erschien Jörn Schönknecht, ein bärtiger, muskulöser Bankberater mit dunklen Tätowierungen an seinen Armen. Er trug wohl extra ein leicht transparentes Hemd, um diese Kunstwerke nicht gänzlich zu verstecken. Der etwa 30-Jährige begleitete sie in sein Büro. Er brachte ihr eine Tasse Kaffee und rief dann nacheinander die vier Konten des Bauunternehmers auf. Der Berater drehte den Bildschirm so, dass sie alles mitverfolgen konnte.

Die ersten beiden Konten waren Geschäftskonten und liefen auf den Namen von Hinrichs' Firma. Hier schien es auf den ersten Blick keine Unregelmäßigkeiten zu geben.

Das dritte Konto lief auf Steffen Hinrichs und seine Frau. Im Januar hatte es eine größere Überweisung gegeben. Unter dem Stichwort »Hauskauf« wurden 250.000 Euro abgebucht. Der Betrag ging auf das Konto von Arne Husmann.

Beim vierten Konto, einem Privatkonto, das auf den Namen Steffen Hinrichs geführt wurde, fiel der Kommissarin sofort eine regelmäßige Überweisung auf. In den Monaten Februar, März, April und Mai, jeweils am dritten des Monats, waren 3.500 Euro überwiesen worden. Empfänger des Geldes war Arne Husmann.

»Ein Dauerauftrag?«, fragte Swantje Brandt mit brüchiger Stimme. Ihr wurde abwechselnd heiß und kalt. Ihr Misstrauen, das sich in den letzten Tagen Arne gegenüber gebildet hatte, um dann wieder leicht abzuflauen, wurde nun abgrundtief. Irgendetwas lief hier gewaltig schief. Hatte Hinrichs jemanden mit dem Mord an seiner Frau und Hagen Köhler beauftragt? War Arne Husmann ein Killer?

»Ja. Herr Hinrichs hat ihn allerdings vor einer Woche gekündigt. Im Juni geht keine Zahlung mehr raus.«

Swantje Brandt musste diese Information erst einmal sacken

lassen. Falls es stimmte, dass Arne im Auftrag gemordet hatte, wären 14.000 Euro wiederum zu tief angesetzt. Oder was verlangte jemand wie Arne wohl für einen Auftragsmord? Ihr schwirrte der Kopf. Wie gebannt starrte sie auf den Kontoauszug. Ihr Herz raste und ihre Knie wurden butterweich. Sekundenlang war sie unfähig, einen klaren Gedanken zu fassen. Erst als Jörn Schönknecht sie fragte, ob alles in Ordnung sei und er noch etwas für sie tun könne, bat sie ihn unter Räuspern, die letzten vier Kontoauszüge auszudrucken. Als sie sich von dem Bankangestellten verabschiedete, fühlte sie sich immer noch wie benommen. Also doch Arne, dachte sie deprimiert. Wie hatte sie sich in einem Menschen nur so täuschen können! Oder hatte sie sich einfach nur in sich selbst getäuscht?

Kurz vor 18 Uhr betrat ein Kunde die Apotheke im alten Ortskern, gefolgt von einer Kundin. Der Besitzer Tamme Akkermann war gerade im Nebenraum damit beschäftigt, die Bestellungen für den nächsten Tag durchzugeben. Seine beiden Angestellten hatten sich bereits in den Feierabend verabschiedet.

»Guten Abend«, rief der Kunde. »Haben Sie schon geschlossen? Ich hätte gern noch etwas.«

»Nein, Augenblick bitte, ich bin gleich für Sie da«, antwortete der Apotheker und schickte am Computer die vorbereitete Bestellung ab. »Womit kann ich dienen?«, fragte er.

»Ich hätte gerne eine gute Rheumasalbe und ein Schmerzmittel. Am besten Paracetamol.«

»Nehmen Sie eine bestimmte Rheumasalbe?«, wollte Akkermann vom Nebenraum aus wissen.

»Nein, das ist nicht so wichtig. Ich brauche sie für meinen Vater. Geben Sie mir irgendeine. Die billigste, die Sie haben, aber hochwirksam sollte sie trotzdem sein.«

Der schmächtige Mann im weißen Kittel tauchte kurz auf und huschte dann ins Lager, um in diversen Schubladen nach der Salbe zu kramen.

»Ich bin auf der Suche nach einer Wohnung«, sagte der Kunde, als der Apotheker mit einer länglichen Packung zurückkam, »hier auf Borkum. Es ist schwer, ich weiß. Aber vielleicht haben Sie ja etwas gehört. Das Einzige, was mir in dieser Situation helfen kann, ist Mund-zu-Mund-Propaganda.«

Tamme Akkermann wiegte den Kopf. Auf die Halbglatze hatte er eine kleine Brille mit goldenem Rand geschoben. »Das ist schwierig«, gab er zu. »Jeder will nach Borkum. Ist die Packungsgröße richtig oder hätten Sie lieber eine größere?«

»Nein danke, die ist richtig.«

»Paracetamol von einem bestimmten Hersteller?«

»Hauptsache, preisgünstig. Und vier Packungen bitte!«

Tamme Akkermann zog eine Augenbraue hoch. »Vier Packungen, habe ich das richtig verstanden?«

Der Kunde nickte und lächelte. »Ich konnte die bisher immer günstig beziehen, aber diese Quelle gibt es nicht mehr. Aber egal, es geht ja auch so.« Sein kleiner goldener Ohrring wackelte beim Sprechen, sein Gesicht war wettergegerbt. Dass er kein Tourist war, sah Akkermann auf einen Blick.

»Um Ihre andere Frage zu beantworten: Leider nein. Ich weiß, die Wohnungssituation ist aktuell sehr angespannt. Der Immobilienmarkt ist leer gefegt. Es gibt so gut wie keine Angebote, und wenn, dann auf dem Festland, in Esens, Hage oder Emden zum Beispiel. Aber auch dort werden viele Wohnungen sofort unter der Hand vergeben. Meine Schwester sucht auch. Sie möchte ihren Lebensabend auf Borkum verbringen. Vorübergehend muss sie bei mir einziehen, weil sie ihre Wohnung in Bonn schon gekündigt hat. Es ist nicht einfach.«

Der Kunde nahm die Medikamente entgegen und bezahlte. »Sie sagen es. Auf Wiedersehen! Ach, darf ich Ihnen vielleicht meine

Adresse und meine Telefonnummer hinterlassen? Es wäre nett, wenn Sie sich melden würden, falls Sie etwas in Erfahrung bringen. Vielleicht bekommen Sie plötzlich zwei Wohnungen angeboten, wer weiß! Wunder geschehen immer wieder!« Er schickte ein freundliches Lachen hinterher.

»Natürlich, das mache ich gerne«, sagte Akkermann gutmütig und reichte dem Kunden einen Kugelschreiber, damit er seine Daten aufschreiben konnte.

»Arne Husmann? Ich glaube, ich kenne Ihren Vater noch von früher.«

»Das ist möglich, ja. Und für uns beide suche ich die Wohnung.«

»Viel Glück«, sagte der Apotheker, »ich halte Augen und Ohren offen, versprochen!«

Minuten später – er hatte noch die Kundin bedient, die nach einem Mittel gegen Sodbrennen gefragt hatte – wollte Tamme Akkermann abschließen. Doch im letzten Moment kam noch eine weitere Kundin. Sie trug eine dunkle Sonnenbrille und eine Kappe mit großem Schirm.

»Ich brauche dringend allergische Augentropfen«, sagte die Frau atemlos, noch ehe sie die Verkaufstheke erreicht hatte. »Meine Augen brennen und tränen ganz fürchterlich. Ich halte es nicht mehr aus! Ich habe neue Schminke ausprobiert und reagiere offenbar hochgradig allergisch.«

Akkermann fand die tiefe Stimme der Kundin ungewöhnlich und aufregend. »Dann will ich mal nicht so sein, auch wenn ich schon zwei Minuten über der Zeit bin. Aber ich kann Sie ja nicht leiden lassen!« Mit einem Griff ins Regal hatte er die Tropfen und schob sie der Dame zu.

Die Kundin murmelte ein Dankeschön, bezahlte und ließ die kleine Packung in ihre Schultertasche fallen.

Um 18.12 Uhr schloss Tamme Akkermann seine Apotheke ab. Er überlegte, ob er sein Abendessen zu Hause, in den »Delfter Stuben« oder in der »Kleinen Möwe« in der Kirchstraße einnehmen sollte. Die war ganz in der Nähe. Er hatte Appetit auf einen leckeren Fischtopf. Den hatte er lange nicht mehr gehabt.

Um 20.07 Uhr ging bei der Polizeistation ein Notruf ein. Ein aufgeregter Zeuge meldete, er habe einen Betrunkenen am Borkumer Walpfad liegen sehen, der nicht auf sein Ansprechen reagiert habe. Sebastian Jonker, der an diesem Abend Dienst hatte und seinen permanenten Schlafentzug mit viel Kaffee und Cola in den Griff zu bekommen versuchte, war durch den plötzlichen Adrenalinschub hellwach. »Ich gebe das weiter an die Rettungszentrale. Direkt beim Walknochenzaun? Wilhelm-Bakker-Straße?«

»Sie sehen ihn sofort! Er liegt auf dem Bauch!«

Der Polizist setzte einen Funkspruch ab und bat den Anrufer, in der Leitung zu bleiben. Da es sich bei dem Zeugen um einen Urlauber handelte, ließ er sich von ihm die Heimat- und Urlaubsadresse geben sowie Telefonnummern, unter denen er zu erreichen war. »Haben Sie Kontakt zu dem Verletzten aufnehmen können?«, wollte Jonker wissen. »Ist er inzwischen ansprechbar?«

»Nein, ist er nicht! Ich stehe immer noch hier am Zaun. Es tauchen immer mehr Leute auf. Einige sind Gaffer, andere machen sich nützlich. Ein Mann hat den Bewusstlosen umgedreht, versteht sich wohl auf Herzdruckmassage und Mund-zu-Mund-Beatmung und versucht, ihn wiederzubeleben. Bisher ohne Erfolg. Er reagiert nicht! Neben ihm liegen Muscheln. Vielleicht hat er die am Strand gesammelt. Ich vermute aber eher, er hat sie von der Absperrung gepflückt. Zwischen Zaun und Absperrung gibt es ja ein Muschelfeld, um die Passanten auf Abstand zu halten, damit nicht jeder die wertvollen Walknochen anfasst. Ich habe gehört, die stehen unter Denkmalschutz«, plapperte der Mann.

»Mein Kollege hat mitgehört und einen RTW losgeschickt. Er müsste gleich eintreffen. Bleiben Sie bitte so lange bei dem Verletzten. Reden Sie ihm gut zu!«

»Das hatte ich ohnehin vor, aber er ist immer noch ohne Bewusstsein«, sagte der Zeuge.

Swantje saß mit Henry im Restaurant »Alt Borkum« in einer Ecke, die von anderen Gästen nicht einsehbar war, und hatte ihm die Kontoauszüge von Hinrichs gezeigt. Beide hatten sich darüber aufgeregt, dass Husmann beim Hausverkauf augenscheinlich über den Tisch gezogen worden war.

»Wie interpretierst du die regelmäßigen Überweisungen an Husmann?«, fragte sie.

»Hinrichs hat Husmanns Haus weit unter Wert erworben und sah sich nun aus irgendeinem Grund veranlasst, nachzuzahlen.«

»Nur merkwürdig, dass er nach dem Mord an seiner Frau die Zahlungen eingestellt hat, nicht wahr?«, bemerkte Henry mit hochgezogenen Augenbrauen.

In dem Moment brummte Swantjes Handy.

»Sebastian, wo brennt's?«, fragte Swantje mit einem flauen Gefühl in der Magengegend. Es musste etwas passiert sein, sonst würde sich der Kollege von der Wache um diese Zeit nicht melden. Beunruhigt suchte sie Henrys Blick. Ihre Befürchtung war, dass sich der Bauunternehmer in seiner Zelle etwas angetan haben könnte, denn er hatte nichts mehr zu verlieren. Zu seinem einzigen Sohn schien die Verbindung seit Jahren problematisch und auf das Berufliche beschränkt zu sein. Frank Hinrichs war am Vormittag auf dem Revier erschienen und hatte gegen seinen Vater ausgesagt. Er habe schon seit Monaten das Gefühl gehabt, dass seine Mutter in Gefahr sei, und mache sich schwere Vorwürfe, dass er nicht hergekommen sei, um ihr beizustehen. Er hätte sie nach Düsseldorf mitnehmen sollen, hatte er erklärt. Sie habe sich auf Borkum von Anfang an nicht wohlgefühlt.

»Ein Bewusstloser am Walknochenzaun in der Wilhelm-Bakker-Straße«, meldete Jonker in seiner spröden Art. »Mehr tot als lebendig. RTW ist unterwegs. Schaut doch mal nach, was da los ist. Ich kann hier nicht weg, bin gerade allein auf der Wache.«

Sie wechselte einen Blick mit Henry. Der hatte etwas vom Gespräch mitbekommen, obwohl sie den Lautsprecher nicht eingeschaltet hatte. Mit einer Kopfbewegung teilte er ihr mit, dass er startklar sei.

»Wir sind unterwegs«, sagte Swantje und versprach ihrem Borkumer Kollegen, ihn auf dem Laufenden zu halten. Sie legten ein paar Scheine auf die Theke, die ein großzügiges Trinkgeld beinhalteten.

Wenige Schritte von dem Lokal entfernt erreichte sie ein Anruf von Dabelstein, diesmal auf Henrys Mobiltelefon, um sie über das Untersuchungsergebnis der beschlagnahmten Gegenstände in Hinrichs' Garage zu informieren. »Die Sportschuhe wurden eindeutig im Wald getragen«, sagte er. »Sie weisen unter der Sohle die gleichen Erdreste auf wie die, die wir am Fahrradreifen von Sabine Hinrichs festgestellt haben. Sie entsprechen der Erde an der Fundstelle in der Greunen Stee. Steffen Hinrichs muss also dort gewesen sein. Er hat die Schuhe am Tatort getragen!«

»Das bestätigt unsere Vermutung«, sagte Henry und nickte seiner Kollegin zu.

»Und noch etwas: Vor einer halben Stunde traf das Ergebnis der Autopsie von Hagen Köhler ein. Ich mache es kurz, weil Sie unterwegs sind: Es war Paracetamol«, sagte er. »Im Zusammenspiel mit Barbituraten. Eine tödliche Überdosis.«

Henry atmete tief durch. »Ich habe es mir gedacht.«

Das Blaulicht blitzte durch die Dunkelheit. Am Walknochenzaun hatte sich eine Menschenmenge versammelt. Die Leute wurden per Megafon aufgefordert, weiterzugehen, um die Rettungskräfte nicht bei ihrer Arbeit zu behindern.

Als die beiden Polizisten am Unglücksort eintrafen, kamen ihnen einige Schaulustige entgegen. Sie entdeckten Sanitäter in Warnwesten bei einer Person am Boden, daneben standen zwei weitere Männer, von denen sich einer als Ersthelfer und der andere als Zeuge herausstellte. Als Swantje Brandt und Henry Olsen ihre Dienstausweise vorzeigten, wurde gerade eine Plane über den Mann am Boden gelegt. Der Notarzt lief mit geöffneten Händen auf sie zu. »Leider zu spät«, sagte er atemlos. »Er ist soeben verstorben.«

»Nichts mehr zu machen?«, fragte Swantje überflüssigerweise.

»Nichts mehr zu machen«, lautete die resignierte Antwort.

»Wer ist der Tote?« Ihr Kopf fühlte sich plötzlich wie benebelt an.

Der Notarzt reichte Swantje einen Ausweis. »Den trug der Mann bei sich. Tamme Akkermann lautet sein Name. Wenn ich mich nicht täusche, dann handelt es sich um den Inhaber der Apotheke. Sie ist nicht weit von hier, höchstens 100 Meter entfernt.« Er deutete mit dem Arm in die entsprechende Richtung.

Swantje durchfuhr es heiß und kalt. »Verdammt!«, stieß sie aus. »Das ist einer von denen!«

»Von wem?«, fragte der Notarzt stirnrunzelnd.

»Na, von dem Shanty-Chor«, sagte Swantje, »den Klaasohms.«

»Sie suchen einen Serienmörder?«

»Das ist bereits das dritte Opfer«, sagte Henry, »und wie es aussieht, tappen wir immer noch im Dunkeln.«

»Wir brauchen Verstärkung«, rief Swantje, »sofort! Wir brauchen Kollegen, auf der ganzen Insel, an jeder Ecke! Der Täter muss das Gefühl haben, dass jeder seiner Schritte beobachtet wird. Wir müssen ihm zuvorkommen, versuchen herauszufinden, was er als Nächstes vorhat. Er wird früher oder später einen Fehler machen, und dann haben wir ihn!«

»Der Mörder ist nicht Steffen Hinrichs«, sagte Henry mit hängenden Schultern. »Und wir waren so sicher!«

»Wir waren absolut sicher. Es ist zum Verrücktwerden! Aber wie kommen die Sachen in seinen Besitz? Wie kommt die Erde an seine Schuhe?«

»Hinrichs hat ja in der Nähe des Fundorts seine Frau gesucht. Das erklärt wahrscheinlich die Erde an seinen Schuhen.«

»Oder handelt es sich hier um einen Nachahmer? Wurden Details über die Morde veröffentlicht?«

»Soweit ich weiß, nicht. Gut, die Sache mit dem Paracetamol ist bekannt, aber mehr auch nicht.«

In großer Hektik begannen sie damit, Spuren zu sichten, Umstehende und Nachbarn zu befragen, doch wie immer wollte keiner etwas mitbekommen haben.

KAPITEL 37

Am Freitagmorgen um kurz nach acht stellte Frau Henningsen, die Polizeiassistentin, einen Anruf durch. Swantje wechselte in das Büro von Lutz Dabelstein, um in Ruhe telefonieren zu können.

Die Zeugin berichtete, dass sie um kurz vor 18 Uhr in der Inselapotheke gewesen sei, weil sie ein Mittel gegen Sodbrennen gebraucht habe, und da sei ihr ein Mann aufgefallen, der nach vier Packungen Paracetamol verlangt habe. Der Mann habe unruhig und fahrig gewirkt. Als die Zeugin wenig später die Apotheke verlassen habe, habe sich der Mann noch in der Nähe herumgedrückt, als hätte er auf jemanden gewartet. Immer wieder habe er zur Apotheke hingesehen. Das sei ihr komisch vorgekommen.

»Können Sie ihn beschreiben?«, fragte Swantje mit einer bösen Vorahnung. Während sie auf die Antwort wartete, klopfte ihr Herz zum Zerspringen.

»Er war groß und breit gebaut, aber nicht dick. Er hatte einen goldenen Ohrring, der mich an einen Seefahrer erinnert hat, eine Glatze und sehr viele Falten im Gesicht. Seine Stimme fiel mir auf, weil sie sehr sonor war, so tief wie die eines Brummbären. Der Mann trug eine verwaschene Jeans und ein zerknittertes blaues Fischerhemd, außerdem ein rotes Halstuch.«

»Würden Sie Ihre Beobachtung schriftlich wiederholen und eine Aussage machen?«, fragte Swantje matt.

»Ja sicher, ich könnte heute noch vorbeikommen. Ich bin Rentnerin und habe Zeit.«

»Das wird nicht nötig sein«, sagte Swantje. »Gerne komme ich bei Ihnen vorbei. Dann können Sie sich den Weg sparen.«

Die ältere Dame namens Christel Grossfeld war sofort einverstanden und gab ihr ihre Adresse. Sie verabredeten sich für 11 Uhr im Barbaraweg.

Beklommen ging Swantje Brandt anschließend in das Büro zurück, das ihnen für die Dauer ihres Aufenthaltes auf Borkum zur Verfügung gestellt worden war, und bekam mit, wie Frank Hinrichs auf seinen Vater schimpfte. Er war wohl in der Zwischenzeit hergekommen, weil er noch etwas erzählen wollte. Sein Vater habe seiner Mutter das Leben zur Hölle gemacht.

»Die konnte irgendwann nicht mehr anders, als ihn zu hassen«, sagte er gerade und schaute ein wenig unwirsch zu Swantje, die sich einen Stuhl heranzog. »Er hat sie belogen und betrogen, immer wieder. Er hat sich über sie lustig gemacht, über ihre Figur, ihre Ängste, ihre Unsicherheit, ihre Unselbstständigkeit. Mein Vater hat sich ihr gegenüber immer haushoch überlegen gefühlt und sie das spüren lassen. Er ist ein Narzisst, wie er im Buche steht. Sein eigenes Wohl hat er über alles andere gestellt. Meine Mutter war am Ende nur noch ein heulendes Häufchen Elend, ohne Selbstvertrauen und Mut. Ohne eigene Persönlichkeit. Einfach traurig. Da half auch der Umzug nach Borkum nichts. Sie blieb dieselbe, die sie schon in Düsseldorf gewesen war. Ängstlich und klein.«

»Hatten Sie denn noch näheren Kontakt? So wie wir Ihren Vater verstanden haben, war der nicht vorhanden.«

»Beruflich natürlich schon, denn mein Vater hat mich als Geschäftsführer in seiner Firma in Düsseldorf eingesetzt, da standen wir fast täglich in telefonischem Kontakt. Privat allerdings kaum. Ich war nur ein einziges Mal hier, an Weihnachten, das hat mir schon gereicht. Erst hat mein Vater mit mir Streit angefangen, dann mit meiner Mutter. Die Gans war verbrannt, meine Mutter konnte eben nicht kochen. Wir hätten einfach essen gehen können, Geld ist genug da, aber mein Vater wollte sie vorführen. Sie hätten seinen selbstzufriedenen Gesichtsausdruck sehen sollen, als er auf ihr herumgehackt hat, wie doof sie sei, nicht einmal eine Gans bekomme sie hin. Es hat ihm Spaß gemacht, sie zu erniedrigen!«

»Wie war Ihre Beziehung zu Ihrer Mutter?«

»Ich habe mich bemüht, sie einmal im Monat anzurufen. Ich habe sie geliebt, aber wir haben uns im Laufe der Jahre entfremdet und hatten uns nicht wirklich viel zu sagen. Es gab keine Probleme zwischen uns, verstehen Sie, ich hatte einfach mein eigenes Leben in Düsseldorf.«

»Wenn ich kurz unterbrechen darf«, wandte sich Swantje an Henry, »ich habe einen Auswärtstermin. Machst du allein weiter oder brauchst du mich noch?«

»Nein, alles klar, geh ruhig. Und melde dich von unterwegs, ja?«

Swantje nickte, winkte und verließ das Büro.

Als Verstärkung aus Osnabrück und Hannover eingetroffen war, zogen sich die Ermittler in einen großen Besprechungsraum zurück. Sie hatten es mit einem Serienmörder zu tun, dessen Profil sie in Gemeinschaftsarbeit zu analysieren versuchten. Henry Olsen vermisste Swantje an seiner Seite. Ihren Auswärtstermin – er fragte sich, worum es sich dabei überhaupt handelte – hätte sie besser verschieben sollen. Oder was konnte wichtiger sein als dieses Meeting hier?

Lutz Dabelstein sprach gerade davon, dass die Bevölkerung beunruhigt sei, nachdem das Regionalfernsehen von den Serienmorden berichtet habe und der Norddeutsche Rundfunk jeweils zur vollen Stunde in den Nachrichten darauf hinweise, Fenster und Türen in der Region geschlossen zu halten und Kinder nicht unbeaufsichtigt spielen zu lassen. Seit der zweite Mord bekannt geworden war, reisten Feriengäste zu Hunderten vorzeitig ab. Nun gab es bereits einen dritten Mord.

»Es ist klar, dass wir keine Zeit verlieren dürfen«, sagte ein Kollege aus Osnabrück, der sich mit dem Namen Carlo Oltmann vorstellte. »Ein Serienmörder auf einer Ferieninsel ist so ziemlich das Letzte, was wir gebrauchen können.«

Dabelstein richtete das Wort direkt an seinen Osnabrücker Kollegen. »Herr Oltmann, Sie wollten eben etwas über das Profil unseres Serientäters wissen. Ich glaube, wir haben es mit einem rational denkenden Täter zu tun. Meiner Meinung handelt es sich um einen eiskalten Typen, der viel Zeit zu haben scheint und sich viel draußen herumtreibt. Vielleicht ist er arbeitslos, möglicherweise ihm ist gekündigt worden und er lässt seinen Frust an wehrlosen Opfern aus, die gerade allein unterwegs sind. Zumindest ist er rast- und ruhelos, ein unzufriedener Getriebener. Oder wie sehen Sie das, Herr Olsen?«

Henry war nicht darauf gefasst gewesen, direkt angesprochen zu werden, und räusperte sich. »Meiner Einschätzung nach geht er planvoll vor«, sagte er. »Er weiß genau, was er tut, und ist sich über jeden seiner Schritte im Klaren. Das Herz aus Herzmuscheln auf dem Rücken des ersten Opfers – einer Frau – deutet auf eine Beziehungstat hin. Täter und Opfer waren sich nicht unbekannt. Das Herz könnte eine Art emotionale Wiedergutmachung für etwas sein, das in der Vergangenheit liegt. Dieses Herz fand sich auch bei den anderen Opfern. Vielleicht hat der Täter dem Opfer Unrecht getan oder umgekehrt.«

»Warum lagen alle Opfer auf dem Bauch, als sie gefunden wurden?«, wollte Dabelstein wissen.

»Ich sehe das so, dass der Täter die Identität des Opfers verdrängen wollte. Ihm war wichtig, das Gesicht, das Antlitz des Opfers, wegzudrehen. Für mich ein weiteres Indiz dafür, dass Täter und Opfer – in allen drei Fällen – in einer persönlichen Beziehung standen. Es handelt sich nicht um Zufallsopfer.«

Dabelstein kratzte sich an der Nase. »Also war es nicht zwingend eine Mann-Frau-Beziehung?«, dachte er laut.

»Im ersten Fall vielleicht schon. Sie alle kannten sich und hatten eine Vergangenheit miteinander, vermutlich alle vier.«

»Können wir davon ausgehen, dass wir es mit einem Täter zu tun haben oder sind es womöglich mehrere?«, wollte der Osnabrücker Kollege wissen.

»Es handelt sich laut Spurenanalyse um einen Einzeltäter«, gab Henry zur Antwort. »Das wissen wir inzwischen.«

Carlo Oltmann aus Osnabrück richtete nun das Wort an ihn. Er war ein sympathischer älterer Beamter, etwa im Alter von Lutz Dabelstein, der in sich ruhte und viel Erfahrung ausstrahlte. »Was wissen wir über ihn? Ist er verheiratet oder alleinstehend, gebildet oder ungebildet, hat er Familie, ist er blond, brünett, rothaarig?« Freundlich schaute er Henry an.

»Vermutlich ist er relativ groß und schwer, Schuhgröße 43 bis 44. Wir haben Fußabdrücke von Sportschuhen dieser Größe in unmittelbarer Nähe zum ersten Leichenfundort im Wald sicherstellen können. Das Profil war im weichen, regennassen Waldboden tiefer eingedrückt als das des Opfers. Also ist der Täter entsprechend schwerer. Mit hoher Wahrscheinlichkeit lässt sich sagen, dass der Täter berufstätig ist. Das sehe ich also anders als Sie, Herr Dabelstein.« Er wandte sich an seinen Borkumer Kollegen. »Die Morde geschahen am frühen Morgen und am Abend. Einmal am frühen Abend, einmal am späten Abend. Der Täter verfügt über ein Vorwissen über die Wirkung und Zusammensetzung von Medikamenten. Möglicherweise geht er einer Beschäftigung im pflegerischen Bereich nach oder hat sich dieses Wissen privat angeeignet. Darüber, ob der Täter in einer Beziehung oder alleinstehend ist, kann man nur spekulieren. Konkrete Hinweise gibt es nicht.«

»Ist damit zu rechnen, dass es zu weiteren Morden kommt?«

Henry Olsen seufzte tief, bevor er antwortete: »Ja, leider. Ich befürchte, dass die Hemmschwelle mit jeder Tat sinkt. Hat der erste Mord ihn noch große Überwindung gekostet, dann hat der Täter danach Strategien entwickelt, um weiterzuleben, ohne sich belastet zu fühlen. Er wird ein Meister im Verdrängen. Das macht es für ihn leichter. Er verliert seine Hemmung. Es geht ihm ähnlich wie einem Süchtigen. Das Zusammenspiel von Lust, Vermeidung, Verdrängung, Vergessen, Verlangen ist wie eine Spirale, die sich in einem immer höheren Tempo dreht. Wir dürfen keine Zeit verlieren.«

»Swantje, du? Um diese Zeit? Du hast Glück, mich hier anzutreffen, ich muss mich gleich auf den Weg machen. In einer halben Stunde beginnt mein Dienst.« Arne wollte sie zu sich ziehen, wich aber erschrocken zurück, als er ihren Gesichtsausdruck bemerkte. »Hey, was ist los? Ist was passiert?«

»Ich glaube, wir setzen uns besser«, sagte sie kalt. »Ich sehe, es geht dir besser. Alles wieder okay mit dem Bauch?«

»Mit dem Bauch?«

»Du musstest den Vernehmungstermin absagen wegen Magen-Darm«, half sie ihm auf die Sprünge.

Er nickte und wich ihrem kühlen Blick aus.

»Du scheinst sehr schnell zu vergessen, Arne. Beim letzten Mal, als wir uns gesehen haben, im Strandkorb bei deiner Hütte, wolltest du nichts mehr mit mir zu tun haben. Du warst sauer und enttäuscht.«

»Das war ich auch«, sagte er seufzend. »Aber nachträglich ist mir einiges klar geworden. Du hast dir wahrscheinlich große Sorgen gemacht, dass ich etwas mit dieser schlimmen Sache zu tun haben könnte. Das verstehe ich. Ich möchte nicht, dass du Angst vor mir hast, Swantje.«

Sie deutete mit einer Kopfbewegung an, dass sie vorhatte, ins Wohnzimmer zu gehen. Zu sagen, was sie jetzt sagen würde, fiel ihr unendlich schwer. Es fühlte sich an, als würden zentnerschwere Steine an ihren Gliedern hängen, die sie zu Boden zogen. Mit der Verhaftung von Steffen Hinrichs hatten sich ihre anfänglichen Befürchtungen in Luft aufgelöst. Aber die Erleichterung hatte leider nicht lange angehalten. Unterschwellig war ein mulmiges Gefühl geblieben, die ganze Zeit über, eine Art Urangst, einem Feind ausgesetzt zu sein, der ein böses Spiel mit einem spielte, dem man nicht vertrauen konnte. Zu viel sprach dafür, dass Arne der gesuchte Serientäter war. Er war nachweislich an einem der Tatorte gewesen, kam leicht an Medikamente heran, hatte sich wahrscheinlich zusätzlich mehrere Packungen Paracetamol in der Apotheke besorgt, um nicht bei der Arbeit aufzufallen, kannte sich mit der Dosierung von Medikamenten aus, konnte als Pfleger Spritzen setzen. Zeugen hatten ihn gesehen, zumindest im Zusammenhang mit den letzten beiden Mordfällen. Er hatte Frust auf der Arbeit, wie er ihr in einem langen Gespräch anvertraut hatte. Dazu kamen Existenzängste, wie es mit ihm und seinem Vater weitergehen würde, und Schulden aufgrund seiner Spielsucht, die ihn erdrückten und die er längst nicht mehr überblickte. Für den laufenden Monat hatte er nur wenig Geld zur Verfügung, dazu einen pflegebedürftigen Vater, der seine Hilfe brauchte. Fast jeden Abend aß er Nudeln mit Tomatensoße, weil das Geld nicht reichte. Das Motiv für den Mord an Sabine Hinrichs lag für Swantje klar auf der Hand. Er hatte sich an Steffen Hinrichs rächen wollen – dem skrupellosen Geschäftsmann, der für einen unverschämt günstigen Betrag Arnes Elternhaus erworben hatte, weshalb Arne ihn für seine Not verantwortlich machte.

Aber Hagen Köhler, fragte ihre innere zweifelnde Stimme. Sie gab sich selbst die Antwort: Er war Architekt gewesen und verantwortlich für die Zersiedelung von Landschaften auf Borkum. Er hatte gemeinsame Sache mit Steffen Hinrichs gemacht, mit dem er befreundet gewesen war. Zumindest eine Zeit lang, denn geschäftlich hatten die beiden schon miteinander zu tun gehabt, bevor die Hinrichs nach Borkum gezogen waren. Und Tamme Akkermann? Der hatte Arne vermutlich keine Medikamente mehr gegeben oder ihm angedroht, ihn auffliegen zu lassen, und deshalb hatte er sterben müssen. Wer konnte schon wissen, was in einem Täter vorging, der einmal angefangen hatte zu morden und keinen anderen Ausweg wusste als weiterzumachen? Ein Mord sollte den jeweils letzten kompensieren.

Sie sah ihn traurig an und sagte dann ruhig: »Arne, es ist vorbei. Das Spiel ist aus. Ich kann dir jetzt nur einen Rat geben, und den meine ich ganz ernst: Geh zur Polizei und stell dich! Wenn du dich selbst stellst, muss ich dich nicht verraten. Ich appelliere an dein Gewissen und an deine Vernunft. Für deinen Vater wird sich eine Lösung finden. Der Staat lässt alte, pflegebedürftige Menschen nicht im Stich. Sicher gibt es auf dem Festland ein schöne Einrichtung, in der dein Vater ...«

»Bullshit!«, unterbrach er sie, »nichts verstehst du, gar nichts! Du lebst in einer Blase aus Wohlstand und Behaglichkeit, in der du dich fein eingerichtet hast, aber vom Leben der kleinen Leute hast du nicht die Spur einer Ahnung! Was soll das Gerede von Gewissen und Vernunft? Ich habe mir nichts vorzuwerfen. Zumindest nichts, was strafrechtlich von Belang wäre. Alles andere mache ich mit mir selbst aus. Du bist eine von den Bullen, mit denen ich nie etwas zu tun haben wollte. Dein Interesse an mir war nie ehrlich, nie echt, du hast mich die ganze Zeit über verdächtigt, diese reiche Tussi ermordet zu haben. Bah, Swantje, was für ein Abschaum von Mensch du bist, ich verachte dich dafür!«

»Eben hast du mich noch verstanden, hast gesagt, dass du meine Sorgen ernst nimmst und nachvollziehen kannst.«

Er winkte ab. »Nur rein rational. Menschlich gesehen bist du eine totale Pleite.«

Sie war getroffen, wollte allerdings nicht zeigen, wie sehr. Nun kam es darauf an, Ruhe zu bewahren und professionell zu agieren, nicht als Privatmensch. »Beruhige dich bitte, Arne«, sagte sie freundlich, aber sachlich. »Es spricht so viel gegen dich. Das Paracetamol in deinem Kühlschrank, dein Hass auf alle, die dich in diese ausweglose Situation gebracht haben, deine Zukunftssorgen. Außerdem – und das wiegt für mich im Moment am schwersten, bist du gesehen worden.« Sie zögerte und beobachtete ihn genau. Sie verspürte Mitleid mit ihm, doch wenn es stimmte, dass er der Mörder von Sabine Hinrichs, Hagen Köhler und Tamme Akkermann war, dann musste er zur Rechenschaft gezogen werden. Sie hätte nicht allein herkommen dürfen. Sie war hier nicht mehr sicher. Er würde weitermorden. Seiner angespannten Körperhaltung zufolge stand er unter einem enormen Druck. Seine Kiefer mahlten und seine Augen wirkten tot. Sie sah die Entschlossenheit in seinem Gesicht, die unbändige Wut und bekam Angst.

Swantje presste ihre Handflächen aufeinander, bis die Fingerspitzen dunkelrot wurden. »Es stimmt«, sagte sie und räusperte sich, weil sie einen Kloß im Hals hatte, »ich bin von der Polizei. Ich habe es dir nicht gesagt, weil es nicht relevant für uns war. Polizistin ist mein Beruf, aber ich war als Privatmensch bei dir. Ich hielt dich nicht für verdächtig, lange Zeit nicht, im Gegenteil, ich habe Gefühle für dich entwickelt. Du hast mir etwas bedeutet, Arne. Das stimmt wirklich, meine Gefühle für dich waren echt.«

»Ich habe dich nach deinem Beruf gefragt«, warf er ihr vor. »Du hättest ihn mir auch einfach sagen können!«

»Viele schüchtert mein Beruf ein, ich wollte einfach ungezwungen als Swantje mit dir sprechen, nicht als Kommissarin, worauf es ganz sicher hinausgelaufen wäre.«

»Und jetzt willst du mich deinen Kollegen ausliefern. Die buchten mich ein, denn so einem wie mir, mit Spielschulden und all dem Mist am Hals, glaubt man sowieso nicht!«

»Ich denke, du hast mir nicht alles erzählt. Ich werde jetzt gehen. Privat werden wir uns nicht wiedersehen. Hör sofort auf mit dem Quatsch, Arne. Eigentlich müsste ich dich auf der Stelle festnehmen, ich will dir aber eine Chance geben. Du hast eine Stunde Zeit. Du kannst in der Zeit duschen und dich umziehen und ein paar Sachen in eine Reisetasche packen. Dann trittst du frisch und gestärkt meinen Kollegen entgegen. Wenn du dich freiwillig auf der Wache meldest, verspreche ich dir, nicht zu erwähnen, dass du Unmengen von Medikamenten in deinem Haus hortest, die du wahrscheinlich bei der Arbeit geklaut oder sonst wo illegal besorgt hast.«

Er lachte laut auf. »Wie großzügig von dir! Du verpfeifst mich nicht wegen der Pillen, aber wegen der drei Morde darf ich lebenslang einsitzen, was?«

»Ich habe eine Frage an dich, Arne. Eigentlich sind es zwei Fragen und ich möchte, dass du sie mir ehrlich beantwortest. Es gibt Videoaufnahmen von dir auf der Fähre nach Emden. Du bist am 16. Mai zwischen 10 und 12 Uhr bei der Überfahrt gesehen worden. Was wolltest du in Emden?«

Sichtlich irritiert über die Frage lehnte er sich vor. »In Emden?«, wiederholte er. »Kann sein, dass ich da was angucken wollte«, sagte er.

»Was angucken?«

»Ja, eine Wohnung in so einem Block am Stadtrand. War aber nichts. Mal wieder nichts gewesen außer Spesen. Die Wohnung war bereits vermietet und man hatte nicht den Anstand gehabt, mir abzusagen. Frechheit so was. Ich habe dann die Fähre um 14 Uhr genommen und bin wieder heimgefahren.«

Sie beobachtete ihn. Was er sagte, klang glaubwürdig. »Und was mir noch durch den Kopf geht: Warum warst du bei fast jedem Mord in der Nähe? Ein seltsamer Zufall, oder nicht? Sowohl bei Hagen Köhler als auch bei Tamme Akkermann warst du rein zufällig in der Nähe des Tatorts! Ich bin gespannt auf deine Erklärung. Komm mir nicht mit irgendwelchen fadenscheinigen Ausflüchten.«

»Du wirst mir sowieso nicht glauben«, sagte er düster. »Ich bin viel unterwegs, ein rast- und ruheloser Mensch. Das war ich schon immer. Ich kann nicht still sitzen, ich muss immer auf den Beinen sein, besonders nach der anstrengenden Arbeit auf der Demenzstation. Es war Zufall, dass ich da war, Swantje. Vielleicht auch mein sechster Sinn. Nicht mehr und nicht weniger.«

Sie erhob sich. »Ich glaube, es ist alles gesagt. Hör auf meinen Rat, Arne. Mach die Sache nicht noch schlimmer. Wie gesagt: Du wurdest gesehen.« Sie wusste, dass sie ihn jetzt nicht allein lassen durfte, aber sie hatte Angst. Ein letztes Mal würde sie seinetwegen gegen ihr Berufsethos verstoßen. Ein letztes Mal! Nie wieder sollte ihr das passieren, schwor sie sich.

Er stellte sich ihr in den Weg. »Was meinst du damit – jemand hat mich gesehen? Wo und wann und in welchem Zusammenhang?«, fragte er bedrohlich leise.

»In der Nähe der Apotheke, unmittelbar bevor der Apotheker überfallen und getötet wurde – mit einer Überdosis Paracetamol, das innerhalb kurzer Zeit seine Organe zerfressen hat!«

»Apotheke, welche Apotheke?« Er kratzte sich am kahlen Schädel. Plötzlich leuchteten seine Augen auf. »Ach, jetzt weiß ich, was du meinst. Ich brauchte ein Schmerzmittel für mich selbst, weil ich Kopfschmerzen hatte, und eine Rheumasalbe für meinen Vater.«

Sie hatte genug gehört. »Ein Schmerzmittel? Dein ganzer Kühlschrank ist voll damit.«

»Ich brauche dieses Zeug. Ich habe Angst, dass es irgendwann ausgehen könnte und nicht mehr lieferbar ist.«

»Lass gut sein, Arne, ciao. In einer Stunde, hörst du?«

Die Zeugin Christel Grossfeld hatte inzwischen ihre telefonisch gemachte Aussage wiederholt und unterschrieben. Der Mann mit der Glatze und dem Ohrring habe in der Apotheke nach vier Packungen Paracetamol verlangt und hinterher vor dem Laden noch herumgestanden und geraucht. Sein Verhalten sei ihr seltsam vorgekommen. Er habe ihr noch lange hinterhergeschaut, als sie die Apotheke verlassen habe und die Straße entlanggelaufen sei. Sie habe ein ungutes Gefühl gehabt und sich mehrfach umgedreht.

»Warum haben Sie überhaupt so auf den Mann geachtet?«, hatte Swantje nachgefragt.

»Weil er so viele Packungen auf einmal gekauft hat. Die braucht doch kein Mensch. In der Zeitung stand etwas vom ›Paracetamol-Mörder‹ und da bin ich hellhörig geworden. Ich hatte Angst vor dem Mann. Und als ich dann hörte, dass er unseren Apotheker wirklich nach Ladenschluss umgebracht hat, also kurz darauf, wurde mir ganz anders. Das musste ich Ihnen erzählen. Deshalb habe ich Sie angerufen.«

Swantje hatte die Stirn gerunzelt. »Woher wissen Sie davon?«

»Eine der Angestellten in der Apotheke ist meine Schwägerin.«

»Und die hat gesehen, dass der Mann mit dem Ohrring den Apotheker umgebracht hat?«

»Nein, gesehen hat sie nichts. Sie hat schon vorher Feierabend gemacht. Sie wusste nur, dass Tamme Akkermann nicht weit von der Apotheke entfernt getötet wurde. Und da dieser Mann mit dem Ohrring kurz vorher mehrere Packungen Paracetamol gekauft und hinterher noch vor der Apotheke herumgelungert hat, ist doch klar, dass er der Paracetamol-Mörder ist!«

Als Swantje auf dem Weg zurück zur Wache in der Strandstraße war, beschloss sie, Henry anzurufen, um ihn von der Zeugenaussage zu unterrichten. Sicher erwartete er schon ihren Anruf, denn sie wusste, dass er mit den anderen Kollegen bei einem Meeting zusammensaß. Doch sie fand ihr Handy nicht. Hektisch durchforstete sie ihre Jackentaschen und den Rucksack, aber erfolglos. So durcheinander, wie sie wegen Arne war, musste ihr das Handy unbemerkt aus der Jackentasche gefallen sein. Fieberhaft überlegte sie, wo sie das Mobiltelefon zuletzt benutzt hatte, wo sie es verloren haben könnte. Noch einmal bückte sie sich, um es in ihrem Rucksack zu suchen. Weil ihr leicht schwindelig wurde, lehnte sie sich gegen eine Mauer.

»Kann ich Ihnen helfen?«, fragte eine Passantin.

Swantje fühlte sich erleichtert, dass sie nicht allein war.

»Ist Ihnen schlecht geworden? Brauchen Sie etwas?« Fürsorglich legte ihr die Frau eine Hand auf den Oberarm. Sie hatte eine angenehme Stimme und strahlte Ruhe und Besonnenheit aus. Das tat Swantje im Augenblick gut.

»Danke, es geht gleich wieder. Ich will mich nur einen Moment ausruhen. Mein Kreislauf spielt verrückt. Hat man in meinem Alter manchmal«, sagte Swantje Brandt mit einem entschuldigenden Lächeln. »Außerdem ärgere ich mich gerade furchtbar, weil ich mein Handy verloren habe. Dabei müsste ich dringend telefonieren.« Sie schaute der Dame direkt ins Gesicht. »Kennen wir uns nicht?«

Die Passantin strahlte. »Aber sicher! Jetzt erkenne ich Sie auch wieder. Sie sind von der Polizei, stimmt's?«

»Und Sie sind Runa Brennecke, richtig? Einen schönen Hund haben Sie. Ein Labrador war immer schon mein Traum.«

»Hey, ja genau. Sie haben ein unglaubliches Namensgedächtnis! Und Sie meinen sicher Oscar. Er ist leider nicht mein Hund. Mein Mann will keinen. Als Mediziner hat er einen Hygienetick. Ich leihe ihn mir manchmal von meiner Nachbarin aus, wenn ich Lust auf ne Gassi-Runde habe. So entlaste ich sie und der Hund flippt jedes Mal aus vor Freude, wenn ich ihn hole.«

»Verstehe.«

»Und Sie haben Ihr Handy verloren? Zufällig habe ich eins gefunden.«

Swantje hob die Augenbrauen. »Wirklich?«

»Wirklich!«

»Wie sieht es aus?«

»Auch wenn Sie von der Polizei sind: Erst beschreiben Sie es mir bitte, dann sage ich Ihnen, ob es das ist, welches ich gefunden habe.«

»Silberfarben, in einer dunkelblauen Handytasche aus Kunstleder?«, fragte Swantje hoffnungsvoll.

Runa Brennecke strahlte. »Ja, genau so eins! Silber, blaue Hülle. Es lag auf dem Gehweg.«

»Wo denn?«, fragte Swantje aufgeregt.

»Vor der Polizei. Das heißt, nicht direkt davor, vielleicht zehn Meter weiter entfernt in Richtung Heimatmuseum. Ich habe es aufgehoben und erst mal eingesteckt, bevor es irgendein Idiot findet und behält.«

»Haben Sie es dabei?«

Die Frau zuckte mit den Schultern. »Leider nicht, ich habe

es mit zum Leuchtturm genommen, wo ich heute Dienst hatte. Dort habe ich es leider liegen lassen. Aber kein Problem, ich kann es holen, ist ja nicht weit von hier. Wollen Sie mitkommen? Wir könnten dort oben auch Tee trinken. Da ich heute den Schlüssel für den Turm habe, wäre das kein Problem. Ich mache Ihnen den besten Ostfriesentee der Welt!«

Swantje wollte vor allem ihr Handy wiederhaben und willigte ein.

»Gut, wir gehen langsam nebeneinanderher. Ich bin bei Ihnen, falls Ihnen noch mal schwindelig wird. Zur Not fange ich Sie auf. So kann Ihnen nichts passieren. Warten Sie, ich glaube, ich habe sogar einen Traubenzucker dabei.« Runa Brennecke durchwühlte ihren Rucksack und fand tatsächlich eine Packung mit Zitronengeschmack. »Da, nehmen Sie, das wird Ihnen sofort helfen.«

Swantje griff dankbar nach der Packung, riss die Folie auf und schob sich zwei Stücke in den Mund. »Wie nett von Ihnen«, sagte sie kauend, »wirklich hilfsbereit. Ich hoffe, ich kann mich bei Ihnen revanchieren.«

»Ach was, das brauchen Sie nun wirklich nicht, ich bin immer froh, wenn ich helfen kann.«

»Ich bin's, Klaas. Ich sollte dich zurückrufen.«

»Gut, dass du dich meldest«, sagte eine aufgeregte Stimme. »Es geht um deine Steinsammlung. Ich will's kurz machen: Schau bitte auf dem Fensterbrett nach, ob alle Steine noch da sind, auch die großen.«

»Spinnst du?«

»Jetzt sofort. Ich habe eine gewaltige Unruhe. Ich erklär's dir später.«

»Augenblick.« Mit einem ungsuten Gefühl ging Dr. Klaas Martens ins sonnige Wohnzimmer mit der breiten Fensterfront. Über die ganze Länge war seine Steinsammlung ausgebreitet, die seiner Frau seit Langem ein Dorn im Auge war. Nach jedem Fensterputzen drohte sie damit, die Steine wegzuwerfen, die er im Lauf der Jahrzehnte an verschiedenen Urlaubsorten gesammelt hatte. Bei den meisten Exemplaren wusste er noch genau, wo und unter welchen Umständen er sie gefunden hatte. Mal am Strand, mal in der Heide, mal in den Bergen, mal im Wald oder am Wegesrand. Viele schöne Erinnerungen waren damit verknüpft. Die Steine hatten für ihn einen besonderen Wert, gerade weil er sie nicht gekauft, sondern weil die Natur sie ihm an wunderbaren Orten geschenkt hatte.

»Wilhelm«, sagte er mit kratziger Stimme. »Es fehlt einer! Der rot gesprenkelte aus der Lüneburger Heide!«

»War er groß?«

Klaas nickte, was Wilhelm nicht sehen konnte.

»Du weißt, was damit passiert ist, du hast es mitbekommen?«

Klaas atmete schwer aus. »Natürlich«, sagte er.

»Ich nehme an, dass du nichts damit zu tun hast.«

»Natürlich nicht.«

»Bitte geh zur Polizei, Klaas, ich will es nicht tun.«

»Lass mich nachdenken, Willi, wir reden später noch mal.« Er legte auf.

KAPITEL 38

»Wir sind gleich da«, sagte die Frau neben ihr aufmunternd. »Tee hoch oben im Alten Leuchtturm, hatten Sie das schon mal? Ich sage Ihnen was, das ist ein ganz besonderes Abenteuer. Wer das einmal erlebt hat, vergisst es nie mehr.« Ihre Augen leuchteten und sie unterstrich ihre Worte mit einer lebhaften Gestik. »Exklusiv für Sie, ich habe heute zufällig den Schlüssel bekommen. Den habe ich höchst selten. Normalerweise muss man sich weit im Voraus anmelden, wenn man den Turm besichtigen möchte, und es gibt nur eine begrenzte Teilnehmerzahl, wie Sie sich denken können.«

»Teilnehmerzahl?«

»Manchmal füllt sich der kleine Raum, aber heute war nichts los, obwohl Freitag ist. Ich glaube nicht, dass wir noch Besuch bekommen.«

»Viel Zeit habe ich leider nicht. Maximal eine halbe Stunde, reicht das?« Swantje war der Frau dankbar und wollte nicht unhöflich sein. »Ich möchte eigentlich nur mein Handy holen, habe danach noch eine Verabredung.«

Ihre Begleiterin machte eine wegwerfende Handbewegung. »Ach was, wie viel Tee wollen Sie denn trinken? Das reicht dicke!« Sie versuchte, die Außentür aufzuschließen, und wurde nervös, als sie den passenden Schlüssel am Bund nicht gleich fand. »Ich bin einfach zu dumm, mir so etwas zu merken«, sagte sie, »aber wie gesagt, es ist ein großer Zufall, dass ich den Schlüssel nach langer Zeit mal wieder habe. Ich vertrete jemanden. Ha, da ist er!«

Gemächlich stiegen sie die Stufen der steilen Wendeltreppe zum Alten Leuchtturm hinauf. Sie waren so schmal, dass Swantje seitwärts gehen musste. Auf halber Strecke merkte sie, dass ihr die Puste ausging. Die Sporteingangsprüfung bei der Polizei würde sie inzwischen nicht mehr bestehen. »Wie viele Stufen sind es noch?«, wollte sie wissen. »Ich bin heute nicht in Form.« Sie musste sich eingestehen, dass ihre Begleiterin nicht nur etwa zehn Jahre jünger, sondern außerdem wohl wesentlich fitter war. Während sie sich die Stufen hinaufquälte, nahm sie sich vor, wieder mehr Sport zu treiben.

»Es sind genau 172 Stufen«, erklärte ihre Begleiterin. »Etwa die Hälfte haben wir gleich geschafft. Wissen Sie, dass das hier früher mal ein Kirchturm war? Die zugehörige Kirche wurde irgendwann abgerissen. Dann wurde der Turm aufgestockt und von da an war es ein Leuchtturm. Im Krieg diente der Alte Leuchtturm zur Ausspähung von feindlichen Schiffen.«

»Wie interessant«, keuchte Swantje, »wirklich, das wusste ich noch nicht.« Das entsprach nicht der Wahrheit, aber sie wollte die Frau, die sich so nett um sie kümmerte, nicht enttäuschen. Mit beiden Händen, die inzwischen feucht geworden waren, zog sie sich am Geländer hoch. Nach jeder vierten oder fünften Stufe, die mal schmaler und mal breiter ausfiel, musste sie stehen bleiben und eine kurze Pause machen.

»Übrigens kümmert sich der Heimatverein seit etwa 40 Jahren um den Turm«, fuhr die Borkumerin fort. »Mein Vater ist da sehr engagiert und meine Mutter assistiert ihm manchmal dabei. Heute sind beide verhindert, deswegen habe ich den Schlüssel. Also genießen Sie das Privileg, das ich Ihnen biete.«

Swantje lachte auf. »Das mache ich. Und da oben befindet sich ein kleines Café?«

»Eher die feine, gemütliche Teestube meiner Eltern. Heute bin ich Ihre Gastgeberin. Schauen Sie nicht so, ich kann das. Oder denken Sie, dass ich nicht imstande bin, einen Tee hinzubekommen?«

»Ganz im Gegenteil, Frau Brennecke: Sie sehen so aus, als könnten Sie den besten Tee von Borkum kochen!«

»Übrigens kann man da oben auch heiraten. Der Alte Leuchtturm ist bei Brautpaaren außerordentlich beliebt. Leute kommen deshalb von überallher. Romantisch, oder?«

»Ja, sehr«, stimmte Swantje keuchend vor Anstrengung zu. »Hier würde ich auch gerne heiraten. Vielleicht gibt es bis dahin einen Fahrstuhl.«

Ihre Begleiterin lachte. »Nein, bis dahin sind Sie so fit, dass Sie Ihrem Verlobten davonrennen!«

»Meinen Sie?«, schnaufte Swantje, blieb einen Moment auf einer etwas breiteren Stufe stehen und wischte sich mit dem Ärmel ihres Pullovers den Schweiß von der Stirn.

»Wir haben es gleich geschafft«, munterte Frau Brennecke sie auf. »Nur noch dreimal rechtsrum, dann ein paar Stufen Wendeltreppe, und schon sind wir da. Der Turm ist 45 Meter hoch, falls Ihr Verlobter sich dafür interessiert.«

»Das wird er unbedingt wissen wollen. Wahrscheinlich auch, wie alt der Turm ist«, sagte Swantje, die allmählich vom mühsamen Aufstieg genervt war.

»Das kann ich Ihnen sagen: Ziemlich genau 443 Jahre alt. Beachtlich, oder?«

»Auf jeden Fall«, stöhnte Swantje.

»Sie sind ja ganz schön außer Puste«, bemerkte Runa Brennecke. »Sie sollten sich mal von meinem Mann durchchecken lassen, der ist nämlich Arzt. Er kann ein EKG bei Ihnen machen oder einen Herzultraschall. Darauf versteht er sich sehr gut.«

»Dr. Brennecke? Muss ich mal googeln.«

»Nein, er heißt anders. Mir gefiel mein Nachname besser, deshalb habe ich ihn bei der Heirat behalten.«

Swantje blieb auf dem oberen Treppenabsatz stehen. »Aber nicht etwa der Inselarzt Dr. Martens?«, entfuhr es ihr.

»Doch, genau der. Kennen Sie ihn?«

»Das ist ja interessant«, sagte Swantje und räusperte sich, um ihre Überraschung zu kaschieren.

»So, geschafft. Wir sind da! Ich hoffe, Sie fühlen sich hier wohl und kommen noch einmal wieder, am besten mit Ihrem Verlobten, damit ich ihn kennenlernen kann.«

Sie hatten das Turmzimmer erreicht. Es war klein und gemütlich, wie Frau Brennecke versprochen hatte. Allerdings gab es nur einen Tisch dort, eine große Lampe in der Mitte des Raums in der Form eines Steuerrades und einen alten Schrank. Es roch muffig. Swantje konnte sich nicht vorstellen, dass der Raum für irgendetwas genutzt wurde, nicht zum Teetrinken und erst recht nicht zum Heiraten.

Es war Henry Olsen, der den Anruf entgegennahm. Die Dienstbesprechung mit den Kollegen war soeben beendet worden. In der Leitung war ein Rechtsmediziner von der Gerichtsmedizin Emden.

»Es gibt neue Ergebnisse«, sagte er. »Wir konnten inzwischen ein vollständiges DNA-Muster des Täters erstellen.«

»Also? Ich bin gespannt, was Sie herausgefunden haben.«

»Bei dem gesuchten Serientäter handelt es sich um eine Frau.«

»Eine Frau?«, fragte Henry heiser und schluckte. »Wie sicher sind Sie?«

»Zu 99,9 Prozent!«

Henry Olsen war plötzlich von einer starken Unruhe erfasst. »Ich muss meine Kollegin erreichen«, sagte er mit bebender Stimme, »sofort! Sie ist allein unterwegs. Gibt es sonst noch etwas, das ich wissen sollte?«

»Nein, das war alles. Fingerspuren und DNA können einer Frau zugeordnet werden, die polizeilich bislang nicht in Erscheinung getreten ist.«

»Ich danke Ihnen«, sagte Henry und legte auf.

»Schön, dass Sie sich schon mal ein Plätzchen gesichert haben«, sagte Runa Brennecke und machte eine gönnerhafte Geste. »Wenn die Touristen erst einmal mitbekommen, dass der Turm geöffnet ist, wollen sie auch hier herauf. Zack ist die Bude voll, dann ist es aus mit der Gemütlichkeit.«

Swantje genoss den herrlichen Ausblick über die Insel. Sie schaute auf den alten Friedhof, auf dem Walfänger aus dem 18. Jahrhundert begraben lagen, sah das Heimatmuseum Dykhus, in dem das Skelett eines monströsen Wales ausgestellt war, entdeckte die Inselschule, die sie früher besucht hatte, außerdem viele rote Backsteinhäuser. In der Ferne sah sie Sand- und Grasdünen, Salzwiesen und natürlich das in der Sonne blitzende Meer. Eine weiße Fähre tuckerte gemächlich in der Fahrrinne. Wie schön doch alles aus der Vogelperspektive ist, dachte sie glücklich. Ich liebe Borkum, ich hätte nie weggehen sollen. Vielleicht sollte ich einen Makler damit beauftragen, ein kleines Haus oder eine Wohnung zu suchen, und für immer bleiben. Für ein paar Sekunden gab sie sich diesem Traum hin, bis sie sich an das Gespräch mit der Bürgermeisterin erinnerte und ihr klar wurde, wie unrealistisch er war. Ausgeschlossen, dachte sie, die Zeiten sind vorbei, dass man auf Borkum etwas Bezahlbares finden könnte. Ferienhäuser hingegen gab es genug, um hier ein paar Urlaubstage zu verbringen. Daran würde sie festhalten.

»Möchten Sie Tee mit Kluntjes und Sahne auf Stövchen?«, bot Runa Brennecke an, »das ganze Programm?«

»Machen Sie sich bitte keine Umstände, ich muss bald los«, sagte Swantje freundlich und schaute wieder aus dem Fenster. »Wie schön die Insel doch ist! Ein kleines Paradies! Ich beneide Sie, dass Sie das so oft haben können, wie Sie wollen.«

»Der Aufstieg hat sich gelohnt, was?« Die Frau des Inselarztes machte sich in der kleinen Küche zu schaffen. Swantje hörte Wasser laufen und ein Geräusch, das wie ein altmodischer Boiler klang. Dann fiel ihr etwas ein. »Unten lag ein Schild auf dem

Boden«, rief sie. »Ich habe es im Vorbeigehen gesehen. Da stand irgendwas von Bauarbeiten. Das betrifft doch nicht diesen Turm?« Sie fühlte sich erholt, nicht nur körperlich, sondern auch geistig.

»Ich habe noch ein Stück Honigkuchen da«, kam die Antwort aus der Küche, »darf's etwas davon sein oder lieber Butterkekse?«

»Was ist jetzt mit dem Schild? Der Turm wird doch wohl nicht einstürzen, während wir hier gemütlich Tee trinken?«

»Natürlich nicht. Normalerweise haben wir auch leckeren Borkumer Krintstuuten im Angebot, ein Rosinengebäck aus Hefeteig«, ertönte Runa Brenneckes Stimme aus dem Nebenraum. »Meine Mutter ist weltklasse im Backen von Rosinenkuchen. Sie müssen noch einmal vorbeikommen, um ihn zu probieren.«

»Sicher. Ich muss nur gleich weiter. Der nächste Termin ...«, sagte Swantje entschuldigend. »Eigentlich wollte ich nur mein Handy wiederhaben. Würden Sie es mir bitte geben?«

»Augenblick. Der Tee ist sofort fertig.«

Erneut hörte Swantje das Wasser rauschen.

Runas Kopf tauchte auf. »Übrigens ging gerade eine Nachricht auf meinem Handy ein, dass wir doch Besuch bekommen werden«, sagte sie und stellte das Wasser ab. »Ein weiterer Gast zum Tee. Ich werde ihn unten abholen. Warten Sie hier, ich bin gleich zurück!« Ehe Swantje sie aufhalten konnte, eilte Runa an ihr vorbei. Schon waren ihre Schritte auf der alten Treppe zu hören.

»Apropos Handy«, rief Swantje ihr hinterher. »Sie wollten mir noch mein Handy wiedergeben!«

»Swantje ist nicht zu erreichen, da stimmt etwas nicht«, sagte Henry Olsen und griff zum wiederholten Male zum Telefon. »Ihr Handy ist ausgeschaltet. Hat sie irgendjemandem gesagt, wo sie hingeht? Wir waren ja lange im Meeting. Ich kann mich nicht erinnern, ob sie etwas dazu gesagt hat. Verdammt, ich überlege schon die ganze Zeit!«

Sebastian Jonker sah ihn ratlos an. »Ich weiß von nichts«, sagte er. »Aber ich werde mich mal umhören.«

KAPITEL 39

Swantje hörte die Schritte von Runa Brennecke im Treppenhaus des Turmes allmählich verhallen. Schließlich fiel unten mit einem Rums die schwere Tür ins Schloss. Für einen Moment kam es ihr völlig still vor, sie hörte nur ihr eigenes Blut in den Ohren rauschen. Erst nach und nach fielen ihr die anderen Geräusche auf, der Wind, der am östlichen Fensterladen rüttelte, das Schreien einer Möwe, das leise Rauschen des Boilers. Sie fand es merkwürdig, dass Runa nicht wiederkam. Ein Gefühl der Unruhe und Nervosität überrollte sie. Ihr Atem wurde flacher und ihr Herz begann aufgeregt zu klopfen. Noch immer horchte sie nach unten, sah aus allen Fenstern, ob sie Runa Brennecke draußen mit dem Besucher entdecken konnte. Aber keine Spur von ihr. Schlagartig kam die Angst und mit ihr die Reaktion ihres Körpers zurück, die Swantje kannte, aber lange nicht mehr erlebt hatte. Sie öffnete den Mund, um besser atmen zu können, doch sie hatte das Gefühl, dass zu wenig Luft im Raum war. Ihr wurde schwindlig. Der Turm schien zu kreisen wie ein Karussell. Immer schneller drehte er sich und sie sich in ihm. Schweiß rann ihr über die Stirn. Binnen Sekunden klebte der Stoff ihres Pullovers am Körper. Ihr wurde kalt. Sie schwitzte und fror gleichzeitig. Ihr Herz pochte in ihrer Brust, hart und unregelmäßig. Verdammte Panikattacke, dachte sie. Sie hatte lange geglaubt, sie habe diese Zustände mithilfe ihres Therapeuten überwunden, der sie damals wegen ihres Traumas behandelt hatte. Holger würde sie auslachen, könnte er sie so sehen, er hatte kein Verständnis für ihre »Zickereien«, wie er sie nannte. Er hatte generell kein Verständnis für ihre Krankheiten und Befindlichkeitsstörungen, in seinen Augen war sie ein erbärmlicher Hypochonder. Ihr Körper wurde kraftlos und matt. Sie hatte kein Gefühl mehr in ihren Armen und Beinen. Ihre Umgebung wurde milchig trüb, der runde Raum im Leuchtturm löste sich auf. Sie werde sterben, dachte sie, das hier werde sie nicht überleben. Sie krallte sich am Tisch fest, keuchte und rang nach Luft. Sie ging in die kleine Küche und trank direkt aus dem Wasserhahn, gierig, verzweifelt. Erst da merkte sie, dass die Küche leer war. Es war nichts da, was auf eine regelmäßige Benutzung hindeutete, keine Geräte, keine Töpfe, kein Geschirr, nichts. Auch kein Tee oder Honigkuchen. Auch nicht ihr Handy.

Auf einmal packte sie wilde Entschlossenheit und mit letzter wiedererwachter Kraft hastete sie die Stufen hinunter. Auf einer rutschte sie aus und fiel fast hin. Ganz knapp konnte sie sich am Geländer festhalten. Ihr Fußgelenk tat höllisch weh, sie musste es sich bei dem kleinen Sturz verrenkt haben. Durch ein kleines Fenster sah sie, dass sie es bald geschafft hatte. Sie dachte nichts mehr, sie handelte nur noch. Noch zweimal die Wendeltreppe linksherum, dann müsste sie unten sein.

Unruhig lief Dr. Klaas Martens neben seinem Golfpartner her. Er konnte seine Frau nicht erreichen. Er wollte Runa fragen, ob sie den Stein weggenommen hatte, was er sich nicht vorstellen konnte. Eher würde Runa die ganze Sammlung entsorgen als nur ein einzelnes Exemplar. Von dem Steinwurf nach der Chorprobe hatte er gehört. Aber so eine Attacke passte nicht zu ihr. Warum hätte sie das auch tun sollen? Dahinter steckten sicher gelangweilte oder gefrustete Jugendliche. Wilhelm regierte oft überempfindlich und übertrieben. Er hatte schon oft wegen Kleinigkeiten bei der Polizei angerufen. Dieses Spiel würde Klaas nicht mitmachen. Sollte sein Bruder doch selbst zur Polizei gehen, wenn er das unbedingt für sein Ego brauchte. Außerdem wollte Klaas seine Frau fragen, ob er etwas zum Abendessen mitbringen sollte. Darüber gab es oft Streit, und er wollte auf Nummer sicher gehen, damit er ihre Unzufriedenheit nicht für den Rest des Abends ausbaden musste. Zwei Mal hatte er ihr bereits eine Nachricht auf der Mailbox hinterlassen. Nun sprach er zum dritten Mal darauf und ließ keinen Zweifel aufkommen, dass er ziemlich genervt war: »Runa, ich weiß nicht, was du gerade so Wichtiges zu tun hast, aber langsam könntest du mal an dein Handy gehen. Ich frage dich jetzt zum dritten Mal, ob du schon etwas fürs Abendessen geplant hast. Ansonsten bringe ich Pizza vom Italiener mit. Wenn du dich nicht innerhalb der nächsten 20 Minuten meldest, beschwere dich hinterher nicht.« Er hatte Angst vor ihren Launen. Runa konnte schrecklich aufbrausend sein, wenn ihr etwas nicht gefiel oder sie das Gefühl hatte, dass jemand nicht liebevoll genug mit ihr umging und keine Rücksicht auf sie nahm.

Mit einem tiefen Seufzer holte er mit seinem Schläger aus und wusste sofort, dass der Schlag nicht geglückt war. Sein Golfpartner lachte und gab einen blöden Spruch von sich.

Es gab Momente, da war Runa ihm fremd, dachte Klaas bitter. Da fühlte er Kälte und Distanz, und es wäre ihm lieber, allein zu leben. Je länger er mit dieser Frau verheiratet war, desto weniger verstand er sie.

Swantje wollte gerade die Tür nach draußen aufstoßen, da hörte sie ein Geräusch hinter sich. Sie fuhr den Bruchteil einer Sekunde zu spät herum. Runa Brennecke hatte einen Elektroschocker in der Hand und jagte damit so schnell auf sie zu, dass ihr keine Zeit blieb, auszuweichen. Sie sah nur noch Runas wutverzerrtes Gesicht und ihre rot gefärbten Haare, die ihr wirr in die Stirn fielen. Der Schmerz war entsetzlich, schneidend und bohrend und fuhr tief in ihre Muskeln und Knochen. Sofort ging sie zu Boden und blieb zuckend liegen.

»Es ist bald vorbei«, hörte sie eine dumpfe Stimme wie aus weiter Ferne. »Du hast es gleich überstanden. Dann bist du bei den anderen, bei Sabine, Hagen und Tamme. Gute Reise!«

Swantje spürte, wie ihr die Sinne schwanden.

»Fuck!«, hörte sie wieder Runas männliche Stimme wie aus einem bösen Traum. »Ich habe die Scheiß-Spritze vergessen, muss noch mal zurück. Dann machen wir das jetzt auf diese Weise.«

Ein zweiter Stromstoß jagte durch ihren Körper. Es wurde dunkel um sie herum und ihr wurde kalt. Swantje wurde binnen Sekunden unendlich müde und fiel in einen tiefen schwarzen Abgrund.

Der alte Mann blickte mit rasselndem Atem und müden Augen zur Tür, die sich gerade öffnete.

»Ich bin's, Arne, wie geht es Ihnen heute, Herr Schneider?«

»Junge, wir wollten Du zueinander sagen. Schon wieder siezt du mich.« Er drohte mit seinem arthritischen Zeigefinger.

»Du hast recht, ich glaube, ich werde selbst langsam alt und vergesslich. Ich muss dir etwas sagen, Otto.«

»So ernst? Was ist passiert?«

»Nichts ist passiert oder doch: Ich gehe weg von hier!«

Der Alte verzog sein Gesicht. »Was heißt das?«

»Ich habe endlich eine Wohnung gefunden, die groß genug ist für mich und meinen alten Vater. Und bezahlbar obendrein! Nur leider nicht auf Borkum, sondern weiter weg auf dem Festland, in Wiesmoor.«

»Ah, Wiesmoor kenne ich, da kam meine Mutter her.«

»Ich ziehe am 1. August um und werde dann da auch arbeiten.«

»Das ist ja gar nicht mehr so lange.«

»Das stimmt.«

Otto blickte traurig drein. »Du wirst mir fehlen, Arne«, sagte er leise.

»Ich weiß. Du mir auch!«

»Was ist mit meinen Zigaretten und dem Alk?«

»Dafür sorge ich. Einen kleinen Vorrat bekommst du vorher von mir, den schließt du in deinem Spind ein, und später kriegst du regelmäßig was von Ben. Der ist auf unserer Seite. Aber pssst! Runa darf davon nichts wissen, die anderen Mädels auch nicht.«

»Ich schweige wie ein Grab«, raunte Otto Schneider und legte verschwörerisch eine Hand auf sein Herz.

»Du musst mir was versprechen, Otto.«

»Was denn?«

»Sei nicht so gnodderich zu den Damen. Sie möchten freundlich von dir behandelt werden, nicht so … Du weißt schon.« Er machte eine entsprechende Kopfbewegung. »Sie haben es verdient, auch wenn sie es mit deiner Gesundheit ein wenig zu gut meinen.«

Otto Schneider grinste. »Alles klar, wird gemacht!«

Arne Husmann zwinkerte ihm zu, klopfte auf seine Decke und ging.

KAPITEL 40

»Hey, du siehst ja sportlich aus!« Derk Wybrands stand in der Haustür und steckte bereits in seinen Feierabendklamotten: Jogginghose, weißes T-Shirt und Gesundheitslatschen. Die gut geschnittenen dunkelblonden Haare hatte er mit Gel zurückgestrichen.

»Wir waren verabredet, Dicki, schon vergessen?« Herausfordernd lachte sie ihn an. Ihre roten Haare hatte sie zu einem strengen Pferdeschwanz gebunden.

»Dicki« war seit seiner Schulzeit sein Spitzname, weil er damals etwas kräftiger als seine Altersgenossen gewesen war. Heute war es umgekehrt. Darauf war er stolz.

Verwundet hob er die Brauen. »Echt, wir waren verabredet? Wann und wo?«

»Wir wollten joggen gehen am Strand. Ich habe mir extra freigenommen, weil ich normalerweise um diese Zeit noch arbeite.«

Er stemmte die Hände in die Hüften. »Runa, ganz ehrlich, ich muss noch Klausuren korrigieren«, sagte er gestresst. »Englisch, Textanalyse, viel Arbeit. Hundertfache Anmerkungen.«

»Das kannst du hinterher. Nur eine Stunde, Dicki, bist doch fit wie ein Turnschuh!« Sie trippelte vor ihm auf der Stelle und verbreitete durch ihre fröhliche Ausstrahlung gute Laune. »Komm, zieh deine Laufschuhe an und los geht's!«

Sie lächelte charmant. Das hatte sie schon als Jugendliche beherrscht. Runa konnte wirklich Charme ausstrahlen, wenn sie wollte. Unschlüssig sah er sich um. »Die Kinder«, sagte er, »ich bin allein mit ihnen. Meine Frau ist auf dem Festland. Sie besucht eine Freundin und kommt erst morgen zurück.«

»Deine Kinder sind doch nicht mehr so klein. Da passiert nichts. Nur eine Stunde und schon sind wir wieder da.«

»Was willst du eigentlich, Runa?«

Sie wurde ernst. »Okay, vielleicht bin ich gekommen, um mit dir zu reden. Es geht um Sabine. Ich will, dass du die Wahrheit erfährst. Du sollst wissen, was sie gesagt hat, an dem Abend, bevor sie starb. Ich glaube, dann finden wir zwei gemeinsam den Mörder!«

Er stellte sich ins Treppenhaus und legte seinen Kopf in den Nacken. »Fred? Marie?«, rief er nach oben.

»Was gibt's?«, fragte kurz darauf eine helle Kinderstimme.

»Ich bin kurz weg. Tut mir einen Gefallen und geht zu den Nachbarn rüber.«

»Warum?«

»Frag nicht so viel. Ich hole euch später da ab, okay?«, sagte Derk Wybrands und zog sich die Laufschuhe an.

Da, bitte, noch eine Unterschrift!« Der Justizvollzugsbeamte schob Steffen Hinrichs ein Formular unter der Glasscheibe durch. Mit zittriger Hand krakelte der Bauunternehmer seinen Namen auf das amtliche Schreiben. Danach wurden ihm seine persönlichen Gegenstände ausgehändigt – Handy, Ausweispapiere, Portemonnaie und Gürtel.

Etwas verloren stand er wenige Minuten später vor der JVA in Emden und wartete darauf, dass Nicola ihn abholte. Er hatte ihr die den Zeitpunkt seiner Entlassung über einen Beamten mitteilen lassen. Doch sie erschien nicht. Eine halbe Stunde ließ er verstreichen, mit zunehmender Unruhe und Nervosität, dann hackte er fast blind vor Wut eine Nachricht ins Handy. »Wo bleibst du???? Ich stehe mir hier die Beine in den Bauch!!!!«

Die Antwort kam nur wenige Sekunden später. »Nimm dir ein Taxi, du Arsch. Bye.« Mehrere Male musste er die Nachricht lesen, bis die Botschaft zu ihm durchdrang und er tatsächlich eine Taxizentrale anrief.

Im Taxi tippte er: »Ich verstehe dich nicht. Ich habe Sabine und Hagen nicht getötet.«

»Ich weiß. Aber ich hasse dich trotzdem.«

»Was trägst du denn da in deiner Bauchtasche mit dir rum?«, keuchte Derk Wybrands, der mit Runa in einem ziemlich schnellen Lauftempo die Promenade am Nordstrand ansteuerte.

»Taschentücher, einen Notgroschen für alle Fälle und mein Allergiemittel«, gab Runa zurück.

»Allergiemittel? Seit wann bist du allergisch? Und wogegen?«

»Gegen Quallenstiche. Erst seit Kurzem, früher hat mir das nichts ausgemacht. Neulich wäre ich fast an einem gestorben. Ein furchtbares Erlebnis, sage ich dir! Klaas hat mir mit einer Spritze geholfen und mir das Zeug hier gegeben. Seitdem kommt das immer mit.«

»Besser ist das! Willst du unten langlaufen oder auf der Promenade bleiben?«

»Unten ist es viel sportlicher. Und wir wollen ja ein bisschen powern heute, oder?«

»Von mir aus. Sagst du mir jetzt, was du über Sabine weißt?«

»Erst wenn wir am Hundestrand sind. Dann setzen wir uns in einen Strandkorb und ich erzähle dir alles.«

Als Swantje erwachte, war es bereits dunkel. Durch die kleinen Fenster zuckten in rhythmischen Abständen grelle Blitzlichter. Sie brauchte eine Weile, um zu sich zu kommen und die Grenze zwischen Traum und Wirklichkeit zu passieren. Was war geschehen? Sie verspürte Schmerzen, die sich anfühlten wie ein starker Muskelkater. Ihre Beine waren gelähmt, wollten ihr nicht gehorchen. Als sie hineinkniff, merkte sie, dass sie nicht vollkommen taub waren. Das beruhigte sie etwas. Dann fiel ihr Blick auf eine Tasche, die ihr nicht gehörte. Es war ein dunkelgrauer Rucksack. Swantje rutschte auf dem Po hin, schnappte sich den Rucksack und riss den Reißverschluss auf. Sie fühlte einen flachen, harten Gegenstand in einem Kunstlederbezug. Ein Handy. Und dann wurde ihr klar, dass es sich um ihr eigenes Handy handelte. Es war ausgeschaltet und sie gab den Code ein, um es wieder zum Laufen zu bringen. Runa Brennecke hatte sie gelinkt und in eine Falle gelockt. Wahrscheinlich hatte sie sie verfolgt und das verlorene Handy als Chance begriffen. Und nun hatte sie den Rucksack mit dem Handy einfach liegen lassen, weil sie dachte, Swantje überlebe den Anschlag nicht. Mit zittriger Hand rief Swantje Henry an und wartete ängstlich und nervös auf seine erlösende Stimme. Während sie das Handy ans Ohr gepresst hielt, las sie, was auf dem Plakat stand, das zerknittert neben der Treppe lag. Runa hatte es wahrscheinlich draußen abgerissen und mit in den Turm genommen: »Wegen Bauarbeiten ist der Turm derzeit geschlossen. Teestunden finden jeden Mittwoch im Toornhuus am Fuße des Alten Leuchtturms in der Kirchstraße 2 um 14.30 Uhr statt.« Es war eine Telefonnummer angegeben, unter der man einen Platz bei der Teestunde reservieren konnte.

»Du hast heimlich trainiert, stimmt's?«, fragte Derk keuchend und streckte lachend seine Zunge raus. Die Dünenlandschaft zu seiner Rechten wirkte im Abendlicht betörend schön. Es war gerade die sogenannte Blaue Stunde, die viele Menschen zum Fotografieren ins Freie zog. Ein Fotograf machte in den Dünen Aufnahmen von einem Hochzeitspaar.

Derk und Runa joggten an ihnen vorbei in nördliche Richtung. Ganz in der Nähe befand sich der Hundestrand.

»Ein bisschen vielleicht. Seitdem du Sabine und mich herausgefordert hast, wollte ich das nicht auf mir sitzen lassen.«

»Was denn?«, hakte er nach.

»Dass Sabine mich ›lahme Ente‹ genannt hat und du darüber gelacht hast. Richtig laut und fies.« Sie wirkte plötzlich sehr ernst.

»Bitte was?«, fragte er. »Das war doch nur ein kleiner Spaß. Eine lahme Ente warst du nie, du hattest immer schon viel mehr Power als wir alle zusammen.«

»Lüg nicht! Lüg mich nie wieder an!« Sie war stehen geblieben.

Abrupt blieb nun auch er stehen. »Wir können auch umkehren, Runa, wenn du wieder schlechte Laune und einen deiner Ausbrüche hast. Darauf habe ich keine Lust, weißt du? Ich habe das früher oft genug mitgemacht. Das brauche ich heute nicht mehr.«

»Ist gut, ist ja schon gut«, sagte sie beschwichtigend, zog ihn mit einer Handbewegung mit sich, und sie liefen übers wellenförmige Watt. Sie waren fast allein. In einiger Entfernung war noch ein junges Paar mit seinem Hund unterwegs.

Sie hatten ihr Tempo einander angepasst. Das Laufen fühlte sich nun entspannter an; es begann Spaß zu machen. Minutenlang liefen sie schweigend nebeneinanderher, jeder in Gedanken versunken.

Dann warf er einen Blick zurück. Sie hatten sich mittlerweile weit von der Strandpromenade entfernt. Es war Ebbe. Der Wattboden unter ihren Füßen, der sich bis eben fest und geriffelt angefühlt hatte, wie eine sanfte Massage unter den Schuhsohlen, wurde weich und gab nach. Meerwasserpfützen spiegelten sich im Watt. Der glitschige Meeresboden verursachte schmatzende Geräusche beim Joggen. Er würde später seine Schuhe in die Waschmaschine stecken – sie waren gesprenkelt vom Schlick und seine Frau würde wieder meckern.

Als Derk meinte, es sei besser, nun doch langsam umzukehren, erinnerte er sich an die Wattwanderung vor 30 Jahren. Da war es genauso gewesen. Da hatten die anderen auch nicht auf ihn gehört, geglaubt, es sei nur noch ein kurzes Stück bis zur Sandbank mit den Seehunden. Und nun war es wieder so weit: Die Flut drückte das Meerwasser zurück in die Priele.

Damals war Runa erst mit ihm zurückgewandert. Dann hatte sie es sich anders überlegt und war noch einmal umgekehrt. Und kurz darauf hatte er einen Schrei gehört, der durch Mark und Bein gegangen war. Erschütternd war das gewesen. Ein Todesschrei! Er fühlte sich plötzlich hellwach. Es gelang ihm, Erinnerungslücken zu schließen. Jetzt, endlich, nach 30 Jahren!

Runa und Michael? Hatte Sabine doch recht gehabt, als sie ihnen in der Chorprobe vorgeschlagen hatte, gemeinsam zur Polizei zu gehen? Was hatte Sabine gewusst?

Runa?? Misstrauisch warf er einen Blick zu ihr hinüber.

»Bleib stehen!«, dröhnte sie plötzlich in einem Kommandoton, der ihn an seine Bundeswehrzeit erinnerte. Wie vom Donner gerührt erstarrte er, dann drehte er sich zu ihr hin. Pfeilschnell stürmte sie auf ihn zu, während er das Gefühl hatte, im Watt zu versinken.

Sie hatte etwas in der Hand. Wie eine Waffe hielt sie das kleine schwarze Teil über sich. Es sah aus wie ein altmodischer Rasierapparat.

Ein Elektroschocker! Der Schock über diese Erkenntnis fuhr ihm direkt ins Blut, was ihn erst paralysierte, ihm aber schon im nächsten Augenblick ungeahnte Kräfte verlieh. Seine Füße lösten sich aus dem Watt, als wären sie federleicht. Denken und Handeln waren eins. Er riss die Arme hoch, sprang auf sie zu, packte sie an beiden Handgelenken und versuchte, ihr das Ding zu entwinden. Sie war mindestens genauso stark wie er und hielt es eisern fest. Es gelang ihm, ihren kleinen Finger zu fassen. Er drehte ihn herum und drückte ihn nach vorne, bis es knackte. Sie schrie auf. Wahrscheinlich hatte er ihr den Finger gebrochen und ihn ausgekugelt. Doch er war erfolgreich gewesen und hatte das Ding an sich gebracht. Sie wollte es wiederhaben, natürlich, das ließ sie nicht auf sich sitzen. Eine Weile rangen sie miteinander, fielen ins schlickige Watt, kugelten übereinander. Runa schrie aus Leibeskräften. Er brüllte sie an, sie solle endlich die Klappe halten, er ertrage es nicht länger. Sie kreischte so laut in sein Ohr, dass er befürchtete, sein Trommelfell würde platzen. Da merkte er, dass er ihr einen Stromschlag versetzt hatte. Es waren Schmerzensschreie, die sie von sich gab. Er hatte aus Versehen den E-Schocker ausgelöst und legte noch einmal bewusst nach. In dem Moment war ihm egal, wo er sie traf. Er hackte mit dem Teil auf sie ein, so lange, bis ihre Schreie allmählich verebbten. Jetzt hielt er das Gerät direkt an ihr Herz und drückte noch einmal ab.

Ruhe. Endlich war sie still. Er zitterte am ganzen Körper und hatte das Gefühl, keine Luft mehr zu bekommen. Am liebsten wäre er im Schlick liegen geblieben. Eine Weile fühlte er sich wie in Trance, unfähig, einen einzigen klaren Gedanken zu fassen.

Dann entdeckte er Wattwanderer in der Nähe. Etwa 20 Meter weiter in Richtung Hundestrand. Da wachte er langsam aus seinem Dämmerzustand zwischen Traum und Wirklichkeit auf. Er winkte wie wild. Das war das Einzige, was er noch zustande brachte.

Wenig später ging ein Anruf in der Leitstelle ein. Eine Frau berichtete stockend, sie habe am Strand einen Kampf zwischen einem Mann und einer Frau beobachtet. Beide hätten laut gerufen, die Frau habe um ihr Leben geschrien und der Mann voller Wut und Hass gebrüllt. Es habe ausgesehen, als ob der Mann sie töten würde. Er habe eine Waffe in der Hand gehalten, vermutlich ein Messer. Sie habe sich nicht getraut, dazwischenzugehen.

»Das haben Sie richtig gemacht«, beruhigte Lutz Dabelstein sie und ließ sich von ihr die genaue Stelle am Strand beschreiben. Noch während er die Zeugin am Telefon hatte, trommelte Henry

Olsen, der über Lautsprecher mithörte, seine Mannschaft zusammen. Er gab den Befehl heraus, Schutzkleidung anzulegen und sich auf einen bewaffneten Konflikt einzustellen. Henry schloss die Waffenkammer auf, nahm eine Heckler & Koch heraus, lud sie durch und steckte sie ins Holster. Er war froh, dass gerade erst die neuen Stichschutzwesten eingetroffen waren, von denen er nun eine anlegte. Sie war schwerer als eine normale Schutzweste, wesentlich teurer, sollte dafür aber auch einiges aushalten. Schlagstock, Abwehrspray, Taschenlampe, Funkgerät – das Abwehr- und Verteidigungsmaterial wurde effektiv verstaut, und dann ging es im Mannschaftswagen los zum von der Zeugin beschriebenen Strandabschnitt. Von unterwegs rief er seine Tante an. Aufgrund eines plötzlichen Anflugs von Sentimentalität wollte er seine beiden Enkel sprechen.

»Geht's euch gut?«, fragte er mit belegter Stimme. »Der Opa wollte mal hören, ob ihr schön spielt.«

»Tante Moni hat uns ein Puzzle gekauft«, sagte Theo. Das bauen wir gerade zusammen. Mama hilft uns. Wann kommst du endlich?«

»Bald, mein Großer, bald«, sagte Henry und schluckte. »Schön, dass eure Mama bei euch ist! Wie geht es ihr?«

»Gut. Sie fragt nach dir. Hast du viel Arbeit?«

»Ja, gerade sehr viel. Wenn alles geschafft ist, gehen wir ins Wellenbad, okay?«

»Ich verstehe dich nicht. Warum ist da Tatütata?«

»Der Opa ist Polizist, das weißt du doch.«

»Nimm mich mit auf Verbrecherjagd!«

»Das geht nicht, Großer. Aber wir können das mal zusammen nachspielen.«

»Erzählst du mir dann alles?«

»Na klar. Gibst du mir bitte deinen Bruder?«

Es raschelte in der Leitung. »Wir bauchen noch eine Taucherbille«, meinte Mats. »Eine echte, mit Sssnorchel!«

»Alles, was du willst«, sagte Henry mit einer selten gefühlten Rührung. »Bis bald, Kleiner, der Opa hat dich und deinen großen Bruder ganz doll lieb. Holst du mal bitte die Mami ans Telefon.«

Wieder ein Rascheln. »Hey, Papa!«

»Hi, Pia! Wie schön, dass du auf Borkum bist!«

»Finde ich auch.«

»Ich habe wohl überreagiert, es tut mir leid. Unser Streit tut mir leid. Lass uns nachher quatschen. Okay?«

»Okay.«

»Ich liebe dich, Pia!«

Pause.

»Hast du das gehört?«

»Ich dich auch.«

Henry legte schnell auf, als er merkte, dass seine Augen feucht wurden.

Kurz darauf erreichten sie ihr Ziel. Der Strandabschnitt lag etwa auf Höhe der Minigolfanlage. Sie verließen den Wagen und rannten im Laufschritt die Dünen hinunter und dann über festen Sand. Ein Stück weiter wurde das Watt bereits schlickig. Die Flut kam zurück.

Sie mussten nicht lange suchen, denn wild winkend und gestikulierend humpelte ihnen ein Mann entgegen. Seine Haare und seine Kleidung waren nass und von Schlamm verschmiert. Er zitterte am ganzen Körper. Erst beim Näherkommen, als sie sich fast gegenüberstanden, erkannte Henry den Sportlehrer Derk Wybrands.

»Da hinten«, schrie der völlig durchnässte Mann gegen den Wind an, »sie wollte mich umbringen.« Seine Zähne klapperten so sehr, dass er Mühe hatte, verständlich zu sprechen. »Ich habe sie mit ihrer eigenen Waffe getroffen, einem E-Schocker.«

Henry fragte über Funk nach, wo der Rettungsdienst blieb, und lief anschließend mit drei Beamten auf die Verletzte am Strand zu. Ein weiterer Polizist blieb bei Wybrands, um sicherzustellen, dass er sich nicht aus dem Staub machte. Henry und die drei anderen fanden die Frau bewusstlos auf dem Rücken liegend in einem Priel vor. Das Gesicht war halb von Wasser bedeckt, aber Nase und Mund waren frei. Ein großer fleischfarbener Krebs krabbelte gerade über sie hinweg. Gemeinsam zogen sie die Bewusstlose aus der Wasserrinne und brachten sie in die stabile Seitenlage auf den matschigen Wattboden.

»Hallo«, sprach Henry Olsen sie an, »können Sie mich hören? Wer sind Sie? Sagen Sie mir bitte Ihren Namen!« Die Frau reagierte nicht. Er wendete abwechselnd die Herzdruckmassage und die Atemspende an. Nach etwa einer Minute stieß die Frau einen Seufzer aus, war jedoch immer noch nicht ansprechbar. Da erkannte er sie. Runa Brennecke, fiel ihm plötzlich ein, die Frau mit dem großen schwarzen Hund, die sich als Freundin von Sabine Hinrichs ausgegeben hatte. Sie waren ihr gleich nach ihrer Ankunft auf Borkum in der Greunen Stee begegnet.

Auf der Wache ging ein weiterer Notruf ein, den Lutz Dabelstein entgegennahm. Eine ältere Frauenstimme verkündete aufgeregt, sie habe etwas beobachtet, das eventuell in Zusammenhang mit den Mordfällen auf Borkum stehen könnte. Die Zeugin stellte sich als Annerose Heilmann vor. Kürzlich sei sie wegen Rückenschmerzen beim Arzt in Behandlung gewesen und im Spritzenzimmer habe sie gesehen, wie eine Sprechstundenhilfe zwei Großpackungen Paracetamol aus dem Medikamentenschrank genommen und in einer Einkaufstasche aus Filz verstaut habe. »Oh, da hat wohl jemand starke Schmerzen«, habe die Zeugin gesagt, und die Angestellte habe ziemlich unfreundlich entgegnet: »Das geht Sie nichts an!«

Zunächst habe sich Heilmann nichts weiter dabei gedacht, aber als das Zimmermädchen in ihrem Hotel ihr erzählt habe, es gebe einen Serienmörder auf Borkum, der wahllos Menschen mit einer

Überdosis Paracetamol töte, sei sie hellhörig geworden, zumal sie selbst mit ihrem Bekannten eine tote Frau im Wald entdeckt habe. Nun sei sie fest davon überzeugt, dass die Sprechstundenhilfe etwas mit den Morden zu tun haben könnte.

»Bei welchem Arzt war das?«, hakte Dabelstein nach.

»Bei Dr. Martens«, antwortete Heilmann. »Leider kann ich Ihnen nicht sagen, wie die Sprechstundenhilfe heißt. Aber das werden Sie sicher herausfinden.«

Dabelstein bedankte sich und lud sie vor, um eine Aussage zu machen. Annerose Heilmann versprach, in spätestens einer halben Stunde in der Strandstraße zu sein.

Kaum hatte Dabelstein aufgelegt, klingelte das Telefon erneut. Diesmal war der Pförtner dran und vermeldete eine Frau Nicola Köhler, die eine Aussage im Zusammenhang mit den Mordfällen machen wolle. »Schick sie hoch«, sagte er knapp und legte auf.

»Swantje!«, rief Henry aufgeregt ins Handy. »Du liebe Güte, du glaubst nicht, was für Sorgen ich mir um dich gemacht habe! Wo um Himmels willen steckst du?« Mit klopfendem Herzen und kreidebleichem Gesicht lauschte er ihren abgehackten Sätzen, während er ein Auge auf Runa Brennecke hatte, die in der stabilen Seitenlage im Watt lag. Von Weitem ertönte das Martinshorn des Rettungswagens. Erleichtert nickte er der Verletzten zu: »Rettung ist unterwegs«, sagte er. Die reagierte kaum.

»Rettung ist unterwegs?«, schallte es durchs Handy.

»Für dich gleich auch, Swantje, wenn du mir sagst, wo du bist. Ich bin gerade im Einsatz am Strand. Inzwischen wissen wir, dass es eine Frau ist, die die Taten begangen hat. Runa Brennecke. Eben wollte sie Derk Wybrands töten, den Lehrer. Zum Glück ist ihr das nicht gelungen. Die Täterin ist schwer verletzt. Sie liegt noch hier.«

»Ich weiß«, sagte Swantje, »sie wollte auch mich töten. Es war haarscharf!«

»Sie wollte dich töten? Swantje! Um Himmels willen, wo steckst du? Du weißt doch, dass wir im Dienst keine Alleingänge machen dürfen. Niemals!«

»Ich war nicht im Dienst. Zu dem Zeitpunkt jedenfalls nicht mehr. Es war privat, trotzdem sehr wichtig. Hol mich bitte hier raus. Ich bin im Alten Leuchtturm, ganz unten. Die Tür ist zu. Sie hat mich eingesperrt. Den Schlüssel muss Runa Brennecke bei sich haben. Ich erzähle dir dann alles.«

»Ich bin schon auf dem Weg, Swantje. In ein paar Minuten bin ich bei dir.«

KAPITEL 41

»Sie sind die Witwe von Hagen Köhler?« Lutz Dabelstein bot der Zeugin Kaffee an. »Mein Beileid zunächst einmal. Was kann ich für Sie tun?«

»Ich hatte eine Affäre«, gab Nicola Köhler unumwunden zu und zupfte nervös an ihren manikürten Fingernägeln. »Sie wissen es schon. Mit Steffen Hinrichs.«

»Und Ihr Mann ist dahintergekommen.«

»Nein! So war es nicht! Darum ging es nicht. Mein Mann und ich führten eine Art offene Ehe. Es ging nicht um Eifersucht. Das war nie ein Thema. Ich hätte mich auf diese Dreierkonstellation auch dauerhaft eingelassen, hätte gut damit leben können, mein

Mann auch, er hat sich selbst viel nebenbei gegönnt, was ich ihm nie übel genommen habe. Aber Steffen hatte ein Problem damit. Er konnte das nicht auf Dauer. Er liebte mich, zumindest hat er mir das versichert. Angeblich wollte er nur noch mich. Steffen wollte mich besitzen wie seine Häuser und Firmen. Deswegen hat er einen Mann engagiert. Er hat ihn bezahlt und ihm außerdem eine Wohnung in Aussicht gestellt. Dieser Mann sollte ...«

Sie wurden durch ein Pochen an der Tür unterbrochen. Ein Beamter bat ihn, bei einer wichtigen Vernehmung im Nebenraum beizuwohnen. Dabelstein lehnte ab. Er ordnete an, nicht mehr gestört zu werden, denn er stecke selbst mitten in einer wichtigen Zeugenvernehmung.

Am liebsten hätte Swantje ihren geschwollenen Fuß hochgelegt. Er war fest bandagiert und schmerzte trotz einer hohen Dosis Ibuprofen sehr.

Vor ihr saß Dr. Klaas Martens, neben ihr Henry. Sie war gespannt auf Dr. Martens' Aussage und hoffte, aus seiner Perspektive Neues zu erfahren, vielleicht eines der letzten fehlenden Puzzleteile zu erhalten oder endlich so etwas wie ein Motiv. Wieso hatte seine Frau mehrere Menschen ermordet? Was hatte sie zu den abscheulichen Taten getrieben? War es Hass gewesen, waren es Rachegefühle oder war Runa Brennecke einfach verrückt, eine Psychopathin ohne jedes Mitgefühl für andere Menschen?

»Es tut mir leid, dass ich jetzt erst komme«, sagte der stämmige Mann leise. Verlegen zupfte er sich an der Nase und vermied Blickkontakt, während er unruhig nach den passenden Worten suchte. »Erklären kann ich die Taten meiner Frau nicht. Runa ist mir fremd geworden im Lauf der Jahre, besonders in der letzten Zeit. Ich habe sie nicht mehr verstanden. Ich hatte schon in der vorletzten Woche einen Verdacht und bereue zutiefst, dass ich nicht eher zu Ihnen gekommen bin, um Sie zu warnen. Dann hätte man zumindest zwei Menschenleben retten können.« Er schickte einen verhuschten Blick in Swantjes Richtung. »Mein Verdacht kam auf, als in meiner Praxis plötzlich eine Großpackung Paracetamol fehlte. Ich habe mir darüber den Kopf zerbrochen, wer sie genommen haben könnte. Als Sie dann zu mir kamen und mich auf Sabine Hinrichs ansprachen und die Art, wie sie zu Tode gekommen ist, wurde mir schlecht. Kurz hatte ich Runa im Verdacht, weil ich am Tag vor Sabines Tod ein Selbstgespräch meiner Frau im Bad belauscht habe. Mehrmals sagte sie: ›Ich bring dich um, du blöde Kuh, ich bring dich um. Sabine Knoke, immer noch dieselbe Schlampe wie damals. Du gehst nicht zur Polizei, du dumme Nuss, dafür werde ich schon sorgen!‹ Trotzdem war ich überzeugt, dass das nicht stimmen konnte, dass es sich nur um einen sehr unglücklichen Zufall handeln musste. Wir reden hier über Runa, verstehen Sie, die Frau, die ich geheiratet habe. Die kann doch nicht so etwas tun!« Hilflos blickte er zwischen Swantje und Henry hin und her. »Ich habe Sie angelogen, als Sie mich danach gefragt haben, und dafür entschuldige ich mich! Nein, ich kann mich nicht entschuldigen, aber ich bitte Sie um Verzeihung und um Verständnis!«

»Ich verstehe«, sagte Henry und nickte ihm aufmunternd zu, um ihn zum Weiterreden zu bewegen.

»Meine Frau ist Altenpflegerin«, fuhr Dr. Martens fort. »Sie arbeitet im Schichtdienst, hat aber nur eine halbe Stelle. Wenn sie Zeit hat, hilft sie mir in der Praxis. Sie kann Injektionen verabreichen, Infusionen setzen, Verbände anlegen, Blut abnehmen, all das. Dauerhaft arbeiten will sie nicht bei mir, denn sie würde sich sonst wie mein Anhängsel fühlen. Im Pflegeheim kann sie eigenständiger tätig sein.«

»Ich verstehe«, sagte Henry wieder. »Wie erklären Sie es sich, dass Ihre Frau Sabine Hinrichs getötet hat? Wo sehen Sie das

Motiv? Frau Hinrichs wollte zur Polizei gehen, haben Sie eben gesagt. Was meinte Ihre Frau damit?«

»Wir waren in einer Klasse«, erklärte der Mediziner, »damals. Wir haben gemeinsam die Realschulprüfung auf der Inselschule abgelegt, bevor sich unsere Wege trennten. Es war eine Eifersuchtsgeschichte. Lächerlich aus heutiger Sicht, aber meine Frau muss das die ganze Zeit mit sich herumgetragen haben. Damals gab es einen furchtbaren Unfall, bei dem ein Mitschüler ums Leben kam, das wissen Sie ja bereits. Sein Name war Michael Bruns. Meine Frau ist nicht unschuldig an seinem Tod. Ich leider auch nicht.« Er holte tief Luft und stieß einen lang gezogenen Seufzer aus.

Swantje Brandt hörte ihm aufmerksam zu. »Was ist damals im Watt passiert?«

»Fahren Sie fort«, forderte Dabelstein die Zeugin auf, »was sollte der Mann? Sabine Hinrichs töten?«

Nicola Köhler schüttelte den Kopf. »Das nicht. Er sollte seiner Frau Angst einjagen, sie zur Verzweiflung bringen, in ihr Wahnvorstellungen auslösen, sie in Depressionen stürzen, alles Mögliche, sodass sie irgendwann beschließen würde, freiwillig aus dem Leben zu scheiden. So war zumindest der Plan.«

»Und der ging nicht auf«, mutmaßte Lutz Dabelstein und stellte Frau Köhler eine Tasse Kaffee hin.

»Sabine hatte wirklich Angst«, sagte sie. »Zeitweise hat sie sich nicht einmal mehr aus dem Haus getraut. Die Ängste hatte sie schon immer, aber nicht so stark, und Steffen hat sie sich zunutze gemacht. Er hat diesen Mann engagiert, damit er ihr auflauert und sie verfolgt.«

»Woher wissen Sie davon?«

»Ich habe einmal ein Telefonat mitbekommen. Steffen hat ihm

gedroht, dass er, sollte er sich nicht an die Absprachen halten und dreimal in der Woche mindestens für eine Stunde vor seinem Haus stehen, um Sabine durchs Fenster zu beobachten, die 14.000 Euro zurückfordern werde, die er ihm überwiesen habe. Und der Mann werde die Wohnung nicht bekommen.«

»Welche Wohnung?«

»Ich glaube, die gab es nie. Damit wollte er diesen Mann nur ködern.«

»Um wen handelt es sich?«

»Das weiß ich nicht. Ich weiß nur, dass er Altenpfleger ist und auf der Demenzstation arbeitet, derselben Station wie Runa Brennecke, die Frau des Inselarztes. Ich habe ihn vorhin kurz gesehen, als er reingekommen ist. Was macht er hier?«

Dabelstein überging die Frage. »Ich verstehe nicht, wie Sie mit Steffen Hinrichs zusammenbleiben konnten, obwohl Sie wussten, was er mit seiner Frau vorhatte. Warum sind Sie nicht eher zu uns gekommen?«

»Dafür gibt es einen Grund«, sagte sie.

»Wir haben ihn ins Watt gejagt«, gab Dr. Klaas Martens mit gesenktem Kopf zu. Unsere ganze Gruppe hat mitgemacht, obwohl Michael, der eher unsportlich war, erst nicht mitwollte. Aber wir haben ihn herausgefordert, wollten bei Ebbe die Seehundbank erreichen. Dazu muss ich Folgendes vorausschicken: Meine Frau war damals in Michael verliebt. Er wohl erst auch ein bisschen in sie, bis er am Ende des Schuljahres Sabine interessanter fand. Das passte Runa nicht, sie war wahnsinnig eifersüchtig.«

»Und deswegen hat Runa Jahrzehnte später Sabine Hinrichs getötet?«

»Nein, deswegen nicht. Die Wattwanderung damals war ihre Idee. Wir haben alle auf Runa gehört, weil sie immer diejenige war, der etwas eingefallen ist für die Freizeitgestaltung. Sie war die Quirlige, die mit Feuer unterm Hintern, unerschrocken, waghalsig und wild. Ohne Runa wäre Michael noch am Leben.«

»Sie waren damals also noch nicht mit Ihrer Frau zusammen?«

Der Arzt verneinte. »Das kam erst viel später. Ich habe in Emden mein Abitur gemacht und danach in Münster studiert. Wir haben uns zwar immer mal wieder auf Borkum gesehen, aber waren nur befreundet. Nach meinem Studium habe ich mein praktisches Jahr im Borkumer Krankenhaus absolviert, wo sie gerade ein Praktikum in der Geriatrie machte. Da hat es plötzlich gefunkt. Seitdem sind wir ein Paar.«

»Verstehe. Erzählen Sie weiter!«

»Irgendwann haben wir gemerkt, dass der Wasserpegel steigt. Die Flut kam zurück. Es gab warnende Stimmen aus der Gruppe, aber Runa war angefixt, sie wollte Michael unbedingt herausfordern, die Sandbank zu erreichen. Sie hat sich einen Spaß daraus gemacht, ihn vorzuführen. Sie war wie besessen. Es fehlte nur noch ein kleines Stück. Unsere Freunde ließen sich nicht beirren und liefen zurück. Ich war hin- und hergerissen. Sollte ich mich den anderen anschließen und ebenfalls den Rückweg antreten oder sollte ich als der Erfahrenere im Wattwandern der kleinen Gruppe beistehen? Als Runa nicht auf mein Rufen reagierte, wurde ich wütend und zerrte sie am Arm zurück. Sie war damals schon kräftig, hat sich gewehrt und nach mir geschlagen. Da habe ich sie losgelassen.«

»Wie hat Michael reagiert?«

»Er war als Stadtkind völlig unerfahren und plötzlich vom Ehrgeiz gepackt. Er wollte offensichtlich sich und uns etwas beweisen und mit Runa weitergehen.«

»Und Sie? Was haben Sie getan?«

»Ich habe die beiden übelst beschimpft. Dann habe ich nur noch an meine eigene Sicherheit gedacht und bin so schnell es ging der größeren Gruppe hinterhergelaufen. Es war höchste

Zeit. Meine Beine blieben teilweise im Schlamm stecken, und es wurde immer beschwerlicher. Wenn ich nicht so ein ausdauernder Schwimmer gewesen wäre, der in einer Strömung nicht gleich in Panik geriet, hätte es vermutlich auch mich erwischt. Ich sah noch, wie Runa mir folgte. Eine Zeit lang war sie hinter mir und ich war beruhigt. Doch irgendwann musste sie umgekehrt sein. Auf einmal hörte ich Michael schreien. Als ich mich umdrehte, erkannte ich, dass er im Schlamm feststeckte und Runa bei ihm war. Ich konnte nichts machen, musste mein eigenes Leben retten.«

»Was ist dann passiert?«

»Ich sah, wie Runa ihn plötzlich mit einem Gegenstand traktierte. Er schrie und schrie um Hilfe! Ich wusste nicht genau, was sie tat. Ich war geschockt und schwamm weiter Richtung Strand. Es war inzwischen viel zu spät, um sein Leben zu retten, ich musste an mein eigenes denken. Runa war schuld! Sie allein hat Michael getötet! Wenn ich damals schon gewusst hätte, was sie getan hat, wäre ich nie mit ihr zusammengekommen.«

»Aber Sie sagten doch, Sie hätten gesehen, wie sie ihn mit einem Gegenstand traktiert hat.«

»Ja, ja, aber sie sagte, sie habe ihm nur helfen wollen. Ich hab's ihr geglaubt. Ich habe die Wirklichkeit verdrängt.« Dr. Klaas Martens stützte seinen Kopf in die Hände und raufte sich die Haare.

»Wie ging's weiter?«, setzte Swantje die Befragung fort.

Er brauchte einen Moment, um zu antworten. »Später waren wir zum Feiern in ›Opa sein klein Häuschen‹ verabredet«, sagte er schließlich mit kehliger Stimme. »Als ich Runa dort inmitten der Gruppe entdeckte, war ich erleichtert. Sie hat es tatsächlich noch geschafft, dachte ich. ›Was ist mit Michael?‹, habe ich sie gefragt. ›Wo ist er?‹ Sie hat mit den Schultern gezuckt und nicht geantwortet. Wir anderen haben uns hilflos angesehen. Keiner hat etwas gesagt. Wir alle waren irgendwie verstummt. Das schlechte Gewissen hat uns zum Schweigen gebracht. Mehrere Tage später wurde Michael am Strand im Norden der Insel angespült. Er hatte eine klaffende Wunde am Hals. Ich habe Runa nie danach gefragt. Dann verloren wir uns aus den Augen.«

»Es gibt ein Vernehmungsprotokoll von damals. Michaels Eltern haben Sie angezeigt, also die ganze Freundesclique. Sie verdächtigten Sie, schuldig am Tod ihres Sohnes zu sein.«

»Das ist richtig, das haben sie. Aber wir haben geschwiegen. Die anderen wussten nichts, hatten dennoch ein schlechtes Gewissen, weil sie mit drinsteckten. Ich hatte einen blöden Verdacht, wusste allerdings auch nichts Genaues. Ich habe mir eingeredet, es sei ein Unglücksfall gewesen und Michael sei ertrunken. Die Wunde konnte ich mir nicht erklären. Ich hatte verdrängt, dass Runa ihn angegriffen hat. Erst gestern ist es mir wieder eingefallen. Nachdem ich … Ach, egal.«

»Und später? Als Sie wieder mehr Kontakt hatten, haben Sie sie dann danach gefragt?«

»Nein. Es blieb ein Tabu zwischen uns. Wir haben es beide beiseitegeschoben. Bis ich mich an ihr Tagebuch erinnert habe. Es lag im Keller in einer Kiste zwischen alten Schallplatten. Ich habe aus Respekt und Anstand nie hineingesehen. Aber gestern Abend habe ich es herausgeholt, weil ich endlich Bescheid wissen wollte. Und da stand es drin. Da erfuhr ich die ganze Wahrheit.«

»Welche Wahrheit?«, fragte Swantje voller Unbehagen.

»Sie hat Michael getötet. Mit der scharfen Kante einer kaputten Muschel hat sie seine Halsschlagader durchtrennt und ihn verbluten lassen. Ertrunken wäre er vermutlich sowieso. Vielleicht wollte sie es ihm so leichter machen oder ihre geballte Aggression an ihm auslassen. Ich weiß es nicht.« Nachdenklich kaute er an seinen Fingernägeln. Dann trank er einen großen Schluck aus einem Wasserglas, das vor ihm stand, und seufzte tief. Die Erinnerung an die damaligen Ereignisse ließ rote Flecken an seinem Hals entstehen. »Runa ist es tatsächlich gelungen, sich durch die aufsteigende Flut zurückzukämpfen«, sagte er mit spröder Stimme. »Sie ist eine gute Schwimmerin. War sogar mal eine Zeit lang Rettungsschwimmerin.«

Henry Olsen füllte Wasser nach. »Ihre Frau hat nicht nur Sabine Hinrichs getötet«, sagte er, »sondern auch den Architekten Hagen Köhler und den Apotheker Tamme Akkermann. Bei meiner Kollegin Frau Brandt und dem Lehrer Derk Wybrands hat sie es versucht. Wie erklären Sie sich diese Taten?«

Dr. Klaas Martens schüttelte mehrmals hintereinander den Kopf. »Ich kann es mir nicht erklären«, sagte er verzweifelt, »dafür fehlt mir jedes Verständnis. Sie wollte sich wohl an ihnen rächen oder sie daran hindern, zur Polizei zu gehen und sie anzuzeigen. Eine Tat sollte wohl eine andere ungeschehen machen. Ich weiß es nicht! Ich weiß nur, dass ich nichts mehr mit ihr zu tun haben will.«

Eine Weile saßen sie sich schweigend gegenüber. Henry Olsen kam dann auf den Steinwurf vom Dienstagabend zu sprechen. Er fragte Dr. Martens direkt, ob er etwas davon wisse.

Der nickte stumm. »Sie war es«, sagte er leise.

»Wie meinen Sie das?«

»Runa hat den Stein geworfen. Sie hat versucht, Hagen Köhler damit am Kopf zu treffen und zu töten. Es war ein großer und schwerer Stein. Ein besonders schönes Exemplar aus meiner Sammlung, das plötzlich fehlte. Sie hat meine Sammlung schon immer gehasst, deshalb hat es ihr Spaß gemacht, einen meiner Steine dafür zu nehmen. Als ihr Plan nicht aufgegangen ist, hat sie Hagen Köhler auf die bewährte Art getötet. Mit einer tödlichen Injektion.«

Henry lehnte sich vor. »Das hat sie Ihnen gestanden?«

»Ja. Nachdem ich sie mit dem Tagebuch konfrontiert habe.«

»Haben Sie nicht versucht, Ihre Frau davon zu überzeugen, dass es das Beste wäre, sich zu stellen?«

»Für Runa gab es keine beste Lösung mehr. Das weiß ich. Und Runa wusste das auch. Deswegen wollte sie nicht. Sie konnte nicht.«

»Es war Liebe«, sagte Nicola Köhler mit traurigem Gesichtsausdruck. »Steffen war der einzige Mann in meinem Leben, der mich gesehen hat. Damit meine ich, wirklich gesehen, in meiner ganzen Persönlichkeit. Ich fühlte mich bei ihm aufgehoben. Wenn ich eine Frage hatte, hat er sie mir beantwortet. Wenn ich ein Problem hatte, hat er sofort alles stehen und liegen lassen und sich darum gekümmert, es zu lösen. Das hat sonst niemand für mich getan. Hagen hat immer nur die Augen verdreht, wenn ich ihn um Hilfe gebeten habe.«

»Warum sind Sie dann trotzdem bei Ihrem Mann geblieben?«, fragte Dabelstein.

»Weil ich es so perfekt fand! Ich wollte keinen Alltag mit Steffen, der mich auch bald zermürbt hätte, ich wollte aufregende Dates mit ihm. Alles fühlte sich eine Zeit lang großartig an. Und es war Mitleid! Mitleid mit ihm. Sabine hat ihn tyrannisiert, das habe ich mehr als einmal mitbekommen. Sie hat seine selbst gemalten Bilder abgehängt, sich über sein Handicap beim Golfen lustig gemacht und einen Gärtner bestellt, nachdem er sich stundenlang im Garten abgemüht hatte. Das Ergebnis fand sie furchtbar und mit dem Gärtner wollte sie ihn bloßstellen. Nie konnte er es ihr recht machen!«

»Laut seinem Sohn Frank war es umgekehrt. Steffen Hinrichs habe oft auf seiner Frau herumgehackt und sie bloßgestellt, zum Beispiel als ihr eine Weihnachtsgans verbrannt sei.«

»Davon weiß ich nichts.«

»Zuvor haben Sie sie als sehr ängstlich beschrieben. Wie passt das zusammen?«

»Sie hatte zwei Seiten. Eine kontrollierende und eine angstbesetzte Seite. Sabine war auf jeden Fall eine sehr schwierige Person, die es Steffen nicht leichtgemacht hat.«

»Sie wissen, dass Steffen Hinrichs kein Mörder ist?«

»Ist das bewiesen?«

»Er ist wieder auf freiem Fuß.«

»Das ist keine Antwort auf meine Frage.«

»Wen genau wollen Sie anzeigen? Steffen Hinrichs wegen psychischer Misshandlung und illegaler Geschäfte oder diesen Unbekannten, der Hinrichs Frau in den Wahnsinn treiben sollte?«

Nebenan klingelte das Telefon. Nicola Köhler betonte, dass sie kein Interesse an einer Anzeige habe, und bat darum, gehen zu dürfen. Es sei alles gesagt.

KAPITEL 42

»Ich bin's, Arne.«

Stille.

»Ich weiß, dass du dich meinetwegen schrecklich gefühlt hast, und wollte mich bei dir entschuldigen.«

Stille.

»Swantje? Hörst du mir zu? Ich habe das alles nicht gewollt, das musst du mir glauben!«

Swantje Brandt hätte am liebsten aufgelegt. Es war Sonntagmorgen und sie war gerade erst aufgestanden. Sie hielt das Mobiltelefon weit von sich, als wäre es kontaminiert. »Was willst du noch?«, fragte sie kühl.

»Ich bin eigentlich nicht so. Ich quäle keine Menschen, Frauen schon gar nicht. Auf diesen bescheuerten Deal mit Hinrichs hätte ich mich nie einlassen dürfen, ich verstehe mich selbst nicht mehr und verachte mich dafür! Aber als Hinrichs mir und meinem Vater das Haus unterm Arsch weggerissen hat und wir quasi auf der Straße standen, habe ich rotgesehen. Da war mir alles egal. Er hat mir Geld in Aussicht gestellt, eine große Summe, die er mir regelmäßig überweisen wollte, außerdem eine neue Wohnung für mich und Papa, alle möglichen Annehmlichkeiten. Das war für mich wie ein Rettungsanker! Als Gegenleistung sollte ich ein bisschen seine Frau ärgern und ihr Angst machen. Ich bin darauf eingegangen, weil ich diese Frau nicht kannte. Sie war eine völlig anonyme Person für mich. Ich habe nicht darüber nachgedacht, was das für Auswirkungen haben könnte, was es für sie bedeuten könnte. Ich habe nur meine eigene Not gesehen und die meines Papas und mich auf diesen Schwachsinn eingelassen. Die Frau war mir egal. Was sie durch mich durchmachen musste, hat mich nicht weiter interessiert. Nicht einen Augenblick habe ich daran gedacht, dass sie sterben könnte. Ich dachte, nur ein bisschen ärgern, dann das Geld nehmen und ab damit. Bitte, Swantje, glaub mir, ich bin kein schlechter Mensch, das war ich nie! Im Gegenteil, ich bin immer auf der Seite der Armen und Schwachen, setze mich für sie ein. Deswegen bin ich auch Altenpfleger geworden, weil ich eine soziale Ader habe. Ich glaube, ich prahle nicht, wenn ich sage, ich bin eine gute Pflegekraft. Meine große Hoffnung ist, dass ich das weiterhin sein kann. Bitte leg ein gutes Wort für mich ein, ja? Ich will nicht ins Gefängnis! Wer soll dann für meinen Vater da sein, wer kümmert sich um ihn, wenn ich es nicht mehr kann?«

»Das fällt dir reichlich spät ein, Arne!«

»Ich weiß, es tut mir alles so leid!«

Stille.

»Swantje, du bedeutest mir sehr viel. Ich will dich nicht verlieren! Ich weiß natürlich, dass du mich verachtest nach alldem, was du über mich weißt. Aber bitte, sorg dafür, dass ich nicht inhaftiert werde!«

»Dafür bin ich nicht zuständig. Mach's gut, Arne«, sagte sie, legte auf und weinte.

Den letzten Tag auf Borkum verbrachte Swantje in wehmütiger Abschiedsstimmung. Morgen würde sie nach Osnabrück zurückfahren, in eine ungewisse Zukunft. Teils freute sie sich darauf, teils wurde ihr mulmig bei dem Gedanken an einen Neustart. Aber zumindest war der Fall gelöst, wenn sie sich auch wegen ihres eigenen Fehlers am Ende in Lebensgefahr befunden hatte. Runa Brennecke würde höchstwahrscheinlich lebenslang bekommen. Aber auch Steffen Hinrichs drohte eine Gefängnisstrafe. Was mit Arne Husmann geschehen würde, war unklar, aber ganz ungeschoren würde er nicht davonkommen. Die Eheleute Bruns konnten endlich abschließen, bevor sie in ihre alte Heimat zurückkehrten.

Henry hatte ihr angeboten, mit ihm und seinen Enkeln ins Wellenbad zu gehen, aber sie hatte abgelehnt. Sie wollte mit sich und ihren Gedanken allein sein. Es tat ihr gut, durch die Dünen zu wandern bis zur nördlichen Spitze, um dann das Café Sturmeck aufzusuchen. Den großartigen Ausblick von der Anhöhe über den weiten Sandstrand hatte sie schon als Jugendliche geliebt. Sie fand ein sonniges Plätzchen auf der Außenterrasse und bestellte Kaffee und ein Stück Ostfriesentorte.

Später lieh sie sich noch einmal ein Fahrrad aus der Pension und radelte damit durch die Straßen des alten Ortskerns. Sie fuhr den Schulgang hinunter bis zur Inselschule, die sie vor Jahrzehnten besucht hatte. Vor dem roten Backsteingebäude blieb sie stehen, tief in Erinnerungen versunken. Auf dem großen Schulhof hatten sie als Kinder Fangen gespielt, Gummitwist und Hinkelkästchen. Sie sah die Ecke, in der sie als Jugendliche mit zwei Freundinnen heimlich geraucht hatte. Schließlich wanderte ihr Blick zu der Stelle, wo sie in der neunten Klasse ihren ersten Kuss von einem Jungen namens Nils bekommen hatte.

Sie schwang sich wieder aufs Rad und durchquerte den Borkumer Walpfad, vorbei am Walknochenzaun. Vor dem Heimatmuseum Dykhus stellte sie das Fahrrad ab und ging hinein. Viele

Jahre war sie nicht mehr dort gewesen. Langsam streifte sie durch die Räume, besah sich die zusammengetragenen Erinnerungsstücke aus der Borkumer Geschichte, staunte noch einmal über das gigantische Walskelett und setzte sich dann auf eine Bank im Naturkunderaum, um Vogelstimmen zu lauschen. Die Stunden des Abschiednehmens taten ihr gut. Sie waren genau das, was sie nach der anstrengenden Zeit der vergangenen zehn Tage brauchte.

Für 20.30 Uhr hatte Henry einen Tisch in den »Delfter Stuben« reserviert. Er sah anders aus als sonst, hatte sich mit seinem Aussehen viel Mühe gegeben, was Swantje sofort auffiel. Er roch gut. Zum ersten Mal trug er kein auffälliges Bandshirt und keine grobe Kreuzkette, sondern ein graues Sakko und darunter ein fein gestreiftes Hemd. Ihr lag ein Kompliment auf der Zunge, doch sie schluckte es herunter. Aufgrund ihres erstaunten Blicks musste er trotzdem bemerkt haben, dass er ihr gefiel, denn er strahlte sie offen an. Dass seine Augen von einem leuchtenden Blau waren, noch schöner als die von Arne, war ihr zuvor nicht aufgefallen. Gerne hätte sie sofort mit ihm über Persönliches geplaudert, aber bevor sie zurückfuhren, hatte sie noch Klärungsbedarf.

»Wie hat Steffen Hinrichs eigentlich die Sache mit seinen erdverklumpten Sportschuhen im Geräteschuppen erklärt?«, wollte sie wissen, nachdem die Kellnerin die Getränke gebracht hatte.

»Er konnte es sich zunächst gar nicht erklären«, sagte Henry. »Wie auch die anderen merkwürdigen Gegenstände nicht, die wir bei der Hausdurchsuchung gefunden haben. Als er zunächst behauptete, er habe seine Sportschuhe tagelang vermisst und wie verrückt nach ihnen gesucht, haben wir ihm nicht geglaubt. Aber Runa Brennecke hat in ihrer Vernehmung zugegeben, dass sie seine Laufschuhe im Wald getragen hat. Sie hatte die Schuhe vor seinem Haus auf einer Fußmatte stehen sehen, als sie Sabine Hinrichs aufgelauert hatte. Kurzerhand fasste sie den Entschluss, damit die Verfolgung aufzunehmen, um den Verdacht auf Sabines Mann zu lenken. Die Schuhe passten ihr einigermaßen. Sie hat Größe 42, er 43. Nach der Tat hat sie sie zurückgebracht und auf seinem Grundstück versteckt.«

»Und die anderen Sachen? Die Lederschuhe und die Uhr von Hagen Köhler?«

»Auf die gleiche Weise«, sagte Henry. »Runa Brennecke deponierte sie in der Garage in einem Müllsack, ebenfalls um den Verdacht auf Steffen Hinrichs zu lenken. Auch Sabine Hinrichs' Fahrrad holte sie nach der Tat aus dem Wald, um es in seinem Schuppen zu verstecken. Nur bei den Muscheln in seiner Nachttischschublade hatte sie nicht ihre Hand im Spiel. Die lagen bereits da. Runa Brennecke hatte jedoch Kenntnis davon, dass Sabines Mann sie in seiner Schublade aufbewahrte. Sabine Hinrichs hatte es ihr gegenüber mal erwähnt.«

»Was sollte das mit den Muscheln?«

»Das Muschelherz sollte eine Art Hommage an Michael Bruns sein. Wie eine Wiedergutmachung für eine schreckliche Tat.«

Swantje wiegte den Kopf. »Wiedergutmachung durch weitere schreckliche Taten, nun ja. Wie ist sie ins Haus gekommen?«

»Durch die Haushaltshilfe. Sie gab sich als gute Freundin aus, die eine Überraschung plane. Frau Brennecke kann sehr charmant sein, wie mir ihre Freunde versicherten. Die Angestellte hat ihr geglaubt.«

Die Kellnerin servierte den Salat.

Swantje und Henry griffen zum Besteck. Eine Weile wirkten beide sehr nachdenklich.

»Wie kommt eine gewöhnliche Frau dazu, einen Mord zu begehen und Jahre später zur Serientäterin zu werden?«, unterbrach Henry die Stille. »Sagt sie sich eines Tages: So, ich verlasse jetzt mein geordnetes Leben und räume mit allem auf, was mich stört?«

»Ich habe eine Theorie dazu gelesen«, sagte Swantje. »Der erste Mord kostet den Täter oder die Täterin unfassbar viel Kraft, es ist eine gewaltige Überwindung, denn jeder Mensch besitzt von Natur aus eine Tötungshemmung. Mit jeder Tat wird es leichter. Irgendwann ist die natürliche Hemmung überwunden und es gibt kein Zurück mehr. Der Täter oder die Täterin zieht eine gewisse Befriedigung aus den Taten, zumindest vorübergehend. Ein Hochgefühl stellt sich ein. Nach dem Rausch durch das Töten folgt der Absturz, ähnlich wie beim Konsum von Drogen oder überhaupt wie bei Süchten. Der Täter oder die Täterin fällt in eine tiefe Depression. Irgendwann erwacht er daraus und wird unruhig. Er braucht wieder ein Opfer. Manchmal gibt es einen Impuls von außen, aber nicht immer.«

»Beim Mord an Michael Bruns kann ich das Motiv am ehesten nachvollziehen: Neid und Eifersucht. Was war mit den anderen Opfern?«, überlegte Henry laut. »Warum wollte sie auch die anderen Chormitglieder auslöschen?«

»So wie sich das Ganze heute darstellt, handelt es sich um Verdeckungstaten«, sagte Swantje. »Runa Brennecke befürchtete, dass der Mord an ihrem Mitschüler vor mehr als 30 Jahren auffliegen könnte. Um das Gewaltverbrechen an Michael Bruns zu verdecken, glaubte sie, die damaligen Zeugen aus dem Weg räumen zu müssen. Den Stein hat wohl Sabine Hinrichs ins Rollen gebracht, weil sie zur Polizei und zu Michaels Eltern gehen wollte. Ihr Ehemann hat während seiner U-Haft ausgesagt, dass das Auftauchen von Arne Husmann vor ihrem Fenster sie zutiefst beunruhigt habe. Sie hat in ihm eine Art Mahnmal gesehen, endlich mit ihrer Vergangenheit aufzuräumen. So war das von ihm nicht beabsichtigt gewesen, er wollte sie ja nur verunsichern. Der Schuss ging nach hinten los. Sabine Hinrichs hat die anderen aufgefordert, sie zu begleiten. Irgendwann gab es kein Zurück mehr.

Runa Brenneckes Hass und auch ihre Angst haben die Oberhand über ihren Verstand gewonnen. Sie ist regelrecht durchgedreht.«

»Wobei der Polizeipsychologe ihr eine durchschnittliche Intelligenz bescheinigte«, stellte Henry klar. »Ihr IQ liegt leicht über 100.«

»Der Intelligenzquotient von Serienmördern ist häufig durchschnittlich. Ein unterdurchschnittlich intelligenter Straftäter geht nicht so planvoll vor.«

»Stimmt!«

»Manche sind besonders hilfsbereit«, ergänzte Swantje. »Sie bieten der Polizei und der Bevölkerung ihre Hilfe an, zeigen sich freundlich und zuvorkommend, sodass man sie nicht so schnell auf dem Schirm hat. Das war bei unserer Täterin ebenfalls der Fall. Gleich bei unserem ersten Ortstermin in der Greunen Stee sind wir Runa Brennecke begegnet und lernten eine Frau kennen, die sich als beste Freundin der Toten ausgab und ihrer Hoffnung Ausdruck verlieh, dass der Mörder ihrer Freundin so schnell wie möglich gefasst werde.«

Henry wischte sich über den Kopf. »Das entspricht der Theorie, dass Mörder oft an den Ort des Verbrechens zurückkehren, als wollten sie sichergehen, dass ihr Opfer wirklich nicht mehr lebt.«

»Und sie das Ganze nicht geträumt haben«, fügte Swantje hinzu. »Warum haben wir diese Theorie nicht weiterverfolgt?«

»Wir hatten keinen Anlass, sie zu verdächtigen«, sagte Henry. »Runa Brennecke war für uns eine Spaziergängerin und eine Freundin des Opfers, nichts weiter.«

»Uns war nicht bewusst, dass sie eine gefährliche Person war, eine tickende Zeitbombe.«

»Serienmörder wie Runa Brennecke möchten sich vergewissern, dass ihre Tat bereits entdeckt wurde. Und sie brauchen die Kontrolle über das Geschehen. Ohne Kontrolle fühlen sie sich machtlos. Sie sind wohl auch sonst im Leben absolute Kontrollfreaks. Und Meister im Verdrängen.«

Swantje hatte aufmerksam zugehört. Dann änderte sie ihre Sitzhaltung. »Was haben eigentlich Runas Eltern dazu gesagt? Wie haben sie reagiert? Sie haben als Mitglieder des Heimatvereins ihrer Tochter doch den Schlüssel für den Alten Leuchtturm anvertraut. Wenn sie gewusst hätten, was sie dort vorhatte, dann hätten sie sich bestimmt niemals darauf eingelassen.«

Er stieß ein heiseres Lachen aus. »Du wirst dich wundern, Swantje. Die Eheleute Brennecke sind schon seit Jahren tot. Marita Brennecke ist 2011 gestorben, Manfred Brennecke 2015.«

Swantje starrte ihn mit offenem Mund an. »Ja, und der Schlüssel? Wie ist sie da drangekommen?«

»Sie hat ihn geklaut. Sie wusste, wo er sich befand, und hat ihn einfach mitgenommen. Zwei Tage nach dem Mord an Sabine Hinrichs schon. Sie scheint ihre weiteren Schritte da bereits geplant zu haben. So wie sie auch geplant hatte, dich umzubringen. Du hast dein Handy nicht verloren, Swantje. Sie hat es dir aus deinem Rucksack geklaut, als du kurz unaufmerksam gewesen bist.«

Sie unterbrachen das Gespräch, als die Kellnerin den Hauptgang servierte: Kabeljau mit Zitronenpüree für Swantje und einen Fischteller für Henry. Eine Weile aßen sie schweigend, genossen die gute Küche, bis sie den Gesprächsfaden wieder aufnahmen, aber diesmal privat.

Nun lobte Swantje Henry doch für seinen neuen Look und kam sich dabei ein wenig spießig vor. Immerhin wusste sie, dass er in seinem Herzen ein Rocker war. Ein liebenswerter Rocker.

»Ja, und du? Zum ersten Mal kein Blau?«, neckte er sie. Swantje sah an sich herunter und die Farbe ihrer Wangen passte sich der Farbe ihres neuen Kleides an. Am Vormittag hatte sie in einer Strandboutique ein knielanges dunkelrotes Kleid erstanden. Dazu trug sie auffallenden Modeschmuck. Erst in dem Moment wurde ihr bewusst, dass sie beide für den letzten Abend ihre gewohnten Pfade verlassen und sich aufgebrezelt hatten, und lachte befreit. Er stimmte mit ein.

»Monika und Pia sind gestern schon mit den Kindern zurückgefahren«, sagte Henry. »Pia hat sich von Mike getrennt und will ein neues Leben anfangen«, fuhr er fort. »Sie möchte sich eine Stelle als Erzieherin suchen. Meine Tante Monika will sie in der ersten Zeit unterstützen.«

»Das ist großartig«, fand Swantje. »Freut mich sehr, wirklich!«

»Ich muss zugeben, dass ich sehr erleichtert bin. Jetzt hoffe ich, dass sich der Nebel auch bei dir allmählich lichtet.«

»Sie nickte. »Tatsächlich ist das so. Ich habe ebenfalls Grund zu feiern! Meine Tochter hat ein paar Besichtigungstermine für mich ausgemacht. Ich glaube, eine Immobilie ist dabei, die zu mir passen könnte.«

»Bleibst du in Osnabrück?«

»Die Wohnung ist in einem Osnabrücker Stadtteil, ja.«

»Und Hannover? Käme das für dich infrage?« Er wurde rot.

Sie versuchte, in seinem Gesicht zu lesen. »Wie meinst du das? Die Frage habe ich mir nie gestellt. Ich bin Osnabrückerin und habe nicht vor, das zu ändern.«

Er betrachtete sie mit einem warmen Ausdruck. »Ich habe dich ein wenig in mein Herz geschlossen, Swantje.«

Für die Dauer einer Sekunde sahen sie sich in die Augen. »Ich dich auch«, sagte Swantje spröde und blickte schnell weg.

»Wenn du Hilfe beim Umzug brauchst, sag Bescheid!«

Sie lächelte in sich hinein.

KAPITEL 43

Montag, 11.30 Uhr. Swantje Brandt stand auf dem Oberdeck der Inselfähre der AG Ems und sah die Borkumer Silhouette immer kleiner werden. Dieser Anblick löste jedes Mal eine fast schmerzliche Sehnsucht in ihr aus. Es gab keinen Abschied, ohne die Zurückgebliebenen auf der Insel zu beneiden. Und doch hatte sie wieder einen Grund, positiv nach vorne zu schauen. Sie freute sich auf das Wiedersehen mit ihrer Tochter Insa. Und sie hatte eine neue Wohnung in Aussicht, im ersten Stock einer gepflegten Anlage mit Blick ins Grüne. Auf dem Balkon könnte sie Kräuter in einem Hochbeet anpflanzen und insektenfreundliche Blumen. Eine schöne, tröstliche Vorstellung.

Es wehte ein leichter Wind. Swantje Brandt blickte ins milchige Licht, das durch die Gischt schimmerte. Das rhythmische Branden der Wellen und das Schreien der Möwen wirkten beruhigend, fast ein wenig meditativ. Gleich würde sie sich im Unterdeck einen Kaffee und ein Stück Kuchen gönnen und die letzte angebrochene Stunde mit Henry genießen.

»Ach, was für ein Zufall!«, riss eine freundliche Frauenstimme sie aus ihren Gedanken.

Swantje fuhr herum. Vor ihr stand mit der Andeutung einer Umarmung und einem strahlenden Lächeln im Gesicht die ältere Dame, die die Tote im Wald gefunden hatte. Neben ihr befand sich ihr Begleiter mit einem vor Aufregung zitternden Rauhaardackel auf dem Arm.

»Ist Ihr Urlaub auch vorbei?«, fragte Annerose Heilmann. »Ach, wie dumm von mir, Sie hatten ja gar keinen Urlaub.«

»Eher weniger«, bemerkte Swantje schmunzelnd. »Es gab zumindest ein paar Momente, die sich wie Urlaub anfühlten.« Vorsichtig sah sie in Henrys Richtung und freute sich, als er ihr zublinzelte.

Walter Torlage ließ den strampelnden Hund herunter, der sofort damit begann, seine Umgebung zu erschnüffeln. Torlage bemerkte zum Glück rechtzeitig, dass der Dackel sein Hinterbein hob, und konnte ihn gerade noch davon abhalten, einen kleinen Trolley zu markieren. Vorsichtshalber nahm er ihn doch wieder hoch. »Stellen Sie sich mal vor, wir kamen allein und gehen zu zweit! Ist das nicht wundervoll?« Mit einer liebevollen Geste strich er über den Oberarm seiner Bekannten. Der Dackel leckte ihm über das Gesicht.

»Ja, das ist es wirklich«, sagte Swantje.

»Walter hat zur Hälfte recht. Wir gehen zu zweit, allerdings nur bis Emden. Dort trennen sich unsere Wege«, korrigierte Annerose.

»Aber nur für eine Woche«, vollendete Walter den Satz. »Dann zieht Annerose zu mir nach Hamburg. Für uns beide fängt ein neues Leben an.«

»Glückwunsch!«, sagten Swantje und Henry fast gleichzeitig.

»Für Sie hoffentlich auch?«, fragte der ältere Herr.

Swantje lachte hell auf. »Für uns? Sicher nicht! Wir sind lediglich Kollegen. Zu Hause wartet jede Menge Arbeit auf uns – in getrennten Bereichen.«

»Was nicht ist, kann ja noch werden.«

»Genießen Sie den Neuanfang«, sagte Swantje augenzwinkernd.

Henry legte sanft seinen Arm um sie. »Komm«, sagte er, »in einer Dreiviertelstunde sind wir in Emden. Wenn wir jetzt nicht runtergehen, wird es nichts mehr mit Kaffee und Kuchen.«

»Das wäre wirklich schade!«, sagte Swantje, winkte dem älteren Paar zu und ließ sich von Henry mitziehen.

ENDE

DANKSAGUNG

Ich bedanke mich bei meiner Lektorin Katja Ernst vom Gmeiner-Verlag für die wunderbare vertrauensvolle Zusammenarbeit seit nunmehr zwölf Jahren.
Ihre kompetente, sachliche und feinfühlige Art der Textkorrektur und Ihre hilfreichen Tipps zur Überarbeitung schätze ich sehr. Es macht großen Spaß, mit Ihnen gemeinsam auf Fehlersuche zu gehen und meiner Geschichte den letzten Schliff zu verpassen!

Ich bedanke mich auch bei Julia Franze für die Herstellung des Buches und dem gesamten Team des Gmeiner-Verlags!

Ein besonderes Dankeschön geht an Hans-Michael Kirstein, Diplom-Designer, Maler, Illustrator, Cartoonist, der die Bilder zu diesem Buch beigesteuert hat.

Auch den Buchhändlerinnen und Buchhändlern habe ich zu danken, die meine Bücher den Lesern nahebringen, sowie den Veranstalterinnen und Veranstaltern, die mich zu Lesungen einladen.

Danke auch Thomas, Julia, Sascha und Nele – ihr versteht meine Passion und auch, dass ich ab und zu eine Recherche- oder Lesereise in den hohen Norden brauche!

Auch Ihnen, liebe Leserinnen und Leser, möchte ich Danke sagen, dass Sie meine Bücher mögen und weiterempfehlen. Ich freue mich schon auf die nächste Lesung mit Ihnen!

Kommissare Schöndorf und Brunner ermitteln:

1. Fall: Wintergruft
ISBN 978-3-8392-1201-1

2. Fall: Villenzauber
ISBN 978-3-8392-1376-6

3. Fall: Börsentöpfchen
ISBN 978-3-8392-1603-3

4. Fall: Deichkrone
ISBN 978-3-8392-2140-2

5. Fall: Die Tote von der Maiwoche
ISBN 978-3-8392-2402-1

weitere:

Kriminalkommissar Johann Conradi ermittelt: Tod unterm Nierentisch
ISBN 978-3-8392-2140-2

Ostfriesenkind
ISBN 978-3-8392-2862-3

WWW.GMEINER-VERLAG.DE
Wir machen's spannend

DIE NEUEN Lieblingsplätze

ISBN 978-3-8392-0154-1
AM INN

ISBN 978-3-8392-2730-5
AUGSBURG UND BAYERISCH-SCHWABEN

ISBN 978-3-8392-0155-8
FÜNFSEENLAND

ISBN 978-3-8392-0158-9
HARZ

ISBN 978-3-8392-0160-2
MIT HUND NORDSEEKÜSTE NIEDERSACHSEN

ISBN 978-3-8392-0159-6
LÜNEBURGER HEIDE

ISBN 978-3-8392-0161-9
NIEDERRHEIN

ISBN 978-3-8392-0163-3
OSTSEE MECKLENBURG-VORPOMMERN

ISBN 978-3-8392-0164-0
OSTSEE SCHLESWIG-HOLSTEIN

ISBN 978-3-8392-2626-1
SACHSEN

ISBN 978-3-8392-0156-5
FÜR SENIOREN BODENSEE

ISBN 978-3-8392-0157-2
FÜR SENIOREN NORDSEE SCHLESWIG-HOLSTEIN

ISBN 978-3-8392-0166-4
SÜDLICHE WEINSTRASSE UND PFÄLZERWALD

ISBN 978-3-8392-0166-4
SÜDTIROL

ISBN 978-3-8392-2838-8
USEDOM

ISBN 978-3-8392-0168-8
WIESBADEN RHEIN-TAUNUS RHEINGAU

WWW.GMEINER-VERLAG
Mensch, Kultur, Re